Jäljet

OMISTUSKIRJOITUS

Omistan tämän kirjan rakkaalle vaimolleni, joka kannusti minua kirjoittamaan romaanin nähtyämme molemmat enkelin valeasussa "Shakespeare and Company" –kirjakaupassa.

Alexander Jalo

Jäljet

Julkaistu alunperin englanniksi 2016 nimellä Traces

Copyright © 2017 nimimerkki ja Annealed Stories

Kuvitus: **Marke Kaikkonen**

Kustantaja: Annealed Stories, Hanko, Suomi
Valmistaja: Books on Demand GmbH, Norderstedt, Saksa

ISBN: 978-952-68582-1-0

SISÄLLYSLUETTELO

ESIPUHE

"Tietä käyden tien on vanki. Vapaa on vain umpihanki."
- Aaro Hellaakoski

Olen löytänyt jälkeni, jotka jätin 30 vuotta sitten. Silloin ne olivat vain irrallisia ajatuksia irrallisilla papereilla. Nyt näen samat teemat ja ajatukset, jotka silloin olivat vain aavistus tulevasta – symbolisia kuvauksia, joiden merkityksen vasta nyt tajuan.

Kirjoittaminen voi olla mystinen kokemus. Oma kokemukseni oli se, että tapahtumat veivät tarinaa itsenäisesti. Usein vastassa oli umpikujalta vaikuttanut tilanne ja sellaisen kohdalla heräsin aina kello 4:00 aamuyöstä ratkaisu mielessäni – ei koskaan 3:59 tai 4:01 vaan aina 4:00. Yhdessä kohtaa en edes ymmärtänyt yöllä syntynyttä ratkaisua, ennen kuin tarkistin faktat Internetistä ja piirsin ratkaisun paperille ymmärtääkseni sen logiikan.

Joskus tuntuu siltä, kuin kirjoilla olisi oma mielensä. Työmatkoillani ympäri maailmaa vietin vapaa-aikani kirjakaupoissa ja 25:n vuoden aikana ehdin ostaa tuhansia

1

kirjoja. Suurin osa niistä unohtui lukemattomana kirjahyllyyni, vaikka jokainen niistä oli alunperin herättänyt mielenkiintoni. Myöhemmin ryhdyttyäni itse kirjoittamaan niillä jokaisella on ollut tärkeä rooli innoittajanani. Useimmiten kaipaamieni taustatietojen lähteiksi ei kirjahyllystäni löytynyt ainoastaan yksittäisiä kirjoja, vaan toinen toistaan tukevia usean kirjan kokonaisuuksia. Kokonaisuudet ovat selvinneet vasta jälkikäteen, sillä kirjoja ostaessani ne ovat olleet vain hetken mielijohteita. Monesti en edes muista, miksi olen kirjat ostanut.

Tämä kirjani haluaa jättää omat jälkensä, vaikka se pääosin seuraakin kovaksi poljettuja polkuja. On kuitenkin tiettyjä reittejä, jotka olen halunnut kiertää kaukaa ja valita mieluummin jo sammaloituneen polun silläkin uhalla, ettei siltä selviä puhtain jaloin. Samalla kirjani on kunnianosoitus kaikille kirjoille ja niiden kirjoittajille. Nimi "Jäljet" ei kuitenkaan viittaa tämän kirjan jättämiin jälkiin, vaan niihin, jotka toivottavasti löytyvät edestäpäin.

Ensimmäinen osa

*Most writers regard the truth as their most valuable
possession, and therefore are most economical in its use.*
- Mark Twain

1 THE AGE OF INNOCENCE

Edith Wharton 1920

Katselin täyteen ahdettuja kirjahyllyjä innostuksen ja uteliaisuuden täyttäessä mieleni. En ollut - ihme kyllä - koskaan lakannut lumoutumasta kirjakauppojen ilmapiiristä, vaikka olin nähnyt lähes kaikki maailman parhaat kirjakaupat. Tästä kyseisestä kirjakaupasta oli muodostunut jo toinen olohuoneeni. Siinä ei sinänsä ollut mitään poikkeuksellista, sillä kirjakaupat antavat kirjoittamattoman säännön mukaan tilansa asiakkaidensa käyttöön ilman mitään aikarajoitteita. Kirjojakin saa lukea rajoituksetta ja sitä varten monissa, varsinkin yksityisomisteisissa kirjakaupoissa on jopa mukavat nojatuolit. Onkohan mitään muuta kauppaa, jossa tuotteista saisi nauttia ilman mitään ostovelvoitetta? Tuskin esimerkiksi elektroniikkakaupassa voisi istua kaikessa rauhassa katsomassa TV:stä lempiohjelmaansa mukavassa

5

lepotuolissa syöden omia eväitään ja parhaassa tapauksessa kaupan tarjoamia pikkunaposteltavia. Shakespeare and Company-kirjakaupassa se oli arkipäivää.

Kirjakauppojen hyllyillä avautuu koko maailma: on runoja ja tarinoita ihmismielestä, kirjoja faktoista ja totuuksista, merkityksellisiä kirjoja ja kirjoja vailla järjen häivää. Internet voi jo sisältää enemmän informaatiota kuin kaikki kirjat yhteensä, mutta kirjoista jää jälki, jälki meistä tulevaisuuteen digitaalisen informaation ennemmin tai myöhemmin pyyhkiytyessä tai käydessä tulkintakelvottomaksi.

"Daniel, pidätkö baletista?" Lisa, kanssani ystävystynyt myyjätär kysyi selkäni takaa.

"Kaksi tytärtäni tanssi nuorena balettia, joten onhan minulla siihen jonkinlainen side", vastasin.

"Katsos tätä kirjaa, jossa selitetään piruetin tekniikkaa", hän sanoi työntyen viereeni kirja avoinna sylissään.

Katselin kuvaa, jossa nuori nainen seisoi yhdellä jalalla tanssikengän kärjen päällä ja ihmettelin, mihin Lisa sillä kertaa pyrki.

"Onko sinulla teoria tähänkin?" hän kysyi kiusoittelevasti, kuten hänellä oli tapana tehdä.

"Ei minulla ole mitään valmista teoriaa, mutta äkkiäkös sellaisen kehitän", vastasin virnistäen ja aloin tutkia tarkemmin Lisan osoittamaa kuvaa piruetista.

"Kyseessähän on hyrrä. Pystyäkseen pyörimään häiriöttä akselinsa ympäri, täytyy hyrrän olla mahdollisimman symmetrinen. Tanssijan täytyy siis pitää akselinsa eli vartalonsa täysin suorassa ja pystyssä maahan nähden, sekä massan painopisteen akselin keskellä. Kun tämä on kunnossa, pitää pyörismisliike saada aikaiseksi järkyttämättä tuota painopistettä. Lopusta huolehtii liikemäärämomentti eli impulssimomentti, joka pitää akselin paikallaan aivan kuten vaikka polkupyörässä tapahtuu. Jos vielä vaikka vetää levitetyt kädet sisään, kiihtyy pyörimisliike, koska inertiamomentti vähenee. Liikemäärämomentti säilyy vakiona", selitin piruettia puolileikilläni.

"Sinä ja sinun insinööriteoriasi! Tuosta ei kyllä ole mitään hyötyä elämässä. Katsos, tässä sanotaan, että 'piruetin suorittajan pitää lukita katseensa yhteen pisteeseen pitäen siis päänsä paikoillaan mahdollisimman pitkään ja kun kaula ei kierry enää enempää, kääntää päänsä vain murto-osasekunnissa ympäri kohdistaen katseensa välittömästi takaisin kiintopisteeseen.' Kaiken ydin on siis fokus. Jos joskus joudut pyörteeseen, sinun täytyy säilyttää fokus. Siinä eivät mitkään inertiaimpulssit auta", Lisa selitti virnuillen omalle teorialleni.

"Ainahan voi levittää kätensä, jolloin inertiamomentti kasvaa ja pyörimisliike hidastuu", vastasin loukkaantunutta näytellen.

"Touché", hän totesi ja porhalsi matkoihinsa.

Puin ulsteria päälleni pöydän ääressä silmäillen samalla sille aseteltuja viimeisiä uutuuksia. Minulla alkoi olla jo kiire, joten annoin katseeni vain pyyhkäistä nopeasti pöydän yli kiinnittämättä erikseen huomiota mihinkään kirjaan. Oikea käteni poimi pöydältä yhden ja tuo mitättömältä tuntunut pieni hetki käynnisti pyörteen, joka imaisi minut sisäänsä. Seuraavat viisi päivää tulivat osoittamaan Lisan olleen oikeassa: minun täytyi säilyttää fokus, enkä voinut vain levitellä käsiäni.

Avasin kirjan kannen, mutten ymmärtänyt sen sisällöstä

juuri mitään. Samaan aikaan tietoisuuteni rekisteröi kasvavaa huolestumista kaupan ilmapiirissä. Ihmiset tuntuivat liikkuvan normaalia nopeammin ja ulko-ovi kävi tavallista tiheämpään. Lähelläni seisseet ihmiset häipyivät ulos yhtäaikaisesti kuin yhteisestä sopimuksesta, mutta samaan aikaan uusia virtasi kiireellä sisään. Olin uppoutunut kirjaan, mutta tiesin silti katsetta nostamattakin, että ulkona alkaisi kohta sataa kaatamalla. Kuitenkin tuo kirja pidätteli minua. Se, mitä siitä tuli seuraamaan, saattoi olla vain yksi lukemattomista sattumista, mutta siinä tapauksessa sattumaa oli kirjan sisältökin.

Shakespeare and Company sijaitsee linnuntietä mitattuna tasan 150 m Pariisin Notre Damen eteen, kivetykseen merkitystä absoluuttisesta nollapisteestä, mutta lähimmän sillan yli käveltynä matkaa kertyy 100 m lisää. Se jos jokin tarkoittaa keskeistä sijaintia. Kyseinen kirjakauppa on angloamerikkalainen ja sinänsä kummajainen Ranskan sydämessä, mutta se ei olekaan mikä tahansa kirjakauppa. 90-vuotisen historiansa aikana Shakespeare and Company on toiminut pyhiinvaelluspaikkana monilukuisalle maailmankuulujen kirjailijoiden joukolle ja aloittelevana kirjailijana tunsin imeväni voimaa sen ilmapiiristä. Sitä paitsi kirjahulluna olin päättänyt riistää Ernest Hemingwayltä hänen "paras asiakas"-tittelinsä, jonka hän oli tosin itse antanut itselleen tunnustuksena runsaista kirjaostoksistansa ja päivittäisistä vierailuistansa. Myöhemmin hän oli sodassa vapauttamassa Pariisia tai ainakin Ritzin kellaria, minkä ansion voittaminen voisi olla jo hieman vaikeampaa.

Café Panis sijaitsee ainakin hitusen Shakespeare and Companya keskeisemmällä paikalla. Tarkkaan ottaen matkaa Pariisin absoluuttisesta nollapisteestä Café Panis'n etuovelle kertyy 135m ja tuon matkan voi kävellä ilman mutkan mutkaa suoraan Point du Doublen sillan yli. Ihanteellisen sijaintinsa takia se ei ole aivan halvimmasta päästä, joskaan ei poikkeuksellisen kalliskaan, eikä tunnu aivan tavalliselta turistipyydykseltä. Saatan tosin olla siinä asiassa sokea, sillä tuosta kahvilasta tuli muodostumaan tapahtumapaikka elämäni käännekohdalle. Käänteentekevät tapahtumat tulivat alkamaan ja loppumaan siellä kuin sulkeutuva ympyrä. Siinäkin suhteessa Café Panis'sta oli tuleva ainakin minulle hitusen Shakespeare and Companyakin keskeisempi paikka.

Koko alkukevät oli ollut poikkeuksellisen viileä ja harmaa. Olin varustautunut sateenvarjolla, mutta astuessani ulos Shakespeare and Companystä aloin heti epäillä sateenvarjon riittävyyttä. Tuuli oli äkkiä yltynyt ja pikimustat pilvet näyttivät melkein hipovan Notre Damen torneja. Sää vaikutti oudolta, sillä myrsky yllätti tavallisesti kuuman kesäpäivän keskellä. Harkitsin hetken palaamista kirjakauppaan, mutta jokin sai minut kuitenkin jatkamaan. Suunnistin sateenvarjo valmiina ja kirjaostos kainalossani René Viviani-Montebello'n aukion läpi kohti Île St-Louis'n saarella sijainnutta asuntoani. Vivianin suihkulähteen kohdalla taivas repesi ja sadeverho peitti saman tien näkyvyyden. Vesi roiskui maasta melkein polven korkeudelle ja kasteli kenkien lisäksi lahkeeni. Tuuli pieksi sadetta melkein vaakasuoraan ja hajoamispisteessä ollut sateenvarjoni onnistui suojaamaan vain päätäni. Tuuli puhalsi menosuunnastani, joten painoin sateenvarjon eteeni ja lähdin juoksemaan tuulta vasten. Tiesin Café Panis'n olevan sopivasti lähellä edessäni, vaikken nähnytkään mitään. Olin lähes päivittäin kävellyt sen ohi poikkeamatta kuitenkaan koskaan sisään. Kun vihdoin pelastauduin kahvilan ovesta sisään, olin litimärkä ja sateenvarjoni riekaleina.

Eteeni aukeni uusvanha puupaneelein koristeltu lämminhenkinen kahvila, jossa huomioni heti kiinnitti kaksi pientä pyöreää pöytää ja niiden ääreen asetetut neljä tummaa nahkaistuinta. Erikoista niissä oli se, että kaikkien neljän tuolin rintamasuunta oli kadulle, Vivianin aukiolle päin. Ne olivat kuin luotuja kirjaa lukeville asiakkaille ja mietinkin, oliko niissä ajateltu Shakespeare and Companyn asiakkaita. Samassa huomasin myös kirjahyllyn kahvilan peränurkassa, mikä vahvisti käsitystäni. Onnekseni kaikki neljä paikkaa olivat vapaina ja tarjoilijan kannustamana saatoin vallata toisen pöydistä itselleni, märälle takilleni ja kirjakassilleni.

Tarjoilijat olivat pukeutuneet hyvin perinteisesti valkoiseen paitaan, mustaan liiviin ja kaulaa koristavaan rusettiin. Oma tarjoilijani oli pitkähkö, melko nuori mies, joka puhui kohtuullisen hyvää englantia. Se oli hyvä, sillä oma ranskan taitoni ei riittänyt kovinkaan pitkälle. Jopa oluen tilaaminen tuopissa oli epäonnistunut kerta toisensa jälkeen. Olinpa käyttänyt mitä ilmaisua tahansa – une grande bière, une pressión, elekieli mukaanlukien – aina tuloksena oli ollut sama kertahuikan mittainen lasillinen. Nyt tilasin kuitenkin kahvin ja armanjakin, sillä siitä oli muodostunut kuin rituaali seurustellessani kirjan kanssa kahvilassa. Pariisiin muuttaessani olin aluksi kaivannut suomalaista kahvia, mutta jo muutamassa päivässä olin alkanut suorastaan pitää hieman tummemmasta muttei kuitenkaan karvaasta ranskalaisesta kahvista. Konjakin olin vaihtanut käytännöllisyyssyistä armanjakkiin, sillä sitä tilatessa tarjoilija tuskin koskaan kysyy tarkempia toivomuksia. Konjakin kanssa saa aina ensin arvata, mitä merkkiä saattaa olla tarjolla ja yleensä vastaus on kielteinen. Kun sitten merkki on saatu selville, joutuu vielä pallottelemaan VS:n, VSOP:n ja XO:n välillä, kunnes lopulta yleensä päätyy tilaamaan tarjoilijan suosittelemaa talon kalleinta konjakkia.

Kaivoin paperipussista Martin Heideggerin "Basic Writings"-kirjan, jonka olin juuri ostanut pelkästään yhden luvun perusteella: "On the Essence of Truth". Olin täysin uppoutunut lukemiseen, kun havahduin korkojen kopinaan. Käännyin vaistomaisesti katsomaan äänen suuntaan katseeni kohdatessa ohimennen vapaata paikkaa etsivän naisen tummanruskeat silmät. Hänellä oli vaihtoehtoina kävellä takaani jonnekin kahvilan perälle tai editseni ikkunan viereen näkösälleni, joista hän pieneksi tyydytyksekseni valitsi ikkunapaikan. Sateenvarjo ei ollut selvästikään suojannut riittävästi, sillä kaatosade oli roiskuttanut asfaltista vettä ja likaa korkealle pitkävartisten saappaiden varsille jättäen kuitenkin kiiltävän mustat sukkahousut rauhaan. Hänen lyhyehkö, musta mekkonsa tuntui lähes alastomalta siinä säässä, vaikka hänen käsivarrellaan roikkuikin oranssiin vivahtava, kirkkaanpunainen popliinitakki. Hän oli kuitenkin säästynyt sateelta sen verran hyvin, että epäilin hänen saapuneen taksilla kahvilan eteen. Jokin hänen olemuksessaan oli erittäin puoleensavetävää. Punaisen värin on tieteellisesti osoitettu herättävän miesten kiinnostuksen, mikä saattoi

selittää spontaanin reaktioni varsinkin, kun punainen väri
oli vielä sävyltään epätavallisen pirteä. Mekon yläosan
laskostukset peittivät vartalon muodot jättäen kaikki
yksityiskohdat arvailujen varaan, mutta hän vaikutti
hoikalta ja samalla naisellisen muodokkaalta.

Lukemisesta ei enää tahtonut tulla mitään. En voinut
mitenkään katsella naista liian näkyvästi, joten nostin aika
ajoin katseeni kirjasta ikään kuin pohtiakseni lukemaani
katsellen ikkunasta ulos. Samalla loin häneen lyhyitä
huomaamattomia silmäyksiä ja tutkin häntä tarkemmin
ikkunan heijastuksesta. Hän oli älykkään ja sivistyneen
näköinen mutta samalla vakavan oloinen. Hänen
kasvoissaan oli jotain pehmeän sielukasta. Samalla hänestä
huokui auktoriteettiä, mikä sai minut arvuuttelemaan
hänen ammattiaan. Kyseeseen olisi voinut tulla
johtotehtävä, julkisuuden ammatti tai ehkä opettaja. Kaikki
piirteet hänessä olivat miellyttäviä mutta samalla niin
tavallisia. Hänellä oli lähes mustat, hieman kiharat,
puolilyhyet hiukset ja tummanruskeat silmät, mutta muuta
erityiskuvausta en osannut hänestä antaa edes häntä
katsellessani. Suu, nenä ja kasvojen muodot olivat
tavanomaiset ja samalla täysin virheettömät. Naisellinen
kaarevuus korostui hoikan oloisessa vartalossa. Hän
vaikutti naiselta, joka oli täysin sinut ulkonäkönsä kanssa,
mikä huokui kauneutena, jota en osannut selittää.

Nainen kaivoi käsilaukustaan kirjan ja alkoi lukea
vilkaisemattakaan minuun. Hänen välinpitämättömyytensä
tuntui vain yllyttävän minua. Nuori tarjoilija saapui
ottamaan naiselta tilausta ja vaikutti tavallista
kiinnostuneemmalta hänestä. Tarjoilija asettui aivan

pöydän viereen ja nojasi polvellaan ikään kuin vahingossa hänen reittään vasten mekon helman ja polveen asti ulottuvan saappaan välistä. Seurasin mielenkiinnolla tuota näytelmää ja odotin naisen joko suuttuvan tai vähintään vetävän reitensä sivuun. Sen sijaan hän ei tehnyt mitään, ei sanonut mitään, ei näyttänyt ilmeellään mitään tai antanut edes silmiensä paljastaa reaktiotaan. Kun hän ei tehnyt mitään, tarjoilija jätti polvensa paikalleen ja he molemmat näyttivät salaisesti nauttivan tilanteen sanattomasta kommunikaatiosta, ja molemmille omalla tavallaan kielletystä mutta viattomasta erotiikasta. He puhuivat mielestäni pidempään kuin pelkkä tilaaminen olisi vaatinut, mutta ranskaa taitamattomana en ymmärtänyt sanaakaan. Tilanne hymyilytti minua, enkä ilmeisesti kyennyt sitä peittämään, sillä naisen katse käväisi minussa ja hänen poskilleen nousi kevyt punerrus. Myös tarjoilija huomasi paljastumisen ja veti polvensa vaivihkaa pois. Taika oli äkkiä särkynyt. Sen sijaan, että nainen olisi häpeillyt tilannetta, hän katsoikin estottomasti silmiini ja hymyili sydämellisesti. Äkkiä mikään hänen kasvoissaan ei enää ollut tavallista, vaan näin väläyksen silmien pilkkeestä ja valkoisista hampaista, ja jopa pienen pieni rako etuhampaiden välissä oli kuin kauneuspilkku hänen lempeillä kasvoillaan.

Nainen jatkoi lukemistaan ikään kuin mitään ei olisi tapahtunut. Mietin eri vaihtoehtoja lähestyä häntä, vaikkei hän millään tavalla rohkaissutkaan siihen. Todennäköisesti häntä ei kiinnostanut satunnainen tuttavuus tai ehkä hän ei osannut yhtään englantia ja arvasi minun olevan ulkomaalainen. Siinä samassa huomasin hänen lukevan englanninkielistä kirjaa - eikä mitä tahansa kirjaa. Douglas

R. Hofstadterin "Gödel, Escher, Bach" ei ole vain kirja vaan matka tuntemattomaan; kirja joka kertoo lukijasta yhtä paljon kuin otsikon matemaatikosta, taiteilijasta ja säveltäjästä, eikä silti kerro heistäkään. Se on kirja, jota kirjan kirjoittajakaan ei osaa selittää ja silti se on äärimmäisen selväjärkinen teos. Jos siihen asti olin ollut utelias ja kiinnostunut naisesta, tuosta hetkestä lähtien en saanut häntä enää mielestäni. En voinut mitenkään lähteä ja muistella häntä vain piristyksenä sateisessa Pariisissa. Minun oli pakko päästä juttusille ja saada tietää hänestä enemmän. Ääni sisälläni huusi tarttumaan hetkeen. Viaton uteliaisuuteni oli kasvanut sietämättömäksi tarpeeksi!

Tarjoilija toi naiselle lasin shampanjaa ja kupin höyryävää kaakaota. Pyysin samassa yhteydessä naisen kuullen laskun ja ajattelin seurata, miten hän reagoisi. Ajattelin, että jos hän olisi vähänkään minusta kiinnostunut, olisi nyt viimeinen hetki osoittaa se. Hän ei kuitenkaan nostanut katsettaan kirjasta. Missään nimessä en voinut mennä pyytämään, josko voisin istuutua hänen seuraansa, sillä se olisi ollut epäkohteliasta ja pakottanut hänet ottamaan kantaa seuraani. Jos hän ei vielä olisi ollut kiinnostunut, olisi liian aikainen lähestyminen ollut pelini loppu. Minulla oli kuitenkin suunnitelma. Maksettuani laskuni nousin ylös, mutta sen sijaan, että olisin pukenut takin päälleni, otin sen käsivarrelleni ja kävelin suoraan hänen luokseen.

"Anteeksi, oletan teidän puhuvan englantia, koska luette englanninkielistä kirjaa", sanoin katseidemme kohdatessa.

"Ja minä oletan, ettette puhu ranskaa, koska kysytte englanniksi ranskalaiselta naiselta", hän sutkautti sarkastisesti mutta pilke silmäkulmassa.

Pelkäsin hetken hänen vain ystävällisesti torjuvan tunnusteluni, mutta jatkoin kuitenkin:

"Yllätyin positiivisesti, kun näin teidän lukevan GEB:ä."

Sillä hetkellä tiesin kiinnittäneeni hänen huomionsa, sillä nainen katsoi kysyvästi silmiini ja piti ikuisuudelta tuntuneen tauon.

"Tuota lempinimeä käyttävät vain kirjan hyvin tuntevat ihmiset", hän sanoi yllättyneen oloisena ja jatkoi:

"Onko teillä selitystä sille, mistä se kertoo?"

Olin toki kuullut lukemattomia teorioita GEB:in sisällöstä, mutta sillä hetkellä kuulin itseni vastaavan:

"Intuitio."

Syntyi aikaisempaakin pidempi hiljaisuus, jonka katkaisin kysymällä:

"Voisinko pyytää teiltä palvelusta?"

"Toki", hän vastasi säpsähtäen.

"Voisitteko vahtia tavaroitani sillä aikaa, kun käyn miestenhuoneessa?"

"Laskekaa ne vain siihen tyhjälle tuolille", hän vastasi ikään kuin helpottuneena siitä, etten ollut pyytämässä mitään mahdotonta tai sopimatonta.

En ollut tottunut sosiaaliseen peliin, mutta ilmeisesti ranskalaisten naisten kanssa täytyi toimia niin. Ranskassa kaiken pitää muutenkin olla monimutkaista, jos vain yksinkertaisuutta voi välttää. Nyt kun peli eteni suunnitelmieni mukaan, ei minulla ollut mitään sitä vastaankaan. Miestenhuoneessa käyminen antoi naiselle aikaa miettiä, kaipasiko hän seuraani vai ei ja miten hän voisi muuttaa kurssiaan menettämättä kasvojaan. Kun palasin takaisin, hän oli siirtänyt takkini, sateenvarjoni ja kirjakassini viereiselle istuimelle vapauttaen paikan vastapäätään. Hän hymyili huvittuneena ja totesi:

"Sateenvarjonne vaikuttaa täysin käyttökelvottomalta."

Samassa huomasin, ettei kaatosade ollut lainkaan hellittänyt ja että ajatukseni uloslähdöstä rikkinäisen sateenvarjoni kanssa oli täytynyt vaikuttaa järjettömältä.

"Olkaa hyvä ja istuutukaa hetkeksi seuraani", hän ehdotti viittoillen vastapäiseen tuoliin.

"Taisitte tehdä minuun sen verran suuren vaikutuksen, että unohdin koko sateen! Mutta jos seurani kelpaa, niin minun puolestani sade saa jatkua vaikka kuinka pitkään", sanoin paljastaen muutenkin ilmiselvät aikeeni.

"Tarkoititteko, että GEB kertoo intuitiosta vai että se on intuitio?" nainen kysyi palaten suoraan aikaisempaan keskusteluumme.

"En oikeastaan tiedä, koska vastaukseni oli myös intuitio, mutta jos ajattelen asiaa enemmän, niin mielestäni kirja on kirjoittajansa intuitio ja pohjimmiltaan jollain tavalla käsittelee myös intuitiota", vastasin ääneen ajatellen.

"Mielenkiintoista, tuota selitystä en ole ennen kuullut", hän sanoi yhtä paljon ajatuksissaan kuin minäkin.

Seurasi hetken hiljaisuus, joka ei tuntunut vaivaavan kumpaakaan. Äkkiä hän havahtui kuin olisi äkisti muistanut minunkin olevan läsnä.

"Tekin luitte jotain kirjaa. Mikä se oli?" hän kysyi aidosti kiinnostuneena.

"Basic Writings, modernin filosofin Heideggerin koottuja kirjoituksia, jonka ostin oikeastaan vain yhden luvun perusteella", vastasin tyytyväisenä siihen, että hän oli pannut merkille lukemiseni.

"Mikä siinä luvussa kiinnosti", hän jatkoi.

"Sen otsikko on: On the Essence of Truth. Kyse on intuitiosta, sillä totuuskäsite puhuttelee minua jostain selittämättömästä syystä", vastasin.

"Millaista totuutta te etsitte?" hän kysyi.

"En tiedä. Ehkä etsin vain selitystä totuudelle – jotain lempeää ja anteeksiantavaa moraalin tai faktojen sijaan", sanoin katsellen naisen silmiä ikään kuin hakien niistä vastausta.

Seurasin hänen ilmeitään, kun hän tuntui katselevan ajatuksissaan jonnekin kauas. Hänen kasvonsa olivat jälleen vakavat ja tavallaan epäröivät tai jopa hieman pelokkaat. Äkkiä hänen silmänsä syttyivät ja katseemme kohtasivat. Samalla hänen ilmeensä muuttui leikkisäksi.

"Kaikesta päätellen oletan teidän haluavan tutustua minuun", hän sanoi hymyillen.

Minusta tuntui kuin olisin juuri hävinnyt hänelle henkien kamppailussa ja silti olin riemuissani lopputuloksesta. Hän oli lumonnut minut viehätysvoimallaan ja mietin kuumeisesti, miten vastaisin tuohon kysymykseen saadakseni edes jonkinlaisen otteen tilanteesta. Odottamatta vastaustani hän jatkoi:

"Suostun tapaamaan teidät toisenkin kerran, jos suostutte ehtoihini."

"Ilman muuta", vastasin, ennen kuin ehdin edes ajatella asiaa.

"Ensiksikin sovimme, ettemme kerro mitään itsestämme – ei edes nimiä. Tämä on ehdoton vaatimus, jonka syytä en voi selittää", hän sanoi päättäväisesti.

"Eikös se ole paradoksi, jos kerran suostutte tutustumiseemme?" kysyin aidosti harmistuneena, sillä uteliaisuus häntä kohtaan oli ollut suurin kiihokkeeni.

"Siitä saatte yhden oppitunnin totuudesta. Te luotte itse minusta kuvan sellaisena kuin sen tulette näkemään", hän sanoi arvoituksellisesti ja jatkoi:

"Toiseksi lopetamme kaiken filosofisen keskustelun. Minulle riittää, että tiedän teidän kykenevän siihen. Siihen liittyy kolmaskin ehtoni. Me tapaamme ehdottomasti vain kerran ja haluan iloista seuraa niin, että kaikesta jää onnellinen muisto. Siihen ei mahdu filosofinen pohdiskelu, joka täyttää elämäni muutenkin", hän lateli ehtojaan päättäväisesti mutta äärettömän ystävälliseen sävyyn.

"Se käy minulle hyvin", totesin uteliaisuuteni kasvaessa.

"Lopuksi minun täytyy rehellisyyden nimissä sanoa, etten voi suostua mihinkään intiimiin tapaamiseen", hän jatkoi suorastaan lempeällä äänellä ikään kuin minua lohduttaen.

Mietin edelleenkin jotain järkevää kommenttia. Minua harmitti, etten tulisi saamaan vastauksia hänen taustoihinsa liittyviin kysymyksiini. Seksiä en ollut ehtinyt edes ajatella, mutta kieltämättä hän vetosi minuun ja pelkäsin haluni kasvavan tutustumisen myötä. Hänessä oli jotain taianomaisen hurmaavaa.

"Saanko ehdottaa erästä itsekästä asiaa tapaamiseemme?" kysyin hyväksyen hiljaisesti viimeisenkin ehdon.

"Ilman muuta", hän vastasi kulmakarvojaan kohottaen.

"En siis tarkoita, että tämä olisi iso osa päivän ohjelmaa... Minulla on ollut pieniä vaikeuksia löytää sopivia pikkutakkeja, paitoja ja housuja, koska täkäläiset mallit ovat liian pieniä ja isot numerot taas huonosti istuvia. Ranskankielen taitoni puute ei helpota sitä yhtään. Ehkä te voisitte toimia tulkkina ja makutuomarina, ja ehkä teillä voisi olla tietoa myös kaupoista, joissa olisi minulle paremmin istuvia saksalaisia tai amerikkalaisia malleja", selitin hieman vaivautuneena.

"Tuo on loistava idea!" hän huudahti innostuneena ja

jatkoi:

"Me vaatetamme teidät uudella tyylillä ja sen jälkeen te saatte toimia makutuomarina minun ostoksilleni."

"Milloin teille sopisi tällainen päivä? Mielelläni viettäisin kokonaisen päivän kanssanne", kysyin toivoen hänen ehdottavan jo seuraavaa päivää.

"Hauska päivä edellyttää kaunista säätä. Sopiiko teille, että tapaamme seuraavana aurinkoisena päivänä klo. 11 viereisessä Vivianin puistossa?" hän ehdotti ajattelematta sitä vaihtoehtoa, että saattaisin olla arkipäivisin töissä tai muuten estynyt.

"Sovitaanko, että sellaisena päivänä, jolloin taivaalla ei ole yhtään tummaa pilveä tai sateen uhka? Pieniä kumpupilviähän voi olla kauniinakin päivänä", täsmensin hänen ehdotustaan.

"Se sopii ja sateesta puheen ollen se on tauonnut. Tehän olitte jo hetki sitten lähdössä, mutta jäitte odottelemaan sateen loppumista", hän totesi kehottaen leikkisästi minua jättämään hänet sillä erää rauhaan.

Lähtiessäni hän ojensi kätensä, mutta kättelemisen sijaan otti kämmeneni käsiensä väliin. Silloin huomasin, ettei hänellä ollut sormusta. En ollut ajatellut koko asiaa.

2 WATCHMEN

Alan Moore & Dave Gibbons 1986

Pimeys oli jo laskeutunut Pariisiin suunnatessani kahvilasta Seinen rantakatua pitkin kohti Île St-Louis'n saarta. Pariisia ei turhaan kutsuta valon kaupungiksi, enkä millään kyllästynyt ihailemaan tyylikkäästi valaistuja historiallisia rakennuksia. Käännyin vasemmalle Pont de l'Archevêché'n sillan kohdalla, jolla nuoripari seisoi katulampun alla suutelemassa. Vielä ennen tapaamistani kahvilassa en olisi edes noteerannut heitä, mutta nyt olin selvästi romanttisesti virittäytynyt. Sade oli karkottanut esiintyjät Pont de l'Archevèché'n jälkeen heti oikealle kääntyvältä Pont St-Louis'n sillalta, jolla tavallisesti aina joku keräsi rahaa myöhään yöhön asti. Sillan jälkeen käännyin heti vasemmalle rantatielle nähdäkseni Hôtel de Ville'n valaistuksen.

Rantatie Quai de Bourbon kaartoi jyrkästi oikealle ja oikaisin risteyksen poikki talojen seunustaa seuraavalle jalkakäytävälle. Kulman takana minua vastaan tuli kolme tummanpuhuvaa, puolipitkiin nahkatakkeihin pukeutunutta miestä, jotka näyttivät hengästyneiltä kuin juuri juostuaan. Jokin ei ollut kohdallaan ja tunsin, kuinka hermoni herkistyivät äärimmilleen ja selkäni ihokarvat nousivat pystyyn. Miehet täyttivät koko jalkakäytävän ja väistin vaistomaisesti vasemmalle kadun puolelle, jossa oli enemmän tilaa liikkua. Pienin miehistä jatkoi matkaansa ohitseni hidastaen kuitenkin huomaamattomasti vauhtiaan. Isoin heistä lähestyi minua savuke suupielessään ja kolmas pysähtyi sivulleni kuin tarkkailemaan tilannetta.

"Pardon, monsieur. Vous avez du feu?" eteeni parkkeerannut mies kähisi katkaisten samalla tieni.

Tilanteesta johtuen ymmärsin hyvin hänen kysymyksensä, mutta tiesin myös tarkkaan, mistä oli kyse. Pelkoa lieventääkseni heitin tilanteen huumoriksi ja vastasin suomeksi:

"Onk's teil' mustaa makkaraa myyrä?"

Edessäni seissyt kaveri näytti uhkaavalta ja aloitti ranskaksi agressiivisen pulputuksen, josta en ymmärtänyt sanaakaan. Vieressä seissyt mies sanoi jotain komentavaan sävyyn. Kolmannen kaverin vaistosin seisovan takanani. Yhtäkkiä minua puhutelleen miehen oikeaan käteen ilmestyi veitsi ja siitä hetkestä lähtien refleksit ottivat minusta vallan. Niin kuin aina ennenkin vaaran uhatessa tein asioita, jotka jälkeenpäin muistin kuin hidastetusta filmistä jokaista pienintäkin yksityiskohtaa myöten. Veitsi oli miehen kourassa terä alaspäin valmiina katkomaan valtimoni, jos ryhtyisimme käsikähmään. Tartuin vasemmalla kädelläni hänen kämmenensä selästä kääntäen samalla liikkeellä hänen rannettaan sisäänpäin. Miehen rystysen osoittaessa ylöspäin runttasin äkisti hänen nyrkkinsä alaspäin taittaen rannetta voimakkaasti. Hän kiljaisi kivusta ja veitsi putosi kadulle. Samalla tartuin oikealla kädellä miestä rinnuksista keventäen hänen painoaan. Sillä hetkellä olin takaisin amerikkalaisen jalkapallon kentillä, joilla olin vuosia aikaisemmin tukimiehenä murtanut vuoren kokoisten linjamiesten blokkeja. Tämä kaveri oli kuitenkin linjamieheksi täysin osaamaton ja seisoi suorin jaloin. Painoin lantioni hieman alas, tartuin vasemmallakin kädelläni hänen rinnuksistaan ja lähdin puskemaan hänen valmiiksi keventämääni kehoa täysin voimin. Mies nousi ilmaan ja kirjaimellisesti lensi taaksepäin. Hän oli tilanteesta täysin yllättänyt, eikä kokemattomana osannut keskittyä muuhun kuin maahanputoamisessa syntyvään iskuun. Vieressä seissyt kaveri tuli yhtä lailla yllätetyksi ja kun hän lopulta yritti tarttua takkiini, oli edessä seisoneen miehen vastus jo poissa ja kiihdytin juoksuani hänen selälleen kaatuneen kehonsa yli. Takkiini tarttuneen ote oli tuomittu pettämään ja samalla hän vielä kompastui maassa makaavaan kaveriinsa. Takanani seisoneesta miehestä en saanut mitään havaintoa, mutta potkin juoksun alkuvaiheessa jalkojani eteenpäin siltä varalta, että joku yrittäisi kahmaista nilkoistani. Päästyäni murtautumaan tilanteesta olin varma, ettei minua otettaisi juoksemalla kiinni. Olin kiihdyttänyt ehkä 10 metriä, kun kuulin pienikaliiberisen aseen laukauksen ja näin luodin kimpoavan jalkakäytävältä edessäni. Seuraavaan risteykseen oli onneksi matkaa enää toiset 10 metriä, joiden aikana ehdin kuulla vielä pienen tauon jälkeen toisenkin laukauksen, kunnes käännyin tulilinjalta suojaan kulmasta oikealle Rue Jean du Bellay'lle. Seuraavaan risteykseen oli matkaa 50 m, jonka pingoin keskellä tietä kuin syötönkatkon jälkeen vapaan kentän avautuessa eteeni. Odotin koko ajan uutta laukausta takaani, mutta sitä ei kuulunut. Rue St Louis en I'lle'n risteyksessä käännyin katsomaan taakseni ja näin pienimmän miehistä scisovan keskellä Bourbon'n risteystä käsi asetta roikottaen. Siinä vaiheessa mieleeni juolahti, että kaksi muuta saattoivat kiertää tuloreittiäni selustaani ja sulkea tieni takaisin sillan yli. Jatkoin siis täyttä vauhtia kohti saaren keskustaa pitkin Rue St Louis en I'lle'n kapeaa katua keskellä ajokaistaa. Onnittelin mielessäni itseäni, että olin jaksanut harjoitella kovaa kaikki vuodet urheilu-urani jälkeenkin, sillä maitohapot alkoivat pakkautua reisiini, eivätkä polveni tahtoneet enää nousta. Sadan metrin suoran jälkeen näin oikealla Aux Anysetiers du Royn bistron, josta oli saarella asuessani tullut kantaravintolani. Olin ajatellut kääntyä vasemmalle asuntoani kohti, mutta sillä hetkellä aloin epäillä sen järkevyyttä. Odottaminen ravintolassa voisi olla viisaampaa, sillä en halunnut missään nimessä paljastaa asuinpaikkaani. Miehet saattaisivat tulla matkalla vastaan, sillä päästäkseni kotiportilleni minun pitäisi palata takaisin pitkin Quai de Bourbonia. Käännyin kuitenkin ensin oikealle Rue Le Regrattier'lle pysähtyen kulman taakse kuuntelemaan siltä varalta, että perästäni kuuluisi juoksuaskelia. Kukaan ei kuitenkaan vaikuttanut seuraavan minua ja kadut olivat muutenkin rankkasateen jäljiltä lähes autioina. Katsoin vielä pitkään tulosuuntaani ennen astumistani sisälle bistroon, mutta miehistä ei näkynyt enää vilaustakaan. Päästessäni sisälle lämpimään aloin äkisti täristä kauttaaltani. Talon isäntä, ystäväni Maurice huomasi oudon tilani ja kiirehti minua vastaan tarttuen olkavarrestani.

"Daniel, ystäväni, oletko sairas?"

Yritin vastata, mutten saanut sanotuksi yhtään selvää

sanaa loukkua lyövien leukojeni välistä.

Aux Anysetiers du Roy sijaitsi vajaan parin sadan metrin päässä asunnoltani ja vietin siellä ensimmäisen iltani muutettuani Pariisiin. Etsiessäni paikkaa illastaa päädyin suoraan Aux Anysetiers du Royn ovelle. Maurice oli silloinkin paikalla ja toivotti minut tervetulleeksi. Nähtyään ison kokoni ja kuultuaan amerikanenglannin aksenttini hän yllätti minut kysymällä, olinko sattumalta joskus pelannut amerikkalaista jalkapalloa. Kävi ilmi, että hän oli nuoruudessaan voittanut kaksi Ranskan mestaruutta Spartacus de Paris-nimisessä joukkueessa ja rakasti muistella nuoruutensa suuruuden hetkiä. Kentällä emme olleet koskaan kohdanneet, koska pelasin suurimman osan urastani Yhdysvalloissa yliopistosarjoissa, mutta se ei estänyt kahta veteraania jakamasta muistojaan. Niinpä me ravintolan sulkeuduttua istuimme kahdestaan pitkälle yöhön juomassa hänen parhaita viinejään, mistä lähtien olimme olleet kuin parhaat ystävät.

Maurice vei minut ravintolansa takahuoneeseen ja laittoi tuolille istumaan. Adrenaliinin yliannostuksesta johtuneesta vastareaktiosta toivuttuani aloin kertoa, mitä minulle oli tapahtunut. Maurice kysyi, olinko vahingoittunut ja pyysi riisumaan takkini. Samassa hän huomasi pienen reiän takin selässä kainalon alla ja toisen reiän takin etupuolella.

"Jos tuo ei ole osunut, niin se on ollut todella lähellä", hän sanoi huolestuneena.

Paidassani oli myös reiät vastaavissa kohdissa ja kylkeni oli hieman veressä. Riisuttuani paitanikin Maurice otti esille paperinenäliinapakkauksen ja alkoi etsiä sopivaa alkoholia puhdistukseen.

"Mitähän laatua saisi olla?" hän kysyi virnistäen.

Siinä vaiheessa kylkeäni alkoi jo kirvellä, mutta olin silti hänen jutussaan mukana.

"Remy Martin XO ilman muuta", totesin vaativalla äänellä.

Maurice kostutti paperia alkoholilla ja paineli varovasti veristä kylkeäni.

"Tässä on vain repaleinen haava ja ihonalaisessa rasvakudoksessa viiltohaava. Luoti on ilmeisesti vain veistänyt ihoa lävistämättä mitään. Tikkejä tässä voidaan tarvita, mutta mitään isompaa vahinkoa ei ole tapahtunut", hän totesi helpottuneena.

Hän jatkoi samaan hengenvetoon:

"Soitetaanko poliisit?"

"Ei missään nimessä poliiseja!" sähähdin melkein vihaisena.

"Niin, siitähän seuraisi vain kuulusteluja, eikä ryöstäjien kiinnisaamisesta olisi mitään hyötyä. Päinvastoin voisit paljastua konnille ja joutua kostotoimien kohteeksi", hän pohdiskeli ääneen.

"En kyllä haluaisi mennä sairaalaankaan, missä voisi joutua selittelemään haavan syytä. Jos sinulla sattuu olemaan sidetarpeita, saa se riittää", sanoin tuskastuneella äänellä, kun vamma alkoi pikkuhiljaa jomottaa.

Maurice mietti hetken ja jatkoi:

"Minä soitan tutulle lääkärille ja selitämme hänelle, että loukkasit sen täällä ravintolassa. Annan hänen ymmärtää, että tämä pitää hoitaa hiljaisesti sen enempää selittelemättä. Hän on nainen ja vanha rakastajattareni, eikä kysele liikoja. Saapahan vähän iloakin lihaksikkaan kroppasi katselemisesta, kun sattumalta tiedän sellaisen vetoavan häneen."

"Lienee parasta repiä paita reikien välistä, ettei haavan

syntymissyy herätä turhaa ihmettelyä", mietiskelin jo kevyemmällä äänellä Mauricen ehdotuksesta helpottuneena.

Lääkäri oli nuori ja siro vaaleahiuksinen nainen, joka vaikutti vastavalmistuneelta. Hän katsoi minua silmiin kurtistaen hieman kulmakarvojaan, millä hän viestitti, että ymmärsi vamman taustalla olevan jotain epätavallista. Hän ei silti kysynyt mitään.

"Tämä on ns. likainen haava, jossa täytyy käyttää löysiä ompeleita. Jos ompelisin haavan tiiviisti kiinni, haavaonteloon voisi kehittyä paise. Oletan, että haava on tuore eli alle 6 tuntia vanha?" hän kysyi yllättäin.

"Kyllä, hyvä jos tunnin", vastasin säpsähtäen.

Lopuksi hän laittoi haavan päälle vielä rasvataitoksen ja sen päälle eritystä imevän taitoksen.

"Tätä olisi hyvä suihkutella päivittäin puhtaalla vedellä ja tässä on antibiootteja kymmeneksi päiväksi", hän sanoi asettaen käteeni lääkepakkauksen ja jatkoi pienen tauon jälkeen ojentaen vielä toisenkin pakkauksen:

"Niin ja pakkaus ibuprofeiinia mahdolliseen särkyyn."

"Kuinka voin tarpeeksi kiittää avustanne?" kysyin katsoen häntä kiitollisena.

Hän kuittasi kysymykseni laskemalla kätensä hetkeksi olkapäälleni ja otti sitten takkinsa käsivarrelleen.

"Teillä on hyvin kehittynyt lihaksisto", hän totesi hymyillen samalla, kun ojensi kätensä hyvästiksi.

Lääkärin poistuttua Maurice palasi takahuoneeseen.

"Suljin ravintolan, kun ilta on ollut täysin kuollut", hän huokaisi väsyneenä ja mietin, johtuiko hänen tunnelmansa huonosta liikevaihdosta vai illan tapahtumista.

"Sain ibuprofeiinia särkyyn, mutta sen ei pitäisi estää ryypyn nauttimista. Eiköhän oteta maljat hermojen laukaisemiseksi?" yritin piristää tunnelmaa.

Maurice otti esiin viskilasit ja kaatoi niihin lempiviskiäni Jamesonia ajatuksiinsa vaipuneena.

"Olen tässä miettinyt tapahtunutta", hän totesi yllättäin ja jatkoi:

"En kyllä ole ryöstöjen asiantuntija, mutta jokin tuossa tapahtuneessa mättää. Minusta tuntuu jotenkin siltä, että nuo miehet olivat juuri sinua odottamassa. Mistäköhän se voisi johtua?"

Seurasi lyhyt hiljaisuus, kunnes kohotin lasini ja totesin:

"Siitä huolimatta - ystävyydelle!"

Maurice ei luovuttanut, vaan jatkoi pähkäilyään:

"Jos minä olisin sinä, muuttaisin joksikin aikaa muualle. Jos liikut näillä kulmilla ja joku haluaa sinut löytää, ei se liene kovin vaikeaa. Jos vielä kuljet aina Pont St-Louis'n sillan yli, niin konnana ainakin minä laittaisin sille vartion. Se voi olla kuka tahansa sinulle vieras ihminen, joka sitten seuraa sinua asunnollesi."

Maurice kuulosti niin vakuuttavalta, että aloin ottaa hänet todesta.

"Mutta miksi ihmeessä joku jahtaisi minua?" ihmettelin täysin ymmälläni.

"Voinhan tietysti olla täysin väärässä, mutta mielestäni sinun kannattaa vähän aikaa ainakin välttää turhaa liikkumista näillä kulmilla ja kulkea keskimmäisten tai itäisten siltojen kautta", hän ehdotti yrittäen olla kuulostamatta vainoharhaiselta.

"Katselen kyllä ympärilleni hieman tarkemmin, mutta tuollainen pelko alkaisi vain ruokkia itseään", totesin harmistuneena siitä, että olin ohikiitävän hetken ollut uskoa

27

häntä.

"Mieti kuitenkin asiaa, mutta kuten ehdotit, otetaanpa ystävyydelle!" hän lausui lopulta juhlallisesti haluten itsekin unohtaa jo vainoharhaisilta tuntuneet ajatuksensa.

Sinä iltana emme nauttineet liikaa, vaan otettuamme vielä toiset viimeisteli Maurice jo aloittamansa sulkemistoimet ja poistuimme pimeään Pariisin yöhön. Olin pohdiskelujemme seurauksena kaikki aistit herkkinä ja helpotuin, kun hän lupasi lähteä minua saattamaan. Nauroimme molemmat ääneen, kun Maurice kysyi leikkisästi, saisiko hän pitää minua kädestä kiinni. Ehkä purimme molemmat jännitystämme, kun vitsailimme koko matkan. Viimeisenä juttuna kerroin, kuinka pienenä poikana minut oli taluttanut kotiin vieras mies - nimittäin poliisi.

Kun lopulta kuljin ensin lukitusta porttikäytävästä sisäpihalle, lukitusta teräskalterisesta ovesta portaisiin ja lukitsin vielä asuntoni oven, alkoi koko kehittelemämme teoria jo hymyilyttää. Avasin tv:n ja vasta säätiedotuksen nähdessäni muistin tapaamisen naisen kanssa kahvilassa. Viiden päivän ennuste lupasi hiljalleen poutaantuvaa ja jos ymmärsin oikein, piti kolmantena päivänä jo olla aurinkoista ja jopa hellettä. Kun oli torstai-ilta, niin se tarkoitti sunnuntaita. Äkkiä tuo tapaamani nainen oli kirkkaana mielessäni. Ajatus treffeistä kutkutti mieltäni ja illan aikana kokemani kauhun hetket saivat jollain kummallisella tavalla suorastaan intohimon viriämään. Tajusin, miten totaalisesti hän oli valloittanut minut. Haluni tietää hänestä enemmän tai edes jotain oli tehdä hulluksi. Ajattelin, etteihän nyt vaikka pelkän etunimen tietäminen voinut pilata mitään! Hän työntyi väkisin ajatuksiini ja kuvittelin mielessäni erilaisia teorioita hänen vaatimuksilleen.

Omatunto muistutti olemassaolostaan. Olimme Sannan kanssa antaneet suhteemme ruostua ja kun lapset olivat lähteneet maailmalle, olimme olleet kuin tyhjiössä. Emme olleet koskaan riidelleet ja olimme tunteneet jopa yhteenkuuluvuutta mutta samalla tarvetta muutokseen. Olimme tehneet lapset suhteellisen nuorina, joten edessämme oli kokonainen uusi elämä ja sillä piti tehdä jotain. Olin myös ollut lopen uupunut työhöni, enkä ollut halunnut firmastani itselleni muistomerkkiä. Sen sijaan olin jo nuoresta pojasta lähtien haaveillut kirjoittamisesta ja mikä olisi ollut parempi hetki aloittaa kuin uuden elämän alku. Sannakin oli kaivannut muutosta ja halunnut ryhtyä siihen, mistä minä olin halunnut irtautua. Hän oli ryhtynyt yrittäjäksi ja minä kirjailijaksi. Minä olin muuttanut vuodeksi Pariisiin ja hän jäänyt Suomeen.

Yöstäni tuli levoton. Yritin unissani riisua tapaamaani naista ja hän puki päällensä samaa tahtia niin, etten koskaan nähnyt häntä alasti. Välillä olin Rose Bowl - ottelussa, jossa katkaistuani vastustajan pelinrakentajan heiton ja lähtiessäni juoksemaan kohti maalilinjaa vastustajan linjamiehet heittäytyivät ampuma-asentoon alkaen tulittaa minua rynnäkkökivääreillään. Välillä heräsin todellisiin ääniin talon portaissa ja odotin jonkun puskevan oven läpi. Olin lopen uupunut, kun viimein heräsin töihin lähtevien naapureiden ääniin.

Kello 10:18 soi kännykkäni. Soittaja oli minulle vieras numero.

"Tämä on Lisa Shakespeare and Companystä. Muistathan minut?" hento mutta määrätietoinen naisen

29

ääni kysyi.

"Lisa, Lisa...", höpötin unisena yrittäen asettaa asioita mielessäni järjestykseen.

"Älä anna minun nyt loukkaantua! Lisa, joka aina etsii sinulle tarvitsemasi kirjat ja ehdottaa vielä muitakin mielestään sopivia teoksia... Ja ihan itse annoit minulle numerosi, jotta voisin soittaa, kun löydän jotain tärkeää tai mielenkiintoista", hän vuodatti valtavalla nopeudella.

"Oletko nyt löytänyt jotain?" kysyin yhä sekavana.

"Kuuntele! Nyt on tosi kysymyksessä, eikä ole aikaa selittää. Älä kysy mitään, vaan luota minuun ja tee täsmälleen, kuten sanon!" hän sanoi päättäväisesti mutta samalla selvästi rauhoittavasti tajuttuaan olotilani.

"Olen tilannut sinulle taksin keskelle saarta, kun en tiennyt, missä tarkalleen asut. St Louis en I'lle'n ja des Deux Ponts'n risteys, vain aivan välttämätön mukaan ja heti sinne! Et palaa asuntoosi vähään aikaan", hän selitti edelleen määrätietoisesti.

"Mutta kun..." ehdin juuri ja juuri sanoa.

"Sinun on pakko, heti, ajoissa! Soita tähän numeroon taksiin päästyäsi. Ja pidä pää taksissa matalana niin, ettei sinua nähdä", hän melkein huusi jo selvästi kiihdyksissään.

3 THE COMFORT OF STRANGERS

Ian McEwan 1981

M arie oli hämillään. Hän oli ehtinyt jo päättää, ettei enää sortuisi miesten viettelyksiin, vaikka saikin ehdotuksia lähes päivittäin. Viimeisen vuoden aikana sovitut treffit olivat päätyneet pettymyksiin, sillä kukaan ei ollut lopulta ilmestynyt paikalle. Hän oli päätellyt heidän tulleen katumapäälle tai sitten miehille riitti yksinkertaisesti herättää naisen huomio. Siitä tässäkin varmaan oli kyse, vaikka tuo ulkomaalainen mies oli vaikuttanut yllättävän aidolta, hän mietti. Atleettinen olemus oli ensin antanut väärän ensivaikutelman machomaisuudesta ja hän inhosi yli kaiken alfaurostyyppejä. Hänen miehensä olivat aina olleet ensisijaisesti herkkiä ja älykkäitä yhtä lukuunottamatta, mutta se olikin ollut poikkeuksellinen juttu.

Marie arvuutteli tapaamansa miehen taustoja. Tämä todennäköisesti työskenteli jossain yliopistossa, mikä ei

31

olisi kovin jännittävää, sillä hän itsekin oli professori ja tutkija. Aksentista päätellen mies oli selvästi amerikkalainen. Ikä oli kenties 40 tai sitten tämä oli vain hyvin säilynyt. Niillä asioilla ei oikeastaan ollut väliä, sillä miestä ei todennäköisesti tulisi näkymään Vivianin puistossa ja tämän taustat voisi fantasioida oman mielensä mukaan. Se olisi oikeastaan terapiaa, sillä hänen työnsä oli äärimmäisyyksiin vietyä faktoihin tukeutumista. Pohjimmiltaan hän ei kuitenkaan uskonut tieteen edistymiseen ainoastaan älyn pohjalta ja siksi häntä kiehtoikin GEB - kirja, joka yhdisti häntä ja tuota salaperäistä miestä.

Marie oli juuri tilaamassa laskua, kun hänen kännykkänsä soi.

"Hei Raymond", hän vastasi puhelimeen vailla mitään tunteita ja lähinnä poissaolevan oloisena.

"Hei elämäni arvoitus! Häiritsenkö? Saanko kysyä, missä olet?" Raymond kysyi.

Hiuksenhieno riitasointu äänessä kuulosti siltä, ettei tämä hymyillyt puhuessaan.

"Kuinka niin?" Marie vastasi reagoiden tuohon sävyyn.

Raymond piti pienen tauon ja sanoi:

"Taustalta kuuluu jotain hälyä. Ajattelin vain, etten halua häiritä."

"Aina ennenkin on taustalta kuulunut hälyä, kun olen istunut kahvilassa sinun soittaessasi", Marie kummasteli Raymondin äkillistä huomaavaisuutta.

"Onko sinulla ollut minua ikävä?" Raymond kysyi.

"Me olemme olleet erossa ties kuinka kauan, joten pitäisihän sinun tietää, etten enää ajattele sinua", Marie vastasi viileästi.

"Etkö enää kaipaa edes isoa syliäni ja turvallisuutta

kainalossani, kuten aina yhdessä ollessamme vakuuttelit?" Raymond kysyi melkein anellen.

* * *

Marie oli joutunut raiskausyrityksen kohteeksi Palais de l'Élysée'n puistossa. Vaikka hän olikin onnistunut pakenemaan ja raiskausyritys oli epäonnistunut, hänelle oli jäänyt siitä syvä pelko. Poliisien vähättelevä asenne oli vain pahentanut asiaa. Juuri silloin hän oli tavannut Raymondin, joka oli ollut samaan aikaan poliisiasemalla hoitamassa jotain asiaa. Raymond oli puuttunut hänen keskusteluunsa poliisien kanssa ja siinä samassa näiden asenne oli tyystin muuttunut. Vielä suuremman vaikutuksen häneen oli tehnyt Raymondin vaikutusvalta, sillä tämän kontaktien ansiosta asian selvittämiseen oli panostettu tavallista enemmän ja lopulta itse tekijäkin oli saatu kiinni. Marie oli ymmärtänyt hyvin, että pelkkien tuntomerkkien ja satunnaisen kohtaamisen takia tuo saavutus oli vaatinut poikkeuksellisia toimenpiteitä. Vaikka se järjellä ajateltuna olikin tuntunut lapselliselta, oli tietoisuus tekijän päätymisestä vankilaan lievittänyt pelkoa. Myös Raymondin jättiläismäinen koko oli tuntunut lisäävän turvallisuutta ja Marie oli takertunut tähän kuin lapsi nalleensa.

* * *

Marie tunsi Raymondin luonteen äkkipikaisuuden, eikä halunnut tieten tahtoen tätä ärsyttää.

"Raymond, olen toistanut moneen kertaan kiitollisuuttani tuestasi noina hetkinä, mutta me emme

33

kuitenkaan mitenkään sopineet yhteen. Sinä vain haluat omistaa minut ja sinua lähinnä harmittaa se, ettet saa tahtoasi läpi", Marie selitti ystävällisesti, sillä hän tosiaan arvosti Raymondilta saamaansa tukea.

"Mutta minä rakastan sinua!" Raymond huudahti kiihtyen Marien järkeilystä.

"Rakkaussuhde vaatii aina kaksi osapuolta, ja jos sinä rakastat minua oikeasti ja haluat minulle vain hyvää, niin annat minun mennä", Marie selitti liiankin osuvasti.

"Minä en ole luovuttaja ja voitan vielä rakkautesi", Raymond tokaisi voitonvarmana ottamatta kuuleviin korviinsa Marien kommenttia.

Heidän keskustelunsa tuntui aina johtavan väistämättä riitelyyn ja Raymond oli ottanut tavakseen keskeyttää puhelu hyvän sään aikaan.

"Kuulemisiin rakkaani!" hän sanoi machomaisen itsevarmuuden säestämällä äänellä.

* * *

Raymondin suvun juuret olivat pankkitoiminnassa ja ne ulottuivat paljon pidemmälle historiaan, kuin kukaan osasi arvatakaan. Toinen maailmansota oli kuitenkin hajottanut suvun suurimman osan sitä paetessa Yhdysvaltoihin. Raymondin isoisä oli toiminut Englannin ja Ranskan poliittisena välimiehenä ennen Ranskan miehitystä, mutta hänet oli siirretty turvaan saksalaisten alta mahdollisimman kauas Ranskasta. Todellisuudessa hänestä oltiin haluttu päästä eroon.

Isoisä oli ollut hankala persoona, jolla oli ollut valtava vallanhimo ja täysin tyhjä tunne-elämä. Hän oli eronnut vaimostaan jo Raymondin isän ollessa pieni poika, eikä hän ollut tavannut poikaansa sen jälkeen. Häntä ei myöskään ollut kiinnostanut pojan ja ex-vaimon kohtalo sodan jaloissa. Raymondin isoäiti, sitkeä Annie Durand, oli kuitenkin ottanut ohjakset omiin käsiinsä ja ajanut poikansa kanssa Sveitsiin, jossa he olivat piilleskelleet suvun rahallisen avustuksen turvin sodan loppuun asti.

Raymondin isä oli perinyt omalta isoisältään, Annien isältä miljoona dollaria ja alkanut sillä rakentaa omaa imperiumiaan. Hänen oma isänsä ei sen sijaan ollut antanut pojalleen mitään – ei edes opastusta pankki- ja talousasioihin, joissa tämä sentään oli ollut merkittävä tekijä koko Euroopan alueella. Raymondin isä oli joutunut opettelemaan kaiken omin päin ja siinä häntä oli ohjannut tärkein menestyksen avain eli suvun perinteet; Machiavellin Ruhtinaan opit. Jouduttuaan isänsä ja osittain sukunsakin hylkäämäksi Raymondin isä oli päättänyt tehdä kaiken vieläkin paremmin kuin sukunsa siihen mennessä.

Machiavelli oli opettanut, että ruhtinaan tulee välttää itseensä kohdistuvaa kansan vihaa. Raymondin isä oli vienyt tämän astetta pidemmälle ja päättänyt pysytellä kokonaan taustalla, näkymättömissä. Sillä tavalla hän oli pystynyt välttämään julkisuuden vihan, joka skandaalien paljastuessa oli kohdistunut poliitikkoihin, joita hän taas oli laajasti kontrolloinut. Hänen näkymätön kätensä oli ulottunut myös lukuisiin talouselämän vaikuttajiin, joita hän oli johdattanut ansaan ruokkimalla heidän ahneuttaan ja petollisuuttaan.

* * *

Kätketty valta lähtee siitä, että rahoitetaan tai kieltäydytään rahoittamasta erilaisia hankkeita. Ketään ei

koskaan lahjota suoraan. Sen sijaan myönnetään eri
instituutioiden kautta stipendejä, bonuksia ja muita
etuuksia. Ne ovat yleensä aluksi pieniä, mutta kasvavat
asteittain vastikkeeseen nähden suhteettomiksi. Lopulta
etujen saajat pitävät täysin suhteettomiakin etuuksiaan
oikeutettuina ja itseään kyllin ansiokkaina. Etujen saajat
tulevat niistä täysin riippuvaisiksi, sillä ne kattavat lopulta
suurimman osan heidän ylelliseksi muodostuneen elämänsä
kustannuksista. Eikä riippuvuudessa suinkaan ole kyseessä
ainoastaan pelko elintason romahduksesta, vaan kaiken
takana on häpeän pelko. Häpeän pelko on monille
suurempi kuin kuolemanpelko. Edun myöntäjästä tulee
heille kuin jumalhahmo, jonka toiveet pyritään täyttämään,
vaikkei suoria vaatimuksia koskaan esitettäisikään. Usein
pelkkä ahneus ohjaa ihmisiä oma-aloitteisesti toivottuun
suuntaan.

Jos joku sattuu olemaan kyllin vahva vastustamaan
kiusauksia, käytetään häneen samaa metodia välillisesti.
Kaikista rehellisimmät saavat nimityksiä tärkeisiin
virkoihin, joissa he täyttävät ansiottomia etuuksia
nauttivien esimiestensä käskyjä. Lahjojien kannalta parhaita
tuloksia saavuttavatkin nämä hyvät ja oikeamieliset ihmiset,
jotka tulisieluisesti ajavat asioita aavistamatta niiden
näkymätöntä agendaa.

Kaikkein vaativimmat päämäärät vaativat kaikkein
rankimpia menetelmiä. Uhrille jätetään kuvaannollisesti
keksirasia esille niin, ettei tilanteessa ole mitään vaaraa
jäädä kiinni paitsi, että ansan virittäjä tietää kaiken.
Panoksia kasvatetaan pikkuhiljaa ja uhrin on helppo ottaa
aina uusi askel, kun on jo kerran sortunut. Lopulta uhri
huomaa, kuinka syvälle on ajautunut ja kuinka vakaviksi
rikokset ovat tulleet. Jollei uhri sitä muuten huomaa,

voidaan häntä muistuttaa hienovaraisesti. Kaikkein pahimmat rikokset syntyvät siinä vaiheessa, kun uhri alkaa kätkeä jälkiään. Siinä vaiheessa kiristys uppoaa kuin lapio suohon.

Pirullisinta kaikessa on se, ettei hyväksikäyttäjän edes tarvitse paljastaa olemassaoloaan saati kasvojaan saadakseen uhrinsa syömään kädestään. Ihmisten loputon ahneus ja häpeän pelko saavat kaikki toimimaan toivotunlaisesti täysin oma-aloitteisesti. Kaiken kukkuraksi nämä ihmisen perusominaisuudet ovat ehtymätön voimavara. Ne ovat toimineet sukupolvesta toiseen.

Lahjonnan ja kiristyksen ohjailija ei paljastu edes toiminnalla saavutetusta hyödystä. Usein hän on itse uhrien joukossa ja saattaa kärsiä mittaviakin taloudellisia tappioita. Se on kuitenkin kuin shakkia, jossa upseeri voidaan uhrata muiden etujen saavuttamiseksi. Kuningatarkaan ei ole liian kallis uhraus, jos siitä seuraa joukko mattiin johtavia pakkosiirtoja. Harva kykenee näkemään tätä lopullista tavoitetta, saati sitten todistamaan sen perusteella todellisen syyllisen.

* * *

Raymondin isä oli vaurastunut nopeasti, sillä kaikki hänen investointinsa olivat perustuneet tietoon tulevasta ja useissa tapauksissa tulevat tapahtumat olivat suorastaan olleet hänen omaa käsialaansa. Vähitellen rahakin oli menettänyt merkityksensä, sillä hän oli pystynyt kirjaimellisesti tekemään sitä tarpeen mukaan. Hän oli alkanut rakentaa julkista kuvaansa salaperäisenä hyväntekijänä, joka lahjoitti valtavia summia kansaa miellyttäneisiin kohteisiin. Yritysten tuotoista oltiin käytetty vieläkin mittavampia summia erilaisiksi palkkioiksi naamioituihin lahjuksiin. Silti hänen omaisuutensa määrä oli vain kasvanut.

Henkilökohtaisesti Raymondin isä oli elänyt vaatimattomasti ja huomaamattomasti. Se oli Machiavellin oppien mukaista, sillä ruhtinaan tuli näyttää saiturilta. Hänen mallinaan oli kuitenkin ollut Charlemagne eli Kaarle Suuri, joka oli elänyt yksinkertaisesti ja kohtuullisuutta noudattaen. Charlemagne'n ihannointi oli kasvanut sellaisiin mittoihin, että hän oli alkanut vähitellen uskoa olevansa tämän jälkeläisiä. Hän oli hankkinut suvun vallan symboliksi miekan, jonka oli uskonut olevan aito Charlemagne'n pyhä miekka "Joyeuse". Hän oli jopa hankkinut paavi Leon käsikirjan, jota Charlemagne oli tarun mukaan aina kantanut mukanaan. Se oli kokoelma taikoja, joiden piti suojella kantajaansa esimerkiksi myrkyiltä, tulelta, myrskyiltä ja villipedoilta. Charlemagne oli yhdistänyt Euroopan 700- ja 800-lukujen taitteessa ja legendan mukaan oli vielä palaava yhdistämään Euroopan uudelleen. Euroopan yhdistämisestä oli tullut Raymondin isän tärkein tavoite ja se oli tuleva tuhoamaan koko perheen yhteyden.

Isä oli nainut naisen, joka ei ollut ollenkaan vastannut yleisiä odotuksia: Pariisin slummeissa kasvaneen alastontanssijan. Vaimosta oli avioliitossa kuitenkin kehittynyt se, joka huolehti suvun perinteistä ja joka lopulta oli yhdistänyt suvun vanhat haarat yhteistyössä toimivaksi verkostoksi.

Raymond oli ollut pariskunnan ensimmäinen lapsi ja saanut sekä isältään että äidiltään suvun perinteiden mukaisesti machiavellimäisen kasvatuksen. Raymond oli perinyt äidiltään lähes valkoiset hiukset ja hehkuvan siniset silmät. Hän oli kasvanut ikäisiään päätään pidemmäksi ja alkanut hämmästyttävästi muistuttaa historian kuvauksia Charlemagnesta. Samoihin aikoihin Raymondin isä oli jo tiennyt Euroopan yhdistyvän lähivuosina ja alkanut uskoa poikansa olevan tuleva Euroopan presidentti. Hän oli alkanut opettaa pojalleen kaiken osaamansa, toisin kuin hänen oma isänsä oli tehnyt.

* * *

Isien synnit tahtovat periytyä sukupolvesta toiseen, sillä ilman molempien vanhempien pyyteetöntä rakkautta lapsesta kehittyy kyvytön osoittamaan rakkautta. Äidin rakkaus ei yksinään riitä lapselle, mutta nainen voi joskus rakkaudellaan pysäyttää syntien periytymisen muuttamalla puolisoaan. Vanhemmat jättävät aina lapsiinsa jälkensä ja synnin jäljet pyyhkiytyvät vasta, kun lapsi antaa kokemansa vääryydet vanhemmilleen pyyteettömästi anteeksi. Se ei ole ihmiselle helppo tehtävä.

* * *

Raymondin suvussa lapsille oli annettu rahaa ja valtaa, ja niiden mukana velvollisuus jatkaa suvun perinteitä. Raymondin isä ei ollut saanut omalta isältään niitäkään, vaan hän oli isoisänsä perinnön turvin luonut oman menestyksensä. Hän oli halunnut antaa omille lapsilleen moninkertaisesti sen, mistä oli itse jäänyt paitsi. Ajatus oli ollut hyvä mutta motiivit täysin väärät. Raymondin isä oli pitänyt itseään suuressa arvossa ja halunnut omien lastensa kruunaavan menetystarinansa.

Raymond ei kuitenkaan ollut innostunut isänsä

ajatuksista ja tämä oli purkanut nyrkein pettymystään poikaansa. Isä oli kuitenkin toivonut Raymondin vielä muuttuvan ja laittanut tämän huipputason yksityiskouluun. Se ei kuitenkaan ollut miellyttänyt Raymondia, jota oli kiinnostanut ainoastaan kamppailulajit ja nekin lähinnä vain pystyäkseen puolustautumaan isäänsä vastaan. Kun isä oli ollut suurimman osan ajastaan työmatkoilla ja äiti joko matkoilla mukana tai sukuyhteyksiä rakentamassa, oli Raymond laiminlyönyt täysin koulutyönsä. Lopulta isän oli ollut pakko uhata perinnöttömäksi jättämisellä, mutta Raymond oli jo oppinut Machiavellinsä ja halveksi kiristykseen alistuvia, eikä ollut ottanut isänsä uhkauksia kuuleviin korviinsa. Kostoksi isänsä uhkailusta hän oli hankkinut sterilisaation, vaikka oli jo muutenkin päättänyt olla jatkamatta sukua.

Vuosien vihanpidon jälkeen isä ja poika olivat lopulta löytäneet yhteisen sävelen. Isä oli järjestänyt Raymondille paikan Ranskan tiedustelupalvelussa, sillä se maailma oli kiinnostanut myös Raymondia. Tiedustelupalvelut ja kansainvälinen pankkimaailma ovat aina olleet läheisessä yhteydessä toisiinsa. Machiavelli puhui vahvan armeijan välttämättömyydestä ja tiedustelupalvelut olivat olleet Raymondin isän tavoittelema armeija. Tiedustelumaailma on kaiken keskellä ja silti salassa, mikä oli sopinut täydellisesti suvun tapaan toimia. Raymondista oli tullut kanava salatun tiedon alkulähteille.

Isä oli kuollut pian sovun jälkeen sydänkohtaukseen. Samalla oli käynyt ilmi, että hän oli testamentannut Raymondille vain tämän osuuden rahallisesta omaisuudesta jättäen päätösvallan imperiumistaan Raymondin pikkuveljelle. Pikkuveli ja äiti olivat tienneet testamentista alusta alkaen, mutta isän vaatimuksesta he olivat salanneet sen Raymondilta loppuun asti. Raymond oli tajunnut saaneensa vain tähteitä verrattuna imperiumin valtaan. Se oli ollut hänelle viimeinen pisara ja hän oli päättänyt katkaista viimeisetkin siteet sukuunsa ja muuttaa nimensä isoäitinsä Annien mukaan Durandiksi.

Ammattinsa kautta Raymond oli saanut selville, että hänen isänsä todellinen kuolinsyy olikin ollut salamurha. Se ei ollut enää testamentin jälkeen häntä järkyttänyt, mutta oli sen sijaan saanut hänet pelkäämään itsensä puolesta. Siitä hetkestä lähtien hän oli alkanut systemaattisesti käyttää asemaansa omien turvatakuidensa hankintaan ja tulevaisuutensa kehittämiseen.

*　*　*

Tarjoilija saapui paikalle ja Marie oli jo tilaamassa laskua, kun yhtäkkiä päätyikin tilaamaan kupin kaakaota. Raymond ei tahtonut poistua hänen mielestään ja hän tarvitsi aikaa pohdintaan.

Raymondin vaikutusvalta nosti hänen mieleensä ajatuksen. Häntä oltiin nimittäin savustamassa työstään. Kaikki perusteet olivat lavastettuja, mutta häneltä puuttuivat keinot todistaa ne vääriksi. Hän ei edes tiennyt, kuka häntä jahtasi ja miksi. Yksi mahdollinen syy oli hänen kirjoittamansa tiedeyhteisöä kohauttanut populaarinen kirja ajan harhasta, mutta sekin oli tieteellisesti korrekti ja hän oli tietoisesti pitänyt tekstin tyylin henkilökohtaisena pohdiskelunaan välttääkseen ajatustensa yhdistämisen kollegoihinsa. Kirjan ei mitenkään pitänyt loukata ketään tai olla uhkana hänen viralleen, eikä se ainakaan virallisesti sitä ollut. Hänen teki mieli käyttää Raymondia hyväkseen ongelmansa ratkaisemisessa, mutta ajatus kalvoi hänen omatuntoaan. Raymond kykenisi vetämään oikeista naruista ja osaisi pelata samanlaista likaista peliä. Ei kai olisi väärin puolustautua vääryyttä vastaan, vaikka sitten kumoamalla vääryydellä kehitetyt todisteet katalinkin keinoin, kunhan ei vahingoittaisi ketään? Mieli otti vallan ja hän tarttui puhelimeensa.

"Hei Raymond! Sanon nyt rehellisesti, että aion yrittää hyväksikäyttää sinua ja pyytää apuasi ilman, että se saa meidät palaamaan yhteen. Voitko mitenkään kuvitella auttavasi?" Marie kysyi samalla jo katuen soittoaan.

"Tulen sinne heti ja saat kertoa tarkemmin, millaista apua tarvitset", Raymond tokaisi katkaisten puhelun lyhyeen.

Marie jäi katsomaan puhelintaan hämmentyneenä. Noinko helposti se kävi, hän mietti. Samassa hän tajusi, ettei Raymond ollut kysynyt tapaamispaikkaa. Hän oli juuri painamassa soittonappia, kun Raymond jo soitti kysyäkseen samaa. Saatuaan Café Panis'n osoitteen Raymond katkaisi puhelun yhtä nopeasti kuin edellisenkin ikään kuin peläten Marien muuttavan mielensä. Mariella oli odotellessaan aikaa miettiä, mitä kertoisi Raymondille ongelmastaan. Hän pelkäsi tämän saattavan ryhtyä toimenpiteisiin, joiden seurauksia hän saisi kantaa omatunnossaan lopun ikäänsä. Tietämättömyys ei olisi mikään lohtu, eikä edes se, että hänen asiansa oli oikeutettu. Hän päätti pyytää Raymondia käyttämään enemmän älyään kuin valtaansa. Tarvittaisiin sellainen ratkaisu, joka kestäisi päivänvalon ja joka ei voisi joskus myöhemmin kostautua. Hän tilasi toisen lasin shampanjaa.

Raymondin saapui nopeasti ja Marie tulkitsi, että tämä halusi sillä osoittaa välittämistään. Kävi ilmi, että Raymond oli tullut moottoripyörällään ja Raymondin tuntien hän tiesi tämän rikkoneen kaikkia mielestään tarpeettomia liikennesääntöjä. Helpottaakseen hermojaan hän tilasi Raymondin tilauksen yhteydessä vielä kolmannenkin lasin shampanjaa. Hetken päästä hän tunsi jo humaltuvansa ja se harmitti häntä, sillä hän vaistosi tarvitsevansa juuri sillä hetkellä selkeää ajattelua. Raymond kuunteli tarkkaavaisena hänen huoliaan ja vakuutteli, että hoitaisi työpaikkaongelman aivan kuin se olisi ollut jokin arkipäiväinen rutiini. Raymond väitti jopa tietävänsä jo, mitä tekisi ja että asia olisi hoidettu viikon sisällä. Raymondin taustat huomioiden se ei kuulostanut ollenkaan mahdottomalta, mutta Marie vaatimalla vaati, ettei edes mahdollista syyllistä saanut rangaista millään tavalla.

Marie alkoi tuntea vanhastaan tuttua turvallisuutta Raymondin seurassa ja se synnytti ristiriitaisia tunteita. Hän vakuutteli itselleen, että juuri nuo ristiriitaiset tunteet olivat olleet syynä heidän eroonsa. Raymondissa oli paljon hyvää ja puoleensavetävääkin, mutta tämän pimeä puoli oli liikaa hänen kannettavakseen. Raymond vaikutti myös aistivan hänen pehmenemisensä ja ehdotti illallista vanhojen aikojen kunniaksi. Hän oli juuri vastaamassa myöntävästi, kun Raymondin puhelin soi.

* * *

Raymond tarkisti näytöstä soittajan ja vastasi keskeytyksestä ärtyneenä.

"Niin?"

"Me kadotimme hänet", karhea ääni sanoi hieman nolona.

"Soitan heti takaisin", Raymond totesi käskevään

sävyyn.

Hän pyysi Marielta anteeksi häiriötä ja siirtyi soittamaan puhelua kahvilan perälle kirjahyllyn viereen. Seurustellessaan Marien kanssa tämä oli saanut tottua puheluihin, joita hän ei ollut halunnut tämän korviin. Näin oli Mariestakin ollut hyvä, sillä tieto mahdollisista laittomuuksista olisi tuottanut tälle vain omatunnon tuskaa. Hän ei kyennyt kontrolloimaan kiihtymystään ja alkaessaan puhua hänen naamansa punertui raivosta. Hän ei ollut uskoa korviaan. Miten ammattimiehet olivat voineet töpätä niin pahasti, kun kyseessä oli ollut vain tavallisen pulliaisen hoitaminen, hän mietti. Avatessaan suunsa hän tunsi jo kihisevänsä raivosta.

"Helvetti mitä hölmöjä minulla onkaan palveluksessani! Minä käskin panna hänet katoamaan ja te kadotitte hänet. Etteko te idiootit tajua näiden kahden asian eroa?" Raymond puhisi puhelimeen ja olisi halunnut kuristaa vastapuolta kurkusta.

"Sen kaverin täytyi olla ammattilainen. Ainakin hänellä oli luotiliivit, sillä mieheni ampui häntä läheltä selkään. Eikä kukaan amatööri hoitele kolmea miestäni lähitaistelussa", mies selitteli yrittäen saada Raymondin rauhoittumaan.

"Minä käskin hoitaa asian huomaamatta ja jälkiä jättämättä. Onko teistä aseen käyttö huomaamatonta?" Raymond kysyi turhautuneena.

"Älkää huolehtiko. Tekijöitä ei voi mitenkään yhdistää minuun saati sitten teihin ja he ovat jo poistuneet alueelta. Jos kohde soitti poliisit, tapahtunutta pidetään vain tavallisena ryöstön yrityksenä, eikä tekijöitä löydy koskaan", mies jatkoi jo rauhoittuneena.

"Se mies on hoidettava nyt eikä lähitulevaisuudessa.

Minä hoidan poliisin ja te hankitte miehen osoitteen. Kokoatte myös heti porukan, joka osaa tunkeutua asuntoon huomaamatta ja pystyy hoitelemaan parhaankin ammattilaisen jälkiä jättämättä", Raymond käskytti yhä ärtyneenä.

Hänen pitkään odottamansa ilta Marien kanssa oli siirrettävä tulevaisuuteen, mutta juuri sillä hetkellä sillä ajatuksella ei ollut tilaa hänen mielessään edes harmistumisen vertaa.

"Tämä voi olla kriittisempi juttu kuin kuvittelettekaan, joten mihinkään virheisiin ei enää ole varaa", hän jatkoi painokkaasti.

Raymond pohdiskeli, voisiko tosiaan olla kyse ammattilaisesta. Siinä tapauksessa olisi hyvinkin mahdollista, että joku oli yrittämässä hänen selustaansa Marien kautta. Hän halusi nähdä tämän miehen silmästä silmään ennen viimeistä voitelua. Mies oli myös Marien kilpakosijoista ensimmäinen, joka olemukseltaan muistutti häntä itseään toisin kuin ne kaikki aikaisemmat nörtit, hän ajatteli ja jatkoi puhelimeen:

"Minä tulen mukaan. Pidä tiimi valmiina ja sovimme tapaamispaikan heti, kun osoite on selvillä ja poliisin suhteen tilanne on hallinnassa."

Hän tunsi samanlaista jännitystä kuin metsästäjä, joka tietää harvinaisen saaliin olevan lähellä.

* * *

Marie katseli etäältä, kun Raymond painoi soittonäppäintä ja vei puhelimen korvalleen. Räjähtämäisillään ollut viha loisti tämän kasvoilta ja sillä hetkellä hän alkoi ensi kertaa tuntea pelkoa Raymondia kohtaan. Hetken heltyminen väistyi hänestä saman tien ja yhtäkkiä hän oli entistäkin varmempi, ettei halunnut enää mitään osaa Raymondin elämässä. Samalla katumus avunpyynnöstä alkoi kalvaa hänen mieltään, sillä hän vaistosi Raymondin ryhtyvän kostotoimenpiteisiin hänen vastakkaisista toiveistaan huolimatta. Tämä kostaisi - jos ei muuten niin omaksi tyydytyksekseen.

Puhelu päättyi ja hän näki Raymondin ilmeestä, että tämä joutuisi lähtemään. Se oli suoranainen onnenpotku, sillä se ratkaisi kerralla ongelman illastamisen suhteen. Kieltäytyminen olisi ollut hankalaa, koska hän oli pyytänyt Raymondin apua. Olisi ollut turha enää yrittää peruakaan avunpyyntöä, sillä kerrottuaan ongelmastaan hän tiesi Raymondin hoitavan sen joka tapauksessa. He hyvästelivät nopeasti ja Raymond lähti matkaan päättäväisen näköisenä. Hän ajatteli, ettei tosiaankaan haluaisi olla Raymondin vihamies.

Marie käveli St-Michel'n metroasemalle, josta pääsi vaihtamatta Montparnasse Bienvenüe'n kotiasemalle. Hän oli väsynyt kaikesta illan aikana tapahtuneesta ja shampanja vielä vahvisti väsymystä. Hän ei enää jaksanut pohtia oikeaa ja väärää, vaan kaipasi ainoastaan unta. Aamulla hän voisi miettiä, mitä tekisi Raymondin avun suhteen.

Yöllä hän havahtui äkisti unestaan. Alitajunta oli rakentanut tuskallisen selvän kuvan, jota hän ei olisi halunnut nähdä, mutta joka oli vastustamattoman looginen. Raymond ei ollut kysynyt puhelimessa tapaamisen paikkaa, koska oli sen jo tiennyt. Hätäinen puhelinsoitto oli ollut vain harmillisen virheen peittämisyritys. Se taas tarkoitti, että tämä oli seurannut tai laittanut jonkun seuraamaan häntä ja tiesi siis nyt myös tapaamisesta ulkomaalaisen miehen kanssa Café Panis'ssa.

Hän mietti aikaisempia tapaamisiaan toisten miesten kanssa ja kuinka kukaan ei ollut koskaan ilmestynyt sovituille treffeille. Hän oli järkeillyt asiaa mm. miesten katumuksella varsinkin siksi, että oli aina halunnut pitää nimet salassa, mikä ehkä oli alkanut jälkikäteen arveluttaa näitä liikaa. Hänen päätään huimasi pinnalle pyrkinyt ajatus: oliko Raymond tiennyt kaikista ja järjestänyt niin, ettei kukaan ollut päässyt paikalle? Voisiko tämä olla niin sairas mieleltään, vai oliko kyse vain hänen omasta vainoharhaisuudestaan? Miten ihmeessä aavistuksensa todenperäisyyden voisi tarkistaa? Soittaa hän ei voinut kellekään miehistä, koska ei tiennyt edes näiden nimiä. Sitähän hän oli hakenutkin – ohikiitävää hetkeä ilman mitään siteitä. Ainoa mahdollisuus oli eräs muusikko, jonka hän oli sattumalta nähnyt jälkeenpäin TV:ssä. Hän voisi soittaa heti aamulla toimittajaystävälleen, joka osaisi ehkä auttaa löytämään miehen yhteystiedot.

Marie torkkui vain lyhyitä pätkiä nähden sekavia painajaisia. Kunnollinen uni oli mahdottomuus ja hän vilkuili kelloaan vähän väliä. Kahdeksalta aamulla hän vihdoin kehtasi soittaa toimittajalle, joka vastasi saman tien.

"Hei Marie, mitä kuuluu?"

"Toivottavasti en soittanut liian aikaisin, mutta minulla on pieni hätä. Selitän joskus myöhemmin, mutta minun pitäisi saada nopeasti yhteys – jos nyt muistan nimen oikein - Bruno Girard nimiseen kuuluisaan jazz-muusikkoon", Marie kysyi malttamattomana.

"Etkö tiedä, että hänet löydettiin Seine'stä hukkuneena? Poliisin tutkimuksissa se osoittautui itsemurhaksi", toimittaja kysyi ihmeissään.

"Ko-koska tuo tapahtui?" Marie änkytti järkyttyneenä.

"Voithan tarkistaa netistä tarkemman päivämäärän, mutta se oli juuri ennen joulua", toimittaja vastasi.

Tapausta oli uutisoitu laajalti, mutta hän seurasi harvoin uutisia ja koko asia oli mennyt häneltä ohi. Samassa hän alkoi täristä kauhusta ja inhosta. Heidän oli tuon miehen kanssa ollut tarkoitus viettää joulu yhdessä, sillä heillä kummallakaan ei ollut ketään, kenen kanssa viettää joulua. Kukaan ei sovi ensin treffejä ja tee saman tien itsemurhaa, hän ajatteli. Niin karmeaksi hän ei sentään itseään tuntenut. Oliko Raymond täysin hullu? Oliko hän treffeillään aiheuttanut välillisesti jopa monen miehen kuoleman? Oliko eilinen mies vielä kunnossa? Miten hän voisi varoittaa miestä ja miten löytää tämän ajoissa? Paniikinomaiset kysymykset pyörivät hänen mielessään.

4 THE WOMAN IN WHITE

Wilkie Collins 1860

Lisa kiinnitti huomionsa Danielin pitkään ja rotevaan olemukseen, kun tämä astui ensi kertaa sisään Shakespeare and Companyyn. Danielin katse kiersi ihastuneena ympäri liikkeen kirjahyllyjä ja hänen silmiensä loisteesta näki, ettei hänen suhteensa kirjoihin ollut aivan tavanomainen. Daniel tervehti ystävällisesti hymyillen Lisaa ja amerikkalaista harjoittelijaa Sarahia molempia silmiin katsoen. Danielin katse viipyi Lisan mielestä turhankin kauan Sarahissa, mutta hän oli tottunut siihen, ettei kukaan mies saanut silmiään irti tuosta seksikkyyden perikuvasta. Hän itsekin nautti Sarahin katselemisesta.

"Haistoitko testosteronin tuoksun?" Lisa kysyi kuiskaten Sarahilta Danielin mentyä peremmälle.

Sarah ei vastannut, vaan tyytyi vain katsomaan Lisaa paheksuvasti. Lisalla oli tapana kiusotella hieman hypokraattista Sarahia ronskilla puhetyylillään.

"Hän oli sinusta selvästi kiinnostunut" Lisa jatkoi tietäen hyvin, että miesten kiinnostus oli Sarahille pikemminkin riesa.

"No jaa, onhan noita nähty", Sarah vastasi vaivautumatta edes katsomaan muutaman metrin päässä seisonutta Danielia.

Lisa tiesi Sarahin nauttineen Pariisiin ilmapiiristä täysin rinnoin ja saaneen liehittelijöitä vaivaksi asti.

Lisalle oli selvinnyt nopeasti, että isokokoinen mies oli nimeltään Daniel ja että tämä oli kirjoittamassa ensimmäistä kirjaansa. Enempää hän ei Danielin taustoista ollut halunnutkaan tietää, sillä hän uskoi pystyvänsä päättelemään ihmisistä kaiken oleellisen. Aluksi hän oli luullut aksentin perusteella Danielia amerikkalaiseksi, mutta tämän vaatimattomuus oli kielinyt jostain muusta. Lopulta hänen oli ollut pakko kysyä Danielin kansalaisuuttakin. Kuultuaan tämän olevan suomalainen hän oli yhdistänyt Danielin joitain tapoja ennestään tuntemaansa pariin suomalaiseen, mutta tämän sosiaalisuudessa ja läsnäolossa oli ollut jotain hyvin amerikkalaista. Danielin käytös oli ihmeellinen sekoitus sisäistä itsevarmuutta ja äärimmilleen vietyä vaatimattomuutta. Daniel oli hyvin seurallinen mies, joka keskusteli vapautuneesti aiheesta kuin aiheesta, kyseli ja kuunteli keskittyneesti, muttei erikseen kysymättä kertonut itsestään juuri mitään. Ensimmäistä kertaa Lisa oli ollut täysin hukassa ihmisarvioissaan, joita hän rakensi asiakkaistaan itseään viihdyttääkseen.

Lisa ei koskaan varsinaisesti ystävystynyt miesasiakkaiden kanssa, mutta Danielin hän koki haasteeksi, joka kaiken lisäksi vaikutti tuovan hänen maailmaansa uusia asioita. Hän itsekin koki avaavansa Danielille uusia ovia, vaikkei tämä tuntunut sitä aina huomaavankaan. He keskustelivat paljon kirjoittamisesta, mutta Lisa vaistosi Danielin mielenkiinnon ehkä kuitenkin kohdistuvan enemmän Sarahiin. Daniel peitti sen silti niin hyvin, että Sarahia tuntui jopa harmittavan vetovoimansa tehottomuus. Daniel katsoi aina Sarahia silmiin ja hymyili kauniisti, vaikka tämän syvälle uurrettu, muodot paljastava pusero teki katseen hakeutumisen alemmaksi melkein vastustamattomaksi houkutukseksi. Lisaa huvitti Sarahin ponnekkuus tämän vakuutellessa Danielin olevan itselleen liian vanha. Daniel vastaavasti puhui Sarahista nuorena naisena, mutta Lisa haistoi heidän välillään leijailevat feromonit. Lisa ei suinkaan kokenut oloaan vaivautuneeksi, sillä hän ihaili Danielia ja nautti Sarahin katselemisesta, mutta hänen rakastumiseensa olisi vaadittu molemmat samassa ihmisessä. Häntä harmitti lähinnä se, että Danielin ja Sarahin keskinäinen peli häiritsi hänen älyllistä ja henkistä lähentymistään Danielin kanssa. Sarah oli hurmaava, muttei kirjoittamiseen liittyvissä asioissa kuitenkaan vetänyt hänelle vertoja, vaikka olikin älykäs ja sivistynyt nainen.

Lisa uskoi tuntevansa kaikki vakioasiakkaat läpikotaisin, mutta vastaavasti heistä tuskin kukaan muisti tai olisi osannut kuvailla häntä itseään. Tuskin kukaan asiakkaista saattoi käsittää, miten hyvin Lisa tunsi heidät jo pelkästään heidän kirjamieltymystensä perusteella. Hän jutteli mielellään asiakkaiden kanssa ja kyseli heiltä huomaamattomasti pieniä mutta oleellisia asioita, joista sitten päätteli sopivia kirjoja itse kullekin. Huomaamatta

hän opasti heitä löytämään uusia kiinnostuksen kohteita.
Lisa oli kasvanut kulturellissä perheessä, jossa lukeminen ja sivistys olivat olleet kaikki kaikessa. Hänen vanhempansa olivat halunneet hänen menevän johonkin huippuluokan yliopistoon, mutta hän itse ei ollut nähnyt siinä mitään järkeä. Pystyihän hän ominkin päin lukemaan ja opiskelemaan kaikkea maailmassa olevaa tietoa laidasta laitaan. Hänen älyllään mikään ei tuntunut liian hankalalta ja hän ajatteli monen historian suuren ajattelijankin luoneen omat näkemyksensä ilman muodollista koulutusta. Lisa uskoi holistiseen tietämykseen: oli parempi tietää kaikesta tarpeeksi kuin jostain kaiken. Yhdistelemällä eri alojen kokemuksia hän uskoi löytävänsä oman paikkansa kirjailijana, jolla olisi maailmalle jotain merkittävää annettavaa. Siihen Shakespeare and Company antoi oivan ympäristön, eikä hänelle kyseessä ollut ainoastaan työpaikka. Kirjakaupasta oli tullut hänelle perheen korvike ja ehkä siksi hän oli viihtynyt siellä niin kauan – ehkä liiankin kauan.

Sinä perjantaina Lisa tuli tavallista iloisempana töihin, sillä hänellä oli tiedossa illallinen mukavassa seurassa Le Procopé'ssa ja sen jälkeen vapaa viikonloppu. Hän rakasti tuon paikan tunnelmaa ja oli istunut siellä usein nauttimassa kahvia kuvitellen ympärilleen suuria Ranskan historian nimiä, jotka olivat istuneet samoissa tiloissa vuosisatojen saatteessa. Hänellä ei kuitenkaan ollut varaa edes ajatella illastavansa omilla rahoillaan Le Procopé'ssa, mutta sinä iltana hänen ei tarvitsisikaan maksaa.

Lisa avasi kirjakaupan tasan kello 10. Oven takana seisoi odottamassa tyylikäs nainen, joka vaikutti hätääntyneeltä. Nainen tervehti Lisaa ranskaksi ja tuli sisään miettivän näköisenä.

"En tiedä, miten aloittaisin", nainen sai sanotuksi Lisan asetuttua tiskin taakse.

Sisään tuli muitakin asiakkaita ja nainen vilkaisi heitä sen näköisenä, ettei tiennyt, voisiko jatkaa puhumista. Yksi asiakkaista kysyi neuvoa englanniksi ja Lisa vastasi tälle täydellisellä kultivoituneella brittiläisellä aksentilla. Lisa huomasi naisen hämmentyvän englanninkielestä ja sanoi:

"Olen kyllä täysin ranskankielinen äitini puolelta. Isäni taas on englantilainen. Voimme siis hyvin jatkaa ranskaksi."

Syntyi hetken hiljaisuus, jonka Lisa katkaisi.

"Me olemme täällä ensisijaisesti auttamassa asiakkaitamme, joten kertokaa vain vapaasti huolenne. Ette ikinä uskoisi, kuinka erilaisissa asioissa olemme olleet avuksi."

Naisen hätä loisti silmistä ja se vaikutti pahenevan koko ajan. Lisa tunsi alkavansa itsekin huolestua, vaikkei tiennytkään, mistä oli kyse. Samassa nainen sanoi:

"Minun nimeni on Marie Allègre."

"Minä olen vain Lisa", Lisa vastasi katsoen Marieta kysyvästi silmiin.

"Minun pitäisi ehdottomasti tavoittaa eräs mies nopeasti ja uskon hänen olevan teidän asiakkaanne. Hän luultavasti osti täältä eilen iltapäivällä kirjan", Marie sanoi.

Marie epäili yritystään epätoivoiseksi, mutta miehen lukema kirja oli ainoa seurattavissa oleva jälki.

"Rouva hyvä, haluan toki auttaa, mutta ymmärrätte varmaan samalla, että asiakastietomme ovat luottamuksellisia", Lisa vastasi.

Lisa kävi mielessään läpi eri vaihtoehtoja, miksi nainen voisi epätoivoisesti etsiä jotain miestä. Oliko nainen kenties kohdannut elämänsä miehen saamatta tämän yhteystietoja ja oliko vastaavasti mies halukas tapaamaan naisen? Oliko mies mahdollisesti tehnyt syrjähypyn, eikä haluaisi naisen ilmiantavan itseään?

"Tiedättekö, minkä kirjan hän osti?" Lisa päätti kuitenkin kysyä.

"Basic Writings. Muistan sen hyvin, koska kirja vaikutti hyvin mielenkiintoiselta", Marie vastasi nopeasti.

Marie tunsi kasvavaa ahdistusta ajan kulumisesta ja pelkäsi olevansa jo liian myöhään liikkeellä.

"Oliko mies pitkä ja raamikas?" Lisa jatkoi kyselemistä.

"Te siis tunnette hänet?" Marie kohotti ääntään toiveikkaana jatkaen samaan hengenvetoon melkein paniikissa:

"Hän on suuressa vaarassa ja aikaa on vähän! Teidän on pakko auttaa."

"Mitä tarkoitatte vaaralla?" Lisa kysyi äkkiä pelästyen ja samaan aikaan hämmentyneenä.

"Uskokaa minua - hänelle voi käydä todella huonosti!" Marie huudahti turhautuneena kriittisten minuuttien kulumisesta.

Marie mietti kuumeisesti, uskaltaisiko sanoa ääneen miehen olevan hengenvaarassa, sillä hän epäili yhä itseään vainoharhaiseksi.

"Mies saattaa menettää henkensä", hän sai vihdoin kakistettua suustaan.

Lisa oli alusta alkaen ottanut Marien hätääntyneisyyden todesta ja samalla pelännyt sen tavalla tai toisella koskevan itseään. Nyt kun hädän syy oli selvinnyt ja Danielia koskeva uhka näytti pahimmalta mahdolliselta, jäätävä määrätietoisuus otti hänessä vallan. Säännöt olivat vain sivuseikka. Hän komensi Marien seuraamaan itseään ja huusi samalla Sarahille, että tämä ottaisi kassan hoiviinsa. Matkalla yläkertaan Marie kertoi lyhyesti, mistä oli kyse mainiten samalla Raymondin nimen. Lisa oli lukenut Raymond Durandista ja hänen oli vaikea uskoa, että niin vaikutusvaltainen mies ja tunnettu hyväntekijä olisi jotenkin sekaantunut asiaan.

"Minulla on Danielin numero jossain. Se ei suinkaan ole tavallista asiakkaiden suhteen, mutta meillä on erityinen suhde Danielin kanssa", Lisa selitti penkoessaan kirjoituspöydän vetolaatikkoa.

Lisa huomasi Marien kysyvän katseen ja jatkoi:

"Älkää ymmärtäkö väärin! Kyse on vain kirjoista."

Lisa alkoi hermostua ja veti koko laatikon ulos kaataen sen pöydälle.

"Sen on pakko olla täällä! En voi soittaa numerotiedusteluunkaan, kun en tiedä hänen sukunimeään tai osoitettaan. Tiedän vain hänen asuvan Île Saint-Louis'n saarella", Lisa selitti.

"Oletteko mahdollisesti joskus soittanut hänelle tai hän teille?" Marie kysyi hieman häpeillen kuin epäillen kysymystään tyhmäksi.

Lisa katsoi häntä ensin kysyvästi ja kasvot siinä samassa kirkastuen.

"Hän tosiaan soitti kerran. Annoin hänelle oman kännykkäni numeron liikkeen numeron sijaan saadakseni hänet asioimaan juuri minun kanssani. Danielin numeron täytyy olla vielä puhelimen muistissa vastattujen puheluiden lokissa", Lisa sanoi kiihtyneenä.

Lisa muisteli soiton ajankohtaa ja alkoi selata kännykkänsä muistia. Marieta hän käski tilaamaan taksin valmiiksi keskelle Île Saint-Louis'n saarta, sillä aikaa ei ollut yhtään hukattavissa. Koska Danielin osoite ei ollut tiedossa, oli saaren keskiosa luontevin kohde. Keskikohta oli helposti löydettävissä ja sinne oli saaren jokaisesta osasta lyhyt matka. Danielin piti poistua asunnostaan heti, joten taksin täytyi olla valmiina. Lisa ajatteli piilottavansa Danielin ainakin aluksi kotiinsa ja taksi osaisi viedä tämän oikeaan osoitteeseen, jonka hän kirjoitti Marielle ylös.

"Raymond selvittää taksin jälkikäteen ja saa selville osoitteesi", Marie sanoi epäillen.

"Älä huoli. Kaikki on hallinnassa", Lisa sanoi kuulostaen siltä, kuin tietäisi, mitä oli tekemässä.

Ensimmäinen Lisan kokeilema numero osoittautui vääräksi, mutta seuraava tärppäsi. Daniel vastasi sekavan oloisena ja Lisa joutui komentamaan tosissaan saadakseen tämän uskomaan, että oli hätä kyseessä. Puhelu oli lyhyt ja molemmat naiset jäivät hermostuneina odottamaan Danielin soittoa taksista. He istuutuivat alas ponnistuksistaan uupuneina paniikin helpottaessa, mutta pelonsekaisen huolen yhä kalvaessa mieltä.

"Sopisiko teille sinunkaupat?" Marie kysyi yllättäin.

"Se käy minulle hyvin", Lisa vastasi tyytyväisenä kuin kunnian saaneena.

Mariessa oli jotain vaikuttavaa – karismaa, joka teki Lisaan syvän vaikutuksen.

Kun Lisa alkoi vähitellen rauhoittua, hänen mieleensä alkoi pyrkiä epäilyksen siemeniä. Hän mietti, oliko sittenkin vain Marien karisma saanut hänet mukaan paniikkiin. Marien perustelut olivat olleet varsin lyhyet ja Lisasta alkoi huolestuttavasti tuntua siltä, että tämä oli vain vainoharhainen.

"Oletko aivan varma Raymondin osuudesta? Hän on

todella vaikutusvaltainen henkilö, joka on monessa mukana. Olisi vaikea kuvitella hänen riskeeravan maineensa, saati sitten tuhoavan asemansa vain mustasukkaisuuden takia", Lisa kysyi varovasti sovittelevaan sävyyn.

"Voit tietysti olla oikeassakin. Minut yritettiin raiskata pari vuotta sitten. Tekijä saatiin Raymondin ansiosta kiinni ja miehelle langetettiin vankeustuomio. Mies on jo vapautunut ja saattaa hyvin olla kaiken takana. Ehkä hän yrittää kostaa minulle. Oikein kiero ihminen voisi onnistua lavastamaan Raymondin syylliseksi", Marie pohti hämmentyneenä.

"Voitko ylipäätänsä olla varma, että Daniel on vaarassa?" Lisa kysyi uskaltamatta mainita, miten noloa väärä hälytys olisi.

"En enää tiedä, mitä ajatella."

Marie tunsi itsensä voimattomaksi. Intuitio Danielia uhanneesta vaarasta oli ollut niin voimakas, ettei hän ollut osannut sitä juurikaan epäillä. Nyt Lisan järkeily tuntui vievän pohjan kaikelta ja Mariekin alkoi pelätä vainoharhaisuutta. Hän tunsi voimakasta tarvetta tukeutua Lisaan.

"Olisi ihme, ellei Daniel olisi sinuun ihastunut", Marie pohti Lisaa ihaillen.

"Usko tai älä, muttei meillä ole sellaista tunnetta puolin eikä toisinkaan", Lisa sanoi ilman epäilyksen häivääkään.

"Minulla piti kyllä olla treffit hänen kanssaan, mutta tällä hetkellä mielessäni on vain syyllisyyttä ja häpeää, ja tuskin kehtaan tavata hänet tämän jälkeen", Marie totesi.

"Ja tässä me olemme pelastamassa häntä kuin yhteistä rakastettua", Lisa naurahti tunnelmaa keventävästi.

"Taidat ihmetellä, etten tiennyt edes hänen nimeään",

Marie kysyi.

"En minäkään tiedä hänestä paljoa. En ole paljoa kysellyt, eikä hän ole paljon kertonut", Lisa selitti.

"Me taidamme olla hänen kanssaan vähän samankaltaisia", Marie totesi selittämättä sen enempää.

Aika kului ja Lisa ehdotti hakevansa molemmille kupin teetä. Marie ei yleensä juonut teetä, mutta päätti sillä kertaa kokeilla.

"Se sopinee englantilaiseen ympäristöön", Marie sanoi hyväksyen Lisan ehdotuksen.

"Oikeastaan olemme amerikkalaisessa kirjakaupassa", Lisa korjasi.

Lisan palatessa höyryävien kuppien kanssa katseli Marie tätä häpeilemättä. Hän mietti Lisan pukeutumista, joka vaikutti siltä, kuin tämä peittelisi tarkoituksella itseään. Oliko se hänen englantilainen puolensa, sillä ranskalainen nainen ei koskaan tekisi niin? Marien katse kiinnittyi Lisan kenkiin, jotka olivat tavallista kuluneemmat.

"Sinä huomasit kenkäni. Tiedän kyllä, että minun pitäisi hankkia uusia kenkiä, mutta jalkani ovat niin isot, etten tahdo millään löytää sopivia. Se on suorastaan masentavaa ja siksi inhoan kenkäostoksia", Lisa sanoi vaivautuneena.

"Olen pahoillani, jos katseeni loukkasi sinua. Ei sinun tarvitse kenkiäsi surra ja löydät varmasti sopivia vaikka netistä. Sitä paitsi minusta sinä olet kaunis nainen", Marie sanoi häveten tuijotustaan.

"Olen kyllä melkoisen lihava sinuun verrattuna", Lisa totesi.

"Sinä olet kuin suoraan Rubensin maalauksista paitsi, että olet paranneltu versio", Marie jatkoi Lisan itsekritiikkiä vastustaen.

Samassa Marien puhelin soi ja hän alkoi etsiä sitä käsilaukustaan. Etsintä tuntui kestävän ikuisuuden ja kun hän lopulta sai sen käteensä, hän jäi mietteliäänä tutkimaan soittajan numeroa - Lisan mielestä turhankin pitkään.

"Haloo?" Marie vastasi epäröivällä äänellä.

Veri pakeni Marien kasvoilta ja Lisa pelkäsi tämän pyörtyvän. Lisa ehti jo valmistautua kuulemaan, että Danielille oli tapahtunut jotain, mutta hetken hiljaisuuden jälkeen hän kuitenkin kuuli Marien vaativan taksinkuljettajalta, että tämän pitäisi jatkaa Danielin odottamista. Lisakin tunsi heikotusta, vaikkei uutinen vielä tarkoittanutkaan mitään. Silti hänen mielensä alkoi täyttyä uusilla epäilyksen siemenillä, että Marie oli sittenkin ollut oikeassa Danielia uhkaavasta vaarasta. Marie laski puhelimen syliinsä ja naiset katselivat toisiaan epätietoisina.

"Minun lienee pakko yrittää soittaa hänelle", Lisa totesi vapisevalla äänellä.

Lisa painoi soittonäppäintä ja nosti puhelimen korvalleen. Marie seurasi Lisan kasvoja kauhunsekaisin tuntein. Puhelin soi useita kertoja ilman vastausta.

5 THE THIRTY-NINE STEPS

John Buchan 1915

Olin lievästi sanottuna hämilläni. Lisa oli ollut hyvin kiihtynyt, enkä millään ymmärtänyt, mistä olisi voinut olla kyse. Edellinen ilta kirkkaana mielessäni maistoin suussani jälleen pelon kitkerän maun, mutta Lisa ei voinut mitenkään liittyä illan tapahtumiin. Kuitenkin hän oli käskenyt pysymään taksissa matalana, mikä palautti mieleeni Mauricen puheet edellisenä iltana. Jotain oli pahasti vialla mutta mitä? Onneksi Lisa oli kuitenkin ollut puhelimessa niin päättäväinen, ettei minulle jäänyt vaihtoehtoja ja pohdittavaa. Olisi vain mentävä mahdollisimman nopeasti, kuten hän oli käskenyt.

Lähdön tekeminen sai aikaan tutun refleksin ja minun oli pakko käydä WC:ssä ennen lähtöä. Kylpyhuoneeni oli iso ja siististi kaakeloitu sinisillä koristeilla elävöitetyillä valkeilla laatoilla. Sen koko oli ristiriidassa muun asunnon kanssa, joka oli käytännössä vain yksi huone pienellä kulmakeittiöllä. Kaikki kylpyhuoneessa oli uutta ja arvostin erityisesti sen moderneja vesihanoja. Vaikka kylpyhuone oli hyvin remontoitu, siinä oli yksi outo piirre. Kaikki äänet kuuluivat talon portaikosta kuin vahvistettuina ja epäilin sen johtuvan portaikkoon johdetusta ilmastointikanavasta. Sillä hetkellä talo oli kuitenkin jo hiljainen, sillä asukkaat olivat ehtineet lähteä töihin. Ainoa kuulemani ääni oli WC-pytyn lorina. Niin ensin ajattelin, mutta olin sittenkin aika ajoin kuulevinani epämääräistä metallista ääntä. Se oli kuin kahinaa, joka syntyi pehmeän metallin hankauksesta terästä vasten. Ääni kuului hyvin etäisesti ja vain pätkittäin, enkä kiinnittänyt siihen sen suurempaa huomiota.

Mietin, mitä tarvitsisin mukaani. Hammasharja tuli ensiksi mieleeni ja työnsin taitettavan matkahammasharjan pikkutakkini povitaskuun. Parranajokoneen hylkäsin heti ja päätin antaa partani kasvaa rauhassa muutaman päivän. Lompakko oli itsestäänselvyys ja passikin voisi olla tarpeen. Ja tietysti haavani hoitoon määrätyt lääkkeet, muistin äkkiä. Kaiken muun voisin hyvin vaikka hylätä ja uusia vaatteita pitäisi muutenkin ostaa. Päätin lähteä niine hyvineni.

Avasin ulko-oven ja samalla hetkellä olin kuulevinani portaikon teräsristikkoisen oven sähkölukon äänen. Olin kuitenkin vielä oven sisäpuolella, joten en voinut olla asiasta täysin varma. Astuessani oviaukosta vaistosin jotain olevan pielessä. Minusta tuntui kuin olisin jakanut ajatukseni jonkun kanssa ja se toinen pelkäsi. Mietin hetken palaamista sisään, mutta sen jälkeen olisin ollut loukussa. Päätin jäädä käytävään. Olin jo painamassa ovea kiinni, kun tunsin kylmien väreiden nousevan pitkin kylkiäni. Vaistoni käski minua toimimaan äänettömästi.

Päätin sulkea oven avaamalla ensin lukon ennen oven työntämistä kiinni, jotta lukon kieli ei napsahtaisi. Työnsin peukaloni ja etusormeni lukon suulle ja hivutin avaimen lukkoon sormieni välistä vaimentaen sillä avaimen äänen. Nostin hieman ovea kahvasta estääkseni sarannoista painunutta ovea pitämästä ääntä kynnystä vasten. Saatuani oven kiinni vapautin hiljaa lukon ja vedin avaimen varovasti sormieni välistä.

Kaikki aistini virittyivät niin äärimmilleen, että se tuntui varastavan koko aivojeni kapasiteetin. Olin aivan varma, että jos minulla olisi ollut koira, se olisi paljastanut hampaansa ja murissut alaspäin vieviin portaisiin tuijottaen. Haistoin heikon savukkeen hajun, joka tulee hengityksestä polttamisen jälkeen. Kuuloni herkistyi niin, että kuulin oman sydämeni jyskytyksen. Mutta portaikko oli epätavallisen äänetön – niin äänetön, että se sai niskakarvani nousemaan pystyyn. Joku oli portaiden alapäässä, eikä halunnut paljastaa itseään. Portaat kiertyivät niin, ettei niitä pitkin nähnyt kuin puoli kerrosta ylös- tai alaspäin. Minulle ei olisi tullut mieleenikään paljastaa itseäni kurkistamalla alaspäin, mutta eipähän kukaan nähnyt minuakaan alhaaltapäin. Asuntoni oli kolmannessa kerroksessa, joten aikaa nousemiseen menisi juostenkin useita sekuntteja. Hiipiminen vaatisi paljon pidempään ja pahasti nariseva puinen portaikko paljastaisi tulijan.

Minulla ei ollut aikaa miettiä tapahtumien syitä. Päätin väistyä ylöspäin siinä toivossa, ettei tulija ollut kuullut poistumistani huoneistosta. Jos hän pyrkisi ovelleni ja onnistuisi avaamaan sen, hän olettaisi minun poistuneen koko talosta. Sen jälkeen voisin sopivan tilaisuuden tullen livahtaa ulos. Olin usein kuullut kylpyhuoneestani yläportaiden narinan, joten minun oli päästävä jotenkin ylös laskematta painoani portaille. Onneksi portaissa oli kaiteet, joten otin niistä otteen ja asettelin askeleeni varovasti portaiden koristereunukselle. Ensimmäinen askeleeni oli lipsahtaa reunukselta, mutta kevensin painoani kaiteen varaan ja onnistuin hivuttautumaan hitaasti ylöspäin. Aikaa kului kuitenkin tuskallisen paljon ja päätin pysähtyä seuraavalle tasanteelle kuuntelemaan.

En kuullut yhtään mitään ja aloin jälleen kerran epäillä mielikuvitustani. Tasapainoiluni oli vapauttanut verenkiertooni niin paljon adrenaliinia, että pelkoni oli tipotiessään. Aistini herkistyivät kuitenkin saman tien, kun ponnisteluni olivat ohi. Hetkeen en havainnut mitään, mutta yllättäin tunnistin savukkeen epämiellyttävän hajun vahvempana kuin aiemmin. Tuo joku oli tullut lähemmäksi! Kuuntelin äärimmilleen keskittyen, mutten kuullut yhtään mitään tai niin ainakin ensin luulin. Ihminen ei ole tottunut täydelliseen hiljaisuuteen ja kuuntelemaan ääniä, joita tuskin kuulee. Äkkiä tajusin kuulevani jotain, mutta etteivät aivoni olleet osanneet prosessoida noita hiljaisia ääniä. Nyt äärimmäisessä vaaran tilanteessa aivojeni resurssit kasvoivat yli-inhimillisiin mittoihin ja tajusin äkisti hahmottavani varovaisten liikkeiden ääniä. Äänistä pystyin hahmottamaan ei vain yhden vaan useiden pienessä tilassa liikkuvien ihmisten määrätietoisen toiminnan. He olivat ovellani puoli kerrosta alempana vain muutaman metrin päässä minusta!

Hengitin syvään pitääkseni itseni rauhallisena, mutta kykenin haistamaan pelkoni. Mietin kuumeisesti mahdollisuuksiani, jos minut havaittaisiin. Pahinta olisi, jos he havaitsisivat minut sitä kuitenkaan paljastamatta. Tällöin ainoa etuni eli yllätys olisikin vastustajan puolella. Jos taas huomaisin jonkun heistä näkevän minut, kävisin kimppuun apinan raivolla, ennen kuin tämä ehtisi toipua sekunnin murto-osia kestävästä hämmästyksestään. Yrittäisin ottaa hänet kilvekseni, sillä todennäköisesti heillä olisi ampuma-aseita. Sen jälkeen ainoa toivoni olisi kaapata joltain ase. Huonoa tuuria olisi myös, jos joku yläkerran asukkaista sattuisi tulemaan portaita. Saisinko hänet olemaan paljastamatta minua vain laittamalla sormen huulilleni? Samassa muistin kännykkäni. Hitto vieköön - se ei suinkaan ollut äänettömänä! Ajatukseni juoksivat salamana. Aikaa oli ehtinyt jo kulua ja minun piti olla jo taksissa, ja soittaa sieltä. Siitä seurasi, että Lisa soittaisi huolissaan minä hetkenä hyvänsä.

* * *

Raymond kiroili karkeasti puhelimeen kuullessaan välikädeltään, ettei heidän etsimänsä mies ollut löytynyt muuttorekisteristä. He tiesivät vain miehen etunimen ja kansalaisuuden. Jos tämä oli vain lomalainen, tarkoitti se työmäärän huomattavaa lisääntymistä. Hänet olisi löydettävä huoneistovuokraajien joukosta, eikä se tulisi olemaan helppoa vajavaisten tietojen perusteella. Kaikkein pahinta olisi, jos mies asuisi epävirallisesti hankitussa asunnossa. Heidän oli ikävä kyllä hankittava apua tiedustelukoneistosta. Sillä hetkellä hän saattoi hyvin käydä nukkumaan ja toivoa, että tieto löytyisi yön aikana. Hänellä kävi mielessä, oliko tapaus sittenkään kaiken vaivan arvoinen, mutta totesi sitten vaistoihin luottamisen ja varman päälle pelaamisen de facto pitäneen hänet koskemattomana. Se, oliko hän aina osunut vaistoissaan oikeaan, oli sivuseikka. Sitä paitsi tapaus oli Marien takia tavallista henkilökohtaisempi.

Raymond nukkui levottomasti odottaen koko ajan puhelinsoittoa, jota ei kuitenkaan kuulunut. Hän oli jo syömässä aamiaista, kun hänen yhteysmiehensä lopulta soitti.

"Saimme oletetun osoitteen jo aamuyöstä ja laitoimme optisen tähystyksen Seinen vastarannan talon katolle, mistä on hyvä näkyvyys portille. Iskutiimi alkoi kokoontua samoihin aikoihin pakettiautoon lähistölle. Aamulla portista meni sisään joku talon asukas ja tiedustelu poimi tämän näppäilemän portin koodin. Juuri äsken tuli vahvistus, että osoite on varmasti oikea. Kohde ei muuten ole amerikkalainen vaan suomalainen nimeltään Daniel Bremer. Nyt kaikki on valmista", yhteysmies selosti operaation etenemistä kuin mitä tahansa arkipäiväistä rutiinia.

"Hyvä! Odottakaa ensin, että töihin lähtijöiden virta hiipuu. Laittakaa sitten paras miehenne portin sisäpuolelle ja jos kohde yrittää poistua, niin mahdollisuuksien mukaan tainnuttakaa hänet nukutusaineella. Siirrämme hänet sitten jonnekin parempaan paikkaan. Jos kohde poistuu samaan aikaan ulkopuolisten kanssa, niin seuratkaa etäältä ja pyytäkää lisäohjeita. Minun saapumiseni kestää hetken aikaa, koska joudun varmistamaan, ettei jälkeenpäin voida yhdistää minun olleen lähelläkään tapahtumapaikkaa", Raymond selitti valmiiksi miettimäänsä suunnitelmaa.

Raymondia mietitytti miehen kansalaisuus. Jos tämä jahtasi häntä, niin suomalaisuuden täytyi olla vain peite. Suomalaiset eivät voineet mitenkään tietää hänen venäläisten kanssa tekemistään kaupoista, jotka olisivat kyllä varmasti ärsyttäneet suomalaisia. Ja vaikka he jotenkin niistä tietäisivätkin, niin tuskin suomalaiset ryhtyisivät suoraan toimintaan. Amerikkalaiset olivat eri asia ja tuolla suomalaisella oli taatusti amerikkalainen yhteys, hän päätteli.

Kun Raymond saapui paikalle, hän jäi odottamaan autoonsa kadulle, ja kolme huoltomiehiksi pukeutunutta ja repuin varustautunutta miestä siirtyivät jo valmiiksi portin sisäpuolella odottavan jäsenensä seuraksi. Yksi heistä kaivoi repustaan alumiinisen zoom-tangon, jonka hän työnsi teräskalterisen sisäportin läpi. Sisäportin avauskytkin sijaitsi oletettavasti jossain ylös johtaneiden portaiden kulman takana. Mies katseli pienestä monitorista kuvaa, joka välittyi tangon päähän sijoitetusta pienestä kamerasta. Kytkin löytyikin kierreportaiden alta. Hän painoi nappia ja tangon pää ankkuroitui kytkimen viereen. Pieni vipu kääntyi tangosta ja painoi kytkintä. Sisäportin lukko avautui ja kaikki oli tapahtunut melkein yhtä nopeasti kuin, jos miehillä olisi ollut sisäportinkin koodi.

Ryhmän johtaja tarkkaili vanhoja puisia portaita. Hetken mietittyään hän asettui nelinkontin jakaen painonsa tasan kaikille neljälle raajalle hakien painopisteitä rappusten reunoilta, missä narinan riski oli pienin. Hitaasti porras portaalta tunnustellen hän lähti etenemään ylöspäin muiden seuratessa samalla tekniikalla perässä. Hänen kätensä tutkivat portaita ja hän antoi jokaisen epäilyttävän portaan kohdalla merkin, että se porras oli syytä jättää väliin, minkä seuraava välitti ketjussa eteenpäin. Näin he etenivät portaissa kuin varaanit vartalot puolelta toiselle kiertyen.

Tultuaan kolmanteen kerrokseen ryhmän johtaja pysähtyi ja kun kaikki olivat perillä, hän osoitti oikealla olevaa ovea. Yksi miehistä alkoi tutkia ovea, yksi asettui vahtimaan portaita alaspäin ja kolmas ylöspäin. Ryhmän johtaja kaivoi esiin äänenvaimentimella varustetun Berettan asettuen vahtimaan ovea siltä varalta, että se avattaisiin sisältäpäin. Ovea tutkiva mies tarkasteli sekä lukkoa että saranapuolta miettien tehokkainta tapaa mennä ovesta nopeasti läpi. Kohde piti yllättää täydellisesti, sillä tämä oli oletettavasti vaarallinen ja mahdollisesti aseistautunut. Lukon tiirikoinnissa oli suuri paljastumisen riski. Oven tai lukon murtaminen taas oli kokonaan pois vaihtoehdoista, sillä mikään ei saanut herättää ulkopuolisten huomiota. Kohteen saattoi myös houkutella ulos sopivalla äänellä tai hajulla, mitä varten heillä oli laitteistoa. Oven alta saattoi syöttää vaikka savun hajua.

Samassa asunnon sisällä soi kännykkä. Kaikki ryhmän jäsenet kääntyivät tuijottamaan ovea ja ovea tutkinut mies painoi korvansa sitä vasten. Se oli oikea hetki iskeä. Puhelu varasti kohteen huomion ja puheen äänestä saattoi arvioida kohteen sijainnin asunnossa, josta heillä oli piirrustus. Puhelin jatkoi soimistaan. Ryhmän johtaja pohti kuumeisesti oikeaa taktiikkaa. Kohde oli saattanut sittenkin huomata ryhmän saapumisen ja yritti hämätä olemalla vastaamatta puhelimeen. Saapumisen salaaminen oli kuitenkin onnistunut niin hyvin, ettei paljastuminen ollut todennäköistä. Siinäkin tapauksessa tilanne oli selvä eli jos he olivat paljastuneet, sisäänmenon salaaminen oli jo turhaa. Ryhmän johtaja näytti oviasiantuntijalle merkin tiirikoinnin aloittamisesta ja kaikki muut valmistautuivat sisään rynnäköimiseen. Yksi miehistä kaivoi esiin sähköisen lamauttimen ja toisilla oli Berettat valmiina. Puhelin jatkoi yhä soimistaan, kun ryhmä oli jo sisällä.

Raymond saapui nopeasti paikalle saatuaan puhelun, että asunto oli tyhjä. Hän tutki kännykkää, joka oli onneksi lukitsematta. Hetkeä aikaisemmin tulleen soiton soittaja näkyi olleen jokin SAC. Hän otti esille puhelimen osoitekirjan ja ihmetteli, että siellä oli muutaman harvan ulkomaisen numeron lisäksi ainoastaan kaksi ranskalaista numeroa: kyseinen SAC ja Maurice. Hän käski iskuryhmän johtajan soittaa Mauricen numeroon ja kertoa löytäneensä puhelimen. Hän ei halunnut riskeerata, että hänet itsensä tunnistettaisiin äänestä.

"Terve Daniel! Oletko jo toipunut eilisestä?" iloinen ääni vastasi puhelimeen englanniksi.

"Puhutteko te ranskaa?" Raymondin mies kysyi ranskaksi mahdollisimman ystävällisellä äänellä.

"Tietenkin! Miksi te soitatte Danielin puhelimesta?" Maurice kysyi yllättyneenä.

"Löysin puhelimen kadulta ja poimin teidän numeronne osoitekirjasta. Ehkä voisin tuoda puhelimen teille?" soittaja ehdotti.

"Missä te olette nyt?" Maurice kysyi yrittäen kätkeä epäileväisyytensä.

"I'le Saint Louis'ssa - mikä tämä katu nyt onkaan... Quai de Bourbon", soittaja vastasi mielessään epämiellyttävä aavistus, että oli tehnyt pahan virheen.

"Minä olen valitettavasti aivan toisella puolella kaupunkia, joten minusta ei ole siinä suhteessa apua", Maurice sanoi korostetun ystävällisesti yrittäen peittää huomanneensa soittajan paljastaneen valehtelunsa.

Puhelimesta ei kuulunut mitään taustaääniä eli puhuja oli sisällä eikä kadulla. Maurice oli varma, että puhelu tuli Danielin asunnosta. Seuraava kysymys tuli Mauricelta vaistonvaraisesti:

"Haluatteko ehkä Danielin osoitteen?"

"Onko teillä ehdottaa jotain ravintolaa lähistöllä, johon voisin jättää puhelimen", soittaja sanoi kiertäen kysymyksen.

"Voisitteko olla niin ystävällinen, että jättäisitte puhelimen Le Lutetiaan, joka on Quai de Bourbon'in ja Jean du Bellay'n risteyksessä", Maurice sanoi.

"Se käy helposti. Kiitoksia ja kuulemiin", soittaja sanoi lopettaen puhelun.

Soittaja katsoi Raymondia odottaen raivonpurkausta.

"Hän alkoi kuulostaa liian epäilevältä, enkä uskaltanut pumpata hänestä enempää. Ainakaan hän ei tiennyt kohteen olinpaikkaa", hän sanoi.

"Selvitetäänpä sen Mauricen osoite. Tarvittaessa voidaan laittaa hänelle varjostaja. Suomalaisella on vain kaksi ranskalaista numeroa kännykässään, joten niiden täytyy olla tärkeitä", Raymond pohdiskeli ääneen ja jatkoi:

"Kokeile vielä se SAC."

* * *

Lisan ja Marien tunteet olivat menneet vuoristorataa siitä lähtien, kun Marie oli astunut Shakespeare and Companyyn. Kaikki oli hetken näyttänyt pelkästään Marien mielikuvituksen tuotteelta, mutta Danielin taksiin saapumisen viivästyminen oli jälleen kääntänyt heidän tunteensa pelon puolelle. Se, ettei Daniel vastannut puhelimeensa, oli muuttamassa pelon jo suoranaiseksi paniikiksi. Ainoa järkevä selitys tuntui olevan, että Danielille oli tapahtunut jotain.

Lisa ja Marie miettivät epätoivoisesti, mitä voisivat tehdä. Poliisille ei auttanut soittaa, koska he eivät tienneet, minne poliisit voisi hälyttää. Marie piti sitä muutenkin huonona vaihtoehtona, sillä poliisi vuotaisi Raymondille kuitenkin kaiken. Jos tälle selviäisi, että Marie tiesi jotain, voisi se olla hänelle vaaraksi. Myöskin Lisan osalta heräisi liikaa kysymyksiä ja Danielin piilottaminen Lisan kotiin kävisi mahdottomaksi. He miettivät myös lähtemistä Île Saint-Louis'iin, mutta vaikka saari oli pieni, asunnon etsiminen ilman osoitetta oli järjetön ajatus.

Lisan puhelin soi. Hän vilkaisi soittajan numeroa ja se näytti tutulta.

"Hei, Daniel taitaa soittaa!" Lisa huudahti innoissaan jatkaen samaan hengenvetoon:

"Hän taisi sittenkin päästä taksiin."

Lisa painoi vastausnäppäintä ja oli juuri avaamassa suunsa, kun näki Marien kauhistuneena viuhtovan kädellään sivuttain kiellon merkkinä. Lisa jäi hetkeksi sanattomaksi ja ennen kuin hän ehti koota itsensä, puhelimesta kuului:

"Haloo?"

Ääni oli vieraan miehen ääni!

"Shakespeare and Company. Miten voin palvella?" Lisa sai sanotuksi virallisella äänellä.

"Te olitte soittaneet minulle", vieras ääni sanoi kysyvään sävyyn.

"Saanko kysyä, kuka soittaa?" Lisa kysyi.

Syntyi hiljaisuus ja puhelimesta kuului pientä rapinaa, ikään kuin puhuja olisi peittänyt puhelimen kämmenellään. Lisa ehti pelätä, että oli sohaissut muurahaispesää.

"Anteeksi mitä kysyittekään? Ai niin, olen Daniel Bremer", soittaja sanoi hajamielisesti.

"Ai, herra Bremer, tilaamanne kirjat ovat tulleet", Lisa

totesi.

Lisa visualisoi mielessään erästä vanhaa, tylsähköä miesasiakasta, jotta kuulostaisi mahdollisimman luonnolliselta.

Soittaja sulki puhelimen ja katsoi Raymondia kuin seuraavaa tehtävää odottaen.

"Se oli kirjakauppa. Laitetaanko sinnekin päivystys?"

Lisa katsoi Marieta helpottuneen oloisena ja alkoi selittää innokkaana:

"Joku vieras mies soitti Danielin kännykästä. Jos hän tai he olisivat saaneet Danielin kiinni, niin miksi he olisivat soittaneet? Danielin on täytynyt ehtiä häipyä, mutta hän on unohtanut kännykkänsä."

"Joku on siis tunkeutunut Danielin asuntoon. Olin siis sittenkin oikeassa", Marie totesi kauhuissaan.

"Mutta miksei Daniel ole saapunut taksiin?" Lisa ihmetteli.

"Olisikohan hän sittenkin jo nyt taksissa? Luulisi hänen lainaavan kuljettajan puhelinta ja soittavan, koska vielä erikseen käskit soittamaan", Marie sanoi.

"Soita taksiin ja kysy!" Lisa sanoi muistaen, etteivät taksin saamat ohjeet pätisi ilman Danielin saamia jatko-ohjeita.

"Jos taksi on lähtenyt ilman Danielia, niin pyydän sitä palaamaan ensi tilassa, vaikka se sitten maksaisi mitä extraa", Marie totesi.

Marie oivalsi, että Daniel hakeutuisi viivästyksestä huolimatta sovitulle paikalle. Tämä todennäköisesti pelkäisi tulevansa seuratuksi, jos yrittäisi kävellä Shakespeare and Companyyn.

* * *

Raymond tutki miehineen tarkkaan Danielin huonetta ja tavaroita. Yksi mies seisoi vartiossa oven ulkopuolella ja toinen kadulla siltä varalta, että Daniel sattuisi saapumaan. Se oli hyvin todennäköistä, sillä jossain vaiheessa tämä huomaisi unohtaneensa puhelimensa.

Huoneessa ei ollut mitään silmiinpistävää. Pöydällä oli läppäri ja sotkuinen kasa käsin kirjoitettuja papereita. Kirjahylly oli täynnä kirjoja.

"Tämä mies vaikuttaa joltain kirjailijalta", nahkatakkinen mies sanoi Raymondille.

Raymond otti pinkan papereita käsiinsä ja viskoi niitä yksitellen pöydälle.

"Veikkaanpa vain, että se on pelkkä peite. Näissä papereissa ei ole kuin ranskalaisin viivoin jäsenneltyjä lauseita ilmeisesti suomeksi. Hän on voinut poimia niitä kirjoista ymmärtämättä kielestä mitään. Ottakaa läppäri mukaanne ja tutkikaa se tarkemmin", Raymond pohti epäilevänä.

Samassa Raymondin puhelin soi.

"Sisään on tulossa iso joukko kaapin kokoisia miehiä amerikkalaisen jalkapallon varusteissa! Heillä oli portin koodi eli ilmeisesti joku heistä asuu talossa", katuvartio ilmoitti.

"Mitä hemmettiä?" Raymond kysyi hämmästyneenä.

Hän kääntyi iskuryhmän johtajan puoleen ja käski tätä menemään ryhmää vastaan.

"Ottakaa selvää, mitä he aikovat. Älkää paljastako asetta tai olko muutenkaan uhkaava. Jos on pakko, niin väittäkää olevanne poliisi tai jotain", Raymond käskytti.

Ryhmänjohtaja lähti juosten ulos ja hidasti portaissa

vauhdin normaaliksi. Hän eteni keskellä portaita, jotta vastaan tulevan joukon olisi pakko pysähtyä. Samassa hän kuuli alhaalta kovan huudon, joka kuulosti komennolta:

" Quick Split – Speed Counter, hut, hut..."

"Mitäs porukkaa te olette?" iskuryhmän johtaja kysyi sinisiin peliasuihin pukeutuneiden kärkimieheltä, joka vaikutti pelaajien johtajalta.

"Vanha pelikaverimme on menossa naimisiin ja yllätämme hänet viimeisellä pelillä", pelaaja vastasi iloisesti.

"Luulin, että Ranskassa pelataan vain rugbyä. Kuka on illan sankari?" iskuryhmän johtaja kysyi muina miehinä.

"Jacques Dupont viidennestä kerroksesta", pelaaja vastasi ja jatkoi:

"Puemme hänet kilpailevan joukkueen asuun ja rökitämme hänet kentällä joukolla", pelaaja selitti näyttäen kädessään keltaista pelipaitaa ja punaista kypärää.

Joukkue lähti ohittamaan portaiden tukkeena seisonutta miestä sysäten hänet syrjään ystävällisesti, mutta aivan kuin tämä olisi ollut vain kevyt pahvieste.

" Quick Split – Speed Counter, hut, hut...", kuului jälleen kova huuto.

* * *

Tunsin uupuvani jännityksen ja keskittymisen aiheuttamaan stressiin. En voinut tehdä muuta kuin kuunnella korvat herkkinä. Puhelimen soiminen asunnossani oli pelastanut minut paniikilta, mutta se oli ollut vain hetken helpotus. Olin kuullut selvästi asuntoni oven avaamisen ja sisään rynnistämisen. Sen jälkeen oli kuulunut puhetta ranskaksi. Hetken olin ollut kauhusta kankeana, kun portaista oli kuulunut ylöspäin nousevan kiireiset askeleet, mutta tulija olikin mennyt asuntooni. Lopulta asuntoni ovi oli suljettu ja puhe kuului enää vaimeana. En voinut edes kuvitella hiipiväni alas, sillä kuulin selvästi ovellani vähän väliä liikahtavan henkilön äänet.

Aika tuntui matelevan tappavan hitaasti. Äkkiä kuulin tutun huudon portaissa:

"Quick Split – Speed Counter, hut, hut..."

Maurice! Hymy nousi huulilleni ajatellessani tilanteen korniutta. Amerikkalainen jalkapallo istui mahdollisimman huonosti paikkaan ja tilanteeseen.

Asetelman mielipuolisuus sai minut unohtamaan pelkoni ja olin melkein lähteä portaita alas Mauricea vastaan. Tulijoita vaikutti olevan iso joukko ja ajattelin Mauricen yrittävän pelastaa minut joukolla väkisin. Se ajatus olisi huono, sillä vastassa oli ilmeisesti hyvin aseistautunut ammattilaisten joukko. Mutta miten ihmeessä Maurice tiesi tilanteestani?

Huuto kuului toisen kerran ja nyt lähempää! Samassa tajusin Mauricen ilmoittavan huudolla tulostaan ilman, että vastapuoli tajuaisi viestiä. Tilanteen täytyi olla täysin korni myös heille. Maurice ei tietenkään voinut tietää tilanteestani tarkemmin, mutta huuto auttaisi minua ottamaan huomioon tilanteen muuttumisen. Päässäni alkoivat jälleen pyöriä pelikenttien tapahtumat ja pelon viimeisetkin rippeet hävisivät saman tien. Liittyikö huutoon toimintaohjeita, sillä kyseessä oli pelikuvio? Amerikkalaisessa jalkapallossa pelinrakentaja niin sanotusti kutsuu ennalta harjoitellun pelikuvion hyökkäyksen kokoontumisessa "huddlessa", mutta joskus pelikuvio voidaan kutsua pelaajien ollessa jo lähtöasemissa. Tällöin edellytyksenä tietenkin on, ettei puolustava joukkue ymmärrä komentoa. Nyt oli juuri sellainen tilanne eli Maurice saattoi kertoa minulle tulevasta pelikuviosta. Kuvio oli minulle tuttu. Quick Split tarkoitti, että peli on suunniteltu siten, ettei puolustus pysty lukemaan pallonkantajaa ja pallon reittiä, koska pelinrakentaja voi antaa pallon melkein minne tahansa. Termissä oli myös tilanteeseen sopivaa ironiaa, jollaista Maurice rakasti kylvää: quick split – nopea häipyminen. Counter taas tarkoitti keskushyökkääjien harhauttavia juoksukuvioita, joilla puolustus saadaan liikkumaan eri suuntaan kuin mihin pallo lopulta on menossa. Mauricella täytyi siis olla mielessään harhautus eikä väkivaltainen pelastusoperaatio.

Nostin sormeni valmiiksi huulilleni varoittaakseni Mauricea paljastamasta minua jälleennäkemisen riemulla. Silmät olivat pudota päästäni nähdessäni täysissä pelivarusteissa saapuvan joukon. En ollut ensin tunnistaa Mauricea joukon kärjessä, sillä kypärä ja suojamaski peittivät ison osan kasvoista ja puristava kypärä sekä leukahihna saivat kasvot näyttämään pulleilta. Pelaajajoukko oli levittäytynyt kapeille portaille niin, ettei takaapäin nähnyt kuin leveitä selkiä. Yritin nousta pystyyn, mutta jalkani olivat pahasti puutuneet paikallaan olemisesta. Kaksi valtavan kokoista linjamiestä tarttuivat kainaloistani ja alkoivat kantaa minua ylöspäin sanaakaan sanomatta. Pysähdyimme vasta ylimmässä kerroksessa ja miehet laskivat minut omien nipistelevien jalkojeni varaan, jotka alkoivat onneksi taas toimia. Maurice kehotti viittomalla minua riisumaan vaatteeni, jotka hän tunki sitä mukaa isoon pelikassiin. Samasta kassista hän kaivoi minulle täydelliset pelivarusteet alasuojuksia myöten. Maurice ei sanonut sanaakaan, mutta muu joukko piti hilpeää meteliä ranskaksi. Ymmärsin englannin puhumisen sopivan huonosti tilanteeseen, jos se sattuisi kuulumaan alempiin kerroksiin. Laskin pelaajia olevan 10 ja minusta tuli yhdestoista eli meitä oli koossa koko hyökkäyskentällinen.

Maurice oli ilmiselvästi hyökkäyksemme pelinrakentaja ja hän kajautti jälleen ilmoille kovalla äänellä:

"Quick Split – Speed Counter, hut, hut..."

Nyt se oli oikea komento ja me lähdimme alaspäin hieman sääntöjenvastaisessa muodostelmassa. Valtavan kokoiset linjamiehet lähtivät edellä ja mietin, mistä ihmeessä hän oli löytänyt sellaiset kaverit. Olin itsekin 192 senttinen ja 110-kiloinen, mutta nämä olivat vieläkin pidempiä ja isoimmat kymmeniä kiloja painavampia.

Maurice asettui heidän peräänsä, pienempikokoiset laitahyökkääjät sivuillemme muodostaen auramaisen muodostelman. Minut jätettiin auran sisälle. Minä olin isompi keskushyökkääjä eli full back ja takanani oli toinen keskushyökkääjä eli half back. Hän ei kuitenkaan ollut minua pienempi, vaikka oikeissa hyökkäysmuodostelmissa toinen keskushyökkääjä yleensä onkin pienempi ja vikkelämpi. Maurice ojensi pallon hänelle.

Laskeuduimme äänekkäästi ja nopeasti portaita. Asuntoni oven kohdalla seisoi vartiossa ollut mies, jonka kasvot näin vasta nyt. Hän ei onneksi kuitenkaan ollut kukaan edellisenä iltana kimppuuni hyökänneistä, sillä pelkäsin jonkun tunnistavan minut varusteistani huolimatta. Mies oli karkeapiirteinen ja synkän näköinen, mutta hänen kasvoillaan viivähti hymynkare, kun hän väisti tasanteen nurkkaan. Olin jo huokaista helpotuksesta ohitettuamme asuntoni oven, kun seuraavalla tasanteella oli vastassa kaksi miestä. Toinen heistä oli edellisenä iltana minulta tulta pyytänyt roisto! Hänet oli luultavasti otettu mukaan tunnistamaan minut, sillä hän oli ehtinyt edellisenä iltana tutkia kasvojani tarkkaan. Roisto tutkikin kaikkien kasvoja huolellisesti, mutta omani pysyivät vielä piilossa isojen miesten takana. Roiston vieressä seissyt mies oli älykkään ja huolitellun näköinen vaikuttaen ryhmän johtajalta. Hän sanoi yllättäin hyvällä englannin kielellä:

"Katsotaanpa sitä juhlakalua!"

6 RUN TO DAYLIGHT!
Vince Lombardi 1963

R aymond sai yhtäkkiä idean ja alkoi etsiä Danielin kännykkää.

"Missä se kännykkä on?" hän kysyi turhautuneena kuten aina, kun asiat eivät tapahtuneet heti.

"Laitoitte sen taskuunne", toinen huonetta tutkimassa ollut mies vastasi.

Raymond jupisi jotain itsekseen ja kaivoi puhelimen taskustaan. Hän etsi vastattujen puheluiden lokin ja pysähtyi katsomaan viimeisintä vastattua puhelua. Hän tarkisti vielä puhelimesta, mikä päivämäärä siinä oli ja että puhelin oli oikeassa ajassa.

"Merde! Suomalainen on vastannut puhelimeensa klo. 10.18, mutta silloin meillä oli toiminta jo alkanut, eikä hän varmasti päässyt poistumaan rakennuksesta. Hän on jossain täällä talossa!" Raymond sanoi sihisevällä äänellä, joka syntyi hänen puriessa raivoissaan hampaitaan yhteen.

Sekin puhelu oli tullut samaisesta kirjakaupasta. Jokin siinä kaiversi hänen mieltään, mutta juuri silloin ei ollut aikaa pohtia asiaa tarkemmin. Hän otti oman puhelimensa ja soitti iskuryhmän johtajalle.

"Pysäyttäkää se idioottien lauma ja tarkistuttakaa sen juhlittavan kaverin henkilöllisyys sillä miehellänne, joka näki suomalaisen eilen. Puhukaa ensin englantia ja alkakaa sitten yllättäin puhua hänelle ranskaa. Suomalainen ei puhu ainakaan sujuvaa ranskaa, mutta sen juhlittavan pitäisi olla nimestä päätellen ranskalainen. Jos jotain epäilyttävää ilmenee, niin pidätelkää ryhmää aseella uhaten ja hälyttäkää kaikki apuun", Raymond käskytti.

* * *

Nyt vasta ymmärsin, miksi takanani seisova half back oli vaihtanut päälleen keltaisen pelipaidan ja punaisen kypärän, vaikka meillä muilla oli yhtenäiset siniset asut. Samasta syystä hän oli minun pituiseni. Hämäyspeli! Aura edessäni avautui ja minäkin väistin vaistomaisesti syrjään sen mukana. Keltaiseen pukeutunut pelaaja ojensi minulle pallon ja otti kypärän päästään. Roisto katseli häntä pitkään ja sanoi jotain ranskaksi iskuryhmän johtajaksi olettamalleni miehelle. Hän taas kysyi jotain keltapaitaiselta pelaajalta ja sai vastaukseksi pitkän, rennon oloisen vastauksen. Kaikki räjähtivät nauruun minä muiden mukana ja kysymyksen esittänyt mies väistyi tasanteen nurkkaan yhä edelleen hytkyen kuulemastaan vitsistä, josta en ollut ymmärtänyt mitään.

"Full back dive, hut, hut, hut...", Maurice huusi jälleen kovalla äänellä.

Minulla oli nyt pallo ja maalilinja oli lähellä. Viesti oli

selvä eli täysillä eteenpäin kohti päivänvaloa. Lähdimme
jälleen muodostelmassa eteenpäin ja sillä kertaa pääsimme
portista ulos ilman lisäongelmia. Maurice otti puhelimensa
ja soitti jonnekin. Hän suuntasi oikealle kohti Pont Marien
siltaa minä vierellään ja loput joukkueesta perässämme.
Parisataa metriä käveltyämme olimme risteyksessä, johon
samaan aikaan saapui sillan yli bussi. Se ylitti risteyksen ja
pysähtyi bussikaistalle Rue des Deux Ponts'lle heti
risteyksen jälkeen. Vasta bussissa Maurice alkoi puhua.

"Tervehdi Daniel Ranskan maajoukkuetta!" hän ilmoitti
iloisesti.

Bussi oli täynnä käsiään taputtavia pelaajia.

"Luulitko, että keksin ihan muuten vain näin
järjettömän suunnitelman?" Maurice kysyi retorisesti ja
jatkoi:

"Tämä joukkue pudotti Suomen MM-kisoista ja sattuu
juuri olemaan MM-kisoihin valmistavalla harjoitusleirillä
Pariisissa. Minä taas satun olemaan leirin järjestelyissä
mukana. Olimme juuri lähdössä hotellista, kun sain soiton
puhelimestasi. Ei liene vaikea arvata, miten keksin tuon
suunnitelman, kun minulle selvisi sinun olevan pulassa",
Maurice selitti, eikä malttanut vieläkään lopettaa.

"Kerroin tarinasi peliurastasi Yhdysvalloissa ja Rose
Bowlista, minkä jälkeen ei ollut vaikea saada porukkaa
mukaan. Tiesin kyllä, että pelasit puolustuksessa
tukimiehenä, mutta hyökkäys on minun heiniäni ja sopi
paremmin suunnitelmiini."

"Full backin hommat ovat kyllä tuttuja vaihto-
oppilasvuodeltani", vastasin hyväntuulisesti ja kättelin
lämpimästi mukana olleita pelaajia.

"Mitäs seuraavaksi?" Maurice kysyi kuin olisimme olleet
turistimatkalla.

Sillä hetkellä muistin, että taksin piti odottaa minua saaren keskiosassa eli juuri sen kadun ja Rue St Louis en I'lle'n risteyksessä. Se oli vain sadan metrin päässä edessämme!

"Teidän pitää päästä harjoittelemaan. Sinun ei tarvitse enää huolehtia minusta, sillä et ole ainoa minua auttava henkilö. Käydään tämä läpi sitten joskus myöhemmin, sillä olen pahasti myöhässä. Voitte pudottaa minut seuraavassa risteyksessä, niin pärjään kyllä siitä eteenpäin", selitin Mauricelle yrittäen vakuuttaa hänet siitä, että tiesin, mitä olin tekemässä.

Vaihdon nopeasti vaatteet takaisin päälleni ja bussi odotti niin kauan paikoillaan. Lähdimme vihdoin liikkeelle ja pysähdyimme heti seuraavassa risteyksessä Rue St Louis en I'lle'n liikennevaloihin. Laitoin kämmeneni sydämelleni katsoen nopeasti jokaista pelaajaa silmiin. Jokainen ymmärsi arvostukseni heitä ja heidän apuaan kohtaan.

* * *

Raymond kirosi raskaasti kuultuaan epäilyksensä osoittautuneen vääräksi. Suomalainen oli vielä jossain talossa ja se tarkoitti, että heidän oli tutkittava kaikki asunnot. Raymond oli saanut henkilökohtaisesti tarpeekseen ja jakoi ryhmälleen ohjeet etsinnän jatkamiseksi, ennen kuin poistui paikalta. Jos suomalaista ei löytyisi, pitäisi huoneeseen jättää vartio ja ulos tähystys, joka hälyttäisi suomalaisen tai mahdollisesti poliisin saapumisesta. Saaren kaikilla silloilla oli ollut vartiot illasta lähtien, joten suomalainen oli tuskin poistunut jalan. Raymond päätti varmuuden vakuudeksi selvityttää, oliko taksi vienyt saarelta suomalaista muistuttavia henkilöitä.

Kirjakauppa pitäisi tutkia ja sieltä soittanut henkilö laittaa varjostukseen, hän mietti. Maurice vaikutti kuitenkin lupaavimmalta johtolangalta.

* * *

Olin mielessäni kuvitellut taksin odotuspaikaksi sovitun risteyksen isoksi aukioksi, mutta se olikin vain vaatimaton kahden kapean kadun risteys ja tuskin laajempi kuin 100 neliömetriä. Taksi oli tosiaankin odottamassa vasemmalla edessäni parkkeerattuna heti suojatien jälkeen keltaiseksi maalatulla parkkeerauksen kieltävällä paikalla. Sen verran olin oppinut Pariisissa, että parkkeerauskiellot oli tehty rikottaviksi. Kuljettaja näki ilmeisesti saapumiseni, sillä hän nousi autosta osoittaakseen tunnistaneensa minut. Hän avasi minulle takaoven ja ojensi käteeni kännykän.

"Teidän pitää heti soittaa tuohon numeroon, joka on siinä valmiina", hän sanoi kömpelöllä englannin kielellä.

"Marie", tutulta kuulostanut pehmeä mutta huolestunut ääni vastasi.

"Daniel täällä", sanoin hämmentyneenä, sillä olin odottanut Lisan vastaavan puhelimeen.

"Vihdoinkin", Marie huokaisi huojentuneena ja jatkoi:

"Me tapasimme eilen Café Panis'ssa. Et tosiaankaan taida tietää, miten minä liityn asiaan."

Seurasi lyhyt hiljaisuus, kun en tiennyt mitä sanoa. Marie katkaisi ihmettelyni ja jatkoi puhumista.

"En nyt ehdi selittää asioiden taustoja. Minun täytyy valitettavasti kuitenkin perua sopimamme tapaaminen, sillä tämän tapahtuman jälkeen se olisi aivan liian vaarallista. Lisa voi myöhemmin selittää kaiken. Annan nyt puhelimen hänelle", Marie sanoi mielestäni pientä kaihoa äänessään.

Surunsekainen tunne kulki lävitseni, kun näin mielessäni välähdyksen meistä kahdesta yhdessä puistossa aurinkoisena aamuna. Ainakin tiesin nyt hänen nimensä; Marie – kaunis ja hänelle niin sopiva...

"Daniel, olethan kunnossa?" Lisa kysyi palauttaen minut maan pinnalle.

"Olen pahoillani pienestä viivytyksestä, mutta olen ainakin fyysisesti ehjä", vastasin.

"Kuuntele taas tarkkaan!" Lisa komensi varmalla äänellä pakottaen minut valpastumaan.

"Seuraavat liikkeesi ovat välttämättömiä, jotta voit kadota jälkiä jättämättä", Lisa sanoi alkaen selittää suunnitelmaansa.

Taksinkuljettaja ei puhunut sanaakaan sen jälkeen, kun palautin hänelle kännykän. Olin ollut niin keskittynyt, etten ollut huomannut etenemistämme. Kiersimme Riemukaaren, eikä minulla ollut aavistustakaan, mihin olimme menossa. Lisa oli kertonut puhelimessa minullekin osoitteen, mutten osannut sijoittaa sitä mielessäni mihinkään päin Pariisia. Tulimme lopulta kadulle, jossa kaistojen sijaan oli vastakkaisiin suuntiin kulkevat yksisuuntaiset tiet puistolla erotettuna. Arvasin meidän olevan pian perillä, koska kyseessä oli bulevardi kuten Lisan antama osoitekin, 220 Boulevard Pereire Nord. Taksi pysähtyi, aivan kuten Lisa oli kuvaillutkin, kahden vierekkäisen ulko-oven eteen, joista toinen oli kirkkaansininen ja toinen tummanruskea. Sanoin ääneen itsekseni, että juuri oikea paikka ja maksoin Lisan ohjeiden mukaan luottokortillani, sekä annoin kuljettajalle 100€ tippiä odottamisesta. Lisa tiesi minulla olevan aina paljon käteistä mukanani ja olin ehdottanut maksaa turvallisuussyistä kaiken käteisellä, mutta hän oli selittänyt luottokortillakin olevan tarkoituksensa. Minun piti taksista noustuani kävellä suoraan siniselle ovelle, ikään kuin se olisi tuttu osoite ja olla näpyttelevinäni koodia oven sähkölukkoon. Jos taksi ei lähtisi heti, minun pitäisi kuluttaa aikaa ja vaikka näpytellä pienen miettimisen jälkeen uudelleen, ikään kuin olisin ensimmäisellä kerralla syöttänyt koodin väärin. Taksi lähti kuitenkin heti.

Lisa halusi selostuksensa mukaan tarkoituksella ohjata jäljittäjät sinne, missä jäljet lopulta katoaisivat. Paikka oli hänelle tuttu, koska hän oli vieraillut siellä usein ystävänsä luona, joka oli kuitenkin muuttanut jo vuosia sitten pois. Mitään yhteyttä häneen ei talosta löytyisi, eikä tietenkään jälkeäkään minusta, mutta etsijöiden aikaa ja energiaa tulisi hukkaantumaan paljon. Lopulta etsijät tajuaisivat, että heitä oli vedätetty ja se taas tarkoittaisi, että he tietäisivät minun tietävän heidän kykynsä. Alkaisi venäläinen peli: minä tiedän, että sinä tiedät, että minä tiedän.

Seuraavaksi tarkoitukseni oli ottaa metro, muttei missään nimessä nousta metroon viereisen Porte Maillot'n asemalla. Etsijät tutkisivat todennäköisesti sen aseman turvakamerat. Olin saanut ohjeet kävellä Boulevard Pereire'ä koilliseen aina Pl. Du Mal Juin'iin asti, jonne matkaa oli toista kilometriä. Vehreä puisto bulevardin keskellä näytti istutuksineen ja hiekkakäytävineen paljon houkuttelevammalta kuin tylsä jalkakäytävä ja puistoa pitkin pystyi kävelemään koko bulevardin päästä päähän. Suuntasin askeleeni suoraan lähimmälle puiston portille, mutta juuri ennen porttia tulinkin toisiin aatoksiin. Vaistoni kehotti minua kuitenkin valitsemaan jalkakäytävän, vaikken ymmärtänytkään miksi. Oli vain sellainen tunne.

Minulla ei ollut kiirettä, sillä saamieni ohjeiden mukaisesti minun piti olla Porte de Clichy:ssä vasta neljältä. Kiirehdin silti vaistomaisesti askeleitani päästäkseni nopeasti mahdollisimman kauas. Päätin kävellä useiden metroasemien ohi Gare St-Lazare'n asemalle asti ja ottaa metro vasta sieltä määränpäähän. Kävelymatkan kertyessä jännitys alkoi asteittain laueta ja samassa tahdissa aloin tuntea kasvavaa näläntunnetta. Olihan aamiainenkin jäänyt väliin. Päivä oli pilvinen, mutta sateesta ei ollut uhkaa ja ilma oli melko lämmin. Voisin hyvin odotellessani syödä jossain terassilla. Tuntui vain jotenkin kornilta ajatella ruokaa kaiken tapahtuneen jälkeen.

* * *

Saamieni ohjeiden mukaan minun piti hakeutua aukealla olevalle saarekkeelle, jota reunustaisi pyöreänuppiset, metrin korkuiset metallipylväät ja jolla olisi muutama puu. Paikka kuulemma selviäisi minulle helposti, kun nousisin ylös metroasemalta. Ohjeet olivat silti epäilyttäneet minua, mutta tullessani Porte de Clichy'n metroaseman portaista näin heti tapaamispaikan vasemmalla edessäni. Aukealla oli useita pieniä saarekkeita, jotka jakoivat liikennettä ja joiden yli suojatiet kulkivat, mutta vain lähimmällä kasvoi puita ja isoin puu erottui aukiolla selvästi. Ihmettelin, miten sekavaksi risteyksen voikaan rakentaa ja mieleeni nousi ranskalainen periaate, että "miksi tehdä asiasta yksinkertainen, jos siitä voi tehdä kauniin monimutkaisen". Boulevard Bessières'n toisella puolella Avenue de Clichy'n kulmassa oli sopivasti ravintola Le Select Bessières, jossa ehtisin nauttia kahvin ja armanjakin. Samalla saatoin tarkkailla ympäristöä jäljittäjieni varalta.

Siirryin risteysalueen suurimmalle saarekkeelle hyvissä ajoin ennen sovittua aikaa. Lisan ohjeiden mukaisesti nojailin suurimpaan puuhun ja totesin tarkkailevani ympäristöä vaahterapuun alla. Liikenne oli vilkas ja ihmisiä parveili saarekkeelta toiselle risteystä ylittäen. En tiennyt ketä tai edes millaista ihmistä odotin, joten saatoin ainoastaan yrittää etsiä minua lähestyvää tai katseella tarkkailevaa ihmistä. Samassa nojaamani puun takaa kuului naisen ääni.

"Daniel, oletan?"

Lisan ystävätär oli pienikokoinen ja tummahiuksinen nainen. Hän katseli minua, kuin olisin ollut Marsista: pää hieman kallellaan, silmät selällään ja suu hieman auki. Sen sijaan, että olisi alkanut puhua, hän alkoikin pureskella kiihkeästi purukumia. Samalla hän mittaili minua päästä jalkoihin. Lopulta hän lopetti purukumin jauhamisen, mutristi huuliaan ja sylkäisi sen pois.

"Seuraa minua", hän käski lähtien kävelemään suuntaan, jossa tienviitta kertoi olevan periferia.

Nainen kaivoi taskustaan nikotiinipurukumipakkauksen, puristi kennosta yhden kämmenelleen ja heitti sen ilmaan napaten purukumin lennosta suuhunsa. Hän ei puhunut mitään ja antoi minun ymmärtää, että kävelisin vain hänen perässään. Olimme tulleet parisataa metriä, kun alitimme moottoritien, joka tienviittojen mukaan vei Ch de Gaullen lentokentälle. Moottoritien jälkeen tulimme risteykseen, josta alkoi oikealle Boulevard Victor Hugo. Käännyimme kuitenkin vasemmalle ja hetken päästä heti oikealle Rue de Paris'lle. Kun Boulevard Victor Hugo oli näyttänyt kylmältä toimistorakennusten dominoimalta kadulta, Rue de Paris oli kuin pikkukaupunki Pariisin sisällä mataline 5-

kerroksisine taloineen ja pikkukauppoineen. Käännyimme jälleen vasemmalle Rue de Cailloux'lle, joka ei sitten taas enää ollutkaan yhtä idyllinen, vaikka sekin oli hiljainen asuinkuja. Nainen pysähtyi äkisti ja sylkäisi jälleen purukumin suustaan.

"Tiedättekö, mihin olemme tulossa?" hän kysyi.

"Minulla ei ole pienintäkään aavistusta", vastasin ymmälläni sekä kysymyksestä että hänen pitkää hiljaisuutta seuranneesta puhumisestaan.

Nainen ei kommentoinut vastaustani mitenkään, vaan heitti uuden purukumin suuhunsa ja jatkoi matkaansa. Etenimme sata metriä ja hän pysähtyi risteykseen, josta oikealle kääntyvän tien nimi oli Avenue Anatole France. Se oli taas kuin uusi maailma: idyllinen kapea katu, jonka jalkakäytäville istutetut puut kaartuivat ajoväylän yli muodostaen vihreän katon. 50 m risteyksestä oikealla puolella oli lasinen ulko-ovi, jota koristelivat sisäkkäiset, suurikokoiset takorautaiset V-kirjaimet. Oven vieressä oikealla oli seinässä kyltti. Menin lähemmäksi ja luin tekstin:

"Ici a vécu Henry MILLER romancier américain 1932 – 1934"

Olin aivan hiljaa. Nainen pyysi minua väistymään ja avasi oven.

"Te asetutte toistaiseksi tänne asumaan. Toivottavasti pidätte Henry Milleristä, vaikka itse kyllä pidän enemmän Anaïs Nin'stä", hän sanoi aivan kuin olisi esitellyt tavallista 'bed and breakfast' -asuntoa.

7 BETWEEN THE ACTS

Virginia Woolf 1941

R aymond ei yllättynyt lainkaan kuullessaan suomalaisen käyttämän taksin löytyneen, muttei voinut käsittää, miksi tämä oli maksanut omalla luottokortillaan. Kukaan ammattilainen ei tekisi sellaista virhettä edes huolimattomuuttaan. Vaikutti ilmiselvästi siltä, että suomalainen halusi heidän löytävän paikan, johon taksi oli tämän jättänyt.

"Missä suomalainen jäi pois taksista?" Raymond kysyi mietteliäänä puhelimessa.

"Lähellä Port Maillot'a paremmanpuoleisen asuintalon oven edessä. Taksikuskin mukaan suomalainen meni taloon sisään. Tutkimme juuri sen asukkaiden mahdollisia yhteyksiä suomalaiseen ja vahdimme huomaamattomasti ulko-ovea", yhteyshenkilö vastasi haluten korostaa etsijöiden oma-aloitteellisuutta.

"Onko siinä sopivan kävelymatkan säteellä metroa tai

isoa hotellia?" Raymond jatkoi kyselyään entistä mietteliäämpänä.

"Porte Maillot'n metroasema ja Meridienne hotelli ovat muutaman sadan metrin päässä. Tutkimme nekin välittömästi. Metroaseman turvakameroista selviää varmasti jotain, jos suomalainen on hypännyt metroon", mies selitti kuin olisi itse juuri keksinyt nuo mahdollisuudet ja jatkoi vielä:

"Hän on voinut ottaa myös uuden taksin."

"Suomalainen haluaa saada meidät hukkaamaan aikaa työlääseen etsintään. Laitan vaikka omaisuuteni pantiksi, ettei hänestä löydy mitään lähiseuduilta. Silti meidän on pakko varmistaa nuokin vaihtoehdot", Raymond tuskaili kireällä äänellä melkein raivon partaalla.

"Jatkakaa toistaiseksi kaikkien vaihtoehtojen penkomista. Haastatelkaa muuten ihmisiä puistossa siltä varalta, että suomalainen on kävellyt siihen suuntaan. Puistossa istutaan yleensä pitkään samassa paikassa ja jonkun on täytynyt noteerata läpikulkija varsinkin, kun niitä täytyy olla vähän. Kyselkää varsinkin naisilta. Mietin hetken jatkosuunnitelmaa ja palaan sitten asiaan", Raymond sanoi lopuksi lopettaen puhelun melkein kesken lauseen.

Raymond pohti tilannetta. Suomalainen ei voinut mitenkään tietää, kuka häntä jahtasi. Silti hän tiesi käyttämänsä taksin paljastuvan. Tämäkin tuki epäilystä, ettei suomalainen ollut tavallinen turisti. Edellisen illan hyökkäyksestä selviäminen mukaanlukien läheltä ammutut laukaukset, tämän aamun huolellisesti valmistellun iskun paljastuminen, mystinen katoaminen hänen miestensä silmien alla ja vielä tämä taksiepisodi – kaikki viittasivat ammattilaiseen. Suomalainen vaikutti olevan hyvin perillä vastustajistaan. Sekin osoitti jonkin vaikutusvaltaisen tahon olevan kaiken takana ja suomalaisen olevan heidän agenttinsa, joka pyrki Marien kautta hänen selustaansa. Ammattilainen voisi helposti kadota väärennetyn henkilöllisyyden avulla. Hänellä voisi olla vuokra-auto ja hän voisi majoittua mihin tahansa hotelliin tai vaikka toiseen vuokra-asuntoon. Olisi turha etsiä Daniel Bremer - nimistä henkilöä, joka sitä paitsi ei edes kuulostanut suomalaiselta. Raymondin vaisto sanoi amerikkalaisten olevan kaiken taustalla ja että he olivat naivisti lähettäneet oman agenttinsa suomalaiseksi tekeytyneenä, ikään kuin suomalaisuus olisi sopivan viaton peite. Osasikohan "Daniel" edes suomea?

Samassa hän muisti, että suomalaisen kontaktiverkko oli pieni. Tämän puhelimen lokia ei oltu tyhjennetty, eikä sen mukaan soitettujen ja vastattujen puheluiden lista ollut yhtään laajempi kuin olematon osoitekirjakaan. Suomalainen oli vasta tavannut Marien, eikä salakuuntelun perusteella ollut saanut tietää Marien nimeäkään Café Panis'ssa. Raymond epäili eniten Mauricea, mutta kirjakauppa herätti aavistuksen, ettei sen suhteen kaikki liittynyt vain kirjoihin. Hän päätti heti soittaa kontaktilleen.

* * *

Marie tunsi olonsa samalla sekä huojentuneeksi että surulliseksi. Daniel oli pelastunut ainakin sillä erää ja oli nyt Lisan vastuulla. Lisan kykyihin saattoi lyhyenkin kokemuksen perusteella luottaa ja olla siltä osin rauhallisin mielin. Päätöstä jättää Daniel Lisan harteille helpotti se, että Marie tiesi kaiken yhteydenpidon Danielin kanssa olevan molemmille vaaraksi, koska he molemmat olivat todistetusti varjostuksen kohteina. Danielin unohtaminen tuntui sen sijaan vaikealta päätökseltä, mikä ihmetytti häntä itseäänkin. Eihän hänen ollut tarkoitus muuta kuin nauttia hetken tuon miehekkään miehen seurasta ja jälkeenpäin sen muistoista. Oliko se sittenkään niin tärkeää, hän pohdiskeli. Lisa oli varmuuden vuoksi antanut puhelinnumeron, johon olisi turvallista soittaa, kunhan hän itsekin käyttäisi turvallista puhelinta. Lisan saisi siitä myöhemmin kiinni ja samalla se oli viimeinen oljenkorsi Danielin suhteen.

Marie oli poistunut Shakespeare and Companystä heti sen jälkeen, kun Daniel oli soittanut taksista. Oli minimoitava sitä riskiä, että hänen yhteytensä Lisaan ja sitä kautta tämän yhteys Danieliin paljastuisivat. Hän oli kirjakauppaan tullessaan tehnyt kaikkensa varmistaakseen, ettei häntä seurattaisi. Hänen olisi kuitenkin pitänyt tajuta poistaa kännykästään akku, jottei puhelimen liikkeitä pystyttäisi seuraamaan. Samoin hänen olisi pitänyt kaivaa varastoistaan pitkään käyttämättömänä olleet vaatteet ja käsilaukun siltä varalta, että hänen normaaleissa vaatteissaan olisi sattunut olemaan seurantalaitteita. Pahin virhe oli kuitenkin ollut soittaa taksi omalla puhelimellaan. Siinä hädässä ja Lisan komentamana se ei ollut silloin soittanut mielessä hälytyskelloja. Nyt tapahtunutta ei enää voinut ottaa takaisinkaan. Oli vain toivottava, ettei se paljastaisi häntä tai ainakaan ennen kuin hän ehtisi keksiä jotain.

Hän suuntasi läheiselle St-Michel'n metroasemalle pitkin Seinen rantaa ja päätti poiketa Gibert Jeune'n kirjakaupassa ennen metroasemalle menoa. Se vahvistaisi vaikutelmaa, että hän oli kiertelemässä kirjakauppoja. Silti

91

pohjimmillaan hän tiesi, että hänen käyntinsä Shakespeare and Companyssä samaan aikaan tapahtuman kanssa olisi vaikeasti selitettävissä. St-Michel'n aukiolla ja sen lähistöllä oli useita erillisiä aihealueiltaan erilaisia keltaisin markiisein koristeltua Gibert Jeune'n kirjakauppoja, joista Marie valitsi tutuimman, tieteisiin keskittyneen kirjakaupan aukion toisella puolella.

Selatessaan fysiikan kirjoja Marie muisti edellisen illan keskustelunsa Raymondin kanssa. Tämän käytöksessä oli ollut jotain outoa, kun hän oli kertonut ongelmastaan työnsä suhteen. Raymondin kasvot nousivat esiin kirkkaana muistikuvana – selkeinä ja rauhallisina. Niissä ei ollut näkynyt mitään vihan tunteita, vaikka tämä oli juuri silloin kuullut läheistään kohdeltavan epäoikeudenmukaisesti. Raymondhan kiivastui pienimmästäkin asiasta ja jos tämän läheisiä uhattaisiin, reaktio olisi normaalisti kuin raivostuneella tiikerillä – paitsi jos Raymond olisi itse järjestänyt koko jutun! Kyseessä täytyi siis olla juoni pääsemiseksi takaisin hänen suosioonsa. Koko episodi työpaikalla oli niin viekkaasti punottu, ettei sen selvittämiseksi ollut mitään tehtävissä.

Marie ei voinut enää kuvitellakaan tapaavansa Raymondia. Hän ei osaisi näytellä niin hyvin, ettei Raymond alkaisi epäillä jotain. Pelkästään työpaikkansa pelastaminen Raymondin avulla olisi liikaa, saati sitten kaikki muu hänelle tästä paljastunut tieto. Hän tiesi Raymondista yksinkertaisesti liikaa ja sen paljastuminen tälle oli jo pelkkänä ajatuksena pelottavaa. Kaikki tapahtunut tuntui musertavalta sekasotkulta, jonka selvittäminen ei olisi ainoastaan mahdotonta vaan samalla myös epämiellyttävää. Hän halusi irti kaikesta. Työyhteisökin oli pettänyt hänet, eikä mikään muukaan enää pidättelisi häntä.

Hän tiesi, ettei voisi kadota Pariisista mitään ilmoittamatta ilman, että häntä alettaisiin etsiä. Sitä paitsi katoaminen herättäisi Raymondin epäilykset varsinkin, kun he olivat jo sopineet tämän avusta. Hänen pitäisi myös järjestää virkansa hoitaminen kunniakkaaseen päätökseen. Ensialkuun pitäisi pelata aikaa ja hän voisi ilmoittaa sairastuneensa. Muutaman päivän päästä hän voisi hankkia lääkärintodistuksen henkisen loppuunpalamisen perusteella, mikä olisi hyvin perusteltua työpaikkaan liittyneiden ongelmien takia. Samalla se olisi epävirallinen ilmoitus siitä, että hän oli luovuttamassa kamppailun työpaikastaan. Raymond voisi hänen puolestaan aivan vapaasti olla auttavinaan häntä tai olla tekemättä mitään. Muutaman päivän päästä hän lähettäisi Raymondille tekstiviestin, että oli lähdössä Australiaan tutustumaan sieltä tarjottuun mielenkiintoiseen virkaan. Siinä oli sen verran perääkin, että hän oli hiljattain saanut työtarjouksen Macquarien yliopistosta Sydneyssä. Hän oli ehtinyt hankkia jo viisuminkin yliopistoon tutustumista varten. Puhelin oli syytä pitää kiinni ja hän ilmoittaisi myöhään illalla Raymondille olevansa kovassa kuumeessa.

* * *

Maurice oli heti arvannut päätyvänsä roistojen epäiltyjen listalle, sillä hän tiesi olevansa ainut ihminen Danielin puhelimen osoitekirjassa ja ymmärsi hyvin, miksi roistot olivat soittaneet hänelle. Hän päätti pitää muutaman päivän lomaa ja asettua maajoukkueen kanssa samaan hotelliin. Se olisi sekä käytännöllistä että tuntui samalla turvalliselta varsinkin, kun hän jakaisi huoneen ison linjamiehen kanssa.

Hänen ravintolassaan työskentelevä serkkunsa saisi pyörittää liiketoimintaa, kuten oli usein ennenkin tehnyt. Henkilökunnalle hän ilmoittaisi olevansa matkoilla seuraavaan viikkoon asti siltä varalta, että häntä tultaisiin etsimään ravintolasta.

* * *

Raymond puhisi määrätietoisuutta, kun hän alkoi jaella ohjeita kontaktilleen:

"Unohtakaa Porte Maillot'n alue! Suomalainen ei tule sieltä löytymään, vaan tavalla tai toisella hänen pienen kontaktipiirinsä kautta. Ensimmäiseksi selvitätte missä kukin asuu."

"Ketä kaikkia tarkoitatte?" kontakti kysyi varmuuden vuoksi.

"Se Maurice ainakin tutkitaan tarkkaan. Kirjakaupasta selvitätte, keitä naisia siellä oli tänään töissä ja seuraatte jokaista. Ja tietysti Marie. Missä hän muuten tällä hetkellä on, kun en saa häneen puhelimella yhteyttä?" Raymond kysyi turhautuneena.

"Te itse käskitte eilen jättää hänet hetkeksi rauhaan" mies vastasi varoen paljastamasta omaa turhautumistaan Raymondin raivonpurkauksen pelossa.

Raymond muisti poistaneensa Marielta hännystakin, koska oli olettanut heidän tapaavan pian, eikä voinut sietää ajatusta itsensä seuraamisesta.

"Unohtakaa Marie toistaiseksi. Saan kyllä häneen pian yhteyden", Raymond kuittasi miehen kommentin hetken miettimisen jälkeen.

"Mutta kaikki muut tutkitte tarkkaan. Varjostus pitää suorittaa ehdottomasti huomaamatta ja varautua siihen, että suomalainenkin voi varjostaa samaan aikaan samaa kohdetta varmistaakseen, ettei tätä seurata – jos hän nimittäin aikoo ottaa tähän yhteyden", Raymond jatkoi ohjeitaan.

"Miten toimimme asuntojen suhteen?" yhteysmies kysyi vielä epäselväksi jääneestä asiasta.

"Kun varjostajat varmistavat kohteen olevan tarpeeksi kaukana, menette sisään ja tutkitte kaiken. Varmistatte ensin tavalla tai toisella, ettei sisällä ole muita. Menette sisään joka tapauksessa vaikka huoltomiehen ominaisuudessa", Raymond vastasi ja lopetti jälleen puhelun ilman varoitusta.

* * *

Lisa oli rauhallisin mielin, sillä hänen ystävätterensä Elena oli ilmoittanut Danielin päässeen turvallisesti perille. Elena oli kuulostanut ärtyneeltä ja murahtanut varovaiseen tiedusteluun ärtymyksestä vain, ettei pidä machoista. Danielissa ei ollut muuta machoa kuin ulkonäkö, mutta sitä keskustelua ei ollut kannattanut jatkaa. Danielia tapaamaan ei kuitenkaan ollut mitään kiirettä, sillä hän oli ilmoittanut tälle menevänsä jo aikaa sitten sopimilleen treffeille. Elena oli hankkinut jääkaappiin tarpeeksi ruokaa ja sänky oli valmiiksi pedattuna. Asunnon kirjastohuoneen kirjoissa olisi tarpeeksi ajankulua, mutta Daniel todennäköisesti nukahtaisi aikaisin päivän koettelemusten jälkeen. Häntä itseäänkin olisi varmaan väsyttänyt, ellei treffien odottaminen olisi piristänyt mieltä.

* * *

95

Raymond odotteli malttamattomana etsinnän edistymistä. Vihdoin puolen yön aikaan hänen puhelimensa soi.

"Toivottavasti en herättänyt", tuttu miehen ääni kysyi.

"Antakaa kuulua", Raymond sanoi vaivautumatta vastaamaan mielestään turhaan kysymykseen.

"Maurice vaikuttaisi olevan matkoilla. Ainakin niin hänen omistamansa ravintolan henkilökunta väitti, eikä hänen asunnossaan ulkoisen tarkastelun perusteella näyttäisi olevan ketään. Kirjakaupassa oli töissä kaksi naista ja lisäksi vanha mies. Jätimme vanhuksen ainakin toistaiseksi epäilysten ulkopuolelle", mies selosti rauhallisella äänellä.

"Mitä naisista on käynyt ilmi", Raymond kysyi.

"Toinen naisista on nuori, jumalallisen kaunis Pamela Andersonin luomuversio, jonka varjostamisesta meinasi syntyä miesten kesken tappelu. Hänet nouti kirjakaupan sulkemisen jälkeen nuori ranskalainen mies, jonka kanssa nainen nyt pyörii Pariisin yöelämässä. Toinen tavallisemman näköinen, ehkä vähän alle nelikymppinen nainen meni kirjakaupasta suoraan Procopé-ravintolaan ja illastaa siellä jonkun varakkaan näköisen naisen kanssa", mies jatkoi raporttiaan.

Raymondin valtasi taas ärtymys, sillä hänen arvauksensa ei näyttänyt johtavan mihinkään.

"Missä kukin heistä asuu?" Raymond päätti kysyä.

"Maurice asuu lähellä suomalaista Île St-Louis'lla, nelikymppinen nainen Clichyssä ja – olinkin juuri tulla siihen – arvatkaapa missä seksipommi asuu?" mies kysyi innostusta pursuavalla äänellä.

"No?" Raymond kysyi valpastuen.

"Porte Maillot'ssa melko lähellä osoitetta, johon taksi

vei suomalaisen!" mies vastasi painotetun hitaasti ikään kuin jännitystä korostaen.

Seurasi pitkä hiljaisuus, jonka katkaisi uutisen kertoneen miehen turhautunut ääni:

"Ettekö te kuullut, Porte Maillot!" hän sanoi nyt jo kovempaa.

"Se on vain hämäystä - uusi väärä vihje", Raymond vastasi mietteisiinsä vaipuneena ja jatkoi:

"Kaunis nainen olisi vieläpä hyvä epäilyksen kohde, ikään kuin suomalainen olisi ihastunut tuohon naiseen", Raymond sanoi hiljaa ääneen pohdiskellen.

"Ettekö ymmärrä? Nainen on kaiken lisäksi amerikkalainen!" mies tiuskaisi ärtyneenä, kun hänen iloiseksi yllätykseksi tarkoitettu löytönsä ei ollutkaan herättänyt vastakaikua.

Raymond valpastui uudelleen. Voisiko amerikkalainen nainen olla suomalaisen CIA-yhteyshenkilö?

"Mikään ei ole selvää. Tutkikaa saman tien molempien naisten asunnot. Suomalainen on tuskin majoittunut Mauricen asuntoon, sillä palaaminen saarelle olisi ollut liian riskialtista ja varsinkin, kun suomalainen tietää tämän löytyvän puhelimensa osoitekirjasta. Jatketaan myös naisten seuraamista, sekä Mauricen asunnon ja ravintolan valvontaa", Raymond jakeli käskyjä operaation jatkamiseksi.

"Miten toimimme, jos suomalainen löytyy?" mies kysyi, koska siitä ei oltu puhuttu mitään.

"...kun suomalainen löytyy, leikkaatte häneltä pallit! Se on riittävä varoitus amerikkalaisille ja vaikka he eivät voikaan kostaa minulle, en halua ärsyttää heitä liikaa tappamalla heidän agenttinsa. Jos amerikkalaiset sitten ottavat yhteyttä, niin voin vedota vain kostaneeni Marien ahdistelijalle tietämättä suomalaisen olleen heidän agenttinsa tai kenen tahansa agentti hän sitten onkaan", Raymond selosti jo valmiiksi miettimäänsä suunnitelmaa. Suljettuaan puhelimen Raymond tunsi itseluottamuksensa alkavan palata. Vaisto sanoi suomalaisen löytyvän hyvinkin pian. Pallien leikkaaminen takaisi, ettei suomalainen enää toivuttuaankaan olisi uhka Marien suhteen. Mutta miksei Marie vastannut puhelimeensa eikä tekstiviesteihin? Hän olisi halunnut lähteä vierailulle tämän luokse, mutta etsintäoperaatio saattoi vaatia nopeaa toimintaa, eikä hän halunnut olla tämän luona hoitaessaan operaation johtamista. Aamulla hän joka tapauksessa joko menisi itse käymään tai lähettäisi jonkun puolestaan etsimään Marieta.

Toinen osa

*I went for years not finishing anything. Because, of course,
when you finish something you can be judged.*
- Erica Jong

8 SENSE AND SENSIBILITY

Jane Austen 1811

Koko talo oli uusittu sitten Henry Millerin aikojen ja epäilin, ettei hänen ajoistaan ollut kuin muisto jäljellä. Lisan asunto oli ullakkohuoneisto ja Pariisin mittapuun mukaan erittäin tilava. Huoneistossa oli toistasataa neliötä, iso baarikeittiöllä varustettu olohuone, kaksi makuuhuonetta, kirjasto, työhuone ja WC:n lisäksi erillinen kylpyammeella varustettu kylpyhuone. Lisan ystävätär oli pedannut minulle vuoteen toiseen makuuhuoneista, jossa oli leveä parvi sängyn sijaan ja sen alla sohvaryhmä. Hän näytti minulle vielä jääkaappiin varaamansa ruoat ja lähti saman tien sanomatta montaakaan sanaa. Hymyilin ystävällisesti ja kiitin häntä sydämellisesti kaikesta avusta, mutta hänen kasvonsa eivät reagoineet millään tavalla. Lopulta tunsin suorastaan helpotusta, kun hän lähti sulkien oven perässään.

Ensimmäiseksi päätin noudattaa lääkärin määräystä ja suihkuttaa haavaani. Haavan seuduilla oli yllättävän vähän kipuja ja päätin lopettaa ibuprofeiinin syönnin. Panin tyytyväisenä merkille, ettei tulehduksen merkkejä ollut näkyvissä. Suihkun jälkeen menin pyyhe vyötäisilläni olohuoneeseen ja avasin keittiöstä löytämäni punaviinipullon. ROMANÉE-CONTI vuodelta 2000 maistui erinomaiselta ja jääkaapista löytämäni juustovalikoima täytti sopivasti mahani. Kaiken kokemani jälkeen huomasin vasta siinä vaiheessa rentoutuvani ja samalla tunsin väsymyksen hiipivän kehooni. Silmäluomeni painuivat huomaamatta kiinni ja siirryin unessa takaisin asuntooni. Säpsähdin hereille, kun aamulla kohtaamani miehet tunkeutuivat oven läpi sisään. Olin jo avannut suuni huutaakseni, mutta huutoni muuttui kurkusta nousevaksi syväksi rohinaksi nähdessäni edessäni Lisan aution olohuoneen.

Nousin sohvalta pysyäkseni hereillä, sillä lyhyt uneni oli tuntunut hyvin epämiellyttävältä, enkä halunnut palata siihen maailmaan. Kiertelin asunnossa etsien merkkejä Lisan elämästä, mutten löytänyt yhtään valokuvaa tai esineitä, jotka olisivat kertoneet jotain omistajastaan. Olin kuvitellut Lisan asunnon paljon vaatimattomammaksi, enkä voinut käsittää, miten hänellä oli varaa sellaiseen luksukseen. Hänen vanhempansa olivat käsittääkseni melko varakkaita, mutta välit isän kanssa eivät kuulemma olleet erityisen lämpimät.

Katselin aikani televisiota, josta löysin CNN-kanavan. En edes muistanut, milloin olin viimeksi katsellut ohjelmaa, jonka puhetta ymmärsin sujuvasti. Lopulta Euroopan sääennuste sai minut muistamaan Marien ja suljin TV:n harmissani. Istuuduin jälleen sohvalle nauttimaan viimeisestä lasillisesta viiniä ja ajatukseni alkoivat välittömästi harhailla unen ja valveillaolon rajamailla. Minulla oli edelleenkin vain pyyhe lanteillani, mutten jaksanut enää pukeutuakaan. Vedin sohvan selkämykseltä torkkupeiton päälleni ja nukahdin.

* * *

Lisa ei ollut erityisen surullinen, vaikkei ilta Procopèssa ollutkaan täyttänyt hänen odotuksiaan. Olihan hän kuitenkin saanut kokea illallisen historiallisessa paikassa, jossa hänellä ei muuten olisi ollut varaa syödä. Viimeinen metro oli jo mennyt, joten vaihtoehdoksi jäi vain taksin ottaminen kadulta. Koko matkan hän vilkuili taksin takaikkunasta etsien merkkejä varjostajista, muttei havainnut mitään edes lähestyttäessä Clichy'tä ja liikenteen käydessä vähäiseksi. Kotitalon portilla hän katseli vielä ympärilleen etsien merkkejä epäilyttävistä ihmisistä tai autoista, muttei huomannut mitään merkillepantavaa. Teräksinen kalteriaita ja sähkölukolla varustettu portti tuntuivat kerrankin hyödyllisiltä, ja sulkeutuvan portin metallinen kolahdus oli kuin musiikkia korville. Talon ulko-ovella hän päätti tehdä vielä viimeisen varmistuksen ja jäädä hetkeksi odottelemaan sen sisäpuolelle pimeään. Lasisten ulko-ovien läpi näki hyvin koko piha-alueen ja portin seudun ilman, että ulkoa olisi nähnyt sisälle pimeään. Viiden minuutin odottaminen osoittautui kuitenkin turhaksi.

Hän avasi asuntonsa oven huolettomasti, mutta havahtui heti ovella. Kaikki ei ollut kunnossa. Hänen teki mieli poistua hiljaa paikalta tai edes hakea joku avukseen, mutta uteliaisuus ja vihaisuus ottivat hänessä vallan. Se oli hänen asuntonsa, eikä hän suostunut pelkäämään omassa kodissaan. Hän räväytti valot päälle ja odotti hetken. Asunto oli kuitenkin tyhjä, mutta kaikesta näki heti, että siellä oli käynyt vieraita.

* * *

Näen unta, että pelaan amerikkalaista jalkapalloa Ranskan maajoukkueessa. Olen taas full backin paikalla ja Maurice pelaa pelinrakentajana. Olemme Double Wing hyökkäysmuodostelmassa – niin tiukassa, että linjamiehet seisovat pikkuvarvas pikkuvarpaassa kiinni. Koko joukkue on linjassa: kaksi tight endiä ja syötön vastaanottajien sijaan kaksi wing backiä linjan päissä. Minä olen full backinä 3-piste asennossa aivan Mauricen hännässä kiinni niin, ettei puolustus voi nähdä minua. Koko muodostelma muistuttaa auraa aivan kuten edellisenä aamuna portaissa. Maurice kutsuu trap-pelin, jossa pallon pitäisi tulla minulle pienellä viiveellä.

Kuulen uneni läpi ääniä talon portaikossa, mutta mieleni rauhoittelee minua ja uneni pitää minut otteessaan. Äänet sekoittuvat uneeni ja sotkevat peliämme. Yhtäkkiä huomaan vastustajan puolustajien olevan mustissa puolipitkissä nahkatakeissa. Yritän varoittaa Mauricea, mutta hän ei kuule huutaessaan aloituskomentoaan:

"Down – set – hut – hut..."

Wing back on jo lähtenyt poikittaissuuntaiseen juoksuun ja Maurice on antavinaan syötön hänelle, mutta kääntyykin minuun päin sujauttaen pallon huomaamattomasti syliini. Lähden seuraamaan eteeni blokkaamaan ilmestynyttä guardia ja avoin väylä aukeaa eteeni lähes koko kentällisemme työntäessä puolustajia sivuun tieltäni. Äkkiä edessäni on avoin kenttä ja lähden kiihdyttämään juoksuani täyteen vauhtiin. Mustatakkiset miehet kaivavat käsiaseet esiin ja kuulen ensimmäisen laukauksen.

* * *

Kierähdin sohvalla ja viiltävä kipu haavassa herätti minut. Huone oli pimeä ja hiljainen, mutta vaistosin jonkun olevan lähellä. Tunsin ihokarvojeni nousevan pystyyn ja olin saman tien niin hereillä kuin vain voi olla. En kuitenkaan jäykistynyt, vaan tunsin oloni ihmeellisen rennoksi ja tyyneksi. Ajattelin teeskennellä nukkumista, jotta saisin aikaa pohtia vaihtoehtoja ja mahdollisuuksiani. Varauduin kierähtämään sohvalta, kunhan hahmottaisin vastassani olevan uhan. Adrenaliinia tulvi suoniini ja tunsin kylmät väreet kyljissäni. Pelon sijaan pääni täytti samassa silmitön taistelutahto. Silti en tuntenut raivoa, vaan olin kuin tunteiden pyörremyrskyn tyynessä silmässä: jäätävän rauhallisena ja valmiina taisteluun.

"Daniel", kuulin naisen äänen kuiskaavan.

Olin täysin hämilläni ja ristiriitaisten tunteiden sekoittama. Yhtäkkiä Lisa astui sivummalta eteeni.

"Onko jokin hätänä? Näytät oudolta ja jotenkin pelottavalta", hän sanoi pehmeällä ja rauhoittavalla äänellä.

En saanut sanaa suustani.

* * *

Raymond odotteli malttamattomana uutta raporttia suomalaisen etsinnästä. Hänet oli kuitenkin rauhoittanut tekstiviesti Marielta, jossa tämä oli kertonut olevansa kovassa kuumeessa ja nukkuneensa kännykkä äänettömällä käytännössä koko päivän. Marie oli menossa seuraavana päivänä lääkäriin, joten heidän tapaamistaan täytyi lykätä. Se oli oikeastaan vain helpotus, sillä juuri sillä hetkellä suomalaisen etsintä vaati täydellistä keskittymistä.

Raymond heräsi keskellä yötä puhelimensa soittoääneen.

"Niin", hän vastasi epämääräisesti ja puoliunisena.

"Emme valitettavasti ole löytäneet mitään. Molempien naisten asunnot olivat hukkakeikkoja. Amerikkalainen nainen meni ranskalaisen miehen luo yöksi, eikä naisen asunnosta löytynyt mitään. Selvitimme myös ranskalaisen miehen henkilöllisyyden ja hänenkin asuntonsa sillä aikaa, kun mies oli naisen kanssa juhlimassa. Toisenkaan naisen asunnossa ei ollut ketään. Hän tuli Procopesta yksin taksilla kotiinsa. Myöskään sen Mauricen asunnossa ei ole ollut mitään aktiviteettia", mies puhelimessa raportoi.

"Ok. Näyttää siltä, että olemme seuranneet väärää johtolankaa. Päästäkää miehenne levolle, mutta pitäkää valmiustilaa yllä. Mietin sillä aikaa jatkosuunnitelmaa", Raymond määräsi pettymyksensä salaten.

Hänelle tuli mieleen, että koko episodi saattaisi olla vain hämäystä ja että sen tarkoituksena olisikin huomion kiinnittäminen väärään asiaan. Hänen jahtaajansa saattaisivat sen varjolla suunnitella jotain aivan muuta. Ehkä suomalainenkin oli vain osa hämäystä ja tämän oli ollut tarkoituskin houkutella hänet asuntoonsa. Jos näin oli, olivat puhelimen tiedot väärennettyjä ja puhelin jätetty tahallaan asuntoon. Suomalainen ei todennäköisesti ollut alunperinkään koko talossa, mikä selittäisi salaperäisen katoamisen. Olisi parasta unohtaa koko mies ja pysytellä hetken aikaa piilossa. Tapahtumia täytyi pohtia rauhassa ja odottaa, että todellinen vastustaja paljastaisi itsensä.

* * *

En ehtinyt edes nousta ylös, kun Lisa jo ryntäsi minua halaamaan. Hän ei sanonut ensin mitään, vaan halasi vain intensiivisesti. Lopulta melkein minuutin hiljaisuuden jälkeen hän totesi:

"Ihanaa, että olet turvassa ja kunnossa! Sinun pyyhkeesi on muuten auennut vyötäisilläsi."

Katsoin alas ja huomasin olevani käytännössä ilkosillani.

"Anteeksi", sanoin hämilläni.

Hän ei kiinnittänyt asiaan enempää huomiota, vaan muutti puheenaihetta.

"Minun asuntooni on murtauduttu!"

"Nyt en ymmärrä. Onko tänne murtauduttu?" kysyin jo aivan ihmeissäni.

"Hassu, eihän tämä ole minun asuntoni! Luuletko minulla olevan varaa tällaiseen lukaaliin?" hän sanoi naurahtaen ja selitti:

"Tämä on isäni amerikkalaisen ystävän loma-asunto. Minä olen vain paikan talonmies."

"Osasit siis epäillä oman asuntosi olevan minulle vaaraksi?" kysyin pelästyen omaa varomattomuuttani.

"Nyt luulen päässeeni epäiltyjen listalta ja tämäkin paikka on sen myötä turvallisempi", hän totesi ylpeyttä äänessään.

"Oletko varma, ettei sinua seurattu?" kysyin yhä huolestuneena.

"Älä pelkää. Odotin asunnossani pitkään ennen tänne lähtöä. Ajoin skootterillani ilman valoja vielä pitkän lenkin ennen tänne tuloa ja reittiä, jota autolla ei olisi voinut ajaa. Pysähtelin myös muutaman kerran kulmien taakse varmistamaan, ettei kukaan seuraisi. Skootterin parkkeerasin tien toiseen päähän. Jätin kännykkänikin kotiin siltä varalta, että sen liikkeitä seurattaisiin", hän selosti perusteellisuuttaan.

"Missä sitten oikeasti asut?" kysyin uteliaana.

"Näit taloni tänne tullessasi. Se on ruma kerrostalo parinsadan metrin päässä. Ajoin kuitenkin vähintään pari kilometriä tänne tullessani", hän vastasi.

Lisan olemuksessa oli jotain uutta, mitä en ollut aiemmin havainnut. Hän oli paljon itsevarmempi kuin Shakespeare and Companyn myyjänä. Kirjakaupassa hänellä oli aina ollut vartalon muodot peittävät vaatteet, mutta nyt katselin ihmeissäni hänen kauniisti laskeutuvaa tunikamaista asuaan. Sen materiaali muistutti erehdyttävästi mokkaa, mutta oli paljon ohuempaa ja pureutui ihoon houkuttelevasti juuri oikeissa paikoissa. Helmoissa roikkuvat hapsut ja luonnonväriset koristetäplät toivat mieleeni kuvan intiaaniprinsessa Pocahontaksesta. Kaikkein eniten minua kuitenkin hämmästytti hänen läsnäolonsa, minkä puuttumisen takia en ollut koskaan kiinnittänyt häneen yhtä paljon huomiota kuin Sarahiin, vaikka Lisa olikin ollut minua ylivoimaisesti parhaiten palvellut myyjä.

Hän istahti sohvan toiseen päähän paljaat nilkat ristissä, vartalo minuun päin hieman nojaten ja veti tunikansa helmaa sen verran ylöspäin, että polvet pääsivät vapaasti levittäytymään. Oikean kätensä hän nosti sohvan selkänojan päälle vasemman käden roikkuessa kevyesti sohvan reunalla kämmenet rennosti auki ja ranteet paljaina minuun päin. Puhuessaan hän nosteli käsiään vapautuneesti sivuille ja kallisteli nauraessaan päätään taaksepäin. Hänen vihreät silmänsä välkkyivät kirkkaina ja pupillit laajentuivat selvästi hänen innostuessaan. Noissa vihreissä silmissä oli jotain suorastaan häkellyttävää, sillä niiden leikkimielisen pilkkeen lisäksi katseessa oli myötätuntoa ja salamyhkäistä älykkyyttä.

"Näytät käsittämättömän kauniilta", kuulin sanovani ja suuni tahtoi väkisin loksahtaa auki.

"Kiitos!" hän vastasi lempeästi hymyillen.

Lisa pyysi minua kertomaan tapahtumien kulusta ja kuunteli vakavana vain lyhyitä kysymyksiä silloin tällöin esittäen. Kuullessaan Maurice'n suunnitelmasta hän herähti hersyvään nauruun ja hetken päästä taas vakavoitui. Kertomukseni jälkeen hän selosti oman tarinansa ja miten Marie liittyi kaikkeen olennaisella tavalla. Olin kuulevinani erityistä lämpöä Lisan äänessä hänen kertoessaan Marien osuudesta.

"Marie taitaa olla sinuun kiintynyt", hän totesi yllättäin.

Ristiriitaiset tunteet kävivät lävitseni, sillä juuri sen halusinkin kuulla, mutta samalla tietoisuus teidemme erkanemisesta nosti surun pintaan. Lisa luki ajatukseni.

"Täällä pitäisi olla shampanjaa kylmässä. Mitä jos avattaisiin pullo Bollingeria? hän kysyi iloisesti.

"Loistava ajatus! Minun täytyy tunnustaa, että join perille tultuani pullon loistavaa Bordeaux-punaviiniä. Ostan kyllä uuden tilalle, vaikka pelkään sen olleen tyyristä sorttia", vastasin katuen huoletonta valintaani.

"Älä chou-chou:ni sure. Olen saanut luvan tarvittaessa nauttia talon antimista, kunhan minulla on riittävän hyvää miesseuraa. Isän ystävä kun on huolissaan suhteistani", hän selitti ja singahti keittiöön tunikan helmat heiluen.

Hetken päästä kuului iloinen poksahdus, ja hän palasi jäähdyttimen, pullon ja kahden shampanjalasin kanssa. Hänen kävelyssään paljain jaloin oli jotain erityisen seksikästä. Askellus oli jollain tavalla hieman poikamaista ja itsevarmaa mutta samalla tarkoituksellisen keimailemaa.

Istuimme sohvalla shampanjaa siemaillen ja kerroimme itsestämme asioita, joista kirjakaupassa ei olisi kehdannut puhua. Keskustelumme oli kuin paritanssia paitsi, että viemisen sijaan toimimme yhteisen ajatuksen ohjaamina. Kun toinen kallisti päätään tai nojasi eteenpäin, toinen teki saman hetken päästä perässä. Kun puheen rytmi kiihtyi innostuksesta, se kiihtyi molemmilla. Olimme kuin sielun sisarukset, jotka eksyksissä hakivat toisistaan turvaa ja lämpöä. Minä aloin kuitenkin kaivata muutakin lämpöä, vaikka huoneessa oli lämmin.

"Taidan hakea paidan päälleni", totesin edelleen vain pyyhe vyötäisilläni.

"Anna kun katson ensin haavaasi", hän sanoi vammani paljastuessa torkkupeitteen alta.

Hän otti huikan shampanjalasistaan ja kumartui vasemman kätensä varaan sohvan yli, jolloin hänen olkavartensa painoi rintoja yhteen ja eteenpäin. Tunikan muutenkin avonainen kaula-aukko avautui suoraan kasvojeni eteen. Hän siveli kylkeäni haavan vierestä varoen itse haavaa ja veti hellästi etusormensa ja keskisormensa haavan molemmin puolin päästä päähän. Tunsin sieraimissani pehmeän naisellisen hajuveden tuoksun. Intohimoni oli kasautunut sohvalla istuessamme ja sillä hetkellä hän oli jo täysin vastustamaton. Voimakas erektio pyrki avaamaan pyyhkeeni, eikä hän voinut olla sitä huomaamatta. Hellät mutta päättäväiset sormet tarttuivat ranteisiini pitäen ne sohvaa vasten ja kylmän shampanjan kostuttamat viileät huulet painautuivat huuliani vasten. Samalla hänen täytyi tulla lähemmäksi yltääkseen suutelemaan kunnolla ja hän istuutui hajareisin syliini varoen kuitenkin painamasta pyyhettäni. Hellyyden pehmentämät ja kostuttamat huulemme liukuivat toisiaan hivellen ja hakien yhteyttä, jossa jokainen kohta ja hermopääte kohtaisi vastapuolensa. Suudelmamme kesti pitkään, mutta kaikesta hellyydestä huolimatta se ei ollut erityisen kiihkeä. Hän piti yhä ranteistani kiinni irtautuessaan lopulta huuliltani.

"En tiedä, miten tämän sanoisi. Tiedät varmaan itsekin, miten komea vartalo sinulla on ja tuo pyyhkeen alla pullottava kaveri olisi taatusti monen naisen mieleen. Tiedät myös, miten paljon pidän sinusta ystävänä", hän selitti hitaasti puhuen.

En tiennyt mitä sanoa ja mitä oli tulossa, mutta olin jo ymmärtänyt, miksi hän piti käsistäni kiinni: en voinut muutakaan kuin kuunnella.

"Minä olen lesbo", hän sanoi ilman häpeän häivääkään.

En ollut aavistanut mitään, mutten jostain ihmeen syystä ollut hämmästynytkään. Lähinnä tunsin ymmärrystä hyvää ystävää kohtaan ja hänen täytyi nähdä se silmistäni. Olin silti sanaton ja hän päätti jatkaa:

"Halusin sinun vain tietävän, ennen kuin alat innostua liikaa. Minusta olisi väärin rakastella kanssasi, sillä se olisi minulta teeskentelyä."

"Ymmärrän hyvin, ettet halua rakastella kanssani. Kiihottumiseni on vain spontaani reaktio ja minussa olisi jotain vikaa, ellei niin ei olisi käynyt", selitin.

Pettymys pyrki pintaan, mutta ymmärrys vei onneksi voiton.

"Ehkä minun ei olisi pitänyt suudella sinua", hän totesi pahoittelevaan sävyyn.

"Se oli ihanaa samoin kuin koko yhdessäolo sohvalla. Miksi sitä pitäisi katua?" kysyin ihmeissäni.

"Oikeastaan rakastan sinua. En niin kuin nainen miestä mutta samalla jotenkin eri tavalla kuin ystävää. Sen takia halusin suudella ja minustakin se oli ihanaa", hän sanoi äänellä, jonka olisin milloin muulloin tahansa tulkinnut intohimoiseksi.

Kun en osannut sanoa mitään, hän jatkoi pienen tauon jälkeen:

"Tiesitkö, että ihminen rakastuu herkemmin voimakkaan pelon jälkeen? Usein pelon vastakohtana pidetään rohkeutta, mutta se on pelkuruuden vastakohta. Jokainen tunteet omaava ihminen kokee pelkoa ja pelon vastakohta on rakkaus."

En edelleenkään tiennyt mitä sanoa, sillä rakastaminen oli minulla varattu sana ja kaikki muut ilmaisut olisivat siinä tilanteessa kuulostaneet vaisuilta. Hän ei odottanutkaan minun vastaavan mitään.

"Nukkuisitko kuitenkin vieressäni, sillä kaiken tapahtuneen jälkeen kaipaan läheisyyttä?" hän kysyi viattomalla äänellä.

9 QUIET DAYS IN CLICHY

Henry Miller 1956

Heräsin Lisan silitellessä hellästi kylkeäni. Avasin silmäni ja näin hänen lempeästi hymyilevät kasvonsa suoraan silmieni edessä. "Huomenta kultaseni", hän kuiskasi.

"Huomenta rakas ystäväni", sain puoliunisena sanotuksi.

Katselimme pitkään toisiamme silmiin sanaakaan sanomatta ja hän jatkoi hellää sivelyään olkapäältäni pitkin kylkeä lantiolle ja takaisin. Samassa tajusin olevani alasti, sillä se ei ollut tuntunut öisen keskustelun jälkeen enää miltään ja kotonakin nukuin aina alasti. Nyt minulla vain sattui olemaan voimakas aamuerektio ja olimme saman ison paripeitteen alla. Lisäksi minulla oli pakottava tarve päästä käymään WC:ssä.

"Minulla on pieni ongelma", sanoin.

"Mikäköhän se mahtaa olla?" hän kysyi pilke

silmäkulmassaan.

"Minun pitäisi päästä vessaan ja olen alasti", vastasin.

"Siitä vaan", hän kehotti.

"Minulla on myös spontaani aamuerektio, eikä se johdu kiihottumisesta", jatkoin anovasti.

"Sitä komeampi näky! Luuletko, ettei minua huvittaisi katsella alastonta miestä vain, koska olen lesbo?" hän kysyi ja vetäisi peiton päältäni.

Sen sijaan, että olisin vetäissyt peiton takaisin, peitellyt muuten itseäni tai rynnännyt huoneesta, päätin jäädä hetkeksi paikoilleni ja katsoa, kehtaisiko hän olla sanojensa mittainen. Hän luki ajatukseni ja mittaili minua silmillään ilman hymyn karettakaan kasvoillaan.

"Ei paha. Eikös sinun pitänyt mennä vessaan?" hän kysyi leikillisesti.

Palatessani makuuhuoneeseen hän makasi yhä sängyssä peiton alla.

"Tulehan takaisin viereeni", hän sanoi puolikäskevään sävyyn.

Lisa nosti peiton helmaa ja ehdin nähdä hänenkin olevan alasti. Ilmeisesti katseeni paljasti ajatukseni ja hän päätti paljastaa itsensä kokonaan.

"Tasapuolisuuden nimissä kai sinunkin pitää saada nähdä minut alasti, vaikkei ylipainoisessa vartalossani olekaan paljon innostusta herättävää", hän totesi itseään vähätellen.

Ajattelin Lisankin kokeilevan minua samalla tavalla kuin olin itsekin häntä hetkeä aiemmin kokeillut ja päätin jäädä seisomaan sängyn viereen katsellen tyynesti hänen vartaloaan. Olin kuvitellut olevani itsevarma, mutten yhtäkkiä tiennytkään, miten pitäisin käsiäni. Kädet rennosti riippuen ihmisen pitäisi näyttää luonnolliselta, mutta siinä tilanteessa olisin näyttänyt vain välinpitämättömältä. Käsien kätkeminen selän taakse olisi taas näyttänyt hölmöltä ja käsien ristiminen rinnalle ylimieliseltä. Lopulta nostin käteni niskan taakse ja kasvoilleni nousi leveä hymy. Tunsin itseni entistäkin alastomammaksi ja samalla osoitin nauttivani hänen katselemisestaan. Sitä minun ei tarvinnut edes teeskennellä, sillä kehoni puhui puolestani.

"Katso nyt omin silmin, mitä mieltä olen vartalostasi", totesin nauttien täysin rinnoin tilanteesta.

Hyppäsin suoraan selälleni Lisan viereen ja hän ponnahti vesisängyssä syntyneestä aallosta ilmaan kellahtaen rinta edellä päälleni. Nauroimme vapautuneesti kommelluksellemme, eikä hänellä ollut mitään kiirettä pois päältäni. Hän jäi nojailemaan rintaani vasten kyynärpäidensä varaan ja katseli silmiini kiitollisuutta katseessaan.

"Ihana kommentti. Minulla on aina ollut komplekseja vartalostani, mutta nyt alan pikkuhiljaa olla sinut sen kanssa. Mariekin vertasi minua Rubenssin maalauksiin", hän sanoi hykerrellen tyytyväisenä.

"Loistava vertaus, paitsi että olet kyllä paranneltu versio hänen maalaamistaan naisista", totesin mietteliäänä.

"Mitäs sanoisit aamiaisesta sängyssä, jos minä kipaisisin meille sellaisen tekemässä?" hän kysyi.

"Loistoidea! Jos vielä löytyisi kahvia…" vastasin innostuen ajatuksesta kiireettömästä lauantaista.

Hän nousi sängystä ja ihastelin takaapäin hänen naisellista lantion kaartaan ja pyöreitä pakaroitaan.

"Venus peilissä", sanoin muistaessani Lisaa muistuttaneen Rubensin taulun.

Hän käänsi päätään ja hymyili hyväksyvästi. Tuntui

viisaammalta jättää mainitsematta, että juuri tuon kuvan naisvartalo oli mielestäni erityisen houkutteleva.

* * *

Marie oli todella helpottunut, kun Raymond oli kyselemättä hyväksynyt tapaamisen lykkäämisen, eikä ollut edes ehdottanut tulevansa häntä hoivaamaan. Sen olisi voinut saman tien helposti tyrmätä vedoten ulkonäköön surkeassa olotilassa. Siinä asiassa olisi myös voinut olla huoletta vaikka kuinka tiukka ilman, että Raymond olisi alkanut epäillä mitään.

Mitä enemmän hän ajatteli tilannettaan, sitä varmempi hän oli Pariisista lähtemisen kiireellisyydestä. Hän ajatteli olla enää vähät välittämättä työpaikastaan ja laittaa vain sähköpostiviestin, että eroaisi virastaan välittömästi terveydellisistä syistä. Lääkärintodistuksen hän voisi lähettää jälkikäteen, jos sitä edellytettäisiin. Hän uskoi eronsa olevan vain helpotus yliopiston johdolle ja että se hyväksyttäisiin vähin äänin vastoin normaaleja proseduureja. Viesti syntyi siltä istumalta aiheuttamatta mitään tunteita ja kun hän klikkasi lähetä-näppäintä, hänet valtasi vain suuri helpotus. Seuraavaksi hän etsi netistä sopivia ensimmäisiä lentoja Australiaan ja päätyi lopulta seuraavana aamuna klo. 9:40 lähtevään KLM:n Pariisi-Sydney lentoon. Hänellä oli päivä aikaa pakata välttämättömät tavarat mukaansa ja loput hänen ystävättärensä voisi myöhemmin varastoida omaan kellariinsa. Lähtöä helpotti myös se, että asunto oli yliopiston vuokraama ja vuokrattu kalustettuna, eikä varastoitavaa tavaraakaan ollut paljon. Hän päätti vielä kysyä ystävättäreltään, jos saisi varmuuden vuoksi yöpyä tämän luona. Aamulla hän lähettäisi lentokentältä tekstiviestin Raymondille, että oli lähdössä uuteen työpaikkaan Australiaan, eikä olisi enää tulossa takaisin. Syyksi asian salaamiselle hän kertoisi vain, ettei halunnut tämän yrittävän vaikuttaa lähtöön. Raymond joko uskoisi selityksen tai sitten ei, mutta olisi varmasti raivoissaan.

* * *

Lisa oli löytänyt uuden pullon Bollingeria, jota siemailimme aamiaisen lopuksi isoihin tyynyihin nojaillen. Autuas rauhan tunne täytti mielemme, eikä puhuminen tuntunut tarpeelliselta. Lopulta Lisa katkaisi pitkän hiljaisuuden.

"Et ole koskaan kertonut urheilutaustastasi. Pelasitko tosiaan amerikkalaista jalkapalloa? Urheilu kiinnostaa minua, koska itse pelasin nuorena kilpaa lentopalloa."

"Oikeastaan olin alunperin yleisurheilija ja ensisijaisesti kiekonheittäjä. Heitin nuorissa jopa Suomen ennätyksen, vaikka olin siihen aikaan paljon lyhyempi ja sylivälini kiekonheittäjäksi liian kapea. Pienellä kiekolla heitettäessä pärjäsin nopeudella, mutta kun kiekon koko kasvoi ikäluokan myötä, tekniikkani meni täysin sekaisin. Yritin kompensoida puutteitani intohimoisella voimaharjoittelulla, mutta vaikka se paransikin tuloksiani, en päässyt mielestäni tarpeeksi lähelle valtakunnallista kärkeä. Olin ehkä liian kunnianhimoinen ja lopulta menetin motivaationi", selitin.

"Miten sitten amerikkalainen jalkapallo tuli kuvioihin?" Lisa jatkoi kiinnostuneena.

"Kaipasin uusia kokemuksia ja päätin lähteä vaihto-oppilaaksi Yhdysvaltoihin. Siellä minut värvättiin heti

amerikkalaiseen jalkapalloon, sillä olin niin nopeudeltani
kuin voimiltanikin kuin luotu tuohon lajiin. Kasvoin tuon
vuoden aikana pituutta vielä jopa kymmenkunta senttiä,
joten lopulta olin siltäkin osin kuin valmentajien
unelmapelaaja. Harva tajuaa, miten paljon fyysisiä
ominaisuuksia yleisurheilu vaatii ja sillä taustalla teinkin
joukkueen fyysisissä testeissä tuloksia, joilla olisin pärjännyt
ammattilaistenkin joukossa. Se taas herätti yleistä
mielenkiintoa ja kun vielä pelasin kahteen suuntaan – siis
hyökkäyksessä ja puolustuksessa – ja rikoin koulun sekä
juoksu- että taklausennätykset, olin äkkiä varsinainen
paikallisjulkkis. Pian tarjouksia pelaajastipendeistä alkoi
sadella useistakin yliopistoista ja päätinkin jatkaa peliuraani
Yhdysvalloissa kotimaani ylioppilaskirjoitusten jälkeen",
selitin laveasti ja ehkä ylpeänäkin koettelemuksiani.

"Palasit siis sitten opiskelemaan ja pelaamaan
Yhdysvaltoihin?" hän jatkoi kyselemistä yhä aidon
tuntuisesti kiinnostuneena.

"Amerikkalainen jalkapallo rantautui Suomeen juuri
palattuani vaihto-oppilasvuodeltani ja jatkoin pelaamista
Suomessa, vaikka pelin taso oli aluksi melko vaatimaton.
Treenasin kuitenkin tosissani fyysisiä ominaisuuksia
yleisurheilussa oppimillani metodeilla, sillä
kunnianhimoisena tähtäsin isoon yliopistoon ja samalla
ajattelin myös akateemista puolta. Lopulta sitten monen
mutkan kautta päädyin UCLA-yliopistoon, joka pelaa
NCAA Divisioona I-A:ssa. UCLA Bruins oli ollut aika
ajoin kymmenen parhaan yliopistojoukkueen joukossa,
mutta aloittaessani se oli ollut pitkään alamaissa.
Nousukausi alkoikin onnekseni samoihin aikoihin",
selostin vuolaasti, kun kerran Lisa halusi tietää.

"Tuliko sinusta sitten tähti?" hän kysyi, ikään kuin se

olisi ollut itsestään selvää.

"Vaikka olinkin fyysisesti valmis, oli pelin nopeus minulle todellinen shokki. Pärjäsin toki helposti juoksunopeudellani, mutta asiat kentällä tapahtuivat niin paljon tottumaani nopeammin, että aivoni tuntuivat ylikuormittuvan. Minusta tuli kyllä legenda, mutta aivan muista kuin pelillisistä syistä", tarinoin hymyillen omille muistoilleni.

"No kerro ihmeessä", hän kannusti, kun selitykseni keskeytyi mieleen tulvivien muistojen vallatessa ajatukseni.

"Osallistuin joukkueen ensimmäisiin voimaharjoituksiin ja ohjelmassa oli tempauksen harjoittelu. Tempaus on siis olympianoston laji, jossa painot nostetaan suorille käsille yhdellä vedolla. Minulle se oli todella tuttu laji, koska se kuului yleisurheilussa ja varsinkin heittäjillä vakioharjoitteisiin. Ajattelin kuitenkin tehdä pienen jekun", selitin juurtajaksain, sillä en ollut varma Lisan urheilutietämyksestä.

"Rakastan kaikkea kujeilua! Anna kuulua", hän totesi innoissaan.

"Tangossa oli 180 paunaa eli sellainen vähän reilut 80 kg ja vain joukkueen vahvimmat kykenivät huonolla tekniikalla sen tempaamaan. Kysyin valmentajalta, että saisinko minäkin kokeilla. Hän ei tiennyt minusta mitään ja antoi luvan hieman epäröiden. Päätin esittää täysin osaamatonta ja otin tangosta otteen epävarmasti hapuillen. Tempasin sitten tangon ylös suorille käsille raakana eli ilman merkittävää kyykistymistä tangon alle. Tämä oli kuitenkin vasta alkua. Annoin äkkiä tangon päästä kaatumaan taaksepäin, jolloin kaikki alkoivat huutaa, että päästä irti. En kuitenkaan päästänyt ja kun tanko rytisi lattialle, olin siinä yhä kiinni ja vartaloni sillassa komeasti kaarella taaksepäin", kerroin huvittuneena mielestäni suurimmasta uroteostani.

"Sattuiko sinuun?" hän kysyi huolestuen.

"No ei tietenkään! Siinä sillassa ollessani totesin kovalla äänellä, että jumakauta – minähän en luovuta. Sen jälkeen tein liikkeen väärinpäin ja tempaisin painot takaisin ylös suoraan siitä asennosta. Seurasi hetken hiljaisuus ja sen jälkeen elämäni kovimmat aplodit hillittömän naurun kera. Siitä tapahtumasta muodostui legenda, jota kuulemma kerrotaan vielä tänäkin päivänä. Rehellisyyden nimissä täytyy sanoa, että olin harjoitellut vastaavaa liikettä painijoiden kanssa, ja keihäänheittäjien kanssa jopa painoilla, mutta yhtä isoilla painoilla en ollut koskaan kokeillut", lopetin tarinani poikamaista ylpeyttä tuntien.

"Mitä urallasi sitten tapahtui?" Lisa uteli vaatien jatkoa.

"Pääsin kovan yrittämisen jälkeen pelin vauhtiin mukaan ja lopulta tukimieheksi avauskokoonpanoon. Aloin jopa uskoa ammattilaisuran mahdollisuuteen, mikä olisi ollut taloudellisesti erittäin houkutteleva vaihtoehto. Sitten tuli vuoden 1983 pelikausi, joka meni joukkueeltamme harvinaisen surkeasti ja hävisimme peräti neljä peliä, mutta olimme lopulta kuitenkin kuin ihmeen kaupalla oman Pac-10 -sarjamme ykkönen ja pääsimme Rose Bowliin. Siellä vastassa oli Illinois, joka oli sinä vuonna rankattu koko valtakunnan neljänneksi parhaaksi. Mahdollisuuksiamme pidettiin arvatenkin olemattomina", kuvailin peliurani viimeisiä hetkiä hieman haikeana.

"Kuulostat jotenkin surulliselta. Hävisittekö sen pelin?" Lisa kysyi vaistoten minun kertovan viimeisistä pelikokemuksistani.

"Oli sunnuntai, vuoden 1984 tammikuun toinen päivä, aurinkoista ja melkein 30 astetta lämmintä. Katsomossa pauhasi 103 000 -päinen yleisö. Voit vain kuvitella, millainen tunne se on. Me voitimme lopulta pelin ylivoimaisesti 45-9, vaikka puolet joukkueestamme oli mahataudissa. Itse päätin urani ollen osallisena yhdessä yhä voimassa olevassa ennätyksessä. Illinoisin pelinrakentaja nimittäin heitti ennätykselliset kolme syötönkatkoa ja minä onnistuin nappaamaan niistä yhden. Lähtiessäni juoksemaan pallo kainalossa kohti Illinoisin maalilinjaa jalkani jäi kahden maassa makaavan pelaajan väliin puristuksiin ja samalla hetkellä minulle tietä blokkaamaan pyrkinyt pelaaja kompastui ja törmäsi jumissa olleen jalkani polven ulkosyrjään. Sillä hetkellä silmissäni sumeni, mutta jäin kuin jäinkin pystyyn. Kipu oli aivan järkyttävä ja lähdin kinkkaamaan kohti vaihtoaitiota paitsi, että menin vahingossa vastustajan vaihtopenkille. Lopulta minut vietiin ambulanssilla ja sairaalassa todettiin eturistisiteen menneen poikki", selostin irvistäen kivun palatessa muistoista mieleeni.

"Siihen siis loppui urasi", Lisa totesi kysyvään sävyyn.

"Ei sen olisi tarvinnut loppua, jos olisin leikkauttanut polveni ja hankkinut polvituen. Silti riskit olisivat olleet kovat ja mahdollisuudet ammattilaiseksi olivat sen takia oleellisesti heikentyneet. Pelissä tapahtui kuitenkin episodi, joka yhdessä vamman kanssa muutti elämäni suunnan", jatkoin tarinaani jälleen hymy huulillani.

"Mikä se oli?" Lisa kysyi hymyn tarttuessa hänenkin kasvoilleen.

"Toisella puoliajalla, kun peli oli 38 – 3, ilmestyi stadionin digitaaliselle näyttötaululle Caltech 38, M.I.T 3. Caltechin opiskelijat olivat tehneet kujeen, joka sai yhtä paljon huomiota kuin itse peli. Nuo kaksi yliopistoahan olivat high tech-eliittiä ja vastaavasti surkeita amerikkalaisessa jalkapallossa. Tajusin vasta vuosien päästä, että juuri tuo jekku sai minut lopullisesti kiinnostumaan omista opinnoistani, niiden soveltamisesta käytäntöön ja lopulta oman firman perustamisesta", pohdiskelin sattumien summaa.

"Tarkoittanet sitä optimointiohjelmistoa? Ulkomuodostasi päätellen sinun on täytynyt kuitenkin jatkaa urheilua näihin päiviin asti", Lisa totesi.

"Niin, ohjelmistoista tuli elämäntyöni. Urheilusta taas tuli terve harrastus, kun en sattumien takia tai ansiosta koskaan saavuttanut tavoittelemaani tasoa, enkä ehtinyt polttaa itseäni loppuun huippu-urheilun totaalisessa harjoittelussa. Jatkoin painoilla harjoittelua, heitin huvikseni kilpaa kiekkoa ja sparrasin painijoita tutussa seurassa", selostin.

"Veljeni harrasti painia. Olitko tosiaan painijakin?" hän kysyi yllättyneenä.

"Oikeastaan en tai en koskaan kilpaillut painissa. Isäni oli painija ja opetti minulle painia melkein vauvaiästä lähtien. Se oli luonnollisesti mattopainia, koska enhän pikkunaskalina olisi kokoeron takia muuten voinutkaan isäni kanssa painia. Ilmeisesti siitä on lähtöisin eräänlainen liikkeen taju, josta sitten oli suuresti hyötyä muussa urheilussa", selitin muistellen samalla haikeana jo hautaan saattamaa isääni.

"Veljeni kehui aina painia älykkäiden miesten urheiluksi", Lisa totesi äänessään selvää ylpeyttä veljestään.

"Paini on vähän niin kuin shakkia. Siinä pitää tajuta monta siirtoa eteenpäin: kun teet jonkin liikkeen, vastaa vastustaja siihen torjuvasti, josta taas syntyy uusi tilanne jne. Kaikki tapahtuu nopeasti, joten hyvällä painijalla pitää olla intuitio tilanteesta, mihin mikäkin johtaa ja missä uhkaa vaara joutua vaikka lukkoon", selitin vastaanottavaiselle kuulijalleni.

"Mikä on lukko?" hän kysyi.

"Niin no, tavallisessa kilpapainissa lukkoja ei tehdä, mutta niillä tarkoitetaan vastustajan sitomista asentoihin, joissa voidaan vääntää nivelestä väärään suuntaan. Tällöin vastustajan on pakko luovuttaa, koska vääntäminen katkaisisi raajan", selostin hänelle lukkopainin perusteita.

"Hyi kuinka raakaa", hän totesi aitoa inhoa äänessään.

"Isäni opetti minulle lukkoja jo pienestä pitäen, jotta oppisin väistämään niitä. Hän sanoi aina, ettei niitä saa sitten käyttää edes leikillään. Fiksuna miehenä hän laittoi minut aina toistamaan saman perässä, minkä ansiosta sisäistin opin sen sijaan, että olisin alkanut uhmata kieltoa", selitin ymmärtäen puhuessani isäni tehokkaan kasvatusmetodin.

Lisa hypähti äkkiä vatsani päälle ja totesi virne kasvoillaan:

"Nyt painitaan!"

* * *

Raymondin puhelin soi kesken lounaan.

"Raymond?" tuttu miesääni kysyi puhelimessa.

"Onko jotain uutta?" Raymond puolestaan kysyi.

"Löysimme uuden todella mielenkiintoisen asian!" mies vastasi innoissaan.

"Anna kuulua!" Raymond huudahti.

Hän tiesi odotetun läpimurron tapahtuneen.

"Etsimme sen suomalaisen käyttämän taksin uudelleen ja tutkimme taksikuskin kännykän. Arvaapa mistä taksi tilattiin?" mies kysyi.

"Ei nyt ole aikaa arvuutteluun", Raymond totesi malttamattomana.

"Marien kännykästä!" mies huudahti innoissaan.

"Mitä? Mitä se tarkoittaa?" Raymond kysyi hämmästyneenä.

Tapaus oli saamassa odottamattoman käänteen ja hän aavisti sen tarkoittavan ikävää yllätystä.

"Marie on tietenkin yhteistyössä suomalaisen kanssa!" mies selitti itsestään selvää asiaa.

"Hölmö! Miten se sopii kokonaiskuvaan?" Raymond tiuskaisi tuskastuneena siitä, että jo kerran kirkastunut teoria oli äkkiä muuttunut entistäkin hämärämmäksi.

"Käymmekö hakemassa hänet asunnostaan?" mies kysyi pettyneenä kiitoksen puutteesta.

"Kukaan ei koske Marieen paitsi minä! Oletteko edes varma, että hän on asunnossaan? Onko hänen kännykkänsä seurannassa?" Raymond tiuski miehelle.

"Itse sanoitte hänen olevan sairaana ja käskitte jättää toistaiseksi kaiken seurannan", mies sanoi turhautuen jälleen jo muutaman vaihdetun sanan jälkeen.

"Sanoinko hänen olevan asunnossaan – en vaan ainoastaan sairaana. Enkä suinkaan käskenyt lopettaa kännykän seuraamista vaan ainoastaan Marien varjostamisen", Raymond purki ärtymystään.

Mies puhelimessa ei enää tiennyt mitä sanoa, eikä Raymond malttanut odottaa, vaan antoi käskyn laittaa Marien puhelin takaisin seurantaan ja ilmoittaa tekstiviestillä, kun se olisi päällä. Lopetettuaan puhelun hän veti syvään henkeä ja puhalsi ilmaa tasaisesti supistettujen huultensa välistä. Hän tunsi verenpaineensa laskevan ja mielensä rauhoittuvan, minkä jälkeen hän valitsi Marien numeron. Puhelin soi pitkään, ennen kuin siihen vastasi uneliaalta kuulostanut ääni.

"Haloo", Marie sanoi kysyvään sävyyn, kun ei tunnistanut soittajan numeroa.

"Hei Marie, miten jakselet?" Raymond kysyi ystävällisellä äänellä.

"Oletko vaihtanut numeron, kun en tunnistanut sitä?" Marie kysyi ihmetellen, mutta jatkoi saman tien:

"Olen yhä kuumeessa ja kuolemanväsynyt."

"Ajattelin tulla sinua katsomaan ja tuomaan toipumista edistävää juomaa. Voisin tuoda muitakin tarvitsemiasi asioita, jottei sinun tarvitse käydä sairaana ostoksilla", Raymond sanoi korostaen pehmeyttä äänessään.

"Kiitoksia kovasti huolenpidostasi, mutten missään nimessä halua kenenkään näkevän minua tämän näköisenä. Anteeksi vaan, mutta minä oikeasti suutun, jos tulet", Marie sanoi päättäväisesti.

Raymondin kännykkään tuli samalla hetkellä tekstiviesti.

"Odotatko Marie hetken?" Raymond pyysi ja laski kännykkänsä alas.

Hän kirjautui nopeasti nettisivulle ja kirjoitti Marien kännykkätiedot palveluun. Saman tien Pariisin kartalle ilmestyi punainen piste ja hän lähensi näkymää, kunnes varmistui puhelimen olevan Marien kotiosoitteessa.

"Niin mihin me jäimmekään? Ai niin, et siis tarvitse apuani juuri nyt. Ok, katsotaanko tilannetta huomenna uudestaan?" Raymond kysyi.

"Niin on kyllä parempi", Marie vastasi helpottuneena ja kysyi vielä:

"Mitä aioit tehdä illalla?"

Raymond vastasi saman tien.

"Katselen varmaan televisiota. Pikaista paranemista ja nähdään huomenna", hän sanoi lopettaen puhelun.

Hän alkoi saman tien pukea päälleen yksinkertaisia, tavallista tavallisempiakin ajovarusteita, jotka oli varta vasten hankkinut sellaista tilannetta varten. Kukaan ei tunnistaisi häntä ainakaan varusteiden perusteella. Pyörääkään ei pystyttäisi yhdistämään häneen.

* * *

Lisa kellisti minut tyynyltä poikittain sänkyyn painaen käteni suoriksi pääni yläpuolelle, enkä minä vastustellut. Hän oli jo niin tottunut alastomuuteemme, ettei ajatellut asiaa loppuun asti. Painaessaan ranteitani patjaa vasten hän huomasi rintojensa päätyneen kasvojeni päälle ja sivelevän kevyesti poskiani. Rintojen iho tuntui sametin pehmeältä ja haistoin hänen ihonsa miedon korianterin tuoksun. Sillä hetkellä en tiennyt mitä ajatella, eikä hän tiennyt mitä tehdä. Syntynyt tahaton tilanne tuntui suorastaan epätodellisen eroottiselta. Hän ei selvästikään halunnut osoittaa häpeilyä ja peräytyä takaisin, joten hän jäi paikoilleen. Syntyi hetken hiljaisuus, kun molemmat miettivät seuraavaa liikettä. Tunsin ranteissani, kuinka hän puristi niitä tarkoitusta kovempaa, mutta muuten hän ei ollut vähimmissäkään määrin kauhusta kankeana. Lopulta en malttanut olla käyttämättä tilaisuutta hyväkseni, vaan käänsin hieman päätäni oikealle ja otin nännin kevyesti huulteni väliin. Aluksi hän ei edes huomannut sitä, sillä minäkään en halunnut paljastaa kiihottumistani ja pidin huulillani kiinni niin kevyesti kuin osasin. Nänni alkoi kuitenkin paisua ja lopulta päästin irti päästääkseni uteliaat silmäni näkemään.

"Epäilen kyllä painitaitojasi, kun luovutat noin helposti", hän sanoi vapauttaen samalla käteni.

"Painiotteesi ovat lyömättömät ja tyrmäävät miehen totaalisesti", vastasin hymyillen hänen luontevalle peräytymiselleen.

Lisa pudottautui oikealle puolelleni nostaen päänsä vasemman kyynärpäänsä varaan ja oikean kätensä vatsalleni. Hän katsoi tutkivasti kasvojani ja painoi oikean kämmenensä kevyesti mutta tiiviisti vatsani ihoa vasten. Tunsin käden lämmön ja sen kosketus tuntui siltä, kuin jotain olisi virrannut kehooni. Oloni oli armottoman ristiriitainen: oli humoristinen kisailu alastoman miehen ja naisen välillä, oli alati kasvava intohimo ja kielletyn hedelmän maku, oli lempeän kosketuksen aiheuttama äärimmäisen hellyyden tunne ja polttava haluni päästä häneen sisään. Tunteeni menivät vuoristorataa ja yritin rauhoittua hengittämällä korostetun rauhallisesti ja syvään. Iloinen virnistys oli kaikonnut kokonaan hänen kasvoiltaan, kun hän kumartui korvani juureen.

"Älä sano mitään. Anna vain minun puhua", hän kuiskasi pehmeällä ja rauhoittavalla äänellä.

Kun en sanonut mitään, hän jatkoi:

"Jos et halua jatkaa, niin torju minut vain ystävällisesti kädelläsi."

Hän painoi päänsä rintaani vasten ja oli hiljaa. Hetken päästä huomasin meidän hengittävän samaan rauhalliseen tahtiin. Hän laittoi selkäni ja niskani alle ison tyynyn niin, että päädyin puoli-istuvaan asentoon pääni nojatessa silti tyynyyn. Sitten hän siirtyi hieman minuun nähden ylemmäksi siten, että hänen rintansa tulivat pääni korkeudelle ja hän ohjasi kevyesti kädellään pääni sivuun nojaamaan rintojaan vasten.

"Anna maallisten murheittesi kaikota lepäämällä rintojani vasten. Laita silmäsi kiinni ja ole ajattelematta

127

mitään. Kuuntele vain hengitystämme. Anna koko kehosi rentoutua", hän sanoi madaltaen ääntään.

Näin silmissäni hiekkarannan, jolla makasin yksin. Aurinko lämmitti ihoani ja tunsin, kuinka kevyt tuulenvire pyöritti pehmeää hiekkaa vatsallani. Tunsin sulautuvani rantahiekkaan ja leijailevan sen pinnalla kuin meren pohjassa paitsi, että hengitin vapaasti, syvään ja hitaasti.

En tiedä, kauanko olin maannut liikkumatta. Ajalla ei tuntunut olevan merkitystä. Tunsin Lisan käden sivelevän vartaloani eri puolilta tasaisen rauhallisella liikkeellä. Oloni oli rentoutunut ja äärimmäisen turvallinen. Eroottisuus oli väistynyt jonnekin kauas taka-alalle tai ainakin luulin niin.

"Sinun täytyy olla vahva vastustaaksesi tätä, mutta älä taistele sitä vastaan – et koskaan voita. Viettelyksestäni tulee vetovoima, mutta sinun täytyy vain pystyä vastustamaan sitä. Kuuntele minua tarkkaan ja tee kuten neuvon", hän lausui kuin runoa - hitaasti mutta rytmikkäästi.

"Kun käsken sinua pidättämään, niin jännität lantiopohjan lihaksiasi kuten tekisit keskeyttäessäsi virtsaamisen väkisin. Samalla vedät vatsasi sisään selkärankaa kohti ja puhallat ilmaa ulos huultesi välistä. Älä lopeta pidättämistä, ennen kuin annan luvan rentoutua. Kokeile, että ymmärsit oikein", hän selosti määrätietoisella äänellä.

Kaikki tuntui täysin luonnolliselta ja minun oli helppo kuvitella virtsaamisen keskeyttäminen ilman käsitystäkään lantiopohjan lihaksista.

Lisa nosti jalkani koukkuun ja levitti polveni. Hänen kätensä hyväili hellästi vatsaani ja hakeutui alavatsalleni.

Tunsin sormen tunnustelevan kevyesti painaen parin sormen leveyden verran navastani alaspäin. Se pysähtyi tiettyyn kohtaan painaen hieman kovempaa ja tehden samalla pyörittävää liikettä. Samassa virityin oudolla tavalla ikään kuin olisin seksuaalisesti kiihottunut ilman fyysistä kiihottumista.

"Anna lihastesi rentoutua. Älä ajattele mitään", hän opasti pehmeästi huomatessaan reagointini.

Tunsin leijuvani ilmassa. Lisa hyväili reisiäni ja niiden sisäpintaa hitain liikkein ilman pienintäkään kiirettä ja tunsin vajoavani autuaaseen unenomaiseen maailmaan ollen kuitenkin tiukasti läsnä. Hän nousi vierestäni ja kehotti minua pitämään silmäni edelleen kiinni. Hänen kätensä hakeutui pakaroitteni väliin ja hänen sormensa sivelivät kevyesti vaon reunoja. Sormet tuntuivat lukevan hermopäätteitä kuin sokeainkirjoitusta ja tunsin kylmien mutta hyvältä tuntuvien väreiden virtaavan kehoni läpi. Koin antautuvani jollekin aivan uudelle kokemukselle ja olevani täysin hänen armoillaan. Hän tuntui lukevan ajatukseni ja sanoi hiljaa:

"Älä pelkää. Koeta vain rentoutua täysin."

Lisan sormet tuntuivat taivaallisilta ja pelkäsin ainoastaan sitä, että hän lopettaisi. Ne pysähtyivät peräaukkoni kohdalla ja lävitseni virtaavat väreet alkoivat äkkiä tuntua kuumilta. Aloin täristä ensin vähän ja kun hyväilevät sormet siirtyivät välilihaani kohti kiveksiä, tärisin jo kauttaaltani ja kontrolloimattomasti. Yhtäkkiä sormenpää osui johonkin kohtaan kivesteni alla ja sain äkillisen voimakkaan erektion, joka oli antanut odottaa itseään. Hän tarttui ensi kertaa varteeni ja alkoi hyväillä minua pitkin rauhallisin vedoin. Kaikki se kasautunut intohimo, jota olin yrittänyt peitellä, purkautui kertaheitolla. Tunsin ensimmäiset supistukset, jolloin hän lopetti äkkiä hyväilyn ja sanoi varmalla äänenpainolla: "Pidätä nyt. Vedä vatsaa sisään ja puhalla huultesi välistä ilmaa ulos."

Tunsin pakottavaa tarvetta luovuttaa, mutten voinut antautua Lisan silmien edessä. Muutaman sekunnin päästä tunsin orgasmin helpottavan ja hän kehotti minua taas rentoutumaan. Hän painoi päänsä vatsalleni ja hengitimme jälleen samaan tahtiin.

En edes ajatellut ajankulkua. Olin niin autuaassa olotilassa, että se melkein sattui.

"Muista, ettet saa tehdä tai puhua mitään, vaikka kuinka mielesi tekisi", Lisa totesi sellaisella määrätietoisuudella, ettei ohjeiden kyseenalaistaminen tullut mieleenikään.

Hän nousi nelinkontin, kääntyi kanssani vastakkaiseen suuntaan ja nosti polvensa rintani yli asettuen hajareisin päälleni. Naisen tuoksu levisi sieraimiini ja tunsin, kuinka kiihotuin uudelleen kuin itsestään, vaikkei erektio ollut edes loppunut edellisestä kerrasta. Hän alkoi hyväillä minua suullaan hitain ja varovaisin liikkein kuin pyrkien pitkittämään orgasmiani. Vagina oli suoraan silmieni edessä ja näin sen aukeavan kuin perhonen olisi levittänyt siipensä. Tunsin Lisan hengityksen tihenevän ja olin varma hänen kiihottumisestaan, enkä millään ymmärtänyt, miksen saanut tuottaa hänelle hyvää oloa. Mutta kun hän oli ehdottomasti kieltänyt minua tekemästä mitään, päätin sulkea silmäni ja keskittyä vain nautintooni, aivan kuten hän oli halunnut.

Tunsin jälleen supistusten alkamisen ja uskoin jo ylittäneeni pisteen, jonka jälkeen ei ole paluuta, kun Lisa taas totesi rauhallisen varmalla äänellä:

"Pidätä tiukasti. Purista, purista!"
Uskoni oli jo loppua, mutta luottavainen kannustus sai minut jatkamaan, vaikka tunsin muutaman pisaran tunkeutuvan läpi. Lopulta sain luvan jälleen rentoutua ja hän nuoli penikseni pään puhtaaksi.

Lisa nousi sängystä, nouti kaapista muovituubin ja puristi siitä geeliä vasemmalle kämmenelleen. Erektioni ei ollut ehtinyt vielä kunnolla helpottaa, kun hän siveli sormensa geelillä ja alkoi taas hyväillä anusaukkoni ympäristöä. Siinä vaiheessa olin mielihyvästä jo hulluuden partailla. Äkkiä tunsin kuin imeväni hänen sormensa sisääni. Hän tunnusteli varovasti anustani ja kun hän löysi eturauhaseni, tunsin äkillistä siemensyöksyn tarvetta. Hän hellitti hieman ja tarpeeni meni ohi. Peräaukkoni lukemattomat hermopäätteet lähettivät väristyksiä läpi kehoni. Ikuisuudelta tuntuneen ajan jälkeen hän käski minun avata silmäni ja katsoimme toisiamme syvälle silmiin. Katseessani täytyi näkyä armon anelua, sillä hän alkoi hyväillä vasemmalla kädellään penistäni kiihtyvään tahtiin. Orgasmin ensiaaltojen tuntuessa luulin hänen jälleen käskevän minua pidättämään, kun hän sanoikin yllättäin kehräävällä äänellä:
"Anna tulla vaan."
Samalla hän alkoi lypsää sormellaan eturauhastani anusaukon sisällä jatkaen samalla vasemmalla kädellään kiihtyvää penikseni hyväilyä. Lauetessani hän puristi varttani ja minusta tuntui hetken siltä, että räjähtäisin. Kun hän lopulta hellitti, purkaudun kuin megatonnien tulivuori.

Makasin pitkään voimattomana huohottaen ja Lisa silitteli hellästi hiuksiani vierelläni. En kyennyt edes ajattelemaan.

"Tiedätkö, että olet jättänyt minuun jälkesi – jos et muuten, niin ainakin päiväkirjaani", hän kuiskasi.

"Miten olet oppinut tuon kaiken? Eihän sinun pitäisi tuntea miehiä", sain viimein kysytyksi.

"Sitähän varten on kirjoja", hän vastasi lyhytsanaisesti haluamatta selvästikään selittää enempää.

"Mutta minäkin haluaisin tuottaa sinulle saman. Tuntuu suorastaan tuskalliselta olla saamatta antaa, kun on itse saanut noin käsittämättömän ihanan kokemuksen", sanoin kasautuvaa syyllisyyttä tuntien.

"Ihmettelit varmaan yhdessä vaiheessa, miksi minäkin kiihotuin. Se ei ikävä kyllä ollut sitä, että olisin halunnut sinua, mutta kiihottuminen tarttuu ja hyvän olon tuottaminenkin on kiihottavaa", hän lohdutti tehden samalla selväksi oman asemani.

Olimme jälleen hiljaa ja makasimme kyljittäin Lisa sylissäni selkä minua vasten. Puristin häntä tiukasti itseäni vasten, sillä se oli ainoa tapa, millä pystyin osoittamaan kiitollisuuttani.

"Annoin Marielle tämän asunnon omistajan kännykän numeron ja se puhelin löytyy keittiöstä. Voit ottaa sen käyttöösi, niin minäkin saan sinuun tarvittaessa yhteyden", hän sanoi yllättäen minut täydellisesti ja jatkoi pienen tauon jälkeen:

"Minulla on ihmeellinen tunne, että Marie soittaa vielä ja että te tapaatte. Ja jos haluat jotenkin korvata äskeisen, niin säästä se siinä tapauksessa Marielle."

10 WARPED PASSAGES

Lisa Randall 2005

Marie tiesi Raymondin valehdelleen puhelimessa. Heidän seurustelunsa aikana Raymond ei ollut kertaakaan katsonut televisiota edes hänen seuranaan. Tällä oli jatkuva tarve tehdä jotain ja aina loputon lista suunnitelmia toteutettavanaan, joten toimettoman illan TV:n ääressä täytyi olla vale. Ainoa järkeenkäypä motiivi sellaisen esittämiseen saattoi olla vain sen vastakohdan peittäminen eli Raymond oli todellisuudessa lähdössä johonkin ja tarve esittää vale juuri hänelle tarkoitti sitä, että tämä oli tulossa odottamatta käymään. Raymond oli ollut myös epätavallisen ystävällinen ja ymmärtäväinen. Tapaamisesta kieltäytymisen hyväksyminen muitta mutkitta oli täysin ristiriidassa sen tosiasian kanssa, ettei Raymond ollut koskaan hyväksynyt ei-vastauksia pienimmissäkään asioissa. Todellisuuden täytyi olla siis päinvastainen eli Raymondin täytyi olla raivoissaan.

Marie tajusi osuutensa Danielin pelastamisessa paljastuneen. Samalla se tarkoitti myös Raymondin tajunneen paljastuneensa ja tämän täytyi pelätä hänen tietävän paljon enemmänkin. Raymond ei suinkaan olisi tulossa haukkumaan häntä pettämisestä, vaan selvittämään, mitä hän tiesi ja kenelle hän oli kertonut. Häntä pelotti ajatuskin siitä, mitä se tarkoittaisi. Paniikki oli ottamassa hänessä vallan ja selkeä ajattelu tuntui melkein mahdottomalta. Samassa hän näki keskellä lattiaa seisovan, valmiiksi pakatun matkalaukun ja sai ajatuksen. Hänellä oli kiire.

* * *

Raymond päätti mennä Marien huoneistoon soittamatta ovikelloa. Hänellä oli varjostusryhmän tiedustelema ulko-oven sähkölukon koodi ja kopio Marien kotioven avaimesta, jonka hän oli teettänyt tämän tietämättä. Tyytyväisyydekseen hän pani merkille, ettei talon aulassa ja portaissa ollut ketään. Silti hän piti ajokypärän päässään siltä varalta, että joku olisi sattunut tulemaan vastaan. Talon kiviset portaat eivät muodostaneet uhkaa narinasta ja välttääkseen saapumisensa äänet hänen riitti vain asetella jalkansa portaille verkkaiseen tahtiin. Marien ovi oli toisessa kerroksessa ja hän pysähtyi sen eteen asettaen korvansa ovea vasten. Sisältä ei kuulunut mitään, joten Marie ei ollut ainakaan aivan lähellä ovea. Avain oli voideltu vaseliinilla sen tuottaman äänen minimoimiseksi. Hän alkoi hivuttaa sitä varovasti lukkoon ja kun se vihdoin oli painunut pohjaan, hän alkoi varovasti kääntää avainta pyrkien välttämään pienintäkin voimankäyttöä. Lopulta lukkokin aukeni lähes äänettömästi. Ovi vaikutti uudelta ja tuntui avautuvan helposti ilman kitinää. Silti hän hivutti sen auki raottaen sitä sentti sentiltä ja keventäen samalla kahvasta oven painoa.

Asunnossa oli täydellisen hiljaista ja Raymond tiesi heti Marien olevan jossain muualla. Silti hän hiipi sisään hiljaa ja tarkisti asunnon jokaisen kolkan huolellisesti. Huoneistossa ei ollut ketään ja ainoa silmiinpistävä asia oli matkalaukku keskellä lattiaa. Marie oli siis lähdössä jonnekin, hän päätteli. Hän kaivoi repustaan kämmentietokoneen ja kirjautui netissä kännyköiden jäljitysohjelmaan. Marien kännykkä näytti ohjelman mukaan olevan edelleen talossa ja hän päätti kokeilla soittaa siihen. Puhelin soi pitkään ilman vastausta ja hän kuulosteli tarkkaan, jos huoneistossa kuuluisi tärinähälytyksen ääni. Oli silti täysin hiljaista ja hän avasi vielä ulko-ovenkin kuunnellakseen, jos puhelin soisi muualla talossa. Mitään ei kuulunut. Outoa, hän ajatteli. Marien täytyi olla ullakolla tai kellarissa hakemassa tarvitsemiaan tavaroita ja hän päätti jäädä huoneistoon odottamaan tämän paluuta. Marien täytyi kuitenkin palata hakemaan matkalaukkunsa ennen lähtöään, mihin sitten lienikään lähdössä.

Raymond istuutui olohuoneen sohvalle ja alkoi silmäillä huonetta etsien jotain vihjettä Marien suunnitelmista. Saman tien hänen silmänsä osuivat pöytätietokoneeseen huoneen nurkassa. Hiljainen hurina paljasti koneen olevan päällä, vaikka näyttö olikin pimeänä. Hän päätti tutkia sitä tarkemmin. Kosketus hiireen räpsäytti näytön päälle ja hän myhäili huomatessaan, ettei näyttöä oltu suojattu salasanalla. Kuinka monta kertaa hän olikaan kehottanut Marieta huolehtimaan suojauksista ja tämä oli joka kerta vakuuttanut tekevänsä sen pikimmiten. Samaan hengenvetoon Marie oli kuitenkin aina todennut, ettei hänellä ollut mitään salattavaa ja ettei hänellä yksin asuvana ollut tarvetta suojata konettaan.

Hän tutki nettiselainta ja huomasi Marien käyneen luotijunayhtiö Eurostarin sivuilla. Jos Marie oli tilannut matkalipun netistä, se oli mitä luultavimmin saapunut sähköpostilla. Sähköpostiohjelma oli valmiiksi auki ja voilá, uusin sähköposti oli junalippu Lontooseen viimeisellä junalla klo. 21:13. Marie ei siis ollutkaan sairas, vaan oli pakenemassa Pariisista. Raymond hymyili itsekseen ja ajatteli Marien junamatkan sopivan hyvin suunnitelmiinsa: matka Lontooseen antaisi hyvän selityksen Marien katoamiselle paitsi, ettei tämä koskaan saapuisi Lontooseen.

* * *

Marie tyhjensi nettiselaimen historiikin ja kävi nopeasti muutamilla uusilla sivuilla täyttääkseen sen uudestaan, sillä tyhjä historiikki olisi vaikuttanut epäilyttävältä. Sen jälkeen hän meni Eurostarin sivuille ja tilasi junalipun saman illan viimeisellä junalla Lontooseen. Lipun saapuessa sähköpostilaatikkoon hän sai uuden idean. Hän tilasi toisenkin lipun klo. 18:13 lähtevään junaan. Kun lippu saapui sähköpostilla, hän tuhosi sen sähköpostin saman tien. Matkalaukku sai jäädä paikalleen keskelle lattiaa vihjeeksi Raymondille.

Marie tarvitsi mukaansa Raymondin lahjoittaman Gerberin monitoimityökalun. Hän puki popliinitakin nopeasti päällensä, otti naulakosta villatakin kainaloonsa ja poistui ovesta. Käytävässä ei kuulunut mitään ja hän lähti kiipeämään portaita ylöspäin. Ylimmässä kerroksessa hän kaivoi kännykän taskusta ja sääti sen soittoäänen pienimmälle mahdolliselle sulkematta kuitenkaan ääntä täysin. Sen jälkeen hän irrotti Gerberillään tuuletusventtiilin ruuvit seinästä ja väänsi luukun irti työkalun hohtimilla. Aukosta näkyi pitkälle jatkunut putki, jonne hän tyrkkäsi kännykkänsä niin pitkälle kuin kykeni. Sen jälkeen hän tunki villatakin putken tukkeeksi ja sulki lopuksi venttiilin luukun.

Hän oli juuri lähdössä alaspäin, kun oli kuulevinaan talon ulko-oven sähkölukon avautumisen. Sen jälkeen ei kuitenkaan kuulunut enää mitään, vaikka hän herkisti korvansa äärimmilleen. Vaikka hän todennäköisesti olikin kuullut väärin, hän otti kengät varmuuden vuoksi jaloistaan ja alkoi kävellä portaita varovasti alaspäin. Kolmannen kerroksen tasanteella hän pysähtyi kuuntelemaan tarkkaan, sillä seuraava kerros alaspäin olisi ollut hänen omansa. Jokin vaisto hänessä sanoi, että Raymond oli talossa ja siinä tapauksessa hänestä todennäköisesti alle kymmenen metrin päässä. Kylmät väreet kävivät pitkin selkää pelkästä ajatuksesta.

Samassa Marie tajusi oman pattitilanteensa. Hän ei enää uskaltanut lähteä riskillä alaspäin tietämättä, oliko Raymond talossa. Toisaalta ilman havaintoa hän ei voinut tietääkään. Oli siis pakko kuulla tai nähdä jotain ja tehdä sitten siitä johtopäätöksiä. Liian pitkään odottaminenkaan ei käynyt, sillä ennemmin tai myöhemmin Raymond tai hänen miehensä alkaisivat etsiä kännykkää koko talosta. Intensiivinen kuuntelu alkoi särkeä päätä, mutta hän ei vain kuullut mitään. Aikaa kului uhkaavan paljon ja hän alkoi tuntea kasvavaa paniikkia.

Äkkiä hän kuuli oven avattavan kerrosta alempana ja jonkun astuvan kerroksen tasanteelle. Sydän alkoi takoa

vimmatusti ja hän tunsi pyörtyvänsä. Hetken päästä ovi
jälleen suljettiin ja hän tajusi Raymondin käyneen
kuulostelemassa hänen kännykkäänsä. Samassa hänelle
valkeni, miten lähellä katastrofi olikaan ollut. Entä jos
puhelimen ääni olisikin kuulunut ja Raymond olisi lähtenyt
portaita ylöspäin? Raymond oli tunkeutunut hänen
asuntoonsa sillä välin, kun hän oli ollut yläkerroksissa. Entä
jos huoneistosta poistuminen olisi viivästynyt hieman ja
Raymond tullut vastaan tasanteella? Sillä hetkellä oli
kuitenkin viimeinen hetki poistua talosta senkin uhalla, että
Raymondin miehiä olisi vahdissa. Hän kurkisti varovasti
portaiden kulman takaa ja todettuaan tasanteen tyhjäksi
lähti hiipimään portaita alaspäin.

* * *

Raymond istui sohvalla ja naputteli sormillaan
hermostuneesti kädensijaa. Aika vieri, eikä Marieta
näkynyt, vaikka tämän puhelin näytti edelleen olevan
talossa. Hän alkoi aavistella, että jokin oli pahasti vialla. Ei
auttanut muuta kuin soittaa apua.
"Ovatko miehesi valmiina?" Raymond kysyi
puhelimessa kontaktiltaan.
"Montako tarvitaan, mihin ja mihin tehtäviin?" mies
kysyi.

Kymmenen miehen huoltomiehiksi pukeutunut ryhmä
saapui alle puolessa tunnissa ja alkoi koluta taloa huoneisto
huoneistolta. Peitetarinana oli vaarallisen myrkkykäärmeen
karkaaminen omistajaltaan, eikä yhdenkään huoneiston
omistaja vastustellut huoneistonsa tarkkaa penkomista.
Jokaisessa huoneistossa Raymondin miehet soittivat

huomaamattomasti Marien puhelimeen ja kuulostelivat tarkkaan. Vihdoin yläkerran huoneistossa he kuulivat puhelimen äänen naapurihuoneistosta. Sinne päästyään he kuulivatkin äänen edellisestä huoneistosta. Pyörittyään aikansa kahden huoneiston välillä, he päätyivät tarkistamaan uudestaan myös alemman kerroksen huoneistot ja ullakon. Vihdoin lähes tunnin etsinnän jälkeen kännykkä löytyi ilmanvaihtokanavasta. Ryhmän vetäjää temppu huvitti ja hänen täytyi koota itsensä, ennen kuin uskalsi mennä tapaamaan Raymondia.

"Marie onnistui harhauttamaan meitä", etsintäryhmän vetäjä totesi yskäisten lauseen perään peittääkseen hymynkareensa.

"Se siis tarkoittaa, että Marie tiesi tulostani ja poistui ennen saapumistani", Raymond pohti ääneen ja valitsi puhelimestaan kontaktimiehensä puhelinnumeron.

"Laita mies Lontoon 21.13 lähtevään junaan. Laitan sähköpostilla Marien matkalipun, josta selviää hänen paikkatietonsa. Hänet on tuotava takaisin elävänä, sillä haluan ensin keskustella hänen kanssaan. Käske miehesi vaikka huumata hänet tai mikä sitten onkaan paras ratkaisu. Laita matkaan joku, joka osaa hommansa ja soita heti, kun tiedät jotain uutta", Raymond käskytti.

Raymond lähetti etsintäryhmän matkoihinsa, mutta käski heidän ensin käydä ilmoittamassa jokaisessa huoneistossa, että käärme oli löytynyt ja lopetettu. Käärmeen talossa synnyttämä paniikki olisi saattanut herättää epätoivottavaa huomiota, jos joku olisi päättänyt vaikka soittaa poliisille. Hän itse päätti jäädä Marien huoneistoon odottamaan soittoa kontaktiltaan. Saattoihan Marie myös tulla viime tingassa noutamaan matkalaukkuaan tai lähettää jonkun toisen sitä hakemaan.

Raymondin kello näytti 21:14, mutta soittoa ei kuulunut. Hän käveli Marien olohuoneessa hermostuksissaan ympyrää ja vilkuili kelloaan vähän väliä. Viittä vaille kymmenen puhelin soi.

"Älä sano, että epäonnistuitte", Raymond vastasi uhkaavalla äänenpainolla.

"Marie ei koskaan tullut junaan. Mieheni kävi vielä läpi koko junan jokaista nurkkaa myöten, mutta naisesta ei näkynyt jälkeäkään. Hän toki etsii yhä edelleen, kun kerran on junassa. Hän on kuitenkin valmis vannomaan, ettei Marie ole junassa", kontakti selosti.

"Merde! Se saatanan huijarihuora on edelleen Pariisissa! Laittakaa kaikki voimavaranne penkomaan Marien kontakteja ja etsimään häntä. Lähetän teille sähköpostilla hänen sähköpostinsa osoiterekisterin, josta voitte aloittaa etsintänne. Tutkikaa myös kaikki hotellit, vaikka tuskin hän hotelliin uskaltaisi majoittua. Soittakaa heti, kun jotain ilmenee", Raymond puhisi ja sulki puhelimen, ennen kuin olisi alkanut itkeä raivosta.

Mikään ei olisi voinut ärsyttää Raymondia enempää kuin se, että joku nainen piti häntä pilkkanaan. Hän istahti tietokoneen ääreen ja avasi sähköpostiohjelman miettien, olisiko keinoa lähettää koko osoiterekisteri kerralla. Samassa hän tajusi, ettei ollut tutkinut muita kuin saapuneiden postien postilaatikon. Lähetetyistä sähköposteista hän löysi Marien yliopistolle lähettämän irtisanoutumisilmoituksen. Marie oli siis suunnitellut lähtevänsä Pariisista pysyvästi. Muuta mielenkiintoista lähetetyistä ei löytynytkään. Seuraavaksi hän avasi roskalaatikon...

* * *

Marie ei uskaltanut ottaa taksia, vaan päätti kävellä niin pitkälle kuin jaksaisi ja samalla hän pystyi miettimään tarkemmin seuraavaa siirtoaan. Ystävän luona yöpyminen olisi sittenkin ollut liian vaarallista, sillä yhteys oli liian helposti löydettävissä. Tavaroiden noutaminenkin oli parasta jättää myöhemmäksi ja avaimen hän ajatteli postittavansa päästyään kauas Pariisista. Hän käveli aikansa ja pysähtyi lopulta kahvilaan lepäämään. Useampikin mies käänsi katseensa tutkien häntä kasvoista jalkateriin. Kahvilan perimmäisestä nurkasta löytyi sopiva vapaa paikka, josta saattoi katsella huomaamattomasti ympärilleen. Hänelle tuli mieleen, että voisi iskeä itselleen miesseuraa yöpaikan saamiseksi, mutta se ajatus tuntui liian vastenmieliseltä. Samassa hän näki vasemmalla edessään ikkunan ääressä kirjaa lukevan, ystävällisen näköisen naisen. Nainen kyllä ymmärtäisi toisen naisen hädän.

* * *

Raymond tuijotti tuhottua sähköpostia, joka paljasti Marien lähteneen jo 18:30 -junalla. Häntä hymyilytti Marien ovela juoni, mutta ilme muuttui saman tien irvistykseksi. Marie oli siis kuitenkin jo häipynyt Pariisista! He olivat kolunneet taloa tuntikaupalla turhaan ja sitten odottaneet yhdeksän junaa sillä aikaa, kun Marie oli jo istunut kuuden junassa matkalla Lontooseen. Nyt oli jo myöhäistä tehdä mitään edes Lontoon päässä, sillä juna oli ollut perillä jo ajat sitten. Hän ei olisi ikinä uskonut, että

Marie kykeni sellaisiin harhautuksiin ja elleivät tämän temput olisi nolanneet hänet niin pahasti, hän olisi saattanut jopa arvostaa niitä. Oli pakko soittaa kontaktille, vaikka häntä hävetti oma tyhmyytensä.

"Peruuttakaa operaatio. Marie on jo Lontoossa. Hän on ollut yllättävän taitava, muttei tiedä mihin minä kykenen. Palaan asiaan, jos on tarvetta", Raymond sanoi lopettaen puhelun lyhyeen.

Hän soitti toisen puhelun ja sai puhelinnumeron Lontooseen. MI5 oli hänelle palveluksen velkaa ja hänellä oli useitakin kiristysruuveja, jos tarvittaisiin korkeamman tason painostusta. Soitto sai kuitenkin yllättävänkin lämpimän vastaanoton, sillä numerossa vastannut henkilö tunsi hyvin Raymondin tekemien palvelusten arvon. Marien etsintä olisi kuulemma helppo juttu terrorismin vastaiseen sodankäyntiin kehitetyin menetelmin ja englantilainen jopa kehotti kehuskellen ottamaan aikaa etsinnän kestosta. Se kävi kuulemma hyvästä harjoituksesta.

Raymond tunsi itseluottamuksensa palaavan ja hän lähti hyvillä mielin Marien asunnosta. Kukaan ei hyppisi hänen silmilleen maksamatta siitä ja Marie saisi maksaa kalliisti petturuudestaan. Päästyään kotiin hän tunsi olonsa voipuneeksi ja painui suoraan nukkumaan. Vähän yli kaksi aamuyöstä hänen puhelimensa soi.

"Etsimänne nainen ei ollut junassa", miesääni sanoi ykskantaan.

"Minä tiedän, ettei hän ollut yhdeksän maissa lähteneessä junassa, mutta hän saapuikin kolme tuntia aikaisemmin", Raymond vastasi turhautuneena.

"Puhun nyt kuuden junasta, mutta tarkistimme samalla

kaikki muutkin illan junat", mies vastasi tyynen rauhallisesti.

"Mitä, Marie ei siis olekaan Lontoossa?" Raymond kysyi ymmällään.

"Siitä en tiedä, mutta ainakaan junalla hän ei ole saapunut", mies vahvisti jo kertaalleen kertomansa raportin.

"Tarvitaanko jatkotoimenpiteitä?" englantilainen kysyi lopuksi.

"Antaa olla, kiitoksia", Raymond vastasi hölmistyneenä ja sulki puhelimen.

Hän oli paiskata puhelimensa seinään, mutta hillitsi itsensä. Vastaavanlaisen uuden turvatun ja tunnistamattoman puhelimen hankinta veisi aikaa, jota ei ollut hukattavissa. Hänen oli jälleen soitettava kontaktilleen. Jatkuva soutaminen ja huopaaminen alkoi olla jo nöyryyttävää.

* * *

Marie saapui taksilla Charles de Gaullen kentälle hyvissä ajoin. Hän oli nukkunut harvinaisen hyvin, sillä yöpyminen täysin satunnaisesti valitun ihmisen luona oli tuntunut turvalliselta ja uni maistunut päivän koettelemusten jälkeen. Hän matkusti poikkeuksellisen kevyesti, sillä mukana ei ollut mitään muuta kuin lentolippu, passi ja tapaamaltaan naiselta saatu prepaid-kortilla varustettu kännykkä. Alunperin mukaan tarkoitettu matkalaukkukin oli ollut pakko jättää kotiin.

Marie kirjautui lennolle ja siirtyi odotustilaan. Hän mietti, uskaltaisiko jo lähettää Raymondille viestin, mutta päätti kuitenkin jättää sen viime hetkeen. Päästyään koneeseen omalle paikalleen hän näpytteli viestin:

"Olen matkalla Australiaan, enkä aio palata takaisin. Kaikki harhautukseni olivat pakon sanelemia, sillä muuten et olisi päästänyt minua lähteämään. Yritä unohtaa minut, vaikka tiedän sinun olevan vihainen. Marie."

Hän katseli koneen ikkunasta ulos. Aurinko oli tullut esiin ensimmäistä kertaa pitkän sadejakson jälkeen ja hän tunsi olonsa sekä vapautuneeksi että seikkailunhaluiseksi. Se, mitä hän oli päättänyt tehdä, saattoi olla uhkarohkeaa ja tyhmääkin, mutta hänen rakkautensa oli pelkoa suurempi.

11 THE TIME MACHINE

H.G. Wells 1895

Raymond alkoi olla lopen uupunut. Hän ei ollut nukkunut montaakaan silmäystä koko yönä ja kaksi aikaisempaakin yötä olivat mahdollistaneet suomalaisen takia vain katkonaisen unen. Edeltäneinä päivinä hän oli kokenut enemmän tappioita kuin koko elämässään yhteensä ja se söi häntä sisältäpäin. Raivo ja itsesääli kävivät hänessä kamppailua ja hän yritti ruokkia raivoaan vahvistaakseen itseluottamustaan, mutta väsymys tahtoi syödä raivoltakin ponnen.

Saapuvan tekstiviestin piipitys herätti hänet torkkumasta vaatteet päällä nojatuolissa. Hän säpsähti ja vilkaisi kelloaan, joka näytti varttia yli yhdeksän aamulla. Povitaskusta löytyneeseen salattuun kännykkään ei kuitenkaan ollut saapunut viestiä, joten sen oli täytynyt tulla hänen viralliseen laitteeseensa. Etsittyään tovin puhelinta hän löysi sen lopulta keittiöstä. Viesti oli arvatenkin Marielta ja hän valmistautui pahimpaan. Alitajuisesti hän toivoi jo voivansa luovuttaa ainakin hetkeksi, jotta saisi vihdoinkin levätä.

Raymond luki viestin ja tunsi selkeyttä ensimmäistä kertaa pitkään aikaan. Nyt hän tiesi missä Marie oli ja mihin tämä oli menossa olkoonkin, että Marie oli vedättänyt häntä pahemman kerran. Australian lennon kesto antaisi hyvin aikaa järjestellä asioita ja perillä Marie saisi todeta hänen kätensä pituuden. Hän ajatteli saavansa levätäkin rauhassa kokonaisen vuorokauden. Samassa hänen salattu puhelimensa soi.

"Niin", Raymond vastasi rennosti.

"Olemme löytäneet Marien", miesääni sanoi itsevarmasti.

"Hän on siis matkalla Australiaan", Raymond totesi välinpitämättömästi.

"Kuinka te sen jo tiedätte?" hämmästynyt ääni kysyi.

"Luuletteko, että olen odottanut toimettomana teidän löytävän jotain?" Raymond vastasi.

"Voimme vielä noutaa hänet koneesta, mutta alkaa olla jo kiire", mies ehdotti hämmentyneenä.

"Älkää olko hölmö! Jos nyt tekisimme jotain noin näkyvää, niin mitä tahansa hänelle sen jälkeen tapahtuisikaan, olisimme ensimmäisiä epäiltyjen listalla", Raymond sähähti kiukkuisena ja jatkoi:

"Soitan Australian päähän ja järjestän vastaanoton. Australiassa Marie voi kadota ilman, että kukaan kaipaa häntä välittömästi. Saavat paketoida hänet ja lähettää takaisin Pariisiin ilman, että kukaan tietää mitään. Lopulta hänen todetaan kadonneen Australiassa, eikä minua voida mitenkään yhdistää asiaan."

Raymond tunsi olevansa jälleen asioiden herra.

"Mitä teemme suomalaisen suhteen? Jatkammeko etsintöjä?" mies tiedusteli.

"Laskekaa miehenne levolle. Suomalaisen suhteen on parasta odottaa ja antaa vastustajan paljastaa itsensä – kuka sitten lieneekään. Se, että he ovat saaneet Marienkin liittoutumaan minua vastaan, tekee asiasta todella monimutkaisen. Tässä pätee vanha viisaus, että 'jos ei tiedä, mikä on oikea suunta, on parempi jäädä paikoilleen'."

* * *

Marie istui paikallaan lentokoneessa ja odotti. Käytävä oli täynnä paikkaansa hakevia ihmisiä ja hän toivoi, ettei viereen istuisi ketään. Toive oli kuitenkin turha, sillä samalla hetkellä hän huomasi tummaan pukuun pukeutuneen liikemiehen laskevan sanomalehden istuimelle ja työntävän matkalaukkuaan istuinten yläpuoliseen säilytystilaan. Matkalaukku oli kuitenkin aavistuksen liian iso ja siitä jäi lokeron ulkopuolelle juuri sen verran, ettei luukku mennyt kiinni. Mies vaikutti tyystin hermostuvan ja tunki laukkuaan kaksin käsin ärtymyksestä puhisten. Laukku painui hieman kasaan ja luukku tuntui menevän kiinni, mutta aukesi itsestään juuri kun mies oli istuutumassa. Raskaasti kiroten hän nousi uudestaan ja löi luukkua kaksin käsin koko painollaan jääden sitten odottamaan lopputulosta. Mitään ei tapahtunut ja mies rojahti voitonriemuisesti istuimelleen Marien viereen. Samalla Marien kännykkä piippasi tekstiviestin merkiksi ja mies katsoi häntä paheksuvasti.

"Anteeksi, unohdin sulkea puhelimeni", Marie totesi ystävällisesti.

Hän luki silti viestin ja jähmettyi. Hetken päästä hän

alkoi vapista kauttaaltaan ja vieressä istunut mies kallistui hänestä poispäin kuin tartuntaa pelkäävä tuijottaen kuitenkin samalla tiukasti Marien kännykkää.

"Onko jokin hätänä?" mies kysyi hämmentyneenä.

Marie ei saanut sanotuksi sanaakaan, mutta työnsi kännykän miehen käteen. Tämä katsoi ensin häntä ja sitten kännykkää alkaen lukea tekstiviestiä.

Miehenne on joutunut auto-onnettomuuteen. Ottakaa heti yhteyttä kotiin!

"Teidän pitää kyllä jäädä pois koneesta", mies totesi kauhuissaan ajatuksesta, että joutuisi matkustamaan koko matkan hysteerisen naisen vieressä.

Marie vain tuijotti miestä lasittunein silmin, jolloin tämä nousi ja käveli kiireesti koneen etuosaan lentoemännän luo. He keskustelivat hetken kuumeisesti, minkä jälkeen lentoemäntä tuli määrätietoisen näköisenä Marien luokse.

"Rouvan on parasta jäädä Pariisiin ja mennä katsomaan sairaalaan miestänne", lentoemäntä sanoi rauhallisella äänellä.

Marie tuijotti lentoemäntää silmiin sanomatta mitään.

"Me poistamme kyllä matkalaukkunne koneesta ja toimitamme sen teille myöhemmin", lentoemäntä rauhoitteli.

"Minulla ei ole matkalaukkua", Marie sanoi änkyttäen ja nousi seisomaan.

"Minun on tosiaan pakko poistua koneesta."

* * *

Lisa makasi sängyssä selällään katsellen pimeää. Uni ei tahtonut tulla ja hän kuunteli kateellisena Danielin tuhinaa vierellään. Lauantaipäivä oli ollut Danielin seurassa ihanan kevytmielinen. He olivat loikoilleet sängyssä myöhään iltapäivään, minkä jälkeen he olivat tuntikausia valmistaneet yhdessä ruokaa keskustellen elämän peruskysymyksistä. Oikeastaan Daniel oli valmistanut ruokaa ja hän oli pitänyt seuraa. Daniel oli melkein loukkaantunut, kun hän oli ihmetellyt suomalaisen osaavan kokata. Tämä oli selittänyt ylpeänä, miten suomalaiset olivat vasta viime aikoina alkaneet arvostaa omia luonnon antimiin perustuvia ruokiaan. Suomessa kuulemma raaka-aineisiin kehittyi poikkeuksellisen paljon ravinteita ja makuja lyhyen mutta valoisan kesän ansiosta, ja harvaan asutussa maassa oli tarjolla myös paljon kalaa ja riistaa. Nyt kuitenkin käytettävissä oli ollut vain hänen ystävättärensä jääkaappiin valitsemat ainekset. Tämä oli Toscanasta kotoisin ja he olivat käyneet ainaista väittelyä siitä, kumpi oli parempi ruoka- ja viinimaa – Italia vai Ranska. Sinä iltana Italia oli vetänyt pidemmän korren, sillä jääkaapin antimista johtuen Daniel oli tehnyt italialaisvaikutteista ruokaa. Alkuruoaksi hän oli koonnut avokadosta, tomaatista ja mozzarellasta tricoloren, johon hän oli taikonut ihastuttavan kastikkeen. Pääruokalautaset Daniel oli koristellut lollo rosso-salaatinlehdillä perhosen siipien muotoon ja täydentänyt vaikutelman avokadokoristeilla, paahdetuilla pinjansiemenillä ja parmesan-lastuilla. Päälle hän oli ripotellut oliiviöljystä ja tummasta balsamicosta sekoittamaansa kastiketta. Sitten hän oli paistanut parilapannulla pihvit upean ruskeiksi mutta sisältä punertaviksi – omansa suorastaan veriseksi jättäen. Lautasen oli kruunannut vielä kermainen sienikastike, jonka Daniel oli kertonut tekevänsä Suomessa aina kanttarelleista tai torvisienistä herkkusienten sijaan. Selkeää peruskamaa, Daniel oli kuvaillut aivan loistavaa luomustaan. Jälkiruoka oli sentään jäänyt Lisan vastuulle ja hän oli ihastuttanut Danielia tummasta suklaasta valmistetulla suklaamoussella. Itse ruokailukin oli kestänyt pitkään ja kun he olivat tyytyväisinä nauttineet viimeiset lasilliset viiniä, molemmat olivat olleet jo valmiita unten maille. Daniel oli nukahtanut heti sänkyyn päästyään, mutta hän makasi selällään unen antaessa odottaa itseään.

Danielin käyttöönsä saama kännykkä piippasi keittiössä tekstiviestin merkiksi. Lisa vilkaisi Danielia, joka ei näyttänyt heränneen ääneen ja nousi ylös. Hän hiipi keittiöön ja luki saapuneen viestin.

Soitatko mahdollisimman pian.Tämä puhelin on turvallinen. Marie.

Lisa poimi numeron tekstiviestistä ja painoi soittonäppäintä.

"Hei Lisa! Minun oli pakko laittaa viesti näin myöhään", Marie sanoi puhelimeen.

"Arvasin, että ottaisit kuitenkin yhteyttä, vaikka erotessamme olit toista mieltä", Lisa sanoi.

"On tapahtunut yhtä sun toista ja Raymondille on selvinnyt minun roolini. Tilanne on vaarallinen, mutta minulla on suunnitelma kadotakseni. Olen kuitenkin tullut siihen tulokseen, että haluan tavata Danielin ja sen on tapahduttava huomenna tai sitten se ei tapahdu koskaan. Raymondin takia tapaaminen on vaarallinen, mutta haluan sitä siitä huolimatta. Vasta sitten voin tuntea itseni vapaaksi", Marie selitti.

"Onkohan tapaaminen juuri nyt järkevää?" Lisa kysyi huolestuneena.

"Järkevää? Ei tässä ole järjellä mitään tekemistä. Jostain syystä juuri tapaaminen ei pelota minua yhtään", Marie vastasi päättäväisesti.

"Haluatko puhua Danielin kanssa? Hän nukkuu, mutta voin herättää hänet", Lisa kysyi.

"Älä herätä. Soitan aamulla kymmenen maissa, jos suunnitelmani onnistuu. Jos en soita, niin ette kuule minusta enää. Voit kertoa Danielille, että olen silti turvassa. Kerro hänelle kaikki heti aamulla, niin hänelle jää aikaa miettiä. Kerro myös, että ymmärrän hyvin, jos hän pitää tapaamista liian vaarallisena", Marie sanoi.

"Toivottavasti kaikki menee hyvin", Lisa totesi epävarmana.

"Toivotaan niin. Hyvää yötä", Marie sanoi huokaisten.

"Hyvää yötä", Lisa sanoi lopettaen puhelun.

Lisa ajatteli Marieta ja tämän varmuutta huokuvaa olemusta, jossa oli poikkeuksellista älykkyyttä ja paljon kokemusta, mutta hän vaistosi tämän kuoren alta jotain hyvin herkkää. Hän oli pelännyt Danielin sitoutumattomuuden vahingoittavan Marieta ja arvellut Danielin hakevan vain seikkailua. Viimeisen vuorokauden yhdessäolo Danielin kanssa oli kuitenkin lieventänyt hänen pelkojaan Marien suhteen, mutta Raymondin aiheuttama uhka huolestutti häntä yhä.

Lisa hiipi takaisin makuuhuoneeseen, jossa Daniel makasi sängyssä silmät auki.

"Oliko se Marie?" Daniel kysyi.

"Oli ja hän haluaisi tavata sinut huomenna. Raymondille on selvinnyt Marien osuus, joten tapaamisenne olisi erityisen vaarallista. En pääse siitä yli, että minusta se olisi juuri nyt sulaa hulluutta. Mariekin sanoi, että ymmärtää hyvin, jos pidät sitä liian vaarallisena",

Lisa sanoi vakavana.

"Miten saan häneen yhteyden?" Daniel kysyi ottamatta kantaa Lisan huoleen.

"Hän soittaa aamulla kymmenen maissa, jos hänen suunnitelmansa onnistuu", Lisa vastasi syvään huokaisten.

* * *

Heräsin sunnuntai-aamuna hyvin levänneenä. Kylkeni haavaa ei juurikaan kolottanut ja se oli mitä ilmeisimmin paranemassa hyvää vauhtia. Olin erinomaisella tuulella ja mieleni oli odottavan jännittynyt. Totesin auringon paistavan kirkkaalta taivaalta ja jos alkuperäinen sopimuksemme Marien kanssa pitäisi paikkansa, tapaisimme klo. 11 Vivianin puistossa. Siihen oli vielä runsaasti aikaa.

Lisa oli jo keittiössä tekemässä aamiaista ja kehotti minua käymään kaikessa rauhassa suihkussa. Suihkutin haavani huolellisesti lääkärin ohjeiden mukaisesti ja laitoin sen päälle varmuuden vuoksi kylpyhuoneen lääkekaapista löytämäni uuden siteen. Olin pessyt ja silittänyt vaatteeni valmiiksi edellisenä päivänä, sillä minulla ei ollut yhtään vaihtovaatetta mukanani. Toisaalta suunnitelmamme Marien kanssa olikin ollut käydä ostoksilla, mikä siinä tilanteessa sopi paremmin kuin hyvin.

Lisa kehui raikasta olemustani ja kylpyhuoneesta löytämälläni partahöylällä sileäksi ajamaa leukaani. Hän tuli eteeni ja suutelimme ranskalaisittain molemmille poskille.

"Olet unohtanut partaveden. Kylpyhuoneessa on Laura Biagiottin Venezia Uomoa", Lisa totesi ja kipaisi hakemassa lasisen pullon.

Hän kaatoi partavettä kämmenelleen, hieroi käsiään

yhteen ja silitteli kämmenillään kasvojeni alaosia. Hän napitti paitani auki ja levitti sitä vielä hiukan rintaani. "Jos mikään muu ei tyrmää Marieta, niin tämä viimeistään tekee sen", hän totesi hymyillen.

Lisa oli koonnut hyvin epäranskalaisen aamiaisen, sillä hän tiesi minun kaipaavan proteiinipitoista ruokaa. Pöytään oli katettu leivän ja croisanttien lisäksi kinkkua, juustoa ja patéta. Lisäksi hän oli vielä laittanut kulhoon pähkinöitä ja siisteiksi neliöiksi pilkottua tummaa suklaata. Söimme aamiaista kaikessa rauhassa puhuen harvakseltaan. Lisa näytti vaistoavan jännitykseni ja ilmeisesti arveli hiljaisuuden sopivan parhaiten tilanteeseen. Hän lupasi heittää minut skootterillaan Porte de Clichy'n metroasemalle, josta pääsisin tapaamispaikkaan nopeasti. Taksi saattaisi olla riski paljastumisen kannalta, joten päätimme välttää sitä vaihtoehtoa. Kännykkä soi klo. 9:45.

* * *

Yöpaikan tarjonnut ystävätär oli lähettänyt sovitun viestin juuri oikeaan aikaan. Marie oli harjoitellut mielessään siihen reagointia, mutta viestin saapuessa kuviteltu tunne olikin ottanut vallan ja synnyttänyt hetkellisesti aidon paniikin. Marie oli keskittynyt tiukasti ajattelemaan vuosia aiemmin kuollutta miestään, jotta olisi kyennyt säilyttämään epätoivoisen mielialansa lentokenttävirkailijan seurassa.

"Voinko olla vielä jotenkin avuksi?" virkailija kysyi heidän päästyään ulko-ovelle.

"Kyllä minä pärjään. Suuret kiitokset avustanne ja tuestanne", Marie vastasi kuin itkuaan pidätellen.

ALEXANDER JALO

"Toivottavasti kaikki päättyy hyvin", virkailija totesi.
"Pian kaikki on taas hyvin", Marie sanoi lopuksi heidän hyvästellessään.

Kesti hetken, ennen kuin hän kykeni jälleen hymyilemään – niin eläviä olivat mieleen pakotetut muistot olleet. Häntä välillä suorastaan pelotti oma kykynsä elää uudelleen muistojaan varsinkin, kun niissä tuntui olevan jopa nykyhetkeä enemmän yksityiskohtia. Se kyky tai taakka – miten sen sitten halusikaan ottaa - oli ilmestynyt vakavan auto-onnettomuuden jälkeen, mistä hän oli itse selvinnyt hengissä, mutta joka oli vaatinut hänen puolisonsa hengen. Hän oli istunut vieressä miehensä ajaessa autoa. Vettä oli satanut kaatamalla ja auto oli hetken tuntunut ikään kuin leijailevan tien pinnalla, kun hän oli alkanut nähdä elämänsä tapahtumat käsittämättömän tarkkoina muistikuvina – kuin elävinä tapahtumina. Äkkiä hän oli huomannut katselevansa yläpuolelta puuta vasten murskautunutta auton romua, jossa hänen miehensä ruumis oli litistynyt puun sisään painaman oven ja penkin väliin. Itsensä hän oli nähnyt istumassa vahingoittumattoman näköisenä miehensä vieressä. Tarkkaillessaan murskautunutta autoa hän oli tuntenut miehensä läsnäolon ja he olivat vaihtaneet ajatuksia puhumatta kuitenkaan sanaakaan. Hänen mielensä oli ollut täysin rauhallinen, eikä hän ollut tuntenut mitään - ei surua, ei sympatiaa. Heillä oli ollut täydellinen yhteisymmärrys siitä, että hänen piti palata takaisin yksinään ja samassa hän oli huomannut istuvansa autossa täysin tajuissaan.

Kyvyllä elää muistojaan uudelleen oli hänelle fyysikkona erityinen merkitys, sillä se konkretisoi hänen näkemystään

154

ajan ulottuvuudesta, jossa historia oli olemassa koko ajan yhdessä tulevaisuuden kanssa. Lentokone-episodi hymyilytti häntä ja hän kuvitteli mielessään matkustavansa ajassa Einsteinin suhteellisuusteoriaa noudattaen. Juuri silla hetkellä hänen ajatuksensa kiihdytti Pariisista avaruuteen valtavalla nopeudella ja sen nykyhetken aika Pariisissa oli melkein pysähtynyt. Samassa ajatus kääntyi takaisin kohti Pariisia ja seuraava vuorokausi vilisti silmissä sen saapuessa huomiseen Pariisiin nuorempana kuin siellä sen ajan eläneet. Hänellä ja Danielilla oli nyt vuorokauden aikaikkuna olla rauhassa yhdessä ilman, että Raymond osaisi vainota heitä.

Marie asetti kännykkäänsä uuden prepaid-kortin. Raymondille lähettämäänsä tekstiviestiä varten hankittu kortti saattoi olla liian riskialtis, sillä sen numero oli nyt Raymondilla, joka saattoi selvityttää sen käyttöä. Lisan antama numero oli puhelimessa jo valmiina. Puhelin ehti soida vain kerran.

"Daniel", pehmeä baritoniääni vastasi puhelimessa.

Samalla hetkellä Marie oli täysin vakuuttunut, että oli tehnyt oikean ratkaisun. Hän tiesi sisimmissään, että Danielilla oli tarkoitus hänen elämässään ja että ehkä hänelläkin oli tarkoitus tämän elämässä, vaikkei kyennytkään ymmärtämään tunnettaan järjellä. Miksi pitäisikään, hän ajatteli. Se oli intuitio kaikesta tapahtuneesta ja tunne tulevasta – sana, jota Danielkin oli käyttänyt heidän tavatessaan Café Panis'ssa.

"Vieläkö uskallatte kaiken tapahtuneen jälkeen tavata minut ja pitää kiinni sopimuksestamme?" Marie kysyi tuntien äkkiä pelkoa siitä, että Daniel voisi sittenkin ajatella rationaalisesti ja laittaa molempien turvallisuuden etusijalle.

Siinä tapauksessa hän olisi ollut täysin väärässä Danielin suhteen ja olisikin parempi, etteivät he tapaisi. Silti hän toivoi sydämessään pelkonsa olevan turha. Hän ehti vielä hämmästellä lauseiden lomaan mahtuvien ajatusten määrää. Voimakas jännitys näytti saavan ajan hidastumaan.

"Aurinkohan paistaa", Daniel totesi hymyä äänessään.

Marie tunsi helpotuksen täyttävän sydämensä, vaikkei Daniel vastannutkaan hänen kysymykseensä. Olisiko turvallisempaa olla mainitsematta tapaamispaikkaa? Toisaalta molempien puhelimet olivat sellaisia, joita Raymond ei tietäisi seurata. Sitä paitsi Raymond uskoi hänen olevan lentokoneessa matkalla Australiaan.

"Siis Vivianin puistossa klo. 11", Marie sanoi toiveikkaana.

"Mikään mahti maailmassa ei voisi estää minua saapumasta sinne ajoissa", Daniel totesi vakavoituen.

12 THE LONG GOOD-BYE

Raymond Chandler 1953

Nousin metrosta St-Michel'n asemalla ja kävelin Seinen rantaa kohti Vivianin puistoa. Shakespeare and Companyn kohdalla ajattelin poiketa tervehtimään Sarahia, koska tapaamiseen oli vielä vartti aikaa, mutta ajatus Mariesta sai minut suuntaamaan askeleeni suoraan kohti puiston luoteiskulman porttia. Pysähdyin portilla etsimään häntä katseellani puistosta, mutten saanut ketään hänen näköistään silmiini. Heti oikealla tumman teräksisen säleaidan takana makasi nurmikolla nuori mies ilman paitaa, kengät siististi viereen aseteltuina. Oikealla näkyi myös puolikaaren muotoinen, matala, ristiaukoin koristeltu kiviaita, jonka takana oli puistonpenkkejä. Niiden yllä oli puista suorakulmaisesti leikattu tuuhea lehtikatos, joka varjosti koko kiviaidan rajaamaa aluetta estäen näkemästä tarkkaan penkeillä istuvien kasvoja. Puiston eteläreunassa oli samanlainen puilla katettu alue ja epäilin, että Marie tuskin olisi pimennossa minua odottamassa, ellei sitten halunnut ensin tarkkailla saapumistani. Edessäni halkaisijaltaan noin 30 metrisen puistoaukean keskellä oli melkein neljä metriä korkea kolmisivuinen pronssinen suihkulähde, joka näytti kuin räjähdyksen repimältä ja osittain sulattamalta. Sen kylkiä koristivat ihmishahmot sekä vesipisarat ja jokaisella sivulla oli uroshirven pää, joiden suista vesi juoksi patsaan juurella oleviin aukkoihin. Suihkulähde seisoi kolmiportaisella pyöreällä jalustalla, joka oli muuta kenttää alempana olevalla tasanteella keskellä allasta. Allasta ympäröi mutterin muotoinen kahdeksansärmäinen rinne kukkaistutuksineen. Suihkulähteen luokse johti neljän portaan kiviaskelmat mutterin neljältä vastakkaiselta sivulta ruusuköynnöksistä rakennettujen kaarten ali.

Aurinkoinen sunnuntaiaamu oli houkutellut puistoon ison määrän ihmisiä, joista valtaosa parveili suihkulähteen ympäristössä. Marie saattoi olettaa tapaamispaikaksi juuri suihkulähteen, joka oli täsmälleen puiston keskellä. Harkitsin jo sen luokse asettumista, mutta ympärillä parveileva väkijoukko olisi tehnyt odottamisesta epämiellyttävän ja Marien olisi ehkä ollut vaikeampi havaita minut väkijoukosta. Keskusaukion reunoilla oli kivisiä penkkejä ja eteläreunan keskellä näytti olevan yksi täysin vapaana. Siitä minulla oli hyvä näkymä koko puistoon ja puiston Seinen puoleisille porteille, joista jommasta kummasta oletin hänen saapuvan.

Aurinko oli jo melkein etelässä ja paistoi takaani oikealta. Puista leikattu katos varjosti koko eteläsivua ja saattoi olla syynä siihen, että sen sivun penkeillä oli paljon tilaa. Ihmiset kaipasivat aurinkoa pitkän sadejakson jälkeen.

Aurinko toi esiin myös romantiikan, sillä joka puolella puistoa näkyi suutelevia pareja. Katselin tarkkaavaisena puiston portteja ja panin merkille, että valtaosa aikuisista oli käsi kädessä käveleviä pareja. Maric olisi helppo havaita jo kaukaa siitä, että hän tulisi yksin.

Café Panis'n suunnalta koillisportista käveli sisään luonnonvalkoiseen leninkiin pukeutunut nainen. Hänen askeleensa olivat rennon rytmikkäät ja korkeista koroista huolimatta aavistuksen tavallista pidemmät. Kädet heiluivat rennosti sivuilla ja koko olemus huokui itsevarmuutta. Naisen kävelyssä oli jotain äärimmäisen naisellista ja samalla pienen pieni sipaus maskuliinisuutta. Kävelyä oli melkein hypnoottista seurata ja minun kesti hetken tajuta, että nainen oli Marie. Aurinko siivilöityi hänen tummien, hieman kihartavien hiustensa lävitse ja leikki hänen kasvoillaan. Sillä hetkellä tunsin aaltomaisen tunteen nousevan vatsasta rintakehään ja sydämeen. Nousin seisomaan ja Marie huomasi minut suunnaten saman tien minua kohti hidastamatta vauhtiaan. Hänen tullessaan lähemmäs saatoin nähdä hänen melkein lihaksikkaiden lanteidensa liikkeet. Siirsin katsettani ylemmäs kapeaan vyötäröön ja vyötärön kapeuden korostamiin täyteläisiin rintoihin. Hänen hyvin treenatulta vaikuttaneessa vartalossaan oli jotain kypsyyttä, minkä vain ikä voi tuoda mukanaan. Samassa hän oli jo edessäni ja hymyili lempeästi. Vaihtaessamme ranskalaiset poskisuudelmat hän asetti kätensä olkavarsiani vasten ja minä hänen vyötäisilleen.

Marie tuoksui hyvältä. Hän pysähtyi lähes huomaamattomaksi hetkeksi kasvojeni eteen ja luulin hänenkin huomanneen Lisan levittämän partaveden tuoksun, mutta hän kysyikin:

"Onko jokin hätänä?"

Sillä hetkellä tajusin, että minun täytyi näyttää lähinnä tyrmistyneeltä. Huomasin hengittävänikin tavallista kiivaammin.

"En tajunnut...", sanoin.

Samassa mieleeni juolahti, ettei nainen ehkä halua ensimmäiseksi kuulla ylenpalttista ulkonäkönsä kehumista ja varsinkaan mieheltä, jonka hädin tuskin tuntee. Hymy levisi kasvoilleni jatkaessani lausettani moderoituna:

"...että kevätaurinko voi saada pään niin pyörälle. Taisin tuntea huimausta, kun näin sinun tulevan portista."

Marie katsoi minua ensin kysyvästi ja vastasi sitten hymyyni arvatessaan, mitä olin tarkoittanut. Ajattelin, että jos olisimme puhuneet ranskaa, se olisi viimeistään ollut hetki tehdä sinunkaupat.

"Pidämmekö yhä edelleen kiinni suunnitelmastamme tehdä vaateostoksia, vaikka onkin sunnuntai? Valtaosa kaupoistahan on kiinni", kysyin toivoen samalla hänen vastaavan myöntävästi.

"Minunhan oli tarkoitus toimia oppaana ja olen ottanut sen huomioon. Voisimme mennä Marais'n rue des Francs Bourgeois-kadulle, joka on pariisilaisten ostoskatu sunnuntaisin", Marie vastasi.

"Voisimmeko aloittaa Place des Vosges'n aukiolta?" kysyin innostuen.

"Tunnetko seudun hyvinkin?" Marie kysyi yllättyneenä.

"Place des Vosges on lempipaikkani Pariisissa, mutten ole koskaan ajatellut tuota katua ostospaikkana", vastasin yrittäen samalla vakuuttaa, että hän oli esittelemässä minulle jotain uutta.

"Mitä jos käveltäisiin sinne? Matka on kohtuullinen,

aurinko paistaa ja meillä on molemmilla paljon kerrottavaa. Viimeiset kaksi ja puoli vuorokautta ovat olleet molemmille samasta syystä todella kiivaita, muttemme silti tunne toistemme koettelemuksia", Marie ehdotti. Mitä tahansa hän ehdottikin, kuulosti korvissani loistavalta. Viittasin kädelläni kohti koilliskulman porttia ja käännyimme kohti hänen tuloreittiään. Mielessäni kävi, että jos kaikki muutkin, niin miksemme mekin ja tartuin hellästi hänen käteensä. Hän vilkaisi minuun hyväksyen hymyllään tuttavallisuuteni.

* * *

Marie nousi taksista Vivianin puiston edessä ja päätti kävellä sisään puistoon Café Panis'n puoleisesta päädystä. Kello oli juuri 11 ja hän kiirehti askeleitaan. Puistossa oli paljon ihmisiä ja hän pohti, että olisi parasta vain kävellä puiston halki yrittäen löytää katseella Daniel ja samalla tämän olisi helpompi huomata liikkuva kohde. Samassa hän huomasi puiston perällä penkiltä nousevan isokokoisen hahmon, josta ei voinut erehtyä. Daniel näytti komealta valkoisessa paidassaan hihat käärittyinä. Se jotenkin korosti hänen lihaksikkaita käsivarsiaan. Hän käänsi suuntansa Danielia kohti ja kiinnitti katseensa tämän kasvoihin.

Marielle tuli tunne, ettei kaikki ollut kohdallaan. Oliko sittenkin heidän tapaamisensa paljastunut? Jostain syystä hän ei kuitenkaan tuntenut pelon häivääkään. Hän huomasi keskittyvänsä intensiivisesti hetkeen ja vaikka hän käveli vauhdikkaasti Danielia kohti, tämä tuntui lähestyvän hyvin hitaasti. Hän halusi tunnustella Danielin olkavarsia ja tarttui niihin samalla, kun he suutelivat toistensa poskia. Olkavarret tuntuivat hämmästyttävän paksuilta ja kämmenen alla tuntui pyöreiden olkalihasten ja olkavarren lihasten väliin jäävä laakso. Danielin kämmenet tarttuivat kevyesti hänen vyötäisilleen säteillen lämpöä hänen vartaloonsa. Ihanan miehinen partaveden tuoksu tuntui hänen nenässään.

Danielin rintakehä nousi ja laski tavanomaista tiuhempaan tahtiin ja Marie ajatteli, oliko tämä hermostunut jostain. Oliko aavistus heidän paljastumisestaan sittenkin ollut oikea? Hän pysähtyi vielä katsomaan Danielin kirkkaan sinisiä silmiä, ennen kuin alkoi puhua.

Danielin läsnäolossa oli jotain mittaamatonta turvallisuutta, mikä ei perustunut vain fyysiseen olemukseen. Vaikka Marie oli hetkittäin pelännyt suunnitelmansa Raymondin hämäämiseksi pettäneen, hän ei hetkeäkään pelännyt sen seurauksia Danielin seurassa. Danielissa oli myös jotain primitiivistä rehellisyyttä, jollaiseen hän ei ollut koskaan törmännyt. Kun Daniel oli lausunut peitellyn kohteliaisuuden, hän oli samalla hetkellä itsekin tuntenut oman kauneutensa, eikä ollut hämmentynyt tai hämmästynyt kehumisesta. Daniel oli myös tuntunut lukevan hänen ajatuksiaan. Kun hän oli katsellut kateellisena puistossa käsi kädessä käveleviä pareja ja oli juuri ollut miettimässä, uskaltaisiko tarttua Danielin käteen, hän oli tuntenut Danielin sormenpäät omiaan vasten.

* * *

Matka Marais'hen vierähti Marien ja Danielin kokemana minuuteissa, kun he kuuntelivat toistensa kertomuksia niihin täysin eläytyen. Silti molemmat kokivat eläneensä vuorokausia uudestaan mutta toistensa silmin. Marie tiesi Danielin ja Lisan välillä tapahtuneen jotain intiimiä, vaikkei tämä sitä mitenkään paljastanut. Intuitiivisesti hän vain tiesi, muttei ymmärtänyt miksi. Hän arvosti Danielin valintaa olla kertomatta, sillä kyseessä oli myös Lisan asia. Todennäköisesti myös Lisa tekisi saman valinnan ja asia jäisi heidän kahden väliseksi. Hän tiesi myös, ettei Lisan ja Danielin välillä ollut rakastumista, vaikka rakkautta sekin tunne oli kahden ystävän välillä – sellaisella lämmöllä Daniel oli Lisasta puhunut.

Daniel halusi istua hetken auringonpaisteessa Place des Vosges'n puistossa ennen jatkamista ylöspäin rue des Francs Bourgeois'a. Kaikki puistonpenkit olivat varattuja ja he istuivat nurmella vastakkain molemmilla jalat ristissä.

"Oletko ajatellut, miten ihmeellistä on, että sovimme alunperin Café Panis'ssa menevämme nimenomaan vaateostoksille. Sitten myöhemmin täysin suunnittelematta me molemmat ikään kuin menetämme kaikki vanhat vaatteemme ja lopulta meidän on suorastaan pakko ostaa uusia", Daniel pohdi ääneen oikkua tapahtumien ketjussa.

"Tiedätkö, mitä minä luulen, eikä tätä pidä ottaa totena - minulla vain sattuu olemaan ihmeellinen suhde aikaan? Fyysikkona tiedän menneisyyden ja tulevaisuuden olevan olemassa koko ajan, vaikka fyysisessä todellisuudessa meidän onkin tyytyminen kausaliteettiin. Silti joissain poikkeuksellisissa tilanteissa tietoisuus voi siirtyä hetkeksi tai ehkä vain väläyksellisesti toiseen aikaan. Minä epäilen, että esimerkiksi voimakkaat toiveet syntyvät siitä, että näemme jonkin erityisen hyvän asian tulevaisuudesta ja se vaikuttaa alitajuntaamme", Marie selitti ikään kuin itsekin omia näkemyksiään pohtien.

"Uskot siis meidän ostostreffimme olevan erityisen hyvä asia", Daniel kysyi.

"Olen ollut melkein alusta asti täysin varma siitä, että meidän tapaamisemme on oikein ja molemmille hyväksi", Marie vastasi päättäväisesti ja jatkoi pienen tauon jälkeen:

"Pidätkö minua nyt täysin kahelina?"

"Kaikkea muuta! Minä taas uskon, että uusia asioita voi keksiä vain kääntämällä itsestäänselvyydet ylösalaisin. Henkilökohtaisesti en epäile mitään, enkä suoralta kädeltä usko mihinkään. Ajan kanssa valheet haihtuvat ja totuus vahvistuu", Daniel sanoi.

Daniel kertoi odottavansa jatkoa jo niin paljon, ettei edes Place des Vosges'n taika riittänyt pitämään häntä paikoillaan. Hän nousi jaloilleen ojentaen samalla Marielle kätensä. Marie tarttui siihen, nousi pää puolivahingossa Danielin vartaloa viistäen ja päätyi aivan hänen eteensä. Molemmat katselivat hetken toisiaan silmiin ja totesivat yhteisellä, sanattomalla päätöksellä, ettei ollut oikea aika suudella.

"Mitä jos syötäisiin nopea lounas, ettei nälkä pääse häiritsemään ostoksiamme?" Daniel ehdotti.

"Hyvä idea. Tuossa puiston kulmassa, ostoskatumme alussa on sopiva pieni ravintola nimeltään Côté Place. Mennäänkö sinne?" Marie ehdotti.

Tarjoilija tutkiskeli hetken Marieta ja Danielia, ja laittoi heidät istumaan pieneen kahden hengen pöytään melkein takanurkkaan naulakon taakse olettaen heidän haluavan olla rauhassa kahdestaan.

"Huomaatko, kuinka kaikki kääntyvät aina sinua katsomaan – niin naiset kuin miehetkin?" Marie kysyi.

"En, mutta olen huomannut kaikkien kääntyvän katsomaan sinua", Daniel vastasi hämmentyneenä.

"Katsopa joskus ympärillesi, kun menet vaikka ravintolaan. Se on aika huvittavan näköistä. Ainakin itse katsoisin sinua ja miehet varmaankin noteeravat fyysisen olemuksesi", Marie selitti.

"Enhän minä niin isokokoinen ole, että erottuisin tyystin ympäristöstä", Daniel väitti vastaan.

"Raymond on sinuakin isompi, mutta hänen olemuksensa on niin uhkaava, etteivät miehet uskalla katsoa häntä. Sinusta huokuu koon lisäksi fyysistä voimaa ilman, että olisit millään tavalla pelottava. Kaiken lisäksi sinussa on jotain karismaa, joka täyttää koko tilan säteilyllään", Marie selitti.

"Tuo säteily pätee kyllä sinuunkin. Ihmisen kauneus on niin paljon muuta kuin vain vaatteet ja ulkoinen olemus."

"Kiitos", Marie totesi hymyillen.

Molemmat söivät kevyesti ja nauttivat vain pienet lasilliset viiniä, koska halusivat olla niin läsnä kuin ikinä mahdollista. He tiesivät jotain tärkeää olevan tapahtumassa ja halusivat valmistautua siihen parhaalla mahdollisella tavalla. Kyse ei ollut ainoastaan intohimosta, vaikka sekin pyrki suunnitelmien vastaisesti molemmilla pintaan.

* * *

Ranskassa on mahdotonta poistua ravintolasta tervehtimättä henkilökuntaa. Ainakin henkilökunta huomioi aina lähtijät ja tervehtii iloisesti. Marie pysähtyi vielä sanomaan jotain tarjoilijalle ja minä jäin odottamaan häntä ovelle. Helteen takia ovi oli valmiiksi auki. Ulkoapäin oikean puolen ovea piti auki viinitynnyri, joka samalla tukki sen puolen kulkuväylän. Toisen puolen ovi pysyi auki oven alle työnnetyllä kiilalla. Minä jäin sivuttain ovensuuhun ojentaen oikean käteni ulosmenon suuntaan päästäen Marien ohitseni ikään kuin olisin avannut hänelle oven. Hän väisti tynnyriä ehkä enemmänkin kuin oli tarpeen ja ohitti minut kasvokkain vartalomme toisiaan hipaisten. Päästyämme kadulle nostin vasemman käden hänen harteillensa ja tunsin hänen kietovan oikean kätensä vyötäisilleni. Käännyimme automaattisesti oikealle rue des Francs Bourgeois'ta ylöspäin.

Marie painoi kätensä kylkeäni vasten niin, että tunsin hänen kämmenensä lämmön. Painauduimme toisiimme kiinni kuin magneetit ilman, että kumpikaan olisi kädellään vetänyt toista lähemmäs. Käsi vyötäisilläni tuntui sanovan, että kuulun hänelle, eikä minulla ollut mitään sitä vastaan. Mieleeni nousi vanha kiinalainen symboli T'ai-chi T'u, jossa yin ja yang täyttävät ympyrän symmetrisesti ja jossa ympyrä kuvaa sen dynaamisuutta, painopisteen ikuista vuorottelua näiden kahden navan välillä. Sillä hetkellä tunsin täydellisen harmonian meidän kahden välillä - miehen ja naisen, ja samalla se tuntui erilaiselta kuin rakastuminen. Marie käänsi päätään, katsoi minua silmiin ja hymyili lempeästi.

"Tiesitkö, että se on fyysikko Niels Bohrin aatelisvaakunassa?" hän kysyi yllättäin.

En tiennyt, mistä hän puhui ja ilmeeni täytyi muistuttaa kysymysmerkkiä.

"Yin ja yang", hän täydensi kysymystään.

Olimme siis todellakin ajatelleet samaa asiaa! Minusta tuntui, ettei hän enää kaivannutkaan vastaustani, sillä hänen katseensa oli jo suuntautunut eteenpäin.

Ylitimme rue de Turennen ristcyksen ja kävelimme verkkaisesti eteenpäin kiinnittämättä mitään huomiota ympäröiviin kauppoihin. Kaipasin kipeästi jotain. Hetket Lisan kanssa olivat olleet ihania, mutta ne olivat jättäneet tyhjiön, joka oli pakko saada täytettyä. Mariekin tuntui ajattelevan intensiivisesti, ikään kuin olisi halunnut sanoa jotain yrittäen kerätä siihen rohkeutta. Äkkiä hän pysähtyi, kääntyi eteeni ja ojensi oikean kätensä kasvojani kohden painaen kämmenensä kevyesti poskeani vasten. Huomasin oman oikean käteni hakeutuvan hänen niskaansa hiusten alle ja kumartuvani hänen kasvojaan kohden. Huulemme kohtasivat, hitsautuivat tiiviisti yhteen, ja tunsin hänen huultensa kostean pehmeyden ja lämmön. Intohimon syttymiseen ei olisi tarvittu kuin pieni kipinä, mutta sillä hetkellä me molemmat kaipasimme enemmän hellyyden jakamista. Aika tuntui pysähtyvän ja suudelmamme kestävän ikuisuuden, mutta jatkaessamme lopulta jälleen kävelyämme ihmiset ympärillämme tuntuivat edenneen vain lyhyen matkaa.

Olimme tulleet vain satakunta metriä, kun Marie äkkiä pysähtyi. Tunsin tuon lyhyen matkan aikana kasvaneeni yhteen hänen kanssaan kuin olisimme tunteneet toisemme koko ikämme. Rakastuminen voi tapahtua vähemmästäkin, mutta jokin sisälläni sulki sen tien. Saatoin silti sanoa rakastavani häntä ja olin varma, että hän ymmärsi sen samalla tavalla. Hymy levisi kasvoillemme katseidemme jälleen kohdatessa.

Katsoimme Marien kanssa ristiin hänen suunnatessa katseensa oikealle meidän puolellemme katua ja minun katsoessa vasemmalle kadun yli. Silmiini osui häkellyttävän kaunis leninki, joka oli mielestäni kuin hänelle tehty. Vaalea pastellinsininen väri sopi mielestäni täydellisesti hänen hieman tavallista tummempaan ihonväriinsä. Sen helma ylettyi reisien puolivälin yli, mutta minihameen korkeudelle oli tehty läpinäkyvä koristeellinen kaistale, joka antoi viitteitä paljastamatta kuitenkaan liikaa. Samoin syvään uurrettua kaula-aukkoa oli jatkettu kaulaa kohden samalla läpinäkyvällä kankaalla, jonka koristekuviot tihenivät kohti olkaimia muodostaen kauluksessa korumaisen vaikutelman. Pelkästään leningin kuvitteleminen hänen päällään sai minut syttymään. Kaupan nimi näytti olevan Etincelle.

"Tässä on kauppa, johon haluan sinut viedä – Melchior", Marie sanoi tarttuen kyynärpäähäni ja kääntäen rintamasuuntani oikealle kohti miesten vaatetusliikettä Etincelleä vastapäätä.

"Tuollaisissa vaatteissa haluaisin sinut nähdä", hän sanoi viitaten kohti näyteikkunan mallinukkeja ja jatkoi innostuneena:

"Heidän vaatteensa ovat tyylikkäitä, mutta eivät yliammu siinä. Ne ovat konservatiivisiä ja silti moderneja."

"Mutta näin tien toisella puolella leningin, jota sinun täytyy ehdottomasti kokeilla", sanoin yrittäen samalla kääntyä takaisin.

"Tämän jälkeen", hän sanoi päättäväisesti ja talutti minua Melchioria kohti olkavarttani tiukasti puristaen.

Melchiorin myyjä oli pukeutunut liikkeensä tyylin mukaisesti. Marie puhui hänen kanssaan vilkkaasti, enkä ymmärtänyt keskustelusta sanaakaan. Marie sanoi jotain leveästi hymyillen, jolloin mies vilkaisi minua ja molemmat nauroivat iloisesti. Minun täytyi näyttää hämmentyneeltä, sillä Marie tarttui olkavarteeni ja kuiskasi korvaani pehmeällä äänellä:

"Kehuin vain sinua, eikä sinun tarvitse tietää kaikkea."

Kohautin olkapäitäni kohti korvia, levitin käteni sivuille kämmenet ylöspäin, kallistin hieman päätäni ja otin kasvoilleni korostetun viattoman ilmeen. Nauroimme kaikki kolme ranskalaisen elekielen parodialleni.

Myyjä otti mitat kaulastani ja poistui hakemaan jotain.

"Minusta sinulle sopivat yksiväriset ja pelkistetyt paidat. Haluan ehdottomasti nähdä sinut mustassa paidassa, vaikkei se sovikaan tähän säähän. Musta paita korostaa maskuliinisuuttasi ja peittää kokoasi, mutta sinun mitoillasi siihen on varaa. Naisena mielestäni vihjaus on houkuttelevampaa kuin korostaminen, jos ymmärrät, mitä tarkoitan", Marie selitti.

Myyjä palasi valkoisen paidan kanssa ja alkoi selittää jotain Marielle.

"Hän toi malliksi paidan, jota voit kokeilla koon puolesta. Jos se istuu, niin voimme valita paidan värin perusteella samasta koosta", Marie käänsi selityksen minulle.

Myyjä ohjasi minut sovituskoppiin ja Marie jäi ulkopuolelle odottamaan. Tiesin heti, että paita oli liian pieni. Kädet eivät tahtoneet mahtua hihoihin ja olkapäät puristivat pahasti. Pelkäsin paidan repeävän, jos levittäisin selkäni.

"Ei tämä sovi alkuunkaan", totesin.

"Näytä kuitenkin", Marie vaati.

Harvoin kuulee niin välitöntä naurua kuin hänen naurunsa oli minut nähdessään.

"Tuo on täydellinen vastakohta sille, mitä tarkoitin vihjauksella paljastamisen sijaan", hän sai juuri ja juuri sanottua naurunsa lomasta.

Hän läimäytti kämmenensä rintaani vasten ja yritti tukahduttaa naurunsa kyynelten valuessa pitkin poskia.

"Mitäs sitten tehdään?" kysyin Marien saatua itsensä kootuksi.

Hän keskusteli hetken myyjän kanssa, joka häipyi jälleen takahuoneeseen.

"Hän sanoi pelänneensä, että paita olisi liian pieni, mutta lopputulos oli hänelle sittenkin yllätys. Nyt hän hakee paitoja, jotka ovat olleet mallinuken päällä. Mallinukeissa kuulemma korostetaan lihaksia, jotta muodostuisi miehekkäämpi vaikutelma. Saat myös kokeilla suoraan mustaa paitaa, niin minäkin pääsen näkemään", hän selosti käymäänsä keskustelua.

Musta paita istui kuin mittapaita. Toisin kuin isoissa paidoissa yleensä, vatsan seutu ei ollut ylisuuri, vaan paita kaventui rintakehästä alaspäin. Mikään kohta ei puristanut ja silti tunsin paidan ihollani. Marie työnsi verhon välistä vielä mustat housut ja sanoi, että ne olivat olleet samalla mallinukella. Housut olivat yhtä lailla kuin minulle tehdyt. Reidet ja pakarat olivat juuri sopivat ilman, että vyötärö oli ylisuuri.

"Saako katsoa?" hän kysyi ja avasi verhon luvan saatuaan.

Hän silmäili minua varpaista kasvoihin ja takaisin sanomatta sanaakaan, asetti sitten kätensä vyötäisilleni ja antoi niiden liukua pitkin kylkiäni kainaloihin asti.

"Se istuu kuin nakutettu! Käänny ympäri", hän komensi ystävällisesti.

Tunsin käden pakarallani ja ihmeekseni se tuntui täysin luonnolliselta. Hän käänsi minut hartioista takaisin kasvokkain ja ojensi kätensä suoriksi välillemme nähdäkseen minut uudestaan. Sillä hetkellä olisin voinut vannoa näkeväni hänen silmiensä tuikkivan ja tiesin meidän molempien ajattelevan samaa. Ainakaan itse en pystynyt peittämään reaktiotani.

Sen jälkeen ostokset kävivät helposti. Samasta sarjasta löytyi vaalea ja harmaa versio, jotka ostimme kaikki. Puin päälleni säähän sopineen vaalean asusteen, johon ruskeat kenkänikin sopivat. Marie valitsi minulle vielä mieleisiään mustia, istuvia alushousuja. Kun sain samasta kaupasta uusiin vaatteisiin sopivia sukkiakin, saatoin hyvin pärjätä muutaman päivän ilman täydennystä.

"Näissä on vain yksi vika", hän sanoi ja jatkoi hymyillen:

"Ne maksavat vain kolmasosan ohjehinnasta, koska ovat olleet mallinuken päällä."

Marie ihastui Etincellen näyteikkunassa olleeseen leninkiin, mutta väitti sen olevan itselleen tyyliltään liian rohkea. Pienen rohkaisun jälkeen hän kuitenkin suostui kokeilemaan sitä ja minä jäin kahdestaan myyjättären kanssa, joka pysytteli sitkeästi loitommalla. Otaksuin hänen välttelevän seuraani puhumani englannin takia, mutta huomasin hänen kuitenkin vilkuilevan minua huomaamattomasti ja lopulta käännyin häneen päin ottaen katsekontaktin. Katseemme viipyivät hetken, kunnes hän käänsi omansa alas hymyillen vienosti. Olin juuri kokeilemaisillani hänen englannin taitoaan, kun Marie astui sovituskopista. Sydämeni löi tyhjää ja hengitykseni pysähtyi. En ollut ehkä koskaan nähnyt mitään niin naisellista!

"Tuo leninki on niin kaunis, melkein yhtä kaunis kuin sinä ja sinun päälläsi se näyttää vieläkin paremmalta kuin ikkunan mallinukella", sopelsin häkellyksissäni.

Marie pyörähti ympäri ja hymyili leveästi.

"Kiitos noista sanoista. Olen aina ollut varautunut liian paljastavien vaatteiden suhteen, mutta tässä läpinäkyvät osat peittävät ja paljastavat juuri oikeassa suhteessa."

"Tiedätkö, että minulle perustelemasi vaatteiden antama vihjaus pätee myös naisiin. Minäkin pidän pienestä vihjauksesta enemmän kuin liian paljastavasta, mutta toisaalta liian peittävä vaate on signaali pidättyväisyydestä ja estoista, mikä vaikuttaa mieheen tai ainakin minuun alitajunnassa torjuvasti", selitin jatkaen heti perään:

"Mutta mitä jos kokeiltaisiin täällä turvallisessa ympäristössä jotain rohkeaa? Eihän sitä tarvitse ostaa, mutta saisit ainakin maistaa sen antamaa tunnetta."

Samassa Marien silmiin ilmestyi jo tutuksi käynyt tuike.

"Mitä vaatetta ehdottaisit?" hän kysyi leikkisästi.

"Me kokeilemme aluksi tuota kokonaisuutta", sanoin osoittaen hänelle seuraavaksi Marilyn-tyyppistä asua.

Siinä kaikki korostaisi hänen naisellisia piirteitään sopivan seksikkäästi. Asu oli vitivalkoinen, paitsi että sen hihattoman, edestä aukeavan yläosan liepeitä koristi musta reunus. Hame oli lantioilta sileä ja vartalonmyötäinen, mutta laskeutui laskostettuna lantioiden alta polviin asti. Vyötäröä koristi koko uuman levyinen, musta, soljeton vyö, joka yhdisti hameen ja yläosan kuin yhtenäiseksi leningiksi. Vyö piti kiinni myös yläosan, jossa ei ollut nappeja tai vetoketjua.

"Mutta sehän on edestä täysin auki!" hän huudahti kauhuissaan.

"Ei suinkaan, mutta tuo asu opettaisi sinua arvostamaan muotojasi ja olemaan häpeilemättä naisellisuuttasi. Voit nimittäin itse säätää yläosan peittävyyttä, mutta tulisit huomaamaan, että liian tiukkaan kiedottuna se näyttäisi vain hölmöltä samoin kuin liian avonaisenakin. Kauneimmillaan se on paljastaessaan vain hieman", selitin ihmetellen itsekin suustani pulppuavia vaateanalyysejä.

Marie näytti keräävän rohkeutta ja hetken päästä hänen katseensa kirkastui uudelleen.

"Katsotaan sitten, jos kerran haluat."

Myyjätär oli seurannut keskusteluamme mielenkiinnolla ja Marien rohkaistumisen innoittamana hän viimein suostui vaihtamaan muutaman sanan murteellisella englannillaan. Marien ilmestyessä sovituskopista en ainoastaan minä vaan myös myyjätär innostui näkemästään. Marie pyörähti muutaman kerran ympäri antaen hameen helman nousta ja alkoi ilmeisesti itsekin huomata, että rohkeampi pukeutuminen vaikutti mieleen vapauttavasti. Hän kysyi jotain myyjättäreltä ranskaksi ja he alkoivat keskustella intensiivisesti. Tämä vilkaisi minua hymyillen.

"Pidätkö paljastavista olkapäistä?" Marie kysyi yllättäin.

Hän näytti valkoista, pienten reikien koristamaa paitaa, jossa vasen puoli oli kokonaan olkapään alapuolella ja paita pysyi yllä vain neljän rihman varassa oikean olan sivulta paljastaen täysin sekä olkapäät että koko hartiaseudun.

"Jos vain uskallat kokeilla", totesin tyynesti.

Hän painui jälleen sovituskoppiin, mutta sen sijaan, että olisi tullut ulos esittelemään vaatetta, hän kutsuikin minut koppiin. Oletin hänen häpeilevän asun paljastavuutta.

Ihmettelin Marien outoa ilmettä, kunnes tajusin sen olevan sama kuin hänen tutkiessaan minua miesten vaatetusliikkeessä. Paita oli olkapäistä todella paljastava, mutten tajunnut, miksi hän häpeilisi sen takia. Siirsin katsettani alemmas ja tajusin, että se oli ainut vaate hänen päällään. Paidan helma peitti juuri ja juuri lantion, mutta paljasti samalla treenatut ja silti naiselliset reidet kokonaan. "Oletko huomannut, ettei liikkeessä ole muita. Myyjätär sanoi, että koko päivä on ollut ihan tyhjää, koska ihmiset nauttivat terasseilla ja puistoissa auringosta, jota ei tosiaan ole näkynyt aikoihin. Kerroin hänelle tarinan tilanteestamme ja kysyin, voisimmeko saada hetken yksityisaikaa. Vastauksen sait hänen hymyssään", Marie kuiskasi ja kääntyi selin minuun päin.

Hyväilin katseellani Marien siroa niskaa ja paljaita olkapäitä. Tartuin hellästi olkapäiden sivuilta ja kosketin huulillani hänen niskaansa. Hän vapisi ja vetäisi syvään ilmaa nenän kautta niin, että hänen päänsä kohosi. Huuleni siirtyivät niskasta alaspäin oikean olkapään taakse ja hengitykseni kiihtyi niin, että hänen täytyi tuntea se ihollaan. En saanut millään tarpeekseni hänen pehmeästä ihostaan, mutta hyväilyni alkoi käydä hankalaksi hengityksen kiihtyessä ja pakottaessa avaamaan suutani saadakseni tarpeeksi ilmaa. Samassa hän kääntyi ympäri ja painoi suunsa huuliani vasten. Hellä suudelma ei siinä vaiheessa käynyt edes mielessä, vaan söimme himokkaasti toisiamme kieltemme tutkiessa toisiaan ja toistemme suita. Lopulta hän irrottautui ja kyykistyi eteeni.

Marie tunnusteli kädellään housujeni läpi ja ne alkoivat tuntua ahtailta. Hän avasi vyöni, veti housuni alas ja jatkoi tutkimista sivelemällä alushousujeni läpi. Vaikka ne joustivatkin, oloni alkoi käydä tukalaksi. Hän jatkoi kiusaamistani tarttumalla kaksin käsin pakaroistani samalla suudellen ja hampaillaan kevyesti näykkien yhä edelleen alushousujeni lävitse. Viimein hän veti nekin alas ja mittaili silmillään sydämeni tahtiin sykkivää, äärimmilleen paisunutta varustustani.

Marie nousi taas seisomaan ja työnsi minut istumaan kopin ainoalle pallille asettuen kasvokkain syliini.

"Toivottavasti se ei satu. Anna minun hoitaa rytmi, sillä minua pelottaa ja haluan tehdä sen todella hitaasti", hän kuiskasi korvaani ohjaten minut sisäänsä, ennen kuin ehdin itse tehdä aloitetta.

Hänen sanansa olivat pysäyttäneet minut hetkeksi ja mietin edelleen, mitä hän tarkoitti pelolla. Oli väärä aika kysyä. Hän liikkui hitaasti ylös alas - ikään kuin tunnustellen herkkiä kohtiaan. Tutkimme toistemme kasvoja ja jaoimme nautintomme. Hänen huulensa olivat hieman turvonneet ja mietin, johtuiko se kiihkeästä suutelemisesta vai kiihottumisesta ylipäätänsä, mutta ainakin ne näyttivät houkuttelevilta. Painoin kasvoni hänen rintojensa väliin ja puristin niitä sivuilta poskiani vasten. Mieleni teki avata hänen edestä avautuvan paitansa vetoketju, mutta kun tartuin siihen hampaillani, hän painoi vartalonsa tiukasti minua vasten estäen aikeeni.

"Säästetään jotain myöhemmäksikin", hän kuiskasi.

Otin hänen kasvonsa kämmenieni väliin ja suutelin lohdutuksekseni hänen himoittavia huuliaan. Raukeus ja kärsimys yhdistyivät hänen ilmeessään, minkä tulkitsin äärimmäiseksi nautinnoksi.

"Ihana obeliski", hän kuiskasi huohottaen korvaani.

Se oli minulle jo liikaa ja tunsin lantionpohjan lihasteni orastavan supistelun. Nyt jos koskaan olivat Lisan ohjeet tarpeen, sillä halusin jatkaa niin kauan kuin ikinä mahdollista. Tartuin hänen lanteisiinsa ja pysäytin niiden liikkeen. Puristin, pidätin ja jännitin lantionpohjan lihaksiani. Hän luuli minun laukevan ja suuteli tiiviisti huuliani yrittäen estää äänekkäät voihkaisuni. Minun oli kuitenkin pakko irroittautua ja puhaltaa hitaasti ilmaa huulteni välitse.

"Onneksi pystyit olemaan hiljaa", hän kuiskasi korvaani.

"En suinkaan lauennut, vaan pysäytin sen", vastasin yhtä hiljaa.

Riemu hehkui hänen silmistään.

"Sittenhän voimme jatkaa – siis heti seuraavassa sopivassa tilanteessa", hän kehräsi kuin olisi vasta pääsemässä vauhtiin.

Ostimme kaikki Marien kokeilemat vaatteet ja minä vaadin saada maksaa.

"Ei sinun tarvitse esittää mitään. Minusta tuntuu paremmalta maksaa itse", hän selitti sovittelevasti.

"On varmuuden vuoksi parempi maksaa käteisellä, jottei meistä jää jälkeä. Minulla sattuu olemaan tarpeeksi käteistä mukanani, eikä kyse ole rahasta tai pätemisestä", sanoin.

"En voi sille mitään, että tunnen siitä syyllisyyttä. Kaupalle voin korvata saamamme mahdollisuuden sillä, että suosittelen tätä muillekin ja tulen itsekin uudelleen, jos joskus uskallan palata Pariisiin - onhan tämä nyt muistojeni kehto. Mutta miten voisin maksaa sinulle takaisin?" hän sanoi.

Äänessä oli kaihoisa ja melkein surullinen sävy. Ajattelimme aivan samaa, eikä kyse ollut rahasta: me emme tulisi enää tapaamaan.

"Jos välität minusta, niin unohdat rahan. Ei ajatella nyt huomista", vastasin.

Myyjättären ilme oli paljon puhuva ja päästyämme kadulle sanoin:

"Luulen tietäväni, mitä hän tekee tänä iltana."

Kävelimme rue des Francs Bourgeois'a edelleen ylöspäin ja etsimme seuraavaa sopivaa kauppaa. Melkein heti oikealla vastaan tuli Boutique-Rayure, jonka näyteikkunassa oli hämmästyttävän kaunis valkoinen paita. Se oli vyötäröltä tiukka ja edestä koko matkalta kiinni nauhoilla niin, että keskelle jäi parin sormen levyinen rako.

"Tuota haluan kokeilla", Marie sanoi yllättäin.

"Taidat alkaa päästä kompleksistasi eroon", totesin hämmästyneenä.

Menimme sisään, pyysimme Marielle sopivan koon ja hän meni aikaa tuhlaamatta sovituskoppiin. Hetken päästä hän pyysi minua katsomaan. Verhon takana seisoi odottamassa ylpeän näköinen nainen, joka tuntui nauttivan täysin rinnoin vapautuneisuudestaan. Rintojen vako näkyi koko matkalta paljastamatta kuitenkaan liikaa.

"Juuri tuota tarkoitin", sain hämmästykseltäni sanottua.

Hän avasi muutaman nauhan ylhäältä paljastaen puolet rinnoistaan.

"Olisiko tämä parempi?"

"Tässä ja nyt ehdottomasti muttei julkisella paikalla", vastasin rehellisesti.

"Olen siis ymmärtänyt oikein. Enempää et saakaan nähdä", hän sanoi sulkien verhon edestäni.

Ostimme senkin paidan ja jatkoimme matkaamme eteenpäin. Jos alkumatkamme oli ollut pelkkää tutustumista, niin siinä vaiheessa olimme jo kuin kiimaiset eläimet. Pysähdyimme vähän väliä suutelemaan ja etsimme kuumeisesti sopivaa paikkaa seuraavaan hetkeen keskenämme. Tulimme jälleen risteykseen ja sen toisella puolella oli englantilainen Ted Baker-liike. Liikkeen tyyli ei vedonnut minuun, mutta tultuamme risteyksen yli rue des Francs Bourgeois'n puoleiselle sivulle katseeni naulautui keltaiseen leninkiin näyteikkunassa. Keltainen olisi Marien iholla juuri oikea väri! Keltainen pitkä kaulaliina roikkui mallinuken kaulassa kuin osana vaatetta ja vyötäröä korosti leveä musta vyö. Löyhästi laskostettu helma roikkui eri pituisena eri kohdissa kuin aalto. Pysähdyin paikalleni ja Marielta kesti hetken tajuta, mitä katselin.

"Haluatko, että kokeilen sitä?" hän kysyi tietäen jo vastaukseni.

Liikkeen myyjä oli tuskin koskaan tavannut yhtä määrätietoista asiakasta. Haimme ikkunan leningistä oikean koon ja kysyimme sovituskopin sijaintia. Kun myyjä kertoi sen olevan yläkerrassa, vilkaisimme Marien kanssa toisiamme ja lähdimme kiipeämään portaita toisissamme kiinni. Yläkerta oli katutasoa huomattavasti pienempi ja siellä oli pelkästään miestenvaatteita – eikä yhtään asiakasta. Kuulin Marien hengityksen tihenevän silmäillessämme asiakkaista tyhjää tilaa. Sovituskopit olivat paljon tilavampia kuin Etincellessä ja niissä oli verhon sijaan lukittava ovi. Takaseinällä oli istumataso, jolla oli ruskea, nahkainen pehmuste. Takaseinä oli pehmustettu selkänojaksi samanlaisella nahkatyynyllä, joka ulottui melkein kattoon asti. Valo tuli tilaan selkänojan reunojen ja sivuseinien välisen valkoisen muovipinnan läpi. Sovitustilana koppi oli suorastaan loistelias, mutta meidän aikeillamme se korosti kielletyn hedelmän makua ja kiihotti himoamme. Marie meni suoraa päätä sovituskoppiin. Hetken päästä hän kutsui minut paikalle. Häntä katsellessani näin täysin uuden naisen.

"Olet tuossa vaatteessa jälleen kuin toinen nainen", sanoin henkeä haukkoen.

"Eikö ole hyvä, että näet minut monelta kannalta ja monen näköisenä?" hän kysyi.

"Tunnethan silti olevasi minun kanssani?" hän jatkoi ja sai minut säpsähtämään.

En olisi voinut olla enempää läsnä kenenkään kanssa. Silti hänen ulkoinen olemuksensa oli joka vaatteessa täysin erilainen.

"Minä antaudun! Mikään, koskaan, milloinkaan, ei kenenkään kanssa, ei missään tilanteessa, ei fyysisesti eikä henkisesti, ei mielikuvituksessa eikä todellisessa elämässä, ei edes hurjimmissa unelmissani ole tuntunut yhtä hyvältä", kuulin sanovani katsoessani naista, joka oli omistautunut minulle juuri sillä hetkellä, eikä enää koskaan tulevaisuudessa.

Hän katsoi minua hyväksyvästi silmiin ja kuiskasi:

"Tule sisääni hitaasti ja varovasti. Olet ihanan kokoinen varovaisena, mutta pelkään sinun satuttavan rajummassa rakastelussa. Emättimeni on ilmeisesti lyhentynyt iän myötä niin, että liian syvälle meneminen sattuu ja vie halut. Kaikki emättimen eteisessä tuntuu sen sijaan aivan taivaalliselta", hän selitti matalalla äänellä hiljaa korvaani ja kääntyi sitten selin kumartuen eteenpäin.

Katsoin hänen vartaloaan takaapäin ihastellen näkemääni. Siro ylävartalo kapeni kapeaksi vyötäröksi ja leveni jälleen pyöreäksi lantioksi. Keltainen leninki korosti jokaista kaarta. Nostin leningin helmaa ja huomasin hänen olevan ilman pikkuhousuja. Korkeakorkoisten kenkien ansiosta minun riitti vain levittää jalkani laskeutuakseni tarpeeksi alas. Kaluni siveli häpyhuulia, kun keskityin rauhassa tunnustelemaan käsin hänen selkänsä täydellisiä muotoja. Lopulta ohjasin itseni sisään ja Marie huokaisi hiljaa. Samalla tajusin, millainen nautinto oli edetä kiireettä ja pidätellen. Minulla oli aikaa huomioida myös hänen intohimonsa ja se vahvisti omaani. Huomasin leningin selkäpuolella niskasta pakaroille juoksevan vetoketjun ja päätin avata sen. Hän ei vastustellut. Vedin leningin olkaimet olkapäiden yli ja odotin hänen jälleen estävän tarkoitukseni, mutta mitään ei tapahtunut. Painoin kämmeneni hänen rinnoilleen ja tunsin kovettuneet nännit rintaliivien läpi, eikä hän edelleenkään vastustellut. Uteliaisuuteni ja intohimoni kasvoivat kasvamistaan ja avasin rintaliivit. Hän tarttui oikeaan ranteeseeni ja vei käteni rinnalleen. Hän siis halusi sitä! Hän, jolla oli ollut kompleksi rinnoistaan, kiihottui erityisesti niiden hyväilystä. Otin rinnat kämmeniini ja puristin kevyesti sormillani äärimmilleen paisuneita nännejä. Makasin puolittain hänen selkänsä päällä ja pelkäsin vahingossa työntyväni liian syvälle, sillä keskittymiseni tahtoi herpaantua. Liikkuminenkin oli melkein mahdotonta. Lopulta nousin pystyyn ja tartuin hänen lanteisiinsa. Kuin hänen ajatuksensa käskemänä aloin kiihdyttää liikettä keskittyen visusti liikkumaan vain suualueella. Äkkiä tunsin hänen vavahtavan ja emättimen puristavan voimakkaasti. Hän äänteli hiljaa tukahtuneesti ja hänen selkänsä taipui kaarelle. Emätin puristi ensin epäsäännöllisesti ja sitten sekunnin välein yhteensä ainakin parikymmentä kertaa. Yritin ensin pidätellä, mutta se tuntui melkein mahdottomalta emättimen pumpatessa rytmikkäästi. Lopulta yksinkertaisesti lakkasin ajattelemasta ja päädyin yli rajan, jonka takaa ei ollut paluuta.

Ostimme sovittamamme, vai pitäisikö sanoa

180

kokeilemamme leningin ja jatkoimme matkaamme.
Tulimme risteykseen, josta oikealle lähti Rue Elzévir.
Edessämme oikealla oli Camilla-Café, jonka terassille
päätimme istahtaa. Marie pyysi minua tilaamaan lasilliset
shampanjaa sillä aikaa, kun kävisi naistenhuoneessa
korjaamassa kyynelten sotkemaa meikkaustaan. Hänen
palattuaan istuimme hetken hiljaa. Äkkiä hän otti kädestäni
kiinni ja alkoi puhua.

"Uskoisin, että voin puhua liioittelematta ja
väheksymättä. Jos rakastuisimme toisiimme, söisimme
toisemme seksillä loppuun. Sen jälkeen nauttisimme
filosofisesta keskustelusta, mutta kaipaisimme yhä
seksiämme. Sitä paitsi luulen sinulla olevan elämässäsi
jotain muuta, minkä eteen kannattaisi panostaa", hän sanoi
vakavana.

"Onko sinulla muuta?" kysyin vaistonvaraisesti.

"Rakastan toista miestä, joka asuu Australiassa. Meidän
seksimme ei vain koskaan toiminut. Hän on herkkä
persoona ja minä olin liian traumaattinen. Nyt luulen sinun
parantaneen traumani ja uskon, että pystyn tekemään
rakkaani onnelliseksi", hän pohdiskeli.

"Mitä tarkoitit pelollasi, kun olimme Etincelle'ssä?
Minusta tuntui, että kyse oli muustakin kuin vain kivusta",
kysyin uteliaana.

"Mieheni kuoleman jälkeen seksielämäni on ollut
pahempi kuin katastrofi. Asuimme hetken yhdessä Johnin
– tuon australialaisen miehen - kanssa ja erosimme
käytännössä seksin toimimattomuuden takia. Pari vuotta
sitten minut yritettiin raiskata, minkä jälkeen hain
Raymondista henkistä turvaa. Hän osoittautui kaikessa
seksuaalisuudessaan alistavaksi ja hänen nautintonsa oli
minulle pelkkää kärsimystä. Viimeisen vuoden olen

hakenut vain epäseksuaalisia suhteita", hän selosti elämäänsä analyyttisesti ilman tuskan häivää.

"Äskeinen orgasmini oli ensimmäinen sitten edesmenneen mieheni. Kerrankin pystyin keskittymään nautintooni. Ensimmäistä kertaa lakkasin pelkäämästä", hän sanoi ja jatkoi melkein samaan lauseeseen:

"Tiedätkö, mikä kauppa on vastapäätä?"

Katsoin tien toiselle puolella ja näin kaupan nimen.

"Aubade. Se vaikuttaa näyteikkunasta päätellen naisten alusvaatekaupalta", vastasin kuin jo kaikkeen tottuneena.

"Tällä kertaa et pääse mukaan, mutta kerro millaisista naisten alusasuista pidät", hän kysyi pilke silmäkulmassaan.

"Tiedäthän sinä sen: lupaavia muttei liian paljastavia", vastasin välttäen liian tarkkoja toiveita.

"Muista, ettet voi käyttää luottokorttia", sanoin vielä ojentaen hänelle käteistä.

"Taidat olla ainoa mies maailmassa, jolta voin ottaa rahaa vastaan ilman syyllisyyden tunnetta. Se on todella vapauttavaa ja sitä paitsi tämä ostos on sinua varten", hän totesi kasvot loistaen.

Nousin ylös auttamaan tuolin kanssa hänen noustessaan.

"Nuo perinteiset kohteliaisuutesi ovat ihastuttavia", hän sanoi hymyillen.

"Oikeastaan nousin suudelman takia", kuittasin kepeästi ja painoin huuleni hänen huulilleen.

Marie palasi Aubade'sta hehkuen kuin nuori tyttö. Nousin seisomaan auttaakseni jälleen tuolin kanssa, mutta hän pysäytti minut painamalla kämmenensä rintaani vasten ja asettumalla melkein minuun kiinni. Hän vilautti avaimia ja hymyili arvoituksellisesti.

"Aubade'ssa on töissä vanha ystävättäreni. Hän uhrautui ja lainasi meille ensi yöksi tässä aivan lähistöllä olevan asuntonsa. Jossainhan meidän täytyy yöpyä ja kyetä pitämään muotinäytöksiä uusilla vaatteillamme. Minun ainakin pitää päästä myös suihkuun, sillä olen äskeisen jälkeen aivan hikinen. Sitä paitsi nyt kun olen päässyt vauhtiin, rintani kaipaavat kiduttavan hidasta riisumista ja loputonta hyväilyä."

13 CAUSE FOR ALARM

Eric Ambler 1938

Marie makasi sängyssä kyljellään kuunnellen Danielin hengitystä korvansa juuressa. Hengitys tuntui lämpimänä ilmavirtana, joka rauhallisessa rytmissä siveli hänen kaulaansa ja niskaansa. Daniel makasi hänen takanaan käsi kyljen yli kämmenen levätessä hänen rintojensa päällä. Hän hivutti hiljaa pakaroitaan taaksepäin saadakseen paremman kosketuksen, mutta varoi visusti liikkumasta liikaa, ettei Daniel kääntyisi unissaan. Hän halusi pysyä hereillä, pitkittää aikaa Danielin sylissä ja tallentaa syvälle muistiinsa jokaisen pienenkin yksityiskohdan.

Hän oli tuntenut käsittämätöntä vetoa Danielia kohtaan jo Café Panis'ssa, vaikka oli sen järkitasolla itseltään kieltänyt. Tunne oli koko ajan vain vahvistunut ja nyt hän oli vaikean valinnan edessä. Vaisto sanoi, ettei Daniel kuulunut hänelle ja että vakavan suhteen luominen vahingoittaisi lopulta molempia. Hän oli joka yhteydessä vakuuttanut Danielille, että heidän suhteensa oli vain hetken kohtaaminen ja tämä oli vaikuttanut ajatelleen samoin. Silti hän ticsi, että jos kumpi tahansa tekisi aloitteen, tilanne riistäytyisi käsistä. Jos hän todella rakasti Danielia, hän antaisi tämän mennä. Heidän yhdessäolonsa oli jättänyt jälkensä molempiin, eivätkä ne katoaisi milloinkaan.

Marie mietti, oliko mahdollista rakastaa kahta miestä yhtäaikaa. John oli muutoin kuin fyysisesti hyvin samankaltainen Danielin kanssa, eikä hän tiennyt, johtuivatko hänen tunteensa Danielia kohtaan juuri siitä. Johnin hän oli tuntenut jo kauan ja oli rakastunut tähän pian miehensä kuoleman jälkeen. He olivat yrittäneet luoda suhteen, mutta seksi ei ollutkaan toiminut ja rakkaus oli muuttunut vähitellen ystävyydeksi. Hänen takiaan Australiasta Pariisiin muuttanut John oli palannut Australiaan, mutta he olivat jatkaneet lähes päivittäistä yhteydenpitoa sähköpostitse ja puhelimitse. Vasta Raymondin mustasukkaisuus oli lopettanut yhteydenpidon, mutta se ei ollut poistanut ikävää ja hän oli aika ajoin suunnitellut muuttavansa Johnin perässä Australiaan. Jokin oli kuitenkin aina lopulta saanut hänet pyörtämään päätöksensä.

Rakastelu Danielin kanssa oli synnyttänyt Mariessa intohimon, jonka hän uskoi voivansa siirtää myös Johniin. Ennen kaikkea häneen olivat luoneet uskoa yön tunnit Danielin kanssa, jolloin kehon voimat oli jo kulutettu loppuun. Silti nuo tunnit olivat olleet kaikista kiihkeimmät ja ehkä hänen elämänsä paras rakastelukokemus. Daniel oli syönyt hänen vartaloaan varpaista päälakeen hyväillen paikkoja, joiden eroottisuus oli ollut täydellinen yllätys.

Varsinkin kainalot ja sormet olivat sytyttäneet molemmat, eikä Danielin kiihkon aitoutta ollut tullut mieleenkään epäillä erektion puuttumisesta huolimatta. Orgasmin hakeminen oli jäänyt täysin intohimon varjoon. Rakastelun jälkeen he olivat istuneet vaahtokylvyssä kynttilän valossa kuunnellen Rachmaninovia. Lopuksi he olivat vielä pesseet toisensa kuin viimeisenä rituaalina. Daniel oli syönyt katseellaan hänen rintojaan ja juonut nännien päistä valuvasta suihkuveden virrasta kertoen painavansa sen näyn ikuisesti mieleensä. Miten pelkkä katseen hyväily oli saattanut olla niin kiihottavaa?

Johnin rakkaudesta ei Mariella ollut epäilyksiä. Hän oli soittanut tälle heti tajuttuaan, mitä kaikkea Raymondin taustalla olikaan ja tarvinnut kaiken mielikuvituksensa voidakseen soittaa ilman, että Raymond olisi tiennyt salakuunnella puhelua. Pakottava tarve puhua Johnin kanssa oli saanut riskin ja vaivan tuntumaan toisarvoisilta. Kuultuaan tilanteesta tämä oli ilmoittanut tulevansa välittömästi Pariisiin hänen avukseen. Sitä ei ollut estänyt edes se, että hän oli kertonut kaiken todellisista tunteistaan ja himoistaan Danielia kohtaan. Edes suunniteltu viimeinen vuorokausi Danielin kanssa ei ollut loukannut Johnia, vaan tämä oli peräti kannustanut siihen ja lohduttanut häntä sillä, että hän oli vapaa nainen. Johnin rakkaus oli riittänyt antamaan hänen mennä ja nyt hänen pitäisi pystyä samaan Danielin suhteen. Sitä paitsi hän ei voinut edes olla varma Danielin rakkaudesta, sillä tämä nukkui autuaasti, vaikka heidän yhteiset hetkensä olivat käymässä vähiin. Silti hän ei ollut katkera tai vihainen, koska tiesi Danielin kuitenkin rakastavan – itsesuojeluvaistonsa takia tämä ei vain ollut rakastunut.

Marien päätös vahvistui sitä enemmän, mitä enemmän

hän sitä pohti. Hänelle muistuivat mieleen Danielin sanat, että ajan myötä valhe haihtuu ja totuus vahvistuu. Vaikkei Daniel ollutkaan hänelle valhetta, tämä oli hänelle kuitenkin väärä rakkaus ja John oikea. Hän ei voisi hylätä Johnia enää toista kertaa. Vaistonvaraisesti hän oli järjestänyt asiat niin, että Daniel tapaisi Johnin eron hetkellä. Se olisi kuin epäjatkuvuuskohta fysiikassa. Daniel voisi luopua hänestä rauhallisin mielin ja John näkisi, että hänen toinen rakkautensa kohdistui hyvään mieheen. Danielin olisi paljon helpompi katsoa elämässään eteenpäin ja olla jäämättä kaipaamaan, kun eron hetkellä luovuttaisi hänet toiselle miehelle. Daniel olisi tarpeeksi kypsä ja vahva olemaan tuntematta omistamishaluista kumpuavaa mustasukkaisuutta ja tämän rakkaus haluaisi hänelle vain hyvää.

* * *

Istuimme aamiaisella hiljaisina ja mietteliäinä. Yö ei ollut vielä edes taittunut aamuksi. En yksinkertaisesti kyennyt ajattelemaan, ikään kuin itsesuojeluvaistoni olisi painanut kämmenensä silmieni suojiksi.

"Älä ajattele erossamme menettämistä vaan sitä, mitä olemme saaneet kokea", Marie sanoi katkaisten yllättäin hiljaisuuden.

Tunsin äkillisen hyökyaallon nousevan palleasta rinnan kautta päähäni ja kyyneleet alkoivat tulvia silmistäni. Marie tuli luokseni, istui hajareisin kasvokkain syliini ja kietoi kätensä pääni ympäri puristaen sitä rintaansa vasten. Hän ei puhunut mitään, enkä minä edes kyennyt, sillä itkin täysin hallitsemattomasti. Olin kuin sakeassa sumussa, kunnes aloin nähdä vähitellen kirkastuvaa valoa.

"Minun täytyi vain päästää se ulos. Tunnen enemmän onnea hetkistä kanssasi kuin surua erostamme. En edes koe menettäväni sinua, sillä hetkemme ovat polttojälkiä muistissani. Jos vain voisin antaa sinulle lahjaksi onnellisuuden ja olla varma turvallisuudestasi, niin minulla ei olisi hädän päivää", sain rauhoituttuani soperrettua.

"Olen ajatellut sen valmiiksi. Jos vain haluat, niin saat eromme hetkellä tavata Johnin – rakkaani Australiasta. Voisit luovuttaa minut turvallisesti hyvän miehen haltuun", Marie selitti rauhoittavasti.

"Mitä John ajattelee, kun olen viettänyt yön kanssasi?" kysyin hämmentyneenä.

"Olen kertonut sinusta kaiken ja nyt toteutuneista toiveistani sinun ja minun yhdessäolosta. Aion myös kertoa kaiken kokemastamme, sillä meillä ei ole mitään valheita välillämme – ei hyvässä eikä pahassa. Sinun jälkeesi minulla on vain toive Johnin ja minun välisen suhteen onnistumisesta, eikä mitään tarvetta hakea enää muita suhteita", hän jatkoi rauhoitteluani.

"Entä turvallisuutenne Raymondin suhteen, pystyykö John suojelemaan sinua?" kysyin huolestuneena.

"Suojelemaan? John on meitä vanhempi eikä hän ole kovin fyysistä tyyppiä, mutta älyllään hän pärjää paremmin kuin millään voimilla. Yhdessä me olemme lyömättömiä, eikä meillä ole mitään hätää", hän naurahti kuin olisin kysellyt tyhmiä.

"John on hankkinut auton, jolla ajamme Itävallan alpeille hänen ystävänsä hiihtomökille. Siellä me odotamme tilanteen rauhoittumista ja tutustumme rauhassa toisiimme uudelleen kuin uusina ihmisinä", hän jatkoi vakavoituen.

"Otattehan huomioon valvontakamerat?" muistutin vielä turvallisuudesta.

"Emmeköhän me pärjää", hän rauhoitteli.

Katselin hänen kasvojaan, joita olin jo oppinut lukemaan.

"Ihan kuin haluaisit sanoa vielä jotain", totesin mietteliäänä.

"Tämä on aivan väärä hetki puhua filosofiaa, mutta minulla on jostain syystä aivan pakottava tarve sanoa jotain", hän sanoi anelevasti.

"Sano vaan", kehotin.

"Puhuit jossain vaiheessa totuudesta, miten se kiehtoo sinua. Totuus on kaikki ja vaikka kaikki tuhoutuisi, totuus säilyisi. Se, mitä me olemme kokeneet, on osa totuudesta. Vaikka me unohtaisimme ja jäljet katoaisivat, totuus meidän yhdessäolostamme ei katoaisi. Siksi olen halunnut Johnin tietävän kaikesta ja hän tukee vapauttani. Se taas on paljastanut minulle totuuden rakkaudestamme Johnin kanssa", hän sanoi tutkien ilmeitäni.

"En tainnut ymmärtää", vastasin hämilläni.

"Jos haluat käsittää totuuden, älä yritäkään ymmärtää. Anna sen tulla luoksesi. Kun joskus kohtaat totuuden, joudut pohtimaan oikeaa ja väärää. Minä pohdin nyt, teinkö väärin Johnia kohtaan: olisinhan voinut väistää meidän suhteemme. En vain kyennyt, enkä halunnutkaan. Totuus näyttää siltä, että ilman sinua en olisi löytänyt takaisin Johnin luo. Mitä se kertoo oikeasta ja väärästä? John paikkasi tekoni ymmärtämyksellään ja se on oikein. Ei ole väärää ilman oikeaa ja jokainen meistä tekee joskus väärin. Siksi me tarvitsemme anteeksiantoa ja minä olin saanut Johnilta anteeksi jo etukäteen. Kadunko tapahtunutta? Kadun mahdollisesti aiheuttamaani tuskaa mutten sitä, mitä olen saanut kokea. Totuus on se, että olemme kokeneet ihania hetkiä yhdessä, eikä se katoa koskaan. Tulen aina muistamaan kokemamme niin oikeassa kuin väärässä, enkä enää koskaan tule tekemään vastaavanlaista uudestaan. Enkä usko, että tällaista enää voisi tullakaan kohdalleni. Sanoisin sinullekin: kiitos ei."

Tulimme Place des Vosges'n puistoon auringon vasta noustessa. Yksinäinen lenkkeilijä oli kuitenkin jo kiertämässä puistoa, eikä muita ihmisiä näkynyt. Marie katseli huolestuneena ympärilleen ja asettui puiston penkille istumaan. Tunsin itseni hieman ulkopuoliseksi – kuin hänen avustajakseen – ja jäin seisomaan penkin viereen. Miten ajateltua eromme toteutus oli häneltä ollutkaan! Tuskani oli väistynyt.

Puiston luoteiskulman portista asteli sisään tukevahko, hieman kaljuuntunut ja hyvin ruskettunut mies. Erehdyin hetken ihmettelemään, mitä Marie hänessä oikein näki, mutta se ajatus kaikkosi kuitenkin saman tien. Marie ryntäsi häntä vastaan, kietoi kätensä hänen kaulalleen ja painoi huulensa hänen huulilleen. He suutelivat pitkään. Minusta näytti siltä, että John oli suorastaan yllättynyt. Marie tarttui hänen käteensä ja lähti taluttamaan minua kohti. Tutkimme Johnin kanssa toisiamme tarkkaan koko lähestymisen ajan. Mitä lähemmäksi he tulivat, sitä varmempi olin heidän kuulumisestaan yhteen. Tunsin myös selittämätöntä kunnioitusta tuota miestä kohtaan, jonka kasvoissa oli ihmeellistä karismaa: itsevarmuutta ja lempeyttä samoissa silmissä. Kättelimme lämpimästi.

"Kiitos Daniel kaikesta", John sanoi ystävällisellä äänellä.

"Pidä hänestä hyvää huolta!" vastasin yhtä ystävällisesti tietäen hyvin, että kehotus oli tarpeeton.

John väistyi sivuun ja Marie tuli eteeni. Hän otti kasvoni hellästi käsiensä väliin ja suuteli minua lempeästi.

"Hyvästi rakkaani", hän sanoi kyynelten valuessa pitkin poskia.

Sen jälkeen hän kääntyi, tarttui Johnia kädestä ja he suuntasivat kohti tämän tulosuuntaa.

Seisoin paikoillani katsellen heidän loittonevia selkiään.

Vaeltelin Pariisin katuja päämäärättömästi ja palasin aina kuin magneetin vetämänä Place des Vosges'n puistoon. Ihmettelin omia tunteitani, joissa ei ollut tuskaa, mutta Marien hahmo näkyi mielessäni kuin näyttöön palanut kuva. Varsinkin kylpyammeessa edessäni itseään suihkulla huuhtelevana hän oli melkein käsin kosketeltavissa.

Keskustelu Lisan kanssa olisi saattanut auttaa minua palaamaan maan pinnalle, mutta kellonajan perusteella hän oli tekemässä lähtöä töihin, enkä halunnut häiritä häntä. Lopulta uskaltauduin kävelemään rue des Francs Bourgeois'a muistellen sen varrella Marien kanssa jakamiani hetkiä. Matelin hitaasti eteenpäin pysähtyen jokaisen meitä koskettaneen kaupan eteen. Lopulta päädyin Camilla-Café'n terassille saman pöydän ääreen, jossa olimme istuneet. Tilasin kahvin ja aloin vihdoinkin jälleen nähdä maailman ympärilläni.

Vieressäni istui tyylikkään näköinen, kolmikymppinen nainen, joka katseli minua estottomasti. Sillä hetkellä eivät vieraat naiset olisi voineet minua vähempää kiinnostaa ja tunsin oloni vaivautuneeksi yrittäessäni olla kiinnittämättä häneen huomiota. Lopulta keksin soittaa Lisalle antaakseni naiselle selvän viestin, että minulla oli toinen nainen mielessäni. Arvioni mukaan Lisa oli jo ehtinyt töihin ja kaivoin hänen antamansa kännykän taskustani. Olin juuri näppäilemässä numeroa, kun kuulin suomen kieltä. Minua katsellut nainen puhui suomea!

"Anteeksi että vaivaan, mutta teillä näyttää olevan samanlainen kännykkä kuin minulla ja minä tarvitsisin omani kanssa apua. Kännykkäni akku on nimittäin täysin loppu ja minun pitäisi saada soitettua yksi kiireellinen puhelu. Voisinkohan lainata teidän kännykkänne akkua?" nainen kysyi.

"Olisin voinut vannoa, että olette ranskalainen", totesin hämmästyneenä.

"Oliko tuo kohteliaisuus?" nainen kysyi ystävällisesti virnistäen.

"Ehdottomasti! Tarkoitin tietysti tyylikkyyttänne, mutta mistä te tiesitte minun olevan suomalainen?" kysyin uteliaana.

"Kyllähän komean suomalaisen tunnistaa", nainen totesi epämääräisesti ja jatkoi heti perään:

"Miten olisi sen akun laita?"

Hätkähdin unohdustani ja sammutin kännykkäni alkaen tutkia sen pohjaa irrottaakseni akun. Katseltuaan hetken räpläämistäni nainen laski kätensä omani päälle keskeyttäen yritykseni.

"Antakaa minun tehdä se, sillä se käy minulta näppärästi", hän sanoi melkein viettelevällä äänellä ja otti kännykän kädestäni.

Tilanne oli hämmentävä, sillä en ollut varma naisen aikeista. Hän irrotti akun helposti, laittoi sen omaan kännykkäänsä ja painoi käynnistysnäppäintä.

"Anteeksi", hän sanoi lyhytsanaisesti nousten samalla

ylös.

Hän käveli kadun toiselle puolelle saadakseen puhua rauhassa ja nosti puhelimen korvalleen kallistaen samalla hieman päätään. En saanut puheesta tarkkaa selvää, mutta hän vaikutti puhuvan täysin sujuvaa ranskaa. Puhelun jälkeen hän palasi luokseni ja alkoi vaihtaa akkua takaisin kännykkääni. Ehkä hän sittenkin oli viattomalla asialla, ajattelin itsekseni ja hörpin kahvia vaipuen jälleen omiin ajatuksiini.

"Kiitoksia kovasti", hän sanoi laskiessaan puhelimeni pöydälle.

"Oli kiva tavata. Hei vaan", hän jatkoi lyhykäisesti ja poistui kääntyen heti vasemmalle Rue Elzévir'lle.

En kaivannut lohdutusta, mutta huomasin kaipaavani kuuntelijaa. En kuitenkaan ollut tullut kysyneeksi Marielta lupaa kertoa yhteisistä hetkistämme. Miten kukaan voisikaan lohduttaa, jos en voisi kertoa mitään? Oli lopulta sittenkin parempi olla puhumatta koko asiasta ja koota itsensä omin voimin. Siemaisin loput kahvista ja katselin puhelinta pöydällä. Se lepäsi siinä näyttö alaspäin, mikä näytti jotenkin luonnottomalta. Mielessäni kävi, että suomalainen nainen oli sittenkin jotenkin huijannut minua ja päätin varmuuden vuoksi soittaa Lisalle kokeillakseni puhelimen toimivuutta. Samassa huomasin sen olevan päällä, vaikken ollutkaan sitä vielä käynnistänyt. Se ei ollut mahdollista ilman PIN-koodia... Samassa huomasin näytön olevan täynnä tekstiä...

* * *

Raymond oli nukkunut ensimmäistä kertaa hyvin sitten

suomalaisen ilmestymisen kuvioihin. Tieto Marien istumisesta pitkällä lennolla oli rauhoittanut hänen mielensä, sillä se oli antanut runsaasti aikaa järjestää vastaanotto. Sydneyssä oli vastassa kokenut ammattilainen joukkoineen, eivätkä he tulisi epäonnistumaan. Raymond oli asettanut palkkion niin korkeaksi, että ryhmä tekisi mitä tahansa tehtävän suorittamiseksi loppuun.

Aamiaisella oli kerrankin ollut aikaa lukea päivän lehti kaikessa rauhassa. Sellaiseen ylellisyyteen hänellä oli vain harvoin mahdollisuus. Puhelin soi tasan kello 12.

"Nainen ei ollut koko koneessa", karhea miesääni sanoi puhelimessa esittelemättä itseään.

"Ei helvetti! Saatanan tunarit!" Raymond laukoi henkeään haukkoen.

"Minun piti vastata vastaanotosta, eikä siitä, onko hän ylipäätänsä koneessa", mies totesi ärtyneenä.

"Minä puhuin omista miehistäni. Selvisikö, oliko hän jäänyt pois välilaskujen aikana Amsterdamissa tai Kuala Lumburissa?" Raymond kysyi jo hieman rauhoittuneena.

"Nainen oli poistunut koneesta jo Pariisissa", mies vastasi turhautuneena.

"Haluan korvauksen tililleni huomiseen mennessä", hän jatkoi uhkaavaan sävyyn ja lopetti puhelun.

Raymond ei voinut käsittää, miten joku nainen pystyi pitämään häntä niin täydellisesti pilkkanaan. Sitä taistelua hän ei voisi hävitä, maksoi mitä maksoi. Oli aika kutsua isot pojat peliin, vaikka se riskeeraisi hänen oman henkensä. Hän haki mattoveitsen ja meni makuuhuoneeseen. Varovasti saumoja leikaten hän irrotti seinäpaneelin, jonka takaa paljastui kassakaappi. Hän näpytteli lukkokoodin ja avasi oven. Kaapista hän nosti sängylleen STU-III satelliittipuhelimen.

"Haloo", Raymond sanoi puhelimeen.

"Identifioikaa itsenne, olkaa hyvä", virallinen ääni vastasi puhelimeen.

"Nightingale 69. Hetkinen vain", Raymond vastasi ja irrotti puhelimen kantokahvasta kannen, otti salalokerosta esiin avaimen ja työnsi sen puhelimeen.

"Siirryn turvamoodiin. Valmista", Raymond sanoi puhelimeen.

Painettuaan "turvallinen ääni"-nappia pieni horisontaali paneeli syttyi indikoiden salaussekvenssin käynnistymistä. Kesti 15 sekuntia, ennen kuin puhelimen näytössä luki "TOP SECRET".

"Sain teidän TS:n", mies sanoi toisessa päässä.

"Sain teidän TS:n", Raymond vastasi kaikuna.

"Saanko vielä salasananne?" mies pyysi kohteliaasti.

Raymond laski nopeasti päässään hänelle annetun kaavan mukaisesti päivän salasanan.

"Tango 3-3 Whiskey 4-5-9. ID: Bravo 6-5 Zulu."

"Kuitattu. Mike Dawson, vanhempi operaatioupseeri. Miten voin auttaa, Nightingale?" päivystävä upseeri kysyi amerikkalaisen avuliaasti.

"Tiedän, että teillä on vasta aikainen aamu, mutta minulla on kiire. Ottakaa yhteyttä seitsemänteen kerrokseen ja ilmoittakaa minun soittaneen valkoisella koodilla. Pyytäkää heitä hoitamaan, että DDO soittaa DCI:lle, pyytää valtuudet ja soittaa sitten minulle. Odotan puhelimen ääressä", Raymond ohjeisti päivystävää upseeria.

Koko tiedusteluyhteisö oli vuonna 2005 organisoitu uudelleen ja CIA oli alistettu kansallisen tiedustelun johtajalle, mitä CIA:n sisällä vastustettiin rajusti. Kuin kapinana he käyttivät nimien sijaan vanhojen virkanimitysten lyhenteitä.

"Ymmärrätte varmaan, mitä pyydätte?" upseeri kysyi epäröiden.

"Toimikaa", Raymond komensi määrätietoisesti, käänsi avainta ja veti sen ulos jääden odottamaan puhelua.

Satelliittipuhelin soi tunnin kuluttua. Raymondille tuntematon ääni kävi hänen kanssaan läpi salausoperaatiot ja yhteyden varmistuttua totesi:

"Luovutan puhelimen DDO:lle."

"Tämän on syytä olla tärkeää", DDO totesi unisena ja ärtyneenä.

"Olen valmis luopumaan Perkshere-kansiosta, jos etsitte minulle kaksi henkilöä. Olen säästänyt kansiota vaihtokauppoja varten ja huolehtinut, että sen luettuanne voitte tehdä sen itsellenne vaarattomaksi. Ymmärrättehän, mistä puhun?" Raymond esitti varmuutta uhkuen.

"En tiedä kansion sisällöstä, mutta olen saanut määräyksen hyväksyä ehdotuksenne. Jos oletan oikein, niin etsitte Daniel Bremer -nimistä suomalaista miestä ja Marie Allègre -nimistä ranskalaista naista?" DDO sanoi rauhallisesti.

"Täytyy ihailla teidän kykyjänne. En olettanut teidän olevan asioista noin hyvin perillä, vai ovatko he sittenkin teidän palveluksessanne?" Raymond kysyi sarkastisesti.

"Saimme vihiä miehestä ja teidän yhteyksistänne aivan sattumalta jo pari vuorokautta sitten. Naisen saimme haarukkaamme miehen kautta. Tiedämme jalan tarkkuudella, missä kumpainenkin liikkuu. Annamme teille miehen olinpaikan näytteeksi ja todennettuanne sen te luovutatte kansion, minkä jälkeen saatte naisenkin olinpaikan. Sovittu?" DDO esitti valmiiksi mietityn sopimuksen.

"Sovittu!" Raymond totesi innostuen ajatuksesta, että oli vihdoinkin saamassa niskalenkin.

"Kansion luovuttaminen tarkoittaa, että teillä on jo toinen jalka haudassa", DDO totesi lopuksi.

"Viimeinen valttikorttini on kuitenkin paras korttini ja sen takia te teette mitä tahansa pitääksenne minut hengissä", Raymond kuittasi ivaansa peitellen.

14 CONTACT

Carl Sagan 1985

Tuijotin sumein silmin kännykkäni näyttöä tuntien kylmiä väreitä selässäni. Tajusin olevani keskellä tapahtumaketjua, jota en voinut käsittää. Kännykän näytössä oli pitkä teksti suomeksi:

Älkää vilkuilko ympärillenne, vaan yrittäkää näyttää täysin normaalilta! Tämä kännykkä ei ole omanne, vaan täysin suojattu erikoislaite. Oma kännykkänne taas vain näytti kännykältä ja oli CIA:n seurantalaite. Se on nyt hallussamme. Tuon laitteen avulla teitä on seurattu kaksi vuorokautta ja tälläkin hetkellä olette tuon laitteen ohjaaman kameran kuvassa. Laite on nyt saatettu toimintakyvyttömäksi ja se antaa teille pienen mahdollisuuden hävitä CIA:n kiikarista. Teillä ei ole paljon aikaa, ennen kuin he huomaavat laitteensa olevan epäkunnossa. Nouskaa nyt rauhallisesti ylös ja kävelkää normaalivauhtia tulosuuntaanne. Kääntykää seuraavasta oikealle Rue Pavée'lle ja jatkakaa sitä pitkin St-Paul'n metroasemalle. Ottakaa mikä tahansa metro ja vaihtakaa useita kertoja satunnaisesti ennen nousuanne maan pinnalle. Pyrkikää pysymään kattojen alla ja hakeutukaa avoimessa tilassa aina ihmisvilinään. Pitäkää tästä laitteestu hyvää huolta. Otamme siihen yhteyttä. PS. Olemme suomalaisia, minkä voitte varmistaa lähettämällä haluamanne kysymyksen tekstiviestillä osoitekirjassa olevaan ainoaan numeroon.

Vaistoni sanoi, että minun oli parasta noudattaa ohjeita. Nousin ylös ja lähdin ohjeiden mukaisesti takaisinpäin kääntyen heti oikealle. Matkaa metroasemalle oli vain parisataa metriä.

* * *

CIA:n pääkonttorin operaatiokeskuksessa syttyi hälytysvalo seurantalaitteen häiriöstä. Päivystävä upseeri sai tiedon välittömästi ja ryhtyi selvittämään ongelman syytä. Monitorissa näkyi edelleen kohde selvästi seurantalaite kädessään lukemassa tai kirjoittamassa viestiä. Signaalitiedustelu ei kuitenkaan näyttänyt mitään liikennettä laitteesta ja koska kohde näytti edelleen tutkivan sitä, sen täytyi toimia jollain tavalla. Kohteen kadottaminen kuvasta oli kuitenkin vain ajan kysymys. Päivystävä upseeri päätti hälyttää operaatiopäällikön siitä huolimatta, että tämä oli neuvottelussa DDO:n kanssa.

DDO oli kutsunut operaatiopäällikön puheilleen välittömästi käytyään keskustelun Raymondin kanssa. DDO:n ilmeestä näki heti, että oli tosi kyseessä.

"Kohteista tuli aamulla kuumia, eikä heitä saa kadottaa - maksoi mitä maksoi! Ilmoitatte minulle aluksi suomalaisen koordinaatit tunnin välein tai heti, kun hän pysähtyy paikkaan, jossa ei ole sivullisia", DDO selosti niin jäätävällä äänellä, että operaatiopäällikkö tunsi jähmettyvänsä.

"Kohdehan on osoittautunut täysin vaarattomaksi. Miten hänestä on yhtäkkiä tullut kuuma, vaikkei kentältä ole tullut uutta tietoa?" operaatiopäällikkö kysyi ihmeissään.

"Azael otti yhteyttä ja aavistuksemme sekä suomalaisen että ranskalaisen hyödyllisyydestä kävivät toteen", DDO selosti aamuista käännettä.

"Azael? Kuka hän on?" operaatiopäällikkö kysyi ihmeissään.

"Unohtakaa mitä sanoin! Tarkoitin Nightingale, joka on hänen pseudonyyminsä teille edelleenkin", DDO vastasi lipsahduksestaan pelästyneenä melkein uhkaavaan sävyyn.

Samassa operaatiopäällikön kännykkä soi.

"Suomalaisen seurantalaitteessa on outo häiriö, jollaiseen en ole aikaisemmin törmännyt", päivystävä upseeri sanoi puhelimessa.

"Ota heti yhteys aaveeseen ja varmista, että EDT:llä on visuaali kohteisiin ja varsinkin suomalaiseen. Ilmoitukset koordinaateista tunnin välein tai heti, jos kohde on paikassa vailla sivullisia", operaatiojohtaja käskytti aikaa tuhlaamatta ja sulki puhelimen.

Syntyi hetken hiljaisuus hänen jäädessä miettimään puhelua, kunnes hän lopulta sanoi DDO:lle:

"Jotain on vialla ja aavistan pahinta."

Samassa hän kalpeni muistaessaan laskeneensa samana aamuna operaation prioriteettia.

* * *

Bruce "the ghost" Brock oli CIA-legenda ja viimeisiä dinosauruksia kylmän sodan ajalta. Brock oli pelastanut vieraan valtion presidentin salamurhalta, estänyt useita terrori-iskuja, sekä henkilökohtaisesti metsästänyt ja ottanut kiinni lukuisia vaarallisia terroristeja. Brock oli CIA:n arvoasteikossa GS-15 eli ylin arvoaste ennen SIS-kuntaa, joka taas vastasi armeijan kenraalikuntaa. Monet hänen kanssaan samaan aikaan farmilla olleet ja kentällä Brockia huonommin menestyneet kollegat olivat tulleet nimitetyiksi SIS-kuntaan, mutta Brockin kohdalla se ei tulisi koskaan tapahtumaan. Hän ei kysellyt lupaa kentällä tapahtuville päätöksilleen, vaan pyysi jälkeenpäin anteeksiantoa epäonnistumisilleen, joita ei usein tapahtunut. Brock ei peräytynyt eikä alistunut kenenkään tai minkään edessä ja oli valmis ottamaan vastaan virheistään ansaitsemansa rangaistuksen. Kentällä hänen henkensä oli joka tapauksessa pääasiassa hänen omissa käsissään.

Bruce oli isänsä puolelta Cherokee-intiaani. Hän syntyi köyhiin oloihin 50-luvulla Georgian osavaltion pohjoisosien metsäisessä vuoristossa. Jo pienenä poikana hän oppi samoilemaan, metsästämään ja kalastamaan, sillä se oli suurinpiirtein ainut tarjolla ollut viihdyke aktiiviselle pojalle. Äitinsä puolelta Bruce peri kuitenkin intohimon kirjoihin ja häipyi usein omille teilleen vuorille mukanaan metsästyskivääri, kalastusvälineet ja repussaan kirja. Äidin kysyessä pojan paluuaikaa vastaus oli, että kirjan lukemisen jälkeen. Joskus saattoi vuorilla mennä viikkokin. Bruce oli oppinut isältään intiaanien aikakäsitteen: kalaan mentiin silloin, kun kala söi ja tultiin takaisin, kun oli tarpeeksi saalista. Bruce myös metsästi intiaaniperinteen mukaan. Kun perhe tarvitsi lihaa, rukoiltiin yhdessä Luojalta saalista.

Sitten lähdettiin metsälle. Kerran 7-vuotias Bruce lähti isänsä sairastuttua yksin ja vaellettuaan aikansa metsäpolulla tuli yllättäin vastaan karhu. Huononäköisenä se nousi pystyyn haistellen tuulen alapuolelta tulevaa ihmisen hajua. Se kääntyi hitaasti polkuun nähden poikittain. Karhu oli vanha ja valmis kuolemaan. Bruce tähtäsi huolellisesti lapaan ja isokaliberisen metsästyskiväärin luoti tappoi karhun heti. Jälkeenpäin Brucea pidettiin sankarina, mutta isä muistutti karhun tulleen tuulen yläpuolelta ja oli siten tiennyt Brucen tulosta melkein mailin päästä. Isä oli opettanut, ettei karhua saanut syödä kuin äärimmäisessä nälässä, mutta Brucen ampuma karhu oli isän mukaan tarkoitettu syötäväksi.

Isä kuoli Brucen ollessa yhdeksän ikäinen. Tällöin äiti myi vähäisen omaisuuden ja osti sekä itselleen että Brucelle liput Eurooppaan. Eurooppa oli uteliaalle ja opinhaluiselle Brucelle paratiisi, vaikka toimeentulo oli niukkaa ja he vaihtoivat alituisesti maisemia. Bruce osoittautui kielellisesti poikkeuksellisen lahjakkaaksi ja hän oppi kuin äidinkielenään kaikki tärkeimmät Euroopan kielet. Äiti piti pojalleen matkakoulua ja Bruce luki kaikki käsiinsä saamat kirjat, mutta Brucen täytettyä 15 alkoi äiti kokea poikansa tarvitsevan jotain yhteisöllisempää. Pian sen jälkeen he muuttivat takaisin Yhdysvaltoihin Indianaan ja Bruce ilmoittautui Culverin sotilasakatemiaan.

Brock oli kuin luotu armeijaan, ja hän päätyi lopulta Ranger-kouluun ja hyppymestarikurssille. Ollessaan kersanttina Ranger-kurssilla vuoden 1977 lopussa häntä tuli tapaamaan korkea-arvoinen upseeri. Sinä vuonna oli juuri perustettu huippusalainen Delta Force ja Brock oli todettu mitä sopivimmaksi tuohon pieneen eliittijoukkoon.

Siitä alkoi Brockin sotilasuran huipennus, joka päättyi käytännössä aamuyöstä 25.4.1980 Dasht-e-Karir'ssa 450 km Teheranista kaakkoon. USA:n Iranin suurlähetystön panttivankien pelastusoperaatio oli juuri päätetty keskeyttää helikoptereiden teknisten ongelmien takia ja Brock oli lastattu takaisinkuljetusta varten muun Delta-ryhmän mukana polttoainetankkerina toimineeseen C-130 kuljetuskoneeseen. Koneen lattian peittivät litteät kumiset polttoainesäiliöt. Brock nukahti heti ja heräsi äkisti polttavaan tunteeseen. Koko kone oli tulessa ja Delta-ryhmä oli ryhmittyneenä hyppyjärjestykseen. Hänen ihmetyksekseen kellään ei ollut laskuvarjoa, mutta kone paloi ja heidän allaan lattialla oli kumisäiliöissä 10000 kiloa lentopolttoainetta. Brock ajatteli, että yksi ongelma kerrallaan ja hyppäsi jonon viimeisenä tömähtäen maahan puolen sekunnin vapaan pudotuksen jälkeen. Jälkeenpäin hänelle selvisi, että C-130 oli ollut vielä maassa, kun siihen oli törmännyt nousuun pyrkinyt helikopteri. Delta-ryhmän hengen oli pelastanut ylikersantti, joka keskellä paniikkia oli komentanut joukon toimimaan kuin pudotettaessa ryhmää lyhyelle hyppyalueelle.

Operaation totaalinen epäonnistuminen oli käännekohta Brockin elämässä. Hän ei pelännyt henkensä puolesta, mutta pelkäsi antaa henkensä toisten tekemien suunnitelmien varaan. Delta-ryhmä hajautui Teheranin jälkeen erilaisiin operaatioihin ympäri maailmaa ja Brock joutui yhteistoimintaan CIA:n kanssa. Ei kestänyt kauaakaan, ennen kuin hän tajusi haluavansa DO-upseerin tehtäviin. Hänen koulutuksensa, kielitaitonsa ja luonteensa olivat kuin luotuja siihen. Hän jätti eroanomuksensa armeijalle, kävi läpi DO-upseerin koulutuksen ja osoittautui pian ehkä kaikkien aikojen parhaaksi kenttäupseeriksi. Lempinimensä "ghost" Brock sai ilmiömäisestä kyvystään ilmestyä ja kadota kuin hologrammi.

CIA:n toiminta oli supistunut rautaesiripun sorruttua huomattavasti koko Euroopassa ja muutoksen tuulet tuntuivat erityisen selvästi Pariisissa. Amerikkalaisten oli vaikea löytää kielitaitoisia ja ranskalaista kulttuuria ymmärtäviä tiedusteluvirkailijoita, minkä takia yhteistyö Ranskan tiedusteluorganisaation kanssa kärsi. Brock oli aina tullut hyvin toimeen ranskalaisten kanssa ja nautti suurta luottamusta ranskalaisten virkaveljiensä keskuudessa, mutta toisaalta se oli ongelmakin: hänet yksinkertaisesti tunnettiin liian hyvin. Brock toimi sillä hetkellä CIA:n erikoistehtävissä ja kutsuttiin ainoastaan johtamaan nopeasti organisoituja erityisryhmiä. Suomalaisen miehen ja ranskalaisen naisen seuranta oli Brockin mielestä omituinen tapaus, sillä hän ei nähnyt kohteissa mitään erityistä tai ainakaan EDT-ryhmän perustamisen arvoista. Hän tunsi kyllä tapaus Raymond Durand'in, sillä tämä oli toiminut myös hänen agenttinaan, mutta epäluotettavien agenttien hoitamisen ei olisi pitänyt vaatia EDT-ryhmää. Silti käsky oli tullut ylimmältä taholta ja hän aavisti, että myös ylin taho oli saanut määräyksen muualta.

Ryhmän koko oli pitänyt pitää pienenä, sillä liian iso ryhmä olisi ollut vaikea salata ranskalaisilta. Pienellä ryhmällä taas oli vaikea hoitaa annettu tehtävä, joten iso osa asioista oli täytynyt jättää tekniikan varaan. Maanantaiaamuna Brock oli sitten ollut valinnan edessä, kun Daniel ja Marie olivat lähteneet eri teitä. Hän oli tehnyt omapäisen päätöksen ja jättänyt kaupungista poistuvan Marien ryhmän kahden muun jäsenen seurattavaksi lähtien henkilökohtaisesti seuraamaan Danielia. Loput ryhmästä oli ollut pakko päästää levolle.

Brock oletti oman tehtävänsä helpoksi, sillä Daniel kantoi tietämättään seurantalaitetta, jota saattoi kuunnella ja seurata sen koordinaatteja reaaliajassa. Hän tiesi seurannan perusteella, että Danielin ja Marien suhde oli aito, eikä Danielin pyrkimyksenä ollut Raymondin vahingoittaminen. Sen vahvisti myös Danielin harhailu samoilla reiteillä, joita tämä oli Marien kanssa edellisenä päivänä kulkenut. Danielin lopulta pysähdyttyä kahvilaan hän päätti jäädä odottamaan näköyhteyden ulkopuolelle. Kuvayhteys operaatiokeskukseen oli kyllä riittävä. Koko seuranta alkoi vaikuttaa täysin turhalta ja yhteys Raymondiin olemattomalta. Operaation olisi voinut helposti hoitaa Pariisin paikallisosasto, mikä herätti väkisinkin epäilyksen, että häneltä salattiin jotain. Lopulta hänen oli pakotettava ajatuksensa kuriin, sillä senkaltaiset seisovat hetket tahtoivat saada ne harhailemaan. Hän tyhjensi mielensä ja keskittyi ainoastaan seurantalaitteeseen antaen ajan kulua rauhassa. Yhtäkkiä seurantalaitteen antamat koordinaatit katosivat. Hän lähti välittömästi kohti kahvilaa ja näki Danielin nousevan terassin pöydästä kääntyen tulemaan häntä vastaan.

* * *

Yritin kävellä mahdollisimman normaalisti, vaikka hermoni käskivät kiihdyttämään askeleitani. Metroasema lähestyi metri metriltä ja odotin koko ajan jonkun astuvan eteeni tai tulevan takaani. Vasta laskeutuessani metroaseman portaita aloin tuntea hermojeni laukeavan. Minulla oli valmiiksi ostettu lippuvihkonen ja marssin leimausportin läpi seuraten eniten kiirehtiviä ihmisiä. Intuitioni oli oikea ja päädyin juuri saapuvaan metroon. Löydettyäni vapaan istuimen alkoivat lukemattomat ajatukset pyöriä mielessäni. Oliko Marie myös CIA:n seurannassa ja vaarassa? Olin saanut seurantalaitteen Lisalta eli oliko Lisa CIA:n palveluksessa ja käyttänyt minua hyväkseen? En tahtonut millään uskoa sitä. Onneksi minun ei sentään tarvinnut epäillä Marieta, sillä se olisi romahduttanut maailmani. Miten salaperäiset suomalaiset liittyivät asiaan? CIA:n osuuden saatoin jotenkin ymmärtää sen perusteella, mitä Marie oli kertonut Raymondista, mutta miksi he olisivat olleet minusta kiinnostuneita? Suomalaiset näyttivät olevan ihmeellisen hyvin perillä asioista, joten heiltä voisi saada vastauksia. Ensin piti vain keksiä kysymys, jolla heidän aitoutensa saattoi varmistaa. Se oli oikeastaan helppo tehtävä, vaikkei vastausta saanutkaan olla helppo hakea Googlella. Kaivoin minulle annetun kännykän esiin ja näpyttelin kysymyksen:

Jousipyssymies, evoluutio ja ahven?

Tarkistin kellonajan ja jäin odottamaan. Vastaus tuli melkein heti:

Kuulkka poja, kuulkka poja, mitä meidä Yrjö-poikka puhhuu! Nyt sää vasta oikke äläkä päästit! Sää vissii luule, et mää ole ahvena, ku mul hartiat köyrys.

Suomalaisia, ei epäilystäkään!

Vaihdoin suuntaa muutaman kerran ja kun jälleen kerran nousin uuteen vaunuun, se oli lähes täynnä. Minun oli pakko jäädä seisomaan ovien väliselle alueelle pitäen kiinni keskitangosta. Äkkiä olin varma, että samasta tangosta kiinnipitävä mies seurasi minua. Odotin vaunun tyhjentymistä ja kun istumapaikkoja vihdoin vapautui, siirryin istumaan kasvot micheen päin. Katsoin häntä silmiin, jolloin hän lähti äkkiä tulemaan minua kohti.

* * *

Brock tiesi varjostamisen olevan yksinään äärettömän vaikeaa. Kohde saattaisi milloin tahansa kääntyä katsomaan taakseen, joten välissä täytyi olla aina riittävästi ihmisiä. Toisaalta etäisyyden kasvaessa riski kadottamisesta kasvoi eksponentiaalisesti. Tarvittiin hyvän havaintokyvyn lisäksi kyky aavistaa tuleva suunta. Hän arveli Danielin olevan menossa St-Paul'n metroasemalle. Samassa hänen suojattu puhelimensa soi.

"Spook", hän vastasi ärtyisästi nähtyään puhelun tulevan operaatiokeskuksesta.

"Taidat olla ärtynyt", koordinoiva upseeri totesi tietäen Brockin käyttävän tuota nimeä aina jonkin ärsyttäessä häntä.

"Olen yksin kohteen perässä, eikä juuri nyt ole aikaa ottaa vastaan ohjeita", Brock purki turhautumistaan.

"DDO:n käskystä pitää molempia kohteita seurata manuaalisesti ja ilmoittaa sijainti tunneittain tai heti, jos paikalla ei ole sivullisia", koordinoiva upseeri välitti käskyn tietäen hyvin, miten Brock reagoisi.

"Vai että kirjoituspöydän takaa on alettu ohjata kenttäoperaatioita ja raportointi tunnin välein – tuo on koko urallani älyttömin saamani käsky!" Brock kihisi raivosta.

"Suomalaisen seurantalaitteessa on häiriö ja kuvayhteys

on poikki", koordinoiva upseeri rauhoitteli.

"Kuitattu. Ilmoita molempien olevan seurannassa", Brock lopetti keskustelun.

Häntä oli alusta alkaen vaivannut koko tehtävä, joka oli tuntunut mitättömältä hänen tasoiselleen agentille. Oli ilmiselvää, ettei hänelle oltu kerrottu kaikkea. Samassa hän tajusi koko kuvion. DDO ja siten myös DCI olivat valmiit luovuttamaan kohteet Raymondille jonkin vastineeksi ja se jokin oli niin arvokas, että koko operaatio oli sen arvoinen. Se tarkoitti myös sitä, että Raymondilla oli hallussaan jotain, joka oli pitänyt tämän immuunina niin CIA:n kuin ranskalaistenkin suhteen rankoista rikoksistaan huolimatta.

Brockilla oli kuitenkin vakava ongelma. Hän oli aina pitänyt eri operaatioissa tapaamistaan jäyhistä, luontoa lähellä olevista suomalaisista, jotka muistuttivat paljon hänen omia intiaanijuuriaan. Erikoisjoukkojen koulutuksissa hän oli kuullut suomalaisista sissitaktiikoista ja partiotoiminnasta, jotka perustuivat luonnon hyväksikäyttöön ja häikäilemättömään toimintaan. Kaikki hänen kuulemansa oli herättänyt suurta kunnioitusta, mutta tämä hänen varjostamansa suomalainen oli vaikuttanut häneen vielä paljon syvemmin. Hän oli ollut kuulevinaan Danielin sanoissa oman isänsä puhetta ja oli alkanut nähdä tämän näkyinä. Isä oli kehottanut häntä toimimaan sydämellään ja tekemään oikein. Ääni oli ollut kuin puhetta, mutta hän oli kuullut sen mielessään – selvänä ja kirkkaana isänsä äänellä.

Brock juoksi etäisyyden kiinni Danielin kadottua metroasemalle pois näkyvistä. Näköyhteyden saatuaankin hän joutui jatkamaan juoksuaan ehtiäkseen mukaan juuri saapuneeseen metroon. Siinä tilanteessa juoksu oli täysin luonnollista, sillä monet muutkin juoksivat. Hän nousi Danielin valitseman vaunun toiseen päähän ja tarkkaili ikkunan heijastuksesta istuvaa Danielia käyttäen käytävällä seisovia näköesteenä. Tämä näytti keskittyvän puhelimeensa, mikä oli outoa, sillä senhän piti olla epäkunnossa. Samassa hän tunsi puhelimen tärinän taskussa. Taasko uusia määräyksiä, hän ajatteli.

"GH", hän vastasi käyttäen sovittua kryptonyymiä ulkopuolisten läsnäollessa.

"Kohde on kadonnut", hänen EDT-ryhmänsä jäsen Abigaile sanoi nolona.

"Kerro?" Brock kysyi välttäen paljastamasta puheessaan mitään.

"Seurasimme autoa Saksan puolelle ja kun he pysähtyivät tankkaamaan, aloimme epäillä jotain. Autossa ollut pariskunta oli matkalla Itävaltaan vuokraamaansa alppimajaan, mutta he olivatkin aivan eri ihmisiä – tosin paljon kohteita muistuttavia. Heillä ei ollut mitään käsitystä koko asiasta ja saimme nähdä aikoja sitten päivätyt paperit mökin vuokraamisesta. En ymmärrä, mitä tapahtui, mutta meitä vedettiin pahasti nenästä", Abigaile selitti hämillään.

"Selvä", Brock sanoi.

Lyhyt sana tarkoitti samalla käskyä vetäytyä lepovuoroon odottamaan lisäohjeita.

Brock tunsi äkillistä tyytyväisyyttä. Hän tiesi tarkalleen, mitä tehdä ja vaikka asioiden tuleva kulku oli hämärän peitossa, hänen intuitionsa oli lopputuloksesta täysin varma. Hän päätti ilmoittaa operaatiokeskukseen kohteiden katoamisesta ja siitä, ettei näitä olisi enää tarkoitus etsiäkään. Hänellä oli uusi suunnitelma. Sillä hetkellä hän päätti kyseessä olevan viimeinen keikkansa ennen palaamistaan esi-isiensä metsästysmaille – joko vuorille tai autuaimmille metsästysmaille. Hän jäi pois vaunusta Danielin jatkaessa matkaansa.

* * *

Vaunussa tarkkailemani mies otti minuun katsekontaktin, käveli kohdalleni ja istuutui minua vastapäätä.

"Saitte vastauksen kysymykseenne. Tyydyttikö se?" mies kysyi suomeksi.

"Olette epäilemättä suomalaisia, mutta millä asialla te olette ja miksi?" kysyin ihmeissäni.

"Kerron kaiken myöhemmin, mutta saanko kysyä yhtä asiaa?" mies kysyi ja kun vastasin kysyvällä katseella, hän jatkoi:

"Mistä tajusitte minun seuraavan teitä?"

"Oven vieressä istui nainen, jota kaikki muut miehet vilkuilivat tavan takaa. Te ette edes huomannut häntä, mutta vilkaisitte minuun yhden kerran liikaa", vastasin analysoiden samalla jälkikäteen omaa vaistomaista reaktiotani.

"Te alatte oppia", hän totesi hymyillen.

Kolmas osa

In general…there's no point in writing hopeless novels. We all know we're going to die; what's important is the kind of men and women we are in the face of this.
-Anne Lamott

15 THE PLAYER OF GAMES

Iain M.Banks 1988

Brock astui sisään Shakespeare and Companyyn ottaen heti katsekontaktin Sarahiin, joka istui kassalla sisääntulon edessä. Sarah ei ollut uskoa silmiään, sillä Brock oli järjestänyt hänelle sekä harjoittelupaikan että asunnon Pariisissa. Brock nosti sormensa huomaamattomasti huulilleen ja suuntasi mitään puhumatta kassan ohi pöydän luokse, jolla oli esillä uusimpia kirjoja. Hetken päästä hän tuli takaisin valitsemansa kirjan kanssa. Sarah jutteli Brockin valitsemasta kirjasta aivan kuten teki kaikkien asiakkaidensa kanssa, jotka valitsivat hänelle itselleen mieluisia kirjoja. Samalla hän huomasi kirjan välistä esiin työntyvän paperilapun. Asiakkailta jäi joskus syystä tai toisesta selaamiensa kirjojen väliin muistilappuja, jollaiseksi Sarah sen automaattisesti oletti poistaen sen pöydälle, ennen kuin laittoi kirjan paperikassiin. Brock katsoi häntä suoraan silmiin siirtäen sitten katseensa hitaasti paperiin. Sarah seurasi katsetta ja näki paperissa nimensä. Suoran kysymyksen sijaan hän katsoi vain kysyvästi Brockia silmiin kassia ojentaessaan. Brock kiitti luontevasti hymyillen ja poistui takaisin kadulle.

* * *

Istuimme metrossa kuin kaksi toisilleen vierasta ihmistä ja vieraitahan me todellakin olimme vaikkakin suomalaisia molemmat. Mies ei puhunut enää sanaakaan, enkä itsekään kokenut tarpeelliseksi avata keskustelua. Vaikka kukaan ihmisistä ympärillämme ei vaikuttanutkaan suomalaiselta, oli parempi olla keskustelematta ihmisjoukossa. Vaihdoimme vielä kerran metroa ja nousimme takaisin maan pinnalle Gare du Nord'n jättiasemalla. Tulimme asemalta Pl. Napoléon III aukiolle ja samalla hetkellä Rue de Dunkerque'a pitkin ajoi hopeanharmaa, ranskalaisin kilvin varustettu Peugeot 206, joka pysähtyi kadulle taksiaseman eteen. Saattajani avasi minulle takaoven ja kun astuin sisään, hän paiskasi oven kiinni jääden itse kadulle. Auto lähti saman tien liikkeelle saattajani jäädessä kuvaamaan digikameralla meitä seuraavaa liikennettä. Ehdin jo pelästyä joutuneeni kaapatuksi, kunnes huomasin kuljettajan paikalla istuvan saman suomalaisen naisen, jonka olin tavannut Camilla-Café'n terassilla.

"Hei Daniel. Hauska tavata teidät jälleen", nainen sanoi ystävällisellä äänellä.

"Miksi ihmeessä te molemmat teitittelette? Se kuulostaa niin epäsuomalaiselta", kysyin epäilevänä.

"Tulkitsen tuon sinunkaupoiksi. Suo anteeksi! Olemme asuneet Ranskassa niin pitkään, että teitittely on mennyt veriin", nainen naurahti.

"Te molemmat tunnutte tuntevan minut, mutta mikä sinun nimesi on?" kysyin turhautuneena siitä, etten tiennyt mistään mitään.

"Suo anteeksi! Minä olen Anneli ja sinut tuonut mies on Pekka. Pekka jäi varmistamaan, ettei meitä seurata ja liittyy seuraamme myöhemmin", hän vastasi hieman poissaolevan oloisena tarkkaillen samalla peräpeilistä liikennettä takanamme.

"Miksi hän kuvasi liikennettä?" kysyin ihmeissäni.

"Ohitamme Pekan muutamaan kertaan sovituissa kohdissa ja hän kuvaa liikennettä meidän edessämme ja takanamme. Jos niissä näkyy samoja ajoneuvoja, niin olemme epäilemättä paljastuneet", hän vastasi.

"Ollaan nyt hiljaa ja keskity sinäkin tarkkailemaan ympäristöä. Kuulet sitten perillä kaiken", hän jatkoi keskeyttäen keskustelumme lyhyeen.

Kiertelimme satunnaisesti ympäriinsä ja kadotin tyystin paikantajuni. Pekkaa en havainnut missään vaiheessa. Lopulta ehkä puolen tunnin päästä Annelin puhelin soi ja hän vastasi siihen sanomatta mitään. Hän kuunteli hetken, sulki puhelimen ja käänsi päätään minua kohti.

"Kaikki on selvää. Ajamme nyt perille, mutta vaihdamme ensin parkkihallissa autoa."

* * *

Sarah kirosi mielessään omaa naiviuttaan. Brockin viestissä oli lukenut, että tämä työskenteli USA:n hallinnossa. Hän oli kuvitellut saaneensa harjoittelupaikan ja ilmaisen asunnon Brockin edustamalta säätiöltä, mutta olisihan hänen pitänyt osata epäillä kaiken ilmaisuutta. Nyt isänmaa tarvitsi hänen palvelustaan.

Ruokatunti oli sopivasti käsillä ja hän suuntasi Vivianin puiston läpi kohti Café Panis'ta. Café Panis'n kohdalla hän kääntyi oikealle Rue Lagrange'lle ja heti vasemmalle kapealle Rue de la Bûcherie'lle. Hänen sydämensä tykytti tiheämmin kuin ripeät askeleet olisivat edellyttäneet. Brockin ilmestyminen kirjakauppaan liittyi johonkin muuhun kuin työhön kirjakaupassa ja vaikutti pahasti siltä, että odotettavissa oli jotain epämiellyttävää, kenties vaarallistakin. Rue de l'Hôtel Colbert oli heti seuraava poikkikatu. Se oli vieläkin kapeampi kuin Rue de la Bûcherie ja hän pohti mielessään, mahtuivatkohan edes kaikki henkilöautot sitä kulkemaan. Metallitolpilla ajokaistasta rajatut jalkakäytävätkin olivat niin kapeita, ettei niillä olisi mahtunut ohittamaan vastaantulijaa. Katu tuntui kuin uhkaavalta loukulta, jolla olisi helppo tulla saarretuksi. Toisaalta hän oli ehkä vain lukenut liikaa jännityskirjallisuutta.

Hän kääntyi oikealle ja numero 12 tuli vastaan parin-, kolmenkymmenen metrin päästä oikealla puolella katua. Ovessa oli numerolukko, johon hän näppäili Brockin antaman koodin. Talossa ei ollut hissiä ja hän lähti nousemaan antiikkisesta puusta rakennettua portaikkoa. Hän arveli talon olevan parisataa vuotta vanha ja ainakin portaikko oli siististi remontoitu. Tilanteen tuoma jännitys sai hänet tuntemaan pientä pakokauhua tajutessaan, ettei talosta ollut muuta poistumistietä kuin kapeat portaat. Huoneisto löytyi toisesta kerroksesta ja hän soitti ovikelloa.

* * *

Brock ojensi kätensä ja hymyili leveästi.

"Tervetuloa CIA:n säilytystilaan."

"CIA? Oikeastaan aloin jo epäillä sitä", Sarah sanoi hämillään.

"Majoitamme tänne ihmisiä, jotka ovat yhteistyössä kanssamme, mutta joita haluamme pitää silmällä. Kuten varmaan huomasit, täältä on mahdotonta poistua huomaamatta", Brock selitti.

Brock puhui pehmeällä äänellä pyrkien rauhoittamaan silminnähden hermostunutta Sarahia. Hän ohjasi Sarahin pienestä eteisestä peremmälle ja he tulivat isoon olohuoneeseen. Sarahin yllätykseksi koko olohuone oli kalustamaton ja ainoa asia koko huoneessa oli iso, paksu matto keskellä lattiaa. Brock istuutui matolle jalat ristissä ja osoitti Sarahille paikan itseään vastapäätä. Sarah noudatti kehotusta ottaen samanlaisen asennon. Hän katseli Brockin elämää nähneitä kasvoja ja ajatteli, että tämä oli oikeastaan merkillepantavan komea. Pikimustien hiusten ja leveän leuan kanssa kapea nenä näytti kuin kuvaan kuulumattomalta eksoottiselta poikkeamalta. Silmiinpistävin piirre olivat kuitenkin Brockin taivaansiniset silmät, joista huokui henkinen voima.

"Tsitsalagi ale sagonige digatoli agine'a…olen Cherokee ja minulla on siniset silmät", Brock sanoi naurahtaen huomattuaan Sarahin tutkivan hänen silmiään.

"En tiennyt sinun olevan Amerikan intiaani", Sarah sanoi nolostuen.

"Olen puoliverinen, mutta isäni oli täysiverinen Cherokee. Hänellä oli kuitenkin siniset silmät ja häntä pidettiin kulttuurissamme myrskylapsena, jolla on näkemisen lahja maailmoiden välillä. Minulla ei sellaista lahjaa ole."

Kun Sarah ei tiennyt mitä sanoa, Brock päätti siirtyä

suoraan asiaan:

"Ihmettelet varmaan, miksi kutsuin sinut tänne?"

"Pelkään pahinta", Sarah vastasi pelokkaana.

Brock otti taskustaan kirjekuoren ja ojensi sen Sarahille.

"Avaa se", Brock kehotti.

Sarah kaivoi kuoresta nipun valokuvia ja alkoi selata niitä. Hänen suunsa loksahti auki.

"Onko tuo Daniel? ...ja Lisa – ei voi olla totta... Tuonkin naisen olen nähnyt jossain", Sarah kommentoi kuvia hämmennyksen vallassa.

"Kaksi naisagenttiani ilmoittautui jo vapaaehtoisiksi houkutuslinnuiksi nuo kuvat nähtyään. Miehenä minun pitäisi varmaan olla kateellinen", Brock totesi huumoria äänessään.

Sarah nosti katseensa kuvista ja tajusi samassa, mihin Brock oli pyrkimässä.

"Haluat siis minun iskevän Danielin?" hän kysyi tyrmistyneenä.

"Haluan sinun kaivavan hänestä tietoja piittaamatta siitä, mitä se vaatii", Brock vastasi vakavoituen.

"Daniel on ystäväni!" Sarah huudahti Brockia tuomitsevasti katsoen.

"Onhan hän todella…mielenkiintoinen, mutten ikinä pystyisi teeskentelemään hänen edessään", Sarah jatkoi lepyttelevään sävyyn.

"Ajattele asiaa niin, että jos hänestä ei irtoa tietoa, operaatiokeskus ottaa ohjat käsiinsä. Heille Daniel ei merkitse mitään ja he ovat valmiita tarpeen vaatiessa vaikka uhraamaan hänet. Ja voit olla varma, että he onnistuisivat siinä", Brock selitti.

"Nyt varmaan puhut teoreettisesta tilanteesta. Miksi ihmeessä CIA haluaisi vahingoittaa häntä?" Sarah ihmetteli.

"On olemassa toinen taho, joka haluaa juuri sitä. Sinun ei tarvitse tietää kaikkea, mutta kyseessä olisi vaihtokauppa, jossa Daniel menettäisi henkensä", Brock selosti nyt jo jäätävällä äänellä.

Syntyi hiljaisuus ja Sarah tuijotti Brockia vihan vallassa tuntiessaan joutuneensa kiristyksen kohteeksi. Vähitellen hänen ajatuksensa siirtyivät Danieliin ja viha alkoi hellittää. Brock jatkoi huomattuaan Sarahin silmien leppyvän.

"Saat minulta ainetta, joka aiheuttaa euforisen himon ja syrjäyttää Danielin järjenkäytön. Älä kuitenkaan käytä sitä itse, sillä se aiheuttaa vakavaa riippuvuutta ja mahdollisesti muita sivuvaikutuksia."

Sarah ei ollut uskoa korviaan. Juurihan hän oli painottanut ystävyyttä Danielin kanssa.

"Ei tule kuuloonkaan! Niin alas en sorru ja sitä paitsi kuka sanoo, että minun täytyy harrastaa seksiä saadakseni häneltä tiedot?"

"Kaiken varalta. Sinun on saatava tiedot hinnalla millä hyvänsä tai hänelle käy huonosti. Työpaikkasi ja asuntosi katoavat myös alta aikayksikön", Brock jatkoi ammattinsa kovettamana ilman empatian häivääkään.

"Jos minun olisi aivan pakko suostua, en ikinä kuitenkaan käyttäisi mitään vieraita kemikaaleja. Luotan täysin omien feromonieni tehoon ja satun vielä tietämään nämä jutut. Juuri siksi en käytä E-pillereitä, jotka estävät kopuliinien erittymistä. Sitä paitsi minulla on ovulaation aika, jolloin kopuliinien määrä on suurimmillaan. Ilmeisesti siksi olen itsekin juuri nyt halukkaimmillani, mutta ajatuskin seksin väärinkäytöstä vie kaikki haluni", Sarah selosti itsevarmuuden virittämällä äänellä.

Brock mietti vielä Sarahin esittämää, itselleen vierasta teoriaa, kun Sarah jo jatkoi:

"Onko kirjakauppa tässä jotenkin mukana?"

"Ei tietenkään. Virallisesti olen amerikkalaisen kirjallisuussäätiön edustaja ja on parasta, että sen todellinen laita säilyy vain meidän keskinäisenä tietonamme."

* * *

Istuimme Pekan ja Annelin kanssa pienen asunnon pienessä olohuoneessa pienen pöydän ääressä nauttien kahvia. Muistot tulvivat mieleeni maistaessani hämmästyksekseni suomalaisen kahvin maun.

"Ajattelin sinun kaipaavan kunnon kahvia", Pekka totesi huomatessaan ilmeeni.

"Minulla on pitkä lista kysymyksiä", totesin käyden suoraan asiaan.

"Sitähän varten me täällä olemme. Kysy ihmeessä, mitä mieleesi juolahtaa", Pekka vastasi ystävällisellä äänellä.

"Ensiksi vaikka, että keitä te oikein olette?"

"Miten sen nyt selittäisi? Me olemme suomalainen salainen tiedustelupalvelu, jolla ei ole nimeä ja jota ei oikeastaan edes ole olemassa", Pekka vastasi miettien tarkkaan sanojaan.

"Siis mitä? En tiennyt Suomella olevankaan salaista tiedustelupalvelua, mutta tuo kuulostaa jo aika hämärältä", totesin ihmeissäni.

"Ensinnäkin salaisen pitäisi tarkoittaa sitä, ettei siitä tiedetä, vaikka melkein kaikkien maiden tiedustelupalvelut ovat aika tunnettuja. Me pidämme kiinni salaamisesta. Toiseksi olemme täysin riippumaton järjestö, joka ei ole Suomen valtion organisoima tai kustantama, vaan me rahoitamme itse itsemme ja toimimme täysin itsenäisesti. Tarkoituksenamme on vain järjestellä asioita Suomen eduksi ja välittää tietoa tarpeen mukaan. Ja jos olemassaolomme tuntuu uskomattomalta, niin voit ajatella asiaa historian kannalta. Suomella oli harvinaisen menestyksekäs tiedustelu- ja vakoilutoiminta jo ennen talvisotaa, ja se kukoisti sotien aikana ja osittain niiden jälkeenkin. Partiotoiminta Neuvostoliiton rajojen sisäpuolella oli käsittämättömän tehokasta, tulokset loistavia ja tappiot minimaalisia. MI6 yritti samaa pudottamalla laskuvarjolla agentteja Neuvostoliittoon sotien jälkeen, mutta kukaan heistä ei palannut. Näin ollen suomalaisia partiomiehiä palkattiin samoihin tehtäviin CIA:n leipiin vielä 50-luvulla. Suomalaisten salakuuntelunauhat Hitlerin Kotkanpesästä ja Peenemündenistä ovat ainutlaatuisia. Signaalitiedustelun ja koodinmurtamisen Neuvostoliitosta tuottamat materiaalit auttoivat amerikkalaisia vielä pitkään sotien sotien jälkeen kylmän sodan aikana. Luuletko muuten, että Nokian kännykkä- ja verkkobisnes olisivat syntyneet ilman sotien synnyttämää perinnettä ja luuletko, että tiedustelutoiminta olisi loppunut Neuvostoliiton vaatimuksesta, kun vaara oli suurin? Juuri Neuvostoliiton ansiosta järjestömme syntyi, ja kehittyi niin tehokkaaksi ja salaiseksi, kuin se tänä päivänä on", Pekka selosti perusteellisesti ja rauhallisella äänellä.

"Oletteko te siis laiton järjestö?" kysyin tyhmänä.

"Moraalisesti me olemme yhtä laiton kuin mikä tahansa vakoiluorganisaatio, mutta lain edessä meitä voi punnita vain tekojemme perusteella. Me emme riko minkään maan lakia ja juuri siksi emme herätä kenenkään huomiota. Asioita voi järjestellä fiksumminkin ja siihen liittyy myös syy, miksi me otimme sinuun yhteyttä", Pekka vastasi.

"Juuri se kiinnostaa minua eniten eli miten minä liityn tähän kaikkeen?" kysyin äkkiä valpastuen.

"Raymond Durand, jonka jo hyvin tiedätkin, myi venäläisille Suomea vahingoittavaa tietoa ja on valmis myymään lisää. Meidän täytyy tehdä asialle jotain, mutta luonnollisestikaan emme voi eliminoida häntä fyysisesti. Raymondilla on myös ote muutamista avainasemissa olevista suomalaisista ja sekin vahingoittaa Suomea. Nyt yllättäin sinun kauttasi meillä on yhteys Raymondiin ja vaikkei mitään valmista suunnitelmaa vielä olekaan, meillä on aavistus ratkaisun syntymisestä", Pekka jatkoi rauhalliseen tahtiin.

"Ja miksi te luulette minun riskeeravan itseni tämän takia?"

"En päässyt vielä loppuun Raymondin osalta. Raymond työskenteli alunperin korkeassa asemassa Ranskan tiedusteluorganisaatiossa ja ryhtyi sitten kaksois- tai oikeastaan kolmoisagentiksi CIA:n ja MI6:n leipiin. Hän käytti asemaansa eri tiedustelupalveluissa ja kasasi omaa, sanoisinko tietopommien varastoa ja kun hän lopulta paljastui kaikkien petturina, hänellä oli henkivakuutus valmiina. Jos hänelle sattuisi jotain, hänen keräämänsä kansiot vuotaisivat julkisuuteen. Näin ollen jenkit, britit ja fransmannit tekevät kaikkensa suojellakseen vihaamaansa Raymondia, jolla todentotta on vihamiehiä, joilta pitääkin suojella", Pekka selosti.

Perusteellisuus alkoi jo ärsyttää minua, sillä vastaukset tuntuivat jäävän ilmaan roikkumaan.

"Edelleenkin ihmettelen, miten tuo kaikki liittyy minuun?" kysyin ärtyneenä.

"Anna minun jatkaa loppuun asti. Niin kauan kuin Raymond saa toimia vapaasti, sinä joudut pelkäämään henkesi puolesta. Raymond on hullu, joka ei luovuta. Jos hän ei löydä sinua, hän käy omaistesi kimppuun. Raymond

JÄLJET

on uhka sinänsä, mutta hän käy kauppaa tiedoillaan ja on saanut CIA:n resurssit käyttöönsä. Jenkkien osalta täytyy vielä sanoa, että heitä koskeva tieto on kuin ydinpommi. Jo pelkästään sen näkeminen tarkoittaa kuolemantuomiota kenelle tahansa. Kun sinä olet noiden tietojen vaihtoväline, niin mitkä luulet olevan mahdollisuutesi selvitä? Ja sitten on vielä Marie", Pekka sanoi keskeyttäen yhtäkkiä selostuksensa.

"Marie! Mikä on Marien tilanne?" kysyin säpsähtäen.

"Marie ja hänen kumppaninsa katosivat CIA:lta ja ovat toistaiseksi turvassa, mutta he joutuvat vähintäänkin elämään pakolaisen elämää lopun ikäänsä, ellei Raymondille tehdä jotain. Jostain syystä CIA lopetti sinunkin seuraamisen, mutta luulen sen olevan vain väliaikaista", Pekka vastasi katsoen silmiini kuin kysyen, että ymmärränhän vihdoinkin.

"Saanko vielä kysyä, miten Lisa liittyy tähän kaikkeen?" muistin yhtäkkiä kysyä.

Samalla pelko kouraisi palleaani.

"Lisa on täysin ulkopuolinen. Hänen isänsä on MI6:n Pariisin pisteen vetäjä ja on luonnollisesti yhteistyössä CIA:n kanssa. Teidän käyttämänne asunto on CIA:n turvatalo, jota Lisa hoitaa autuaan tietämättömänä kaikesta."

"Tuo oli todella helpottava tieto! Eihän Marie ole sekaantunut mihinkään?" kysyin varmuuden vuoksi, vaikka olisin voinut laittaa pääni pantiksi hänen puolestaan.

Pitkään hiljaa ollut Anneli katsoi Pekkaa kuin puheenvuoroa pyytäen ja vastasi:

"Ymmärrän hyvin kysymyksesi syyn ja voit olla varma, että hän on yhtä viaton kuin Lisakin. Sen sijaan sinun lienee hyvä tietää, että CIA aikoo ottaa yhteyttä Sarahiin."

"Sarah?" totesin kulmakarvojani kohottaen.

"Sarah on aivan liian nuori agentiksi, mutta hän voi olla harjoittelija, jota vain totutetaan uuteen kulttuuriin. Hän voi olla tietämättäänkin kandidaatti, jota vain testataan tai sitten he yrittävät lähestyä sinua hänen kauttaan, koska tietävät hänen olevan amerikkalainen. Veikkaan kyllä viimeistä vaihtoehtoa", Anneli täydensi.

"Jenkkien katkeruudesta kertoo hyvin se, että he ovat vaihtaneet Raymondin pseudonyymin Nightingalesta Azaeliin eli livertelijästä mustaan enkeliin. Tuskin heillä on mitään sitä vastaan, että me ratkaisemme ongelman heidän puolestaan. Mutta miten?" Pekka vuorostaan pohti.

"Sanoitko Azael?" kysyin valpastuen.

Yhtäkkiä näin ratkaisuidean mielessäni. Se oli epämääräinen, mutta synnytti minussa vahvan tunteen.

"Kyllä – Azael", Pekka vastasi kysyvän näköisenä.

"Onko Raymondilla mitään kiristysruuvia venäläisiin?" kysyin melkein kiihtyneenä.

"Venäläisiä ei kiristetä ja tiedäthän sinä Venäjän... Se on ihan sama, mitä paljastuksia tehdään", Pekka vastasi kasvot edelleen kysymysmerkkinä.

"Onko Pariisissa Georgian agentteja?" jatkoin kyselyäni kuin pikakivääri.

"Siis mitä? Onko sinulla jotain mielessäsi? Kyllä Pariisissa on oikeastaan aktiivinenkin georgialaisorganisaatio samoin kuin venäläisillä. Venäläiset ovat muuten soluttaneet myyrän georgialaisten joukkoon", Pekka selosti.

"Täydellistä! Vielä yksi kysymys... Onko CIA:lla joku vastuuhenkilö minun ja Marien jäljittämisessä? Joku joka on fyysisesti Pariisissa?" sanoin lopettaen vihdoin kyselyni.

Siinä vaiheessa olin jo varma siitä, että minulla oli

ratkaisu - joskin pelottava ja minulle vaarallinen.

"Hankalampaa vastapeluria et olisi voinut saada. Hän on Bruce Brock, joka on kuin paraskin sankari agenttiromaaneista", Pekka vastasi.

Brockin nimen lausuessaan Pekka tajusi, ettei Danielilla olisi mitään mahdollisuuksia. Se jäi kuitenkin vain ohikiitäväksi ajatukseksi, sillä Daniel sanoi yhtäkkiä:

"Hänestä päinvastoin tulee yhteistyökumppanini. Ensimmäiseksi lähestyn Sarahia ja yritän saada hänen kauttaan yhteyden siihen Brockiin."

Syntyi hetken täydellinen hiljaisuus, ennen kuin Pekka sai kysytyksi:

"Voisitko selittää hieman... Miten niin Azael-nimi herätti idean suunnitelmasta?"

"Mitenköhän tarkoituksellinen valinta nimi Azael on CIA:lle? Azael on todellakin yhden langenneen enkelin nimi ja he voivat tarkoittaa juuri sitä. Muistelen myös, että jossain Azael yhdistetään toiseen langenneiden tai pudonneiden enkeleiden johtajaan, joka on kätkettyjen aarteiden vartija. He voivat tarkoittaa sitäkin. Azaeliin liittyy muutakin. Hänen sanotaan olevan vankina Taivaan ja maan välillä tuomiopäivään saakka", selitin yhtä laveasti kuin Pekkakin.

Pekan ilme kävi yhä kärsimättömämmäksi.

"Voisitkohan selittää vähän enemmän."

"Mietin vielä suunnitelmaani. Onko teillä käsitystä siitä, miltä nuo kansiot näyttävät?" kysyin mietteisiini painuneena.

"Kyllä vain ja meillä on eräänlainen kopiokin. Me saimme nimittäin käsiimme venäläisille menossa olleen kansion Suomen asioista. Oikeastaan kyse ei ole kansiosta, vaan kännykkää pienemmästä kotelosta. Me avasimme sen kotelon ja kävi ilmi, että se oli sisältä digitaalisesti sinetöity tarkoittaen sitä, että oikealla koodilla varustettu vastaanottaja näkee heti, onko kotelo avaamaton. Meillä ei ollut mitään mahdollisuutta peittää jälkiämme. Hyvä että edes tajusimme koko sinetin olemassaolon. Lopulta me päädyimme päästämään kotelon edelleen venäläisille, jotka tietenkin huomasivat meidän avanneen kansion ja epäilivät meidän manipuloineen sisältöä."

"Sanoit ensin, että teillä on kopiokin", totesin toiveikkaana.

"Me teimme kotelosta näköiskopion, mutta ainakin kotelon suunnittelija huomaisi eron sinettimekanismissa."

"Se riittää minulle hyvin, mutta uskotteko kaikkien kansioiden tai koteloiden olevan samanlaisia?" kysyin.

"Kyseessä on sofistikoitunut laite. Tuskin jokaista tapausta varten olisi tehty oma mallinsa", Pekka vastasi.

"Saattaisin ehkä onnistuakin...", totesin mietteissäni.

"Voisimmekohan mekin nyt kuulla suunnitelmasi?" Anneli puolestaan kysyi.

Närkästys ei ainoastaan värittänyt hänen ääntään, vaan se näkyi myös silmien tuimassa katseessa.

"Minä kirjoitan Lisalle kirjeen. Hänen täytyy ensiksikin tietää tarpeellinen tapahtuneesta ja miksen voi itse ottaa häneen yhteyttä. Pyydän häntä sitten lähettämään Sarahin puheilleni sillä verukkeella, että tarvitsen uuden piilopaikan. Teidän tehtäväksenne jää hankkia ulkopuolinen mutta luotettava kuriiri viemään kirjeeni Lisalle", pohdin ääneen vastaamatta edelleenkään itse kysymykseen.

"Ja?" Pekka sanoi vaatien jatkoa.

Jotenkin minua pelotti rakentaa suunnitelmani sanoiksi. Intuitioni asiasta oli vahva ja uskoin kykeneväni improvisoimaan tarpeen mukaan, mutta konkreettinen, tarkka suunnitelma oli eri asia.

"Mitä tarkempi suunnitelma on, sitä todennäköisemmin se epäonnistuu. Kerron vain mihin pyrin ja mitä teiltä tarvitsen. Ensimmaiseksi voin sanoa, etten aio hyökätä Raymondia vaan hänen suunnitelmaansa vastaan."

16 THE NICE AND THE GOOD

Iris Murdoch 1968

I stuin jälleen kerran Vivianin puistossa, enkä voinut välttyä ajatukselta, että pyörin ympyrää kiihtyvään tahtiin. Ainahan voisin levittää käteni, jolloin inertiamomentti kasvaa ja pyörimisliike hidastuu, muistin sanoneeni Lisalle kolmisen vuorokautta aikaisemmin. Olisipa se niin helppoa. Tapaamisemme Marien kanssa pyrki väkisin mieleeni, mutta kaihon sijaan päätin pitää sen onnellisena muistona. Ajattelin mieleeni syöpynyttä kuvaa hänestä Place des Vosges'n puistossa poistumassa toisen miehen kainalossa ja tunteeni asettuivat oikeille uomilleen.

Sillä kertaa istuin puiston länsireunassa puolikaaren muotoisen kiviaidan rajaamalla ja katoksi leikattujen puiden kattamalla alueella. Aita ja puun varjot estivät melkein kokonaan näkyvyyden muualta puistosta, mutta paikaltani näki hyvin koko puistoon. Edeltäneiden päivien aikana olin kehittänyt lähes neuroottisen tarpeen tarkkailla ympäristöä

228

pysytellen samalla itse varjoissa. Olin kirjoittanut Sarahille ohjeeksi saapua puistoon sen lounaisportista, jolloin hänen ei tarvitsisi kiertää kiviaitaa puiston keskuskentän kautta paljastuen samalla mahdollisille tarkkailijoille puistossa. Ymmärsin ajatukseni vainoharhaiseksi ja suorastaan naurettavaksi, mutta nähtyäni Sarahin astuvan sisään puiston portista, tiesin olleeni tavallaan oikeassa. Jokaisen portin ympäristössä seisseen pää kääntyi katsomaan häntä. Kuvankaunis nuori nainen pitkine, lähes valkoisine hiuksineen oli kuin kirkas valo, joka valaisi ympäristöään. En ollut uskoa silmiäni, vaikka olin aina pitänyt häntä kauniina. Ihmettelin samalla, miten vähän olin kirjakaupassa kiinnittänyt huomiota hänen ulkonäköönsä, vaikka olin aina vaistonnut salatun eroottisen vetovoiman välillämme. Ehkä ikäeromme oli pitänyt minut varovaisena. Hänellä oli päällään ihonmyötäiset farkut lahkeet käärittyinä nilkkojen yläpuolelle ja yhdessä korkeakorkoisten kenkien kanssa ne saivat hänen säärensä näyttämään poikkeuksellisen pitkiltä. Nilkkakorut korostivat nilkkojen siroutta. Jo kaukaa näin hänen rintojensa liikkuvan vapaina harmaan t-paidan alla, jota onneksi osittain peitti avonainen, vaaleanpunaiseen vivahtava viininpunainen neuletakki. Hän oli vielä kymmenien metrien päässä minusta, mutta tunsin itseni jo puolustuskyvyttömäksi. En voinut käsittää, mikä minuun oli mennyt. Oliko niin, etten millään saanut tarpeekseni, vai hainko vain unohdusta Mariesta? Se mitä koin, tuli syvältä sisältäni, eikä minulla tuntunut olevan siihen mitään kontrollia. Päätin pitää katseeni tiukasti Sarahin silmissä ja keskittyä vain suunnitelmaani.

* * *

Koko matkan Brockin luota takaisin kirjakauppaan Sarah mietti kuumeisesti, miten saisi yhteyden Danieliin. Lisa vaikutti parhaalta kanavalta, mutta miten lähestyä asiaa herättämättä ihmetystä? Perille päästyään hän koki kohtalon puuttuneen asiaan, kun Lisa otti hänet heti syrjään alkaen puhua Danielista. Hän sai kuulla vaikutusvaltaisesta, mielenvikaisen mustasukkaisesta Raymond Durandista, joka uhkasi Danielin henkeä ja että Daniel tarvitsi piilopaikan. Brock oli kertonut juuri saman ja paljon muutakin, mutta Sarah esitti yllättynyttä peittäen huolellisesti voitonriemunsa. Hän oli miettivinään asiaa hetken ja kertoi sitten tietävänsä tyhjänä olevasta asunnosta aivan lähistöllä. Brockin esittelemästä asunnosta oli tullut hänen ystävänsä asunto, joka juuri sillä hetkellä sattui olemaan tyhjillään ja siten Danielin käytettävissä.

Lisa oli järjestänyt Sarahille valmiiksi loppupäivän vapaata ja Daniel odotti jo Vivianin puistossa. Olisivatko asiat voineet mennä paremmin? Sarah oli aina tuntenut voimakasta vetoa maskuliinisia miehiä kohtaan – mitä miehisempi ja erilaisempi kuin nainen, sitä parempi. Lihaksikkaat ja hyvämittaiset miehet saivat hänet liekkeihin. Sitä hän ei kuitenkaan kehdannut paljastaa kenellekään, koska epäili sen vain vahvistavan ulkomuotonsa luomaa stereotypiaa yksinkertaisesta blondista. Vastaavasti hänen omat naiselliset muotonsa tuntuivat vetävän puoleensa juuri maskuliinisia miehiä, mutta hänen terävä älynsä ja kielensä karkottivat heistä kaikki yksinkertaiset ja huonolla itsetunnolla varustetut kandidaatit. Danielin hän oli nähnyt ainoastaan talvitakki päällä, eikä ollut ajatellut tämän olemusta muuten kuin isona miehenä. Tämä ei muutenkaan ollut osoittanut samanlaista kiinnostusta häntä kohtaan kuin mihin hän oli miesten kanssa tottunut. Silti hän oli aina tuntenut heidän välillään luontaista mutta salattua eroottista väreilyä. Brockin Danielista näyttämät valokuvat olivat olleet kuin bensaa kytevälle liekille.

Sarah kiirehti askeleitaan kävellessään kohti puiston porttia. Astuessaan portista sisään hän hiljensi vauhtiaan löytääkseen katseellaan Danielin ja peittääkseen liiallisen innokkuutensa. Häntä ihmetytti täydellinen muutos omassa suhtautumisessaan: ehdoton paheksunta oli muuttunut intohimoiseksi odotukseksi. Hyväksyttyään ajatuksen Danielin pelastamisesta pettämisen sijaan hän oli sallinut myös aitojen tunteiden nousemisen pintaan. Enää niitä ei pystynyt kontrolloimaan.

Daniel istui sovitussa paikassa puiden varjossa ja nousi seisomaan nähdessään hänen saapuvan. Hän hätkähti. Aivan kuin hän olisi katsellut vierasta miestä. Danielilla oli musta, istuva paita hihan liepeet taiteltuina ja mustat istuvat housut, jotka tekivät tästä hänen silmissään epätodellisen miehekkään. Samassa hän muisti tehtävänsä Danielin suhteen ja tunsi äkillistä häpeän ja ahdistuksen tunnetta. On ihmeellistä, miten tehokkaasti sellainen tappaa intohimon. Hän tunsi kylmän rauhallisuuden valtaavan mielensä.

* * *

Olin näkevinäni Sarahin kasvoilla ilon pilkahduksen hänen huomatessaan minut. Matkalla luokseni tapahtui kuitenkin jotain ja kun vaihdoimme ranskalaiset suudelmat, tunsin outoa etäisyyttä välillämme. Istuuduimme puiston penkille jättäen turvallisen etäisyyden välillemme.

"Sait Lisalta viestini?"

"Minulla on juuri sopivasti sinulle asunto tässä aivan lähellä. Se on ystäväni ja on tyhjillään", Sarah sanoi varautuneella äänellä.

Mietin kuumeisesti, mitä sanoisin. Hän vaikutti vastahakoiselta, enkä todellisuudessa tarvinnut mitään asuntoa. En silti voinut käydä suoraan asiaankaan.

"En halua tuottaa mitenkään vaivaa ja ainakaan aiheuttaa vaikeuksia."

"Taidan näyttää aivan muunlaiselta kuin tarkoitan. Minulla on vain huolia, mutta ne eivät liity asuntoon", Sarah naurahti vaivautuneena.

"Mitä muuten Lisalle kuuluu?" kysyin rauhoittaakseni tunnelmaa.

"Ai niin, Lisa lähetti terveisiä. Hän pahoitteli, ettei voinut itse tarjota majapaikkaa. Hän on juuri muuttanut yhteen ystävättärensä kanssa, joka ei halua miehiä asuntoonsa. Lisa sanoi, että olet kuulemma tavannut hänet", Sarah vastasi jo selvästi rennommalla äänenpainolla.

Syntyi hiljaisuus, joka ei ihme kyllä ahdistanut millään tavalla. Pidin katseeni tiukasti hänen kasvoissaan ja katselin hänen kirkkaita, vaaleansinisiä silmiään. Hänellä ei ollut juuri ollenkaan meikkiä. Ainoastaan luonnostaan vaaleissa kulmakarvoissa oli tummaa väriä ja huulissa neuletakin väriin sopivaa huulipunaa. Mietin, mikä hänen kasvoissaan teki niistä niin kauniit. Ehkä se oli niiden symmetrisyys ja ihmeellinen kirkkaus. Katselin hänen huuliaan, jotka olivat jollain tavalla ystävällisen näköiset samoin kuin hänen silmänsäkin. Olisin voinut vannoa, että hänen huulensa olivat turvonneet siitä, kun katsoin niitä ensimmäisen kerran hänen istuutuessaan puiston penkille.

"Suutele minua", Sarah sanoi yllättäin.

Menin sanattomaksi ja sydämeni löi pari kertaa tyhjää.

Yhtäkkiä olin kuin tyhjän päällä. Eihän tässä näin pitänyt käydä, ajettelin.

"Suutele minun takiani", Sarah toisti huomatessaan epäröintini.

Tartuin kevyesti hänen olkavarteensa ja vedin hänet vierelleni. Hän katsoi minua koko ajan silmiin kuin odottaen, mitä tekisin. Otin hänen kasvonsa kämmenieni väliin ja katsoin häntä vielä silmiin ikään kuin varmistaakseni, että hän todella tarkoitti, mitä oli sanonut. Kosketin huulillani aluksi vain kevyesti hänen huuliaan ja tunsin niiden pehmeyden. Hän ei kiirehtinyt, vaan odotti. Painaessani huuleni tiiviimmin hänen huulilleen äkillinen hyökyaalto tuntui syöksyvän ylitseni ja äkkiä kuulin vain huminaa. Hän tarttui kasvoihini ja työnsi ne hellästi mutta päättäväisesti katseluetäisyydelle. Hengitimme molemmat tiheään.

"Minun pitää paljastaa sinulle yksi asia", Sarah sanoi anoen.

"Niin minunkin, mutta jätetään ne myöhemmäksi", vastasin päättäväisesti.

"Vaikket tulekaan pitämään kuulemastasi?" Sarah jatkoi epävarmana.

Vastasin upottamalla huuleni hänen huulilleen.

* * *

Sarah ihmetteli, miksei Daniel edes vilkaissut hänen rintojaan, vaikka ohutkankainen ja syvään uurrettu t-paita jätti hänet melkein alastomaksi. Häntä harmitti, että oli sortunut pukemaan päälleen Brockin hänelle hankkimat vaatteet, jotka saivat hänet tuntemaan itsensä ilotytöksi. Miesten kanssa häntä harmitti muutenkin, että he yleensä näkivät vain rinnat hänen itsensä sijaan. Mutta Daniel katseli vain hänen silmiään ja kasvojaan. Tämän katseessa oli jotain rauhoittavaa ja se tuntui pala palalta häivyttävän Brockin antaman tehtävän aiheuttaman ahdistuksen. Intohimo palasi samassa tahdissa. Silti häntä pelotti, sillä jos Brockin kertomus piti paikkansa, hänen oli pakko onnistua saamassaan tehtävässä. Järki käski keskittymään, mutta tunteet sekoittivat hänen mieltään. Pelko epäonnistumisesta kasvoi sitä suuremmaksi, mitä enemmän kasvava intohimo sotki ajattelua. Juuri kun pelko oli muuttumassa paniikiksi, hän kuuli itsensä pyytävän Danielia suutelemaan. Tilanne räjähti käsiin.

* * *

Sarah kertoi asunnon sijainnin ja he lähtivät sitä kohti toisiinsa liimautuneina. Välillä Danielin kainalo ei tuntunut olevan tarpeeksi lähellä ja hän hypähti syliin kietoen jalkansa Danielin vyötärön ympäri samalla kiihkeästi suudellen. Daniel jatkoi etenemistä Sarah sylissään, suutelemisesta sokeana hoippuen mutta sekuntiakaan hukkaamatta. Rue de la Bûcherie'llä Daniel painoi Sarahin syvennykseen seinää vasten ja puristi suudellessaan tämän rintoja.

"Vihdoinkin. Minä jo luulin, etteivät ne kiinnosta sinua", Sarah sanoi ja tarttui Danielin haarojen väliin Brockin näyttämien kuvien innoittamana.

Kumpikaan ei tuntunut saavan tarpeekseen suutelemisesta ja he söivät toisiaan kuin se ilo saatettaisiin riistää heiltä minä hetkenä hyvänsä.

"Huomaan, että olet tyydyttänyt naisia enemmänkin", Sarah sanoi ihmetellen itsekin ajatuskulkuaan.

"Mitä tarkoitat?" Daniel sai hengästyksissään kysytyksi.

"Kielesi on niin vahva", Sarah sanoi silmät leiskuen.

* * *

Sarah oli kuin taikonut minut, eikä järkeni toiminut enää ollenkaan. Täysjärkisenä olisin pitänyt toimintaani sopimattomana monestakin syystä, mutta sillä hetkellä olin täysin tunteitteni vallassa. Olin yksinkertaisesti päästänyt tilanteen liian pitkälle, jotta olisin kyennyt edes katumaan. En nähnyt mitään muuta kuin hänet ja Pariisin elämä ympärillämme oli vain etäistä huminaa. Tuntoaistinikin oli tipotiessään, enkä reagoinut edes hänen upottaessa hampaansa ja kyntensä olkapäähäni. Hoipertelimme eteenpäin kuin humalassa yrittäessämme koko ajan painautua tiiviimmin toisiimme kiinni. Käännyimme kapealta kujalta toiselle vieläkin kapeammalle ja tulimme ulko-ovelle, jonka eteen hän pysäytti meidät. Samassa tajusin, ettei oven jälkeen olisi paluuta.

"En ollut ollenkaan tähän varautunut", sain äkillisessä järjenpuuskassa sanotuksi.

"Tarkoitatko kondomeja? Ilman en suostuisikaan. Minulla on ja jopa eri kokoja. Miten olisi Trojan Magnum XL?" Sarah kysyi täysin vakavana.

Hetkellinen järkevyyteni toimi vielä ja minusta tuntui, ettei kaikki ollut kohdallaan.

"Älä pidä minua kevytkenkäisenä! Olen ollut ulkona lukemattomien miesten kanssa, mutta harva on päässyt ulko-ovea pidemmälle", Sarah parahti peläten minun peräytyvän viime metreillä.

"Mikä minä olen tuomitsemaan! Tämä oli viimeinen hetki varmistaa asia ja annoit jo vastauksen. Avaa nyt se ovi, ennen kuin halkean."

Sarah hyppäsi oven sisäpuolella kasvokkain syliini. Hän tuntui niin sirolta ja kevyeltä, ettei edes hidastanut nousuani portaissa. Hän otti pois neuletakkinsa ja ennen kuin tajusinkaan, hän oli ottanut pois jo t-paitansakin. Kasvoillani heiluvat rinnat saivat minut kiihdyttämään askeleitani. Lopulta toisessa kerroksessa hän hyppäsi sylistäni ja avasi meille asunnon oven. Hän työnsi minua eteenpäin peremmälle asuntoon ja repi samalla farkkuja päältään. Tulimme isoon tyhjään olohuoneeseen, jonka keskelle hän pysäytti minut kääntäen olkapäistä ympäri. Hän seisoi edessäni vain korkokengät jalassaan hengittäen tiheämmin kuin minä, joka olin juuri kantanut hänet toiseen kerrokseen. Napit olivat revetä irti hänen avatessa paitaani. Samassa hän huomasi kyljessäni luodin synnyttämän haavan, joka oli jo hyvää vauhtia paranemassa. Hän suuteli sitä hellästi, muttei kysynyt mitään. Sitten hän kyykistyi alemmas.

"Haluan tutustua tähän kaveriin ennen kondomia", hän kuiskasi suudellen samalla vatsaani.

Hänen kasvoistaan loistanut intohimo oli tehdä minut hulluksi. Kukaan nainen ei ollut koskaan osoittanut samanlaista estottomuutta, mikä sai minut tuntemaan enemmän miehisyyttä kuin koskaan ja testosteronin tulvimaan suonissani.

Hän asetti minut selälleen pehmeälle matolle ja veti housut sukkien kanssa jaloistani.

"Älä liiku mihinkään. Minä johdan tätä nyt", hän totesi määrätietoisesti lähtien hakemaan kondomia.

Hän asetti kondomin kuin varttani hyväillen ja istui sitten hajareisin päälleni ohjaten minut sisäänsä.

* * *

Sarah tyydytti itseään estottomasti vaihdelle vartalonsa asentoja, kiertäen lanteitaan, ja liikkuen välillä aivan huulilla ja välillä emättimen pohjukkaa myöten. Daniel seurasi sitä lumoutuneena kuin näytelmää himoiten Sarahin kiihottumisesta entisestään paisuneita rintoja ja lähes kahvikupin kokoisiksi laajentuneita nännipihoja. Lopulta Danielin itsehillintä petti ja hän tarttui Sarahin rintoihin puristaen kivikovia nännejä hellästi sormiensa välissä. Välillä Sarah kääntyi selin Danielin kasvoihin nähden ja toisti samoja liikkeitä päätyen lopulta selälleen Danielin vatsan ja rinnan päälle liikkuen enää hitaasti vartalo hiljaa väristen.

"Anna minun levätä hetken ja sitten on sinun vuorosi", Sarah kuiskasi pehmeästi.

Pienen hetken päästä hän kääntyi selin kyljelleen Danielin viereen ja ohjasi tämän takaapäin sisäänsä kuin merkiksi vuoron vaihdosta. Lopulta Daniel tuli Sarahin päälle ja tämä seurasi vuorostaan Danielin näytelmää hyväillen samalla hellästi vuoroin Danielin pakaroita, vatsaa ja rintaa. Daniel nautti suunnattomasti katsella salaa Sarahin kasvoista loistavaa nautintoa, kun tämän silmät olivat kiinni. Äkkiä Sarah avasi silmänsä selälleen.

"Sinähän täytät minut kokonaan!" hän voihkaisi nautinnollisena.

Daniel ei ollut siihen mennessä joutunut edes pidättelemään laukeamistaan, mutta Sarahin sanat saivat hänen lantiopohjan lihaksensa äkisti supistelemaan rajusti. Hänen päässään surisi, kun hän laukesi Sarahin puristaessa hänen kasvojaan hellästi kämmentensä välissä. Kyyneleet tulvivat hänen silmistään.

* * *

Makasimme kyljittäin hikisinä ja uupuneita Sarah selin sylissäni. Silittelin hänen lantionsa kaarta ja kylkeä kuunnellen hänen tasaista hengitystään. Äkkiä vaistosin oudon muutoksen, ikään kuin hän olisi muuttunut hermostuneeksi.

"Mikä hätänä?" kysyin huolestuneena.

Hän ei vastannut heti, vaan alkoi keinuttaa vartaloaan hermostuneena. Lopulta hän sai väkisin sanottua:

"Haluatko nyt kuulla, mitä halusin kertoa jo Vivianin puistossa?" hän kysyi itku kurkussaan.

"Älä pelkää. Kerro vaan", kehotin rauhallisella äänellä.

"Älä epäile hetkeäkään, että olisin teeskennellyt pienintäkään asiaa, mutta minun piti alunperin iskeä sinut lypsääkseni sinulta tietoa ja vaihtaakseni kännykkäsi salaa toiseen samanlaiseen", hän tokaisi.

Hän puhui tavallista nopeammalla rytmillä kuin päästääkseen tuskan nopeasti sisältään.

"Puhut varmaankin CIA:sta. Miten he saivat sinut suostuteltua?" kysyin ymmärtävästi.

"Sinä siis tiesit! He olivat järjestäneet minulle kaiken täällä Pariisissa, vaikka luulin sitä kirjallisuussäätiön stipendiksi. Sen takia suostuin kuuntelemaan heitä, mutta todellinen syy oli sinun pelastamisesi. Tehtäväni epäonnistuminen saattaisi sinut hengenvaaraan", hän selitti.

"Voi Sarah! Minun täytyy myös sanoa ensin, ettei tarkoitus ollut ollenkaan tämän kaltainen, mutta tilanne karkasi minulta kokonaan lapasesta. Oikeastaan halusin sinuun yhteyden aivan muusta syystä kuin asunnon takia. Helpotukseksesi voin kertoa, ettei sinun tarvitse urkkia minulta tietoa tai muutakaan. Halusin saada kauttasi yhteyden Bruce Brockiin. Tietääkseni juuri hän on ollut sinuun yhteydessä."

Sarah irrottautui sylistäni ja kääntyi katsomaan minua silmät hämmästyksestä selällään. Hän avasi jo suunsa sanoakseen jotain, mutta sanat juuttuivat kurkkuun. En halunnut luopua hänen läheisyydestään, joten päätin rauhoitella häntä, ennen kuin hän ehtisi siirtää ajatuksensa pian edessämme olleeseen kylmään todellisuuteen.

"Unohdetaanko se vielä hetkeksi ja maataan vain vierekkäin? Sinulla ei ole mitään syytä tuntea syyllisyyttä tai sitten tunnemme sitä yhdessä."

Hän käpertyi syliini ja huokaisi syvään.

"Minun tekisi mieli hyväillä sinua", kuiskasin hänen korvaansa.

Hän oli ensin hiljaa ja sanoi sitten:

"Usko tai älä, mutten ole koskaan saanut orgasmia kuin omin käsin ja silloinkin vain poikkeustapauksissa. Kiihotun liiankin helposti, mutten koskaan pääse loppuun asti."

Kohottauduin pystyyn ja käänsin hänet selälleen.

"Ei sinun tarvitsekaan. Nauti vain", sanoin huolettomasti.

Siirryin hänen jalkojensa väliin ja painoin poskeni hänen vatsalleen. Suutelin napaa ja jokaista kohtaa siitä alaspäin sentti sentiltä. Naisen tuoksu vaikutti minuun välittömästi ja tunsin itsekin kiihtyväni. Onneksi olin juuri lauennut, sillä halusin keskittyä täydellisesti – kuin lääkäri työhönsä vain mielihyvää tuottaakseni.

Suutelin ja imin varovasti hänen hitaasti turpoavia isoja häpyhuuliaan odottaen, että hän rentoutuisi. Vähitellen ne ikään kuin avautuivat ja nousivat sivulle ylöspäin. Painoin kieleni varovasti vasemman puoleisen ison häpyhuulen ja pienen häpyhuulen väliin tunnustellen ihon sileää pintaa. Kun sen teki oikein varovasti, saattoi ainakin kuvitella tuntevansa ihon lukemattomat hermopäät. Hän voihki hiljaa ja minun piti keskittyä välttääkseni saman tunteen tarttuvan itseenikin. Aloin kiertää kieltä myötäpäivään varovasti ison ja pienen häpyhuulen välissä klitoriksen yli ja oikeaa puolta alas välilihaan saakka ja siitä ylöspäin pienten häpyhuulten välistä emättimen aukon ja virtsaputken pään yli takaisin klitorikseen. Jatkoin samaa kierrosta kerta toisensa jälkeen kiirehtimättä ja antaen hänen luottaa kaiken jatkumiseen. Hän kiihottui silmin nähden ja samalla hänen pienet häpyhuulensa turposivat niin paljon, että klitoris katosi kokonaan. Ajattelin, että ehkä siinä oli koko ongelman ydin ja pysähdyin hakemaan sitä kielelläni – aluksi varovasti. Hän ei tuntunut reagoivan, joten työnsin kieleni syvemmälle, kunnes se kohtasi pienen ja kovan terskan pään. Omasta erektiostani tiesin, että olin oikeilla jäljillä. Mitä kovempaa painoin kielelläni ja pyöritin sitä terskan ympärillä, sitä kiivaammaksi hänen voihkintansa kävi ja sitä tiiviimmin minun täytyi keskittää ajatukseni klitorikseen. Jatkoin tietoisen tasaista tahtia, sillä en halunnut herättää hänessä alitajuista pelkoa, että voisin yhtäkkiä lopettaa. Jo puoli minuuttia ennen orgasmia olin varma, että se oli tulossa, jolloin kiihdytin tahtia ja lisäsin vielä sen verran voimaa, kuin kielessäni oli jäljellä. Äkkiä hän nytkähti ja kiljaisi. Hänen selkänsä taittui kaarelle ja hän äänteli kuin nautinnon ja hämmennyksen sekoittamana. Samassa hän ponnahti pystyyn puristaen samalla reisiään yhteen pakottaen minut irti. Hän kaatui kyljelleen vetäytyen sikiöasentoon ja itkien vuolaasti. Painoin pääni hänen kylkeään vasten sanomatta mitään.

Olimme samassa asennossa pitkään ja hiljaa. Lopulta Sarah sanoi hievahtamattakaan asennostaan:

"Paetaan yhdessä ja jätetään tämä kaikki taaksemme. Kadotetaan jälkemme tänne asuntoon."

En osannut sanoa mitään. Hetken päästä hän jatkoi:

"Voisimmeko edes jatkaa tätä suhdetta kaiken tämän jälkeen?"

Tiesimme molemmat hyvin, ettei kumpikaan ollut mahdollista.

17 CATCH-22

Joseph Heller 1961

Sarah soitti Brockille ja kertoi, mitä olin kertonut omista tarkoitusperistäni; että olinkin pyrkinyt hänen kauttaan yhteyteen Brockin kanssa. Sarah lupasi minun selittävän kaiken, jos tapaaminen järjestyisi. Brock suostui enempää kyselemättä. Suljettuaan puhelimensa hän kääntyi katsomaan minua. Helpottuneisuus huokui hänen kasvoiltaan.

"Brock on tulossa. Olit oikeassa, ettei hän kyselisi yksityiskohdista."

"Loistavaa! Nyt voit heittää ainakin tämän huolen sydämeltäsi. En tiedä, mitä haluat tehdä työpaikkasi suhteen, enkä osaisi siinä neuvoakaan. Silti täytyy sanoa, että ilman totuutta saat aina pelätä", selitin ristiriitaisin tuntein.

Suurella todennäköisyydellä Sarah lopettaisi työsuhteensa ja palaisi Yhdysvaltoihin, minkä jälkeen emme enää tapaisi. Se ajatus hirvitti minua.

"Minä en anna kiristää itseäni työpaikkani tai asuntoni takia. Olen oikeasti hyvä työssäni ja jos he yrittävät uudestaan kiristämistä, luovun kaikesta vapaaehtoisesti. Tapaamme varmaan kirjakaupassa jatkossakin", hän selitti loukkaantuneena.

"Jos kaikki menee hyvin", totesin korostetun kepeästi.

Yritin väkisin pitää loitolla ajatusta, että suunnitelmani voisi helposti päätyä katastrofiinkin, mutta Sarah luki sen minusta helposti.

"Ethän tarkoita, että sinulle voisi käydä jotain?" hän kysyi pelästyneenä.

En uskaltanut sanoa mitään.

"Minua alkaa pelottaa", hän parahti.

"Minulla ei ole hyvää ratkaisua. Pakeneminen olisi ollut huonoin vaihtoehto, joten valitsin ongelman kohtaamisen. Se voi päättyä huonostikin, mutta mieluummin yritän, kuin elän pelossa", selitin.

Olin valinnut ratkaisuni enemmän tunteella kuin järjellä. Sitä järkeillessäni se tuntui kuitenkin koko ajan oikeammalta. Samalla pelkonikin katosi, sillä huomasin vastenmielisyyden pelkäämistä kohtaan olevan pelkoa voimakkaampi.

"Anna minun auttaa, nyt kun minut on jo sotkettu mukaan", hän sanoi haluten myös vaihtaa pelon toimintaan.

"En yhtään epäile kykyjäsi, mutta minulla on jo suunnitelma. Olet jo antanut kaiken tarvitsemani avun ja nyt sinun on viisainta poistua ennen Brockin saapumista", selitin työntäen häntä ystävällisesti ovea kohden.

Ovella hän kääntyi ympäri ja huomasin hänen silmiensä kostuneen.

243

"Jos joskus kaipaat seuraa, niin voit aina ottaa minuun yhteyttä", hän kuiskasi ja painoi sormen huulilleni.

"Älä sano mitään", hän jatkoi ja painoi kevyen suudelman huulilleni.

Tunsin hänen samalla sujauttavan jotain taskuuni, mutta kaikki huomioni oli hänen poistumisessaan. Välissämme sulkeutunut ovi sai kyyneleet minunkin silmiini.

* * *

Operaatiokeskuksen päivystävä upseeri soitti innoissaan operaatiopäällikölle.

"Brockin suunnitelma näyttää toimivan. Blondi poistui juuri asunnosta, mutta seurantalaitteen signaali tulee yhä edelleen asunnosta. Hän sai siis vaihdettua laitteet."

"Erinomaista. Onko Brockista kuulunut mitään uutta?" operaatiopäällikkö tiedusteli.

"Ei, mutta tiedämme hänen tapaavan pian suomalaisen", päivystävä upseeri selosti.

"Brock on yhtä pätevä kuin hankalakin. Ilman sitä hänet olisi jo ajat sitten pyyhitty pois vahvuudesta", operaatiopäällikkö mumisi itsekseen ja jatkoi sitten selväkielisesti:

"Pitäkää minut ajan tasalla."

* * *

Työnsin käteni taskuun katsoakseni, mitä Sarah oli sinne sujauttanut. Kun en havainnut siellä mitään, otin kännykän pois taskusta voidakseni paremmin tunnustella taskun pohjaa, mutta tasku oli täysin tyhjä. Varmistin vielä toisenkin taskun, mutta sekin oli tyhjä. Kalvava tunne alkoi hiipiä mieleeni ja aloin tutkia kännykkää. Avasin näppäimistön lukituksen ja katsoin osoitekirjaa. Se oli tyhjä! Siellä olisi pitänyt olla yksi numero, mikä tarkoitti, että Sarah oli sittenkin jossain välissä vaihtanut kännykkäni. Pekka oli vannottanut, ettei laite saanut päätyä ulkopuolisille tai he menettäisivät huomattavan teknologisen edun. Nyt se oli tapahtunut ja samalla olin itse menettänyt tukiverkostoni. Suunnitelmani oli ajautumassa karille, ennen kuin sen toteuttaminen oli kunnolla alkanutkaan. Olisin ehkä kyennyt kokoamaan itseni, ellei kaikki olisi johtunut siitä, että Sarah oli sittenkin pettänyt minut. Halusin istua alas, mutta huoneessa ei ollut muuta paikkaa istua kuin matto lattialla.

Äkkiä olin varma siitä, että huoneistossa oli joku. En nähnyt enkä kuullut mitään, mutta tunsin silti läsnäolon. Samassa kuulin takaani äänen.

"Et tiedäkään, kuinka harvoilla tuo kyky on. Se on villieläimen vaisto."

Käännyin ympäri ja näin huoneen takanurkassa seisovan mustatukkaisen, jäntevän näköisen miehen.

"Brock – oletan", sanoin peittäen hämmästykseni.

"Bruce Brock", mies sanoi lähestyessään minua kämmen kättelyyn ojennettuna.

Kättelimme yllättävänkin lämpimästi ja ihmetyksekseni tunsin samalla sympatiaa tuota pedoksi kuvittelemaani miestä kohtaan.

"Daniel Bremer, vaikka tiedäthän nimeni muutenkin. Odotin sinun tulevan ovesta, mutta tulitkin seinän läpi", sanoin leveästi virnistäen.

"Tulen aina ovesta ja yleensä se on – uskomatonta kyllä – yllättävintä", Brock totesi totisena.

"Kauanko oikein olet ollut paikalla?" kysyin ihmeissäni.

"Kauemmin kuin uskotkaan."

En uskaltanut kysyä tarkemmin ja kun en keksinyt muutakaan, viittasin kädelläni häntä istuutumaan matolle.

"Täällä ei ole muutakaan paikkaa istua", totesin.

"Tämä on hyvä", hän totesi ykskantaan.

Samassa huomasin kännykkäni lattialla hänen vieressään. Lukemattomat ajatukset alkoivat vilistää aivoissani. Minun oli täytynyt pudottaa omani vahingossa jossain vaiheessa, mutta miksi Sarah oli sujauttanut taskuuni toisenkin kännykän? Miksi huomaamattomasti ja salaa minulta? Ehkei Sarah ollutkaan pettänyt minua? Suunnitelmani oli edelleen kunnossa...

Kumarruin eteenpäin ja poimin laitteen lattialta ikään kuin se olisi ollut jäänyt siihen tarkoituksella. Huomasin Brockin kiinnittävän asiaan odottamattoman paljon huomiota ja näin hänen seuraavan katseellaan laitetta lattialta oikeanpuoleiseen taskuuni asti.

"Mistä tiesit meidän olevan mukana?" Brock kysyi mainitsematta ilmeisen tietoisesti CIA:n nimeä.

"Tuohon en halua vastata", vastasin.

En saanut missään nimessä paljastaa suomalaisia avustajiani ja mietin kuumeisesti hyvää hätävalhetta, mikäli hän pyrkisi painostamaan minua vastaamaan.

"Kertoiko Sarah?" hän esitti olettamuksen, jota en ollut tullut ajatelleeksikaan.

En kuitenkaan halunnut saattaa Sarahia ongelmiin, vaikka se olisikin kätkenyt todellisen lähteeni.

"Oletan teidän tuntevan Marien", jatkoin vihjaillen ja viivyttäen.

"Hän siis kertoi?" hän kysyi hellittämättä.

"Marie tunsi Raymondin taustat", vastasin

epämääräisesti.

"Et vastannut kysymykseeni", hän intti.

"Johan sanoin, etten halua vastata", totesin melkein kiukkuisena sulkien vastauksellani keskustelun ympyrän.

Hän katseli minua kuin yrittäen lukea ajatukseni. Samassa hänen puhelimensa soi. Vilkaistuaan näyttöä hän pyysi anteeksi ja poistui makuuhuoneeseen sulkien oven perässään. En ollut edes huomannut makuuhuoneen olemassaoloa, jonka ovi näytti olevan naamioitu seinäpaneeliin. Ovi vaikutti epätavallisen paksulta, ikään kuin se olisi ollut äänieristetty. Ainakaan en kuullut puhelusta pihahdustakaan.

Brockin saama puhelu palautti mieleeni Sarahin taskuuni sujauttaman laitteen. Mitä Sarah oli ajatellut? Kyse oli ehkä jäljittimestä? Kun tulevaisuus on epävarma, voi vain improvisoida. Hetken mielijohteesta päätin siirtää lattialta poimimani kännykän oikeasta taskustani vasempaan, jossa oli myös Sarahin antama laite.

* * *

"OK, voin puhua", Brock totesi päästyään äänieristettyyn makuuhuoneeseen.

"Blondi kadotti suomalaisella olleen viallisen laitteen. Jos suomalainen nyt huomaa itsellään kaksi samanlaista laitetta, hän alkaa varmasti epäillä jotain. Näimme kamerasta saman kuin sinäkin eli että hän poimi lattialta blondin kadottaman laitteen. Mikä on tulkintasi? Tajusiko hän jotain?" päivystävä upseeri tiedusteli.

"Hän ei reagoinut laitteen löytämiseen mitenkään. Hän piti sitä omanaan, mutta sehän saattoi olla myös blondin vaihtolaite", Brock selosti havaintoaan.

"Ei ollut. Tarkistimme asian äänen perusteella. Tarttuminen ja taskuun työntäminen eivät kuluneet laitteen mikrofoneista", upseeri totesi.

"OK, laite on siis suomalaisen oikeassa taskussa", Brock kuittasi.

"Ei ole enää. Hän katsoi juuri laitteen kelloa ja laittoi sen sitten vasempaan taskuunsa", upseeri korjasi.

"Kuitattu. Varastan laitteen hänen huomaamattaan", Brock totesi rauhallisen varmalla äänellä.

"On vielä muutakin. Suomalaisen laittaessa laitetta vasempaan taskuunsa, kuului ääni selvästi. Blondin jättämä laite on siis myös vasemmassa taskussa", upseeri totesi.

"Mikä tarkoittaa?" Brock kysyi.

"Jos hänellä ovat molemmat laitteet samassa taskussa, niin emme voi enää estää häntä huomaamasta tilannetta. Kun hän seuraavan kerran kaivaa puhelimen taskustaan, hän huomaa väkisinkin molemmat", upseeri selitti.

"Mitä jos yksinkertaisesti alan tunnustella omia taskujani ja huomaan omani kadonneen. Suomalainen muistaa löytäneensä kännykän lattialta ja kaivaa sen taskustaan huomaten samalla molemmat laitteet. Sitten vain totean kännykkämme olevan identtiset ja otan haluamamme laitteen", Brock improvisoi.

"Paitsi että puhut siihen juuri. Ei mene läpi", upseeri tyrmäsi ajatuksen.

"No, otan tämän esille ja sanon etsiväni henkilökohtaista puhelintani. Jos hän ei vielä siinä vaiheessa tajua kaivaa taskuaan, pyydän häntä näyttämään lattialta löytämäänsä laitetta", Brock täydensi.

"Mutta miten erotat toisen toisesta?" upseeri kysyi epäilevästi.

"Te laitatte blondin samalla hetkellä soittamaan

jättämäänsä laitteeseen. Hän on yrittävinään tavoittaa suomalaista tämän omasta puhelimesta. Keksikää hyvä peitetarina soiton syyksi ja sille, mistä hän sai numeron käsiinsä. Se laite jää sitten suomalaiselle", Brock selitti.

* * *

Brock palasi makuuhuoneesta ja istuutui eteeni.

"Sarah kertoi, että sinulla olisi ratkaisu ongelmiimme", hän totesi suoraan lopettaen tunnustelun.

"Totta, mutta tarvitsen apuanne", vastasin.

"Minua kiinnostaa, miten tiedät ongelmastamme?" hän esitti kysymyksen, jota en halunnut kuulla.

"Olisiko Sarah tiennyt siitä?" tiedustelin ilkikurisesti.

"Siis Marie tiesi kertoa siitä?" hän kysyi hämillään.

"Jospa puhuisimme suunnitelmastani epäoleellisuuksien sijaan", vastasin sulkien jälleen minulle epämiellyttävän aiheen.

"Miksi minusta tuntuu siltä, että salailet jotain?" hän kysyi.

Olimme molemmat hiljaa ja tutkimme toisiamme kuin kamppailuun valmistautuen.

"Teidän pitäisi ottaa yhteyttä georgialaisiin", totesin pyrkien itse asiaan.

"Siis mitä? Nyt en ymmärrä ollenkaan?" hän kysyi yllättyneenä.

"Tämä voi kuulostaa oudolta, mutta kaikki selviää kyllä vielä. Lupaan kuitenkin, että suunnitelman onnistuessa te saatte kansionne ja pääsette eroon Raymondista", sanoin itsevarmasti.

"Raymondia ei saa missään nimessä vahingoittaa! Sinut eliminoidaan, jos aiheutat edes sellaisen uhan", hän sähähti pelästyneenä.

"Siitä ei ole vaaraa. Minä tiedän, miksi haluatte pitää hänet hengissä ja juuri siihen suunnitelmani perustuukin", totesin rauhoittelevasti.

Hän oli silmin nähden hämmästynyt ja tutki silmiäni herkeämättä.

"Olemme ilmeisesti hoitaneet huonosti oman osuutemme, kun pystyt yllättämään noin täydellisesti", hän hämmästeli ehdotustani.

* * *

Brock oli aavistellut, että ratkaisu löytyisi jotenkin suomalaisen avulla. Nyt tilanne näytti kehittyvän oikeaan suuntaan, mutta täysin päinvastaiseen, kuin hän oli olettanut. Hän oli kuvitellut johtavansa tilanteen kehittymistä ja käyttävänsä suomalaista tietolähteenään tai syöttinään. Sen sijaan suomalaisella tuntuivat olevan kaikki ohjakset käsissään ja koko CIA oli pelkässä avustajan roolissa. Oliko suomalainen sittenkin suorittamassa tehtävää jollekin toiselle taholle ja jos niin kenelle?

"Teidän pitäisi ottaa kiireesti yhteyttä Georgian Pariisin tiedusteluorganisaatioon ja saada avuksenne pari agenttia, joista ainakin toinen puhuu englantia amerikkalaisella aksentilla. Jos se ei onnistu, niin täytyy soveltaa", Daniel palasi päättäväisesti suunnitelmaansa.

"Eiköhän se onnistu. Tunnen heistä henkilökohtaisesti erään, joka on kasvanut Yhdysvalloissa", Brock vastasi odottaen jännityksellä jatkoa.

"Te kerrotte heille, että Raymondilla on heitä kiinnostava kansio, josta haluatte itsekin kopion", Daniel jatkoi selostustaan.

"Hetkinen! Kukaan ei saa nähdä sitä kansiota!" Brock huudahti.

"Tiedän. Georgialaiset eivät suinkaan saa teidän kansiotanne", Daniel totesi rauhallisesti ja jatkoi: "Raymond olettaa tapaavansa CIA:n, joten georgialaisten pitää esiintyä amerikkalaisina."

"Miksi Raymond pitäisi heitä meikäläisinä?" Brock pohti ääneen.

"He kertovat Raymondille sijaintini ja kehottavat ottamaan kansion mukaansa, jotta vaihto voisi tapahtua paikan päällä. Mitä muuta kuvittelisit Raymondin olettavan?" Daniel selitti jo mielessään kirkastunutta suunnitelmaansa.

"Emme me voi pettää Raymondia, sillä hän tuskin luovuttaisi kansiota ja kostoksi vielä vuotaisi arkaluontoista tietoa, jos et olekaan paikalla", Brock totesi epäilevään sävyyn.

"Miten niin petämme? Minähän tulen olemaan paikalla!" Daniel sanoi virnistäen.

"Olet siis valmis uhraamaan itsesi? Miksi?" Brock kysyi suu hämmästykseen taipuen.

"En suinkaan uhraa itseäni, ellei sitten käy huonosti. Sopimuksennehan ei edellytä, etten voisi poistua paikalta kohtaamisen jälkeen", Daniel vastasi kuulostaen lähes fatalistiselta.

"Suunnitelmassasi on vain pieni ongelma", Brock totesi muistaen äkkiä Raymondin päätarkoituksen.

"Mikä?" Daniel kysyi pelästyen.

"Meidän piti luovuttaa kansion saamisen jälkeen Marien sijainti, mitä meillä ei ole. Sinä olet vain alkupala ja Marie on Raymondin pääkohde", Brock vastasi pettyneenä.

"Olen ottanut sen huomioon", Daniel naurahti

huojentuneena.

"Voisitkohan kertoa koko suunnitelmasi?" Brock pyysi kuulostaen siltä, kuin olisi alkanut vähitellen uskoa Danielia.

* * *

Brock tutki silmiäni kuin olisi hakenut viitteitä petoksesta. Tuntui kuitenkin siltä, että hän uskoi minua hetki hetkeltä enemmän.

"Suunnitelmani menee näin. Georgialaiset ja Raymondin porukka kokoontuvat ravintolassa Rue de l'Hôtel Colbert'n ja Rue Lagrange'n kulmassa. Georgialaiset antavat Raymondille tämän asunnon osoitteen, ulko-oven koodin ja avaimet. Minä odotan täällä asunnossa. Ehtona on se, että Raymond tulee yksin ja ilman aseistusta. Luuletko, että hän uskaltaa?"

"Se on Raymondille kunniakysymys varsinkin miestensä silmien edessä. Hänellähän ei ole pelkoa siitä, että sinulla olisi aseistusta, sillä mehän takaamme hänen henkensä", hän vastasi alkaen seurata suunnitelmani logiikkaa.

"Olethan ottanut huomioon sen, ettet voi muutenkaan vahingoittaa Raymondia? En kyllä tajua, miten aiot selvitä sellaisessa asetelmassa?" hän jatkoi ääneen ihmetellen.

"Kun minä poistun asunnosta ja astun kadulle, tulevat georgialaiset sisään ovikoodilla ja omilla avaimillaan. He saavat Raymondilta kansion sopimuksen mukaisesti, äläkä nyt huolehdi tässä vaiheessa, että siitä olisi vaaraa", totesin väistäen hänen ihmettelynsä ja selostaen suunnitelmaani mahdollisimman vakuuttavasti.

Hän tuijotti minua silmiin, eikä yllättäin vaatinutkaan lisäselityksiä.

"Tajuatko, että minun on suojeltava Raymondia? Jään makuuhuoneeseen siltä varalta, että minun täytyy tulla väliin. Jos taas sinulle käy huonosti, niin olet omillasi. Siinä tapauksessa tulen esiin ja otan kansion haltuuni", hän selitti vakavana.

"Se oli jo osa suunnitelmaani. Odota makuuhuoneessa minun poistumistani ja vielä niin kauan, kunnes georgialaiset ovat saaneet kansion haltuunsa. Siinä vaiheessa Raymond kysyy tietoa Marien olinpaikasta ja silloin sinä astut esiin päästäen georgialaiset poistumaan", selitin seuraavaa askelta.

* * *

Brock alkoi kiinnostua Danielin suunnitelmasta, mutta häntä arvelutti kansion kohtalo. Se ei saisi missään nimessä joutua georgialaisille. Onneksi hän pystyi Danielin tietämättä valvomaan tapahtumia makuuhuoneessa olevasta monitorista ja puuttumaan tarvittaessa tapahtumien kulkuun.

"Minun täytyy varoittaa sinua yhdestä asiasta", Brock sanoi yllättäin.

Daniel valpastui ja katsoi tätä kysyvästi.

"Oletko koskaan nähnyt Raymondia?" Brock kysyi.

"En, mutta olen kuullut hänen olevan isokokoinen", Daniel vastasi.

"Iso on lievä ilmaisu. Hän on mieheksi jättiläinen – reilusti yli kaksimetrinen. Eikä hän ole vain iso, vaan hän on kaikin tavoin vaarallinen. Hänellä on Krav Magan expert-tason koulutus ja hän oli nuoruudessaan huipputason potkunyrkkeilijä. Hän on pitänyt kuntoaan yllä ja nauttii ihmisten pahoinpitelystä. Vaarallisinta hänessä on kuitenkin se, että hän käyttää surutta keinoja, jotka eivät tulisi normaali-ihmisille mieleenkään. Se mies on hullu. Sinun täytyy muistaa, ettei siinä tilanteessa ole sääntöjä tai tuomareita", Brock selosti huolestuneena.

Daniel kuunteli Brockin sanoja, muttei muodostanut niistä mielessään mitään visuaalista kuvaa. Pelko siinä vaiheessa, kun oli jo myöhäistä peräytyä, olisi ollut pahin vihollinen. Hän työnsi kätensä vasempaan taskuunsa tarttuen Sarahin hänelle jättämään laitteeseen, joka oli taskussa lähempänä reittä. Hän katsoi siitä kellonajan ja laski laitteen vierelleen Brockin seuratessa katseellaan huomaamattomasti. Brock oli jo alkamassa taputella taskujaan kuin jotain etsien, kun tajusi samassa kaiken kuin yhtenä kuvana. Daniel ei voinut olla kahta kertaa huomaamatta pitävänsä kahta kännykkää taskussaan. Jos hän silti muina miehinä otti esiin vain toisen laitteen, hänen täytyi tarkoituksella piilotella toista. Se taas tarkoitti, että ensimmäisessä laitteessa oli jotain erikoista. Daniel oli koko ajan näyttänyt käyttävän sitä eli ehkei se ollutkaan mennyt rikki. Ehkei se edes ollut sama laite. Ehkä hän oli saanut sen joltain toiselta taholta ja laitteen pitikin näyttää identtiseltä. Alkuperäisen hän oli todennäköisesti hävittänyt. Ja jos oletus laitteesta piti paikkansa, oli kyseessä jotain ainutlaatuista, josta signaalitiedustelu ei saanut edes signaalia saati, että olisi voinut tulkita mitään. Kenellä voisi olla sellaista tekniikkaa? Vieraita avaruudesta? Mutta kumman laitteista hän oli juuri ottanut taskustaan?

* * *

Panin merkille, ettei Brock ollut erityisen kiinnostunut vasemmasta taskustani esille ottamastani laitteesta, toisin kuin oli ollut laittaessani lattialta poimimaani suomalaista laitetta oikeaan taskuuni. Hän siis oletti jälkimmäisen olevan edelleen oikeassa taskussani. Samassa käsitin, että hänenhän täytyi ymmärtää minulla olevan molemmat laitteet ja että hän halusi haltuunsa vielä taskussani olevan. Hän ei vain tiennyt minun siirtäneen sen vasempaan taskuuni. Mutta saattoiko hän tietää enemmänkin suomalaisen laitteen merkityksestä? Aavistelin laitteen aiheuttavan vielä ongelmia.

Suunnitelmallani alkoi olla kiire ja Brockin piti kuulla siitä vielä loputkin, sillä ilman yhteistyötä ja hänen suostumustaan se ei voinut onnistua.

"Sinun on parasta kuulla myös, mitä kansiolle tapahtuu, jotta annat minun viedä suunnitelmani loppuun asti. Sitä ennen kerron kuitenkin, mitä sinun pitää sanoa Raymondille georgialaisten lähdettyä", sanoin aloittaen strategiani selostuksen.

18 CHOKE

Chuck Palahniuk 2001

Brock kuunteli keskittyneesti Danielin selostaessa suunnitelmaansa. Se oli yksinkertaisuudessaan yllättävä ja toteuttamiskelpoinen. Hän oli Danielin kanssa samaa mieltä siitä, että Raymondin uusi pseudonyymi Azael viittasi legendaan jättiläisistä. Hän muisti lapsuudessaan pelänneensä ja nähneensä painajaisia luettuaan äitinsä Vanhasta Testamentista kertomuksia jättiläisistä, jotka olivat sortuneiden enkeleiden ja maan naisten yhteisiä jälkeläisiä. Hänen isänsä taas oli kertonut Cherokee-legendan, jossa vinosilmäinen jättiläinen oli nainut Cherokee-naisen. Raymond oli kuin ilmestys hänen lapsuutensa painajaisista ja jos kävisi hyvin, Danielin suunnitelma kruunaisi Azaelin kohtalon.

"Olen ehdottomasti suunnitelmasi takana. Saanko kuitenkin kysyä yhtä asiaa?" Brock sanoi puhuen ensimmäistä kertaa Danielin alettua selostaa suunnitelmaansa.

"Kysy vaan", Daniel vastasi arvaten jo kysymyksen.

"On ilmiselvää, ettet toimi yksin. Kenen palveluksessa oikein olet?" Brock rävävtti.

"En ole kenenkään palveluksessa, vaikka saankin apua. Teen tämän vain, koska tämä täytyy tehdä, ja jotta Marie ja minä saisimme elää rauhassa omilla tahoillamme", Daniel vastasi.

Brock tutki Danielin silmiä herkeämättä ja totesi yllättäin:

"Pannaan toimeksi!"

Molemmat ryhtyivät kiireesti valmistautumaan. Brock otti yhteyden operaatiokeskukseen ja sai kuulla, että Danielin suunnitelma oli saanut hyväksynnän ja että georgialaisiin oltiin jo ottamassa yhteyttä. Daniel vastaavasti poistui hetkeksi ulos ja soitti Pekalle pyytääkseen tätä lähettämään kuriirin tuomaan tarvittavia asioita.

* * *

Pelko on epämiellyttävä tunne. Se maistuu suussa karvaalta ja tuntuu palleassa kuristuksena. Hengitys tihenee ja sydän hakkaa kuin ylämäkijuoksussa. Hikikarpalot puskevat otsan ihon läpi ja kainalot kastuvat. Pahinta on kuitenkin hetki hetkeltä kovemmaksi käyvät vatsanväänteet ja alati paheneva pahoinvointi. Lopulta rintaakin alkaa puristaa kuin äkillisessä sydänkohtauksessa.

Pelko on voimakas tunne ja juuri siinä piilee sen suurin vaara. Voimakas tunne kaappaa ajatukset muuttaen ne kirkkaiksi kuviksi. Kirkastuvilla ajatuksilla taas on tapana toteutua niin hyvässä kuin pahassakin, edellisessä toivon ja jälkimmäisessä pelon seurauksena. Kamppailin itseni kanssa yrittäen pakottaa ajatukseni pelosta onnistumiseen siinä kuitenkaan onnistumatta. Yritin tuntea vihaakin, mutta raivon sijaan voimattomuus tahtoi ottaa vallan. Olin menettämässä itsehillintäni. Yhtäkkiä muistikuva Mariesta avautui eteeni ja aloin rauhoittua. Näin myös Sarahin päättäväisen ilmeen hänen tarjotessaan apuaan. Samassa olin jälleen tyyni ja keskittynyt.

Muistin levottoman nuoruuden viettäneen vanhan ystäväni neuvot kadun laeista. Hänen mukaansa se osapuoli voittaa aina, joka iskee ensin – kunhan on reaktioajan määrittelemän turvaetäisyyden sisäpuolella ja sisäpuolelle pääsee petoksella. Hän tahtoi varoittaa minua, koska iso kokoni kuulemma houkutteli haastajia. Jälkimmäisessä hänen teoriansa osoittautui kuitenkin vääräksi, sillä pienestä koostaan huolimatta hän itse joutui tahtomattaankin alituisesti hankauksiin, kun taas minulle sellaista ei koskaan tapahtunut. Pelkoa on monenlaista. Varautuminen konfliktiin on myös pelkoa, joka tahtoo toteuttaa itseään. Siinä suhteessa olin ollut peloton.

Siinä kuitenkin olin pelkoineni ja edessäni oli väistämättä äärimmäisen vaarallinen konflikti. Sillä hetkellä jos koskaan oli ystäväni neuvolla käyttöä. Raymond oli tottunut pelaamaan likaista peliä ja pyrkisi varmasti petoksella lähelleni. Hän hymyilisi, puhuisi ystävällisesti ja ojentaisi kätensä kättelyyn. Kuka tahansa kunnollinen ihminen haluaisi uskoa hyvään ja tarttuisi siihen. Päätin vetää eteeni mattoon kuvitteellisen viivan. Hyökkäisin juuri sillä hetkellä, kun hän ylittäisi viivan.

* * *

Raymond oli alkanut jo hermostua, kun CIA:sta ei ollut kuulunut mitään. Kun soitto vihdoin tuli, hän ei enää paljoa kysellyt tapaamispaikan lisäksi. Paikka oli lähellä kahvilaa, jossa hän oli nähnyt Marien viimeistä kertaa ja ajatuskin siitä sai hänen hermonsa kiristymään.

Rue Lagrange –kadun Hippopotamus-ravintolalla oli terassi kadulla. Georgialaiset CIA:na esiintyneet tummanpuhuvat miehet olivat vallanneet kulmapaikat, joista oli näkyvyys myös Rue de l'Hôtel Colbert´lle. Raymond istuutui seurueineen ainoisiin vapaisiin paikkoihin terassin toiseen päähän. Kukaan ei puhunut mitään. Hetken päästä Georgian seurueesta nousi nuorehko, pikemminkin ranskalaisen kuin amerikkalaisen näköinen mies, joka käveli Raymondin eteen.

"Sopimuksemme pätee, jos menette yksin ja ilman varusteita", mies sanoi ranskaksi amerikkalaisittain murtaen.

"Mikä te olette asettamaan ehtoja?" Raymond sanoi tylysti.

"Jos te pelkäätte, voimme lopettaa saman tien tähän", agentti vastasi rauhallisesti.

Syntyi hetken hiljaisuus Raymondin miesten katsellessa hämmentyneinä pomoaan.

"Okei, miten toimimme?" Raymond kysyi juuri, kun agentti oli jo kääntymässä.

"Tulkaa te yksinänne meidän pöytäämme istumaan", agentti sanoi.

* * *

Raymond myhäili tyytyväisenä puristaessaan nyrkissään avainta ja lapulle kirjoitettua koodia. Jos he luulivat hänen pelkäävän, he erehtyivät pahasti. Suomalainen saattoi olla vaarallinen, mutta hän oli kohdannut monia paljon vaarallisempiakin vastustajia ja poistunut aina voittajana paikalta. Hän luotti ulottuvuuteensa ja sen luomaan yllätykseen. Hän pystyi potkaisemaan miestä päähän niin kaukaa ja nopeasti, ettei kukaan osannut sitä odottaa. Lisäksi hänen potkunsa lähti kuin puskista kesken kävelyaskeleen ilman pienintäkään varoittavaa elettä. Hiotun taktiikan yllätyksellisyyden varmisti Yhdysvaltain armeijan erikoisjoukkojen kouluttajan opettama ajoitustekniikka: pitää kävellä uhria kohti katsoen tätä vartaloon, arvioida potkuetäisyys valmiiksi ja vasta aivan viime hetkellä kohdistaa katse keskittyneesti uhrin silmiin. Yllättävässä katsekontaktissa ihminen jähmettyy aina sekunnin murto-osiksi. Katseiden kohdatessa hyökkääjä tietää myös uhrin huomion olevan juuri sillä hetkellä silmissä ja siten mahdollisimman kaukana liikkeelle lähtevästä jalasta. Samalla hyökkääjän katse on valmiiksi potkun maalissa eli uhrin silmissä ja jalka osuu ohimoon, ennen kuin uhri edes näkee sen tulevan. Kaiken kruunaa hyökkääjän rento olemus, ystävällinen ilme ja pehmeällä äänellä esittämät rauhoittavat sanat, jotka saavat uhrin hämilleen ja hetkeksi unohtamaan uhan.

Raymond käveli portaat rauhassa ylös väsyttämättä itseään. Hän antoi vielä hengityksensä tasaantua, ennen kuin työnsi avaimen lukkoon. Ovi avautui melkein itsestään ja hän pysytteli yllätysten varalta hetken kulman takana. Kun mitään ei tapahtunut, hän tönäisi oven kokonaan auki ja vilkaisi turvallisen etäisyyden päästä sisään. Oven takaa avautui kapea eteinen ja sen läpi näkyi iso olohuone, jonka perällä suomalainen seisoi kädet rentoina sivuillaan. Raymond hymyili ja astui sisään. Hän riisui pikkutakkinsa, ripusti sen eteisen naulakkoon ja lähti luonnollista vauhtia kohti suomalaista keskittyen arvioimaan mielessään oikeaa potkun ajoitusta.

"Iltaa. Teillä on ollut täydellinen väärinkäsitys. En suinkaan ole etsinyt teitä halutakseni vahingoittaa teitä", Raymond sanoi pehmeästi.

Hän ojensi kätensä kättelyä varten ja otti askeleen vasemmalla jalallaan. Juuri sillä hetkellä hän nosti katseensa suomalaisen silmiin ja samassa lähti potku oikealla jalalla seuraavan askeleen sijaan. Ojennettu käsi heilahti taakse tasapainottaen vartaloa ja antaen potkulle lisävoimaa.

* * *

Olin olohuoneessa yksin ja vaikka Brock oli piilossa makuuhuoneen suljetun oven takana, tiesin olevani tilanteessa täysin yksin. Hän ei puuttuisi tilanteeseen muutoin kuin estääkseen tappamasta Raymondin eli tavallaan hän oli tämän puolella. Minulla ei kuitenkaan ollut mitään halua vahingoittaa ketään. Raymondin säilyminen vahingoittumattomana oli vieläpä suunnitelmani kannalta välttämätön edellytys.

Odottavan aika on pitkä. Ajankulkua tuntui hidastavan entisestään se, etten tiennyt Raymondin saapumisaikaa. Tunsin vainoharhaisuuden kasvavan ajatuksissani ja jokainen pienikin ääni alkoi kuulostaa hiipivältä Raymondilta. Mieleeni juolahti, että hän voisi yrittää yllätystä ikkunasta tai jopa laittaa jonkun ampumaan minut vastapäisestä talosta. Järkeni rauhoitteli minua, mutta asetuin silti varmuuden vuoksi ikkunan katveeseen.

Pienen pienetkin äänet olivat alkaneet olla jo meteliä korvilleni, kun lopulta kuulin talon katuoven avautuvan. Korvani olivat herkistyneet niin, että normaalisti kuulumaton ääni oli selvääkin selvempi. Oven avausta seurasivat tasaiset, raskaat askeleet portaita ylös ja sillä hetkellä olin varma, että Raymond oli saapumassa. Asetuin olohuoneen perälle mahdollisimman kauas eteisestä, jotta minulle jäisi tilaa hyökätä ilman, että Raymond paiskautuisi pää edellä olohuoneen seinään. Kuulin askelten pysähtyvän oven eteen ja hermoni virittyivät äärimmilleen. Lopulta avain työntyi lukkoon ja ovi aukeni.

Tunsin adrenaliinin tulvivan suoniini ja pelon viimeisetkin rippeet väistyivät taka-alalle. Täydellinen keskittyneisyys valtasi mieleni. Ovi aukeni vain raolleen, eikä edelleenkään näkynyt ketään. Äärimmilleen virittyneenäkin olin kuin olisin tarkkaillut ulkopuolisena itseäni. Kun oviaukon lopulta täytti valtava hahmo, joka joutui kumartumaan astuakseen sisään, tunsin olevani valmis. Raymondin hiukset olivat vitivalkoiset ja niiden vaaleutta korosti ahavoitunut iho. Hänen silmissään oli jotain outoa, suorastaan pelottavaa ja päätin varmuuden vuoksi välttää niihin katsomista. Hän ripusti takkinsa ja lähti tulemaan minua kohti. Keskitin kaiken huomioni hänen rintakehäänsä, josta oletin pystyväni ennalta lukemaan mahdolliset yllätysliikkeet. Hän puhui jotain, mutta kuulin vain etäistä huminaa. Hänen etäisyytensä vetämääni viivaan lyheni vauhdilla ja se jäi viimeiseksi muistikuvakseni.

JÄLJET

* * *

Raymond huokui itsevarmuutta lähestyessään Danielia, joka hänestä vaikutti huolettoman rennolta, ikään kuin tällä ei olisi ollut aavistustakaan tulevasta. Hän oli päättänyt maksaa kerralla kaikki kalavelkansa ja pyyhkiä sen jälkeen Danielin aiheuttamat ikävät muistot mielestään. CIA saisi siivota jäljet, sillä tuskin hekään haluaisivat herättää Ranskan viranomaisten huomion. Hänestä Danielin rangaistus oli lievä, sillä tämä ei ehtisi edes tajuta loppunsa tulleen. Marie sen sijaan ei tulisi pääsemään yhtä helpolla.

Daniel ampaisi yllättäin liikkeelle Raymondin astuessa vasemmalla jalallaan viivalle, jonka Daniel oli mielessään piirtänyt mattoon. Raymondin oikea jalka oli jo lähtenyt potkuun, kun hän tajusi Danielin olevan puoli metriä lähempänä syöksymässä häntä kohti. Hän yritti vaistomaisesti pysäyttää potkunsa, mutta käsky jalkaan oli lähtenyt refleksinomaisesti jo ajat sitten. Sen sijaan, että hänen kenkänsä olisi osunut Danielia ohimoon, hänen säärensä yläosa viisti vain vaarattomasti tämän olkavartta. Tuntiessaan Raymondin jalan kosketuksen Daniel tarttui vaistomaisesti tämän reiteen altapäin ja nosti siitä alavartalon ilmaan. Samaan aikaan hän kouraisi oikean kätensä Raymondin vasemman olan yli niskan taakse juntaten tämän mattoon poikittain alleen. Raymond lamaantui sekunnin murto-osiksi tömähtäessään selälleen ja Danielin pudotessa poikittain hänen päälleen. Tuon murto-osasekunnin aikana Daniel irroitti vasemman kätensä Raymondin reidestä ja lukitsi kätensä yhteen tämän selän takana oikean olkapään alla. Samalla hän työnsi aktiivisesti päätään Raymondin oikeaan kainaloon. Hänen oikea olkapäänsä painoi Raymondin leukaa estäen tämän puremisyritykset ja hänen kätensä pysyivät koko ajan tiukasti yhteen lukittuina.

Raymond murisi kuin haavoittunut tiikeri tajuamatta, mitä oli tapahtumassa. Daniel nosti hieman lantiotaan ja vetäisi vasemman polvensa Raymondin vatsan yli toiselle puolelle. Hänen vasemman polvensa saadessa kosketuksen mattoon hän siirsi sille painonsa ja suoristi saman jalan säärtä painaen sillä Raymondin pystyssä olleen polven vasemmalle alas. Samassa hän kierähti Raymondin yli päätyen vasemmalle kyljelleen tämän oikealle puolelle. Hänen päänsä ohitti samalla Raymondin kainalon päästen olkapään taakse. Otteen pitäessä Raymondin selän takana upposi hänen oikea hauiksensa puolenvaihdon kiristämänä syvälle Raymondin kaulaan. Jäämättä paikalleen hän alkoi kiertää vartaloaan kuin kellon viisaria poispäin Raymondista. Hänen olkavartensa kiristyi Raymondin kaulalla yhä syvemmälle kuin anakonda ja tämän oikea käsi puristui suoraksi ylöspäin Danielin ja oman päänsä välissä. Hetkessä Daniel oli 90 asteen kulmassa Raymondin vartaloon nähden ja äärimmilleen kiristynyt ote tämän kaulalla esti kaiken verenkierron aivoihin. Raymondin taju lähti saman tien. Oli kulunut tasan kymmenen sekuntia siitä, kun Raymond oli astunut Danielin asettamalle viivalle.

* * *

Havahduin tietoisuuteen jonkun taputtaessa kolmasti oikeaan olkapäähäni. Katsoin oikealle ylös ja näin isäni kumartuneena vieressäni kuin tuomaroimassa ottelua. Samassa tajusin makaavani mahallani matolla poikittain

Raymondiin nähden, joka makasi selällään velttona tiukassa kuristusotteessani. Minulla ei ollut mitään käsitystä tapahtuneesta tai siitä, kuinka kauan olin häntä kuristanut. Tietoisuuteni oli katkennut aivan samalla tapaa parikin kertaa nuoruudessani. Ensimmäisissä yleisurheilukisoissani olin rikkonut ensimmäisellä heitolla kiekkoennätykseni yli viidellä metrillä muistamatta suorituksestani yhtään mitään. Toisella kerralla armeija-aikana olin pudonnut jäihin täysissä varusteissa sukset jalassa ja 10 kg:n radio selässä palaten tietoisuuteen rannalla vahingoittumattomana ilman, että kukaan oli ollut minua auttamassa.

Vapautin välittömästä otteeni etsien samaan aikaan katseella isääni huoneesta. Huoneessa ei kuitenkaan ollut ketään minun ja Raymondin lisäksi, ja uskoin lopulta nähneeni vain näkyjä. Tarkistin Raymondin pulssin ja totesin helpottuneena hänen olevan hengissä. Käänsin hänet mahalleen ja kokeilin vielä sormella, ettei hän ollut nielaissut kieltään. Hän tulisi nopeasti tajuihinsa, enkä halunnut enää silloin olla paikalla. Puin pikkutakin nopeasti päälleni ja kävelin eteiseen. Raymondin takin taskusta löysin helpotuksekseni pienen metallisen kotelon, jonka vaihdoin omasta taskustani kaivamaani samannäköiseen koteloon. Raymond alkoi jo äännellä ja poistuin huoneistosta, ennen kuin hän ehti huomata minut. Georgialaisten oli myös ehdittävä huoneistoon, ennen kuin Raymond poistuisi paikalta häntä koipien välissä. Laskeuduin portaat vauhdikkaasti, mutta hidastin liikkeeni normaaleiksi astuessani katuovesta ulos. Ovella oli odottamassa kaksi synkän näköistä, tummahiuksista miestä, jotka katsoivat minua kysyvästi sanomatta sanaakaan. Pidin heille ovea auki ja he nyökkäsivät hyväksyvästi astuen saman tien sisään.

19 CRIME AND PUNISHMENT
Fyodor Dostoevsky 1866

Raymondin tunteet olivat ristiriitaiset. Tullessaan tajuihinsa hän ei ensin ollut käsittänyt ollenkaan, mitä oli tapahtunut. Vähitellen hänen mieleensä oli palautunut viimeinen muistikuva makaamisestaan selällään voimattomana suomalaisen kuristusotteessa. Tämä oli kuristanut hänet, mutta silti säästänyt hänen henkensä ja oli jopa kääntänyt hänet vatsalleen varmistaakseen häiriöttömän hengityksen. Millaista mielen heikkoutta! Hän ei itse olisi ikinä antanut armoa. Jotain oli kuitenkin vialla. Hän ei tuntenut raivoa ja kostonhimoa, jotka olivat aina ennen antaneet voimia tappion hetkillä.

Hän oli juuri saanut itsensä kootuksi, kun ulko-ovi aukaistiin ja sisälle astui kaksi ravintola Hippopotamuksen terassilla istunutta CIA:n agenttia. Toinen heistä jäi tarkkailemaan ovelle ja toinen tutki nopeasti huoneiston.

"Olet saanut haluamasi ja nyt on sinun osuutesi vuoro", nuorempi, häntä terassilla puhutellut agentti sanoi.

"Niinpä kai", Raymond vastasi.

Hän halusi agentit pois silmistään mahdollisimman nopeasti, sillä hän ei halunnut paljastaa hetkellistä heikkouttaan, eikä varsinkaan vastata kysymyksiin suomalaisen kohtaamisesta. Hän käveli eteiseen ja kaivoi pikkutakkinsa povitaskusta pienen metallikotelon, jonka ojensi agentille.

"Mistä löydän Marien?" Raymond kysyi tuntien samalla äkillistä tarvetta unohtaa hänetkin.

Molempien agenttien kasvoille nousi avoin hämmästys ja heidän katseensa suuntautui Raymondin ohitse olohuoneen perälle.

"Brock! Mistä te siihen ilmestyitte?" nuorempi agentti huudahti.

* * *

Raymond kääntyi ympäri ja katseli huoneen toisessa reunassa seissyttä ahavoitunutta miestä kuin kummitusta.

"Minä hoidan tätä tästä eteenpäin", Brock totesi tyynen varmalla äänellä.

Raymond kuuli oven käyvän takanaan ja ehti juuri nähdä jälkimmäisen agentin selän ennen oven sulkeutumista.

"Mistä me aloittaisimme?" Brock kysyi kuin lämmitelläkseen keskustelua.

"Teidän piti antaa minulle Marien olinpaikka", Raymond vastasi yrittäen kerätä itsevarmuuttaan.

"Te saitte suomalaisen, mutta me emme ole saaneet

kansiota", Brock vastasi tyynesti.

"Mitä te höpötätte? Juurihan agenttinne veivät sen!" Raymond huudahti hämmentyneenä.

"Eiväthän he olleet meidän miehiämme", Brock totesi hämmästystä teeskennellen.

Raymondin ajatukset menivät täydelliseen umpisolmuun ja häntä alkoi huimata.

"Miksi ette puuttuneet asiaan? Ettekö tajua, millaisesta katastrofista on kysymys?" Raymond parahti ja ryntäsi agenttien perään ovea kohti.

Hänen kätensä vapisivat niin, ettei hän saanut lukkoa heti auki ja Brock laski rauhoittavasti kätensä hänen olkapäilleen.

"Eivät he saaneet meidän kaipaamaamme kansiota", Brock kuiskasi lähellä Raymondin korvaa.

Raymond kääntyi voimattomana Brockiin päin ja katsoi häntä kuin armoa anellen. Hänen täytyi pituuseron takia painaa päänsä alas nähdäkseen Brockin kasvot lähellään ja normaalisti auktoriteettia korostanut kokoero kääntyikin täydelliseksi alistumiseksi.

"E...en tajua ollenkaan", Raymond sanoi änkyttäen.

Brock ohjasi hänet olkapäästä takaisin olohuoneeseen ja istutti hänet matolle istuutuen sitten itse turvallisen etäisyyden päähän jalat ristissä hänen eteensä.

"Te olette toimineet vain oletusten pohjalta. Esimerkiksi tuo luovuttamanne kansio vain näytti samanlaiselta, mutta sen sisältö oli jotain aivan muuta", Brock selitti kuin alaistaan opettaen.

Raymond tunsi hengityksensä ahtautuvan, eikä kyennyt sanomaan mitään, jos sekavuudeltaan olisi osannut ylipäätänsä mitään kysyäkään.

"Luovutitte juuri venäläisistä kriittistä tietoa, jonka

vuotaminen saa eräät tahot lievästi sanoen raivoihinsa", Brock jatkoi tarkkaillen samalla Raymondin reaktioita.

"Ei saatana! En ikinä luovuttaisi mitään venäläisistä - kenestä muusta tahansa, muttei venäläisistä tai kiinalaisista", Raymond parahti ääni väristen.

Hän alkoi uskoa, ettei Brock asian käsittämättömyydestä huolimatta puhunut palturia.

"Jos ette usko, niin saatte varmistaa asian meidän ottaessa yhteyttä georgialaisiin", Brock vakuutti.

"Tietoa venäläisistä georgialaisille... Sehän on itsemurha!" Raymond parkaisi.

"Niin taitaa olla", Brock vastasi pilkallisuutta välttäen.

"Vaihtoiko suomalainen kansion?" Raymond kysyi ja jatkoi:

"Suomalaiset olivat sittenkin kaiken takana ja tämä on heidän kostonsa."

"Tuohon en osaa sanoa mitään. Onko teillä jotain muutakin tietoa suomalaisista? Miksi he haluaisivat kostaa teille?" Brock kysyi.

Brock alkoi miettiä, voisiko asia olla niin yksinkertainen, että suomalaiset olisivat suomalaisen takana. Hän ei vain ollut kuullutkaan mistään suomalaisten aktiivisesta tiedusteluorganisaatiosta. Raymond ei edes kuullut hänen kysymyksiään, vaan totesi paniikissa:

"Teidän täytyy tehdä jotain, jottei asia paljastu venäläisille! Ottakaa heti yhteyttä georgialaisiin. Minä lupaan palkita sen moninkertaisesti!"

"Pelkäänpä, että se on myöhäistä", Brock totesi innostumatta ehdotuksesta ja jatkoi:

"Toinen täällä olleista agenteista on venäläisten myyrä Georgian paikallisosastossa."

Raymond kalpeni vitivalkoiseksi ja Brock pelkäsi hänen

pyörtyvän.

"Tajuatteko, että teitä koskevaa paljon myrkyllisempää tietoa pääsee vapaaksi, jos minä kuolen vaikka sitten venäläisten käsien kautta?" Raymond kysyi.

Sen sanottuaan hän alkoi rauhoittua, sillä olihan hänellä henkivakuutuksensa.

"Siitähän tässä onkin kyse", Brock totesi hieman arvoituksellisesti.

* * *

"Oletteko varma, että vain me seuraamme tätä?" DCI kysyi huolestuneena DDO:lta tuijottaen monitorikuvaa Pariisin huoneistosta.

"Olemme täysin suljetussa tilassa, joka on rakennettu tällaisia tilanteita varten. Otin komennon valvovalta upseerilta turvaluokituksiin vedoten, mikä on harvinaista mutta täysin normaali proseduuri. Kytkin myös kaiken tallennuksen pois, jotteivät edes tuhotut tiedostot aiheuttaisi riskiä", DDO rauhoitteli.

"On jo aikakin puhkaista tämä paise, jonka aiheuttama kipu on käynyt sietämättömäksi", DCI totesi toiveikkaana.

"Niin, miten päästä eroon mustasta enkelistä, joka on kuolematon? Suomalaisen keksimä ratkaisu on yksinkertaisuudessaan huikea", DDO pohdiskeli ääneen.

"Kuka tämä salamyhkäinen suomalainen oikein on?" DCI kysyi tajutessaan, että oli melkein unohtanut tämän keskittyessään Raymond Durandiin.

"Hän vaikuttaa kaikkien varmistusten jälkeenkin vain sivulliselta uhrilta, jota jokin tuntematon taho auttaa tai käyttää hyväkseen. Hän oli muuten UCLA:n tähtitukimies 80-luvun alkupuolella", DCI vastasi.

"Mikä taho?" DCI kysyi hämmästyneenä.

"Tutkimme sitä koko ajan. Meillä on jo hallussamme heidän kommunikaatiovälineensä, jossa on jotain vierasta teknologiaa", DDO vastasi.

"Onko varmasti turvallista antaa suomalaisen viedä kansio pois huoneistosta?"

DCI kysyi epäilevästi.

"Kansio pitää varmuuden vuoksi saada pois Raymondin ulottuvilta. Suomalaisella on jälleen jäljittimemme oman kännykkänsä sijaan ja voimme seurata hänen jokaista liikettään. Koko EDT-ryhmä on valjastettu hänen ja kansion valvontaan. Lisäksi suomalainen tietää, että säilyttääkseen henkensä hän ei saa tutkia kansion sisältöä", DDO rauhoitteli itsevarmana.

"Eikö ole oletettavaa, että suomalainen tajuaa kännykkänsä vaihtuneen ja hänen hallussaan olevan laitteen olevan seurantalaite", DCI kyseenalaisti DDO:n suunnitelman.

"Siinäpä se! Me tiedämme hänen tietävän! Sen takia Brock piilotti perinteisen lähettimen suomalaisen vaatteisiin ja kun tämä hävittää tahallaan jäljitinkännykkänsä, hän uskoo olevansa vapaa kulkemaan", DDO selitti myhäillen.

"Oli miten oli, mutta ottakaa kansio talteen suomalaiselta niin pian kuin mahdollista", DDO käskytti.

* * *

"Tiedättekö mikä tai kuka on Azael?" Brock kysyi Raymondilta.

"Kuulostaa joltain, jolla on 7 käärmeen päätä, 14 kasvoa ja 12 siipeä", Raymond vastasi äänellä, joka sai Brockin

271

selkäkarvat pystyyn.

"Tiedätte siis tarinan?" Brock kysyi hieman epävarmana.

"Minkä tarinan?" Raymond kysyi.

"Azael on pudonnut enkeli – paholaisenkeli, joka on tarinan mukaan kahlehdittuna erämaahan, jossa hän pysyy tuomiopäivään saakka", Brock selitti Danielilta kuulemaansa tarinaa.

"Ehkä tuo erämää on vain symbolinen, sillä toisen tarinan mukaan hän on odottamassa tuomiotaan Taivaan ja maan välillä", Brock jatkoi.

"Miten tuo liittyy minuun?" Raymond kysyi aavistaen samalla Brockin vastauksen.

"Emme suinkaan ole kahlehtimassa teitä mihinkään fyysisesti, mutta voimme taata turvallisuutenne vain ottamalla teidät todistajien suojaamisohjelmaan tai siis vastaavaan järjestelmään", Brock läväytti suunnitelman enempiä kiertelemättä.

"Siis USA:ssa?" Raymond kysyi.

"Juuri niin. Jätätte täällä kaiken näille sijoilleen ja me lennätämme teidät sotilaskoneella lähimmältä sotilaskentältämme", Brock vastasi.

"Entä koko omaisuuteni?" Raymond kysyi epäröiden.

"Koko omaisuutenne on hankittu petoksilla, joten sen perään on turha haikailla. Sen verran tulemme vastaan, että takaamme teille mukavan elämän – joskin täydellisessä valvonnassa. Yhtään kontaktia ette enää voi ottaa vanhaan elämäänne", Brock selitti jäätävän rauhallisesti.

"Entä jos kieltäydyn?" Raymond kysyi.

"Sitten olemme kaikki kusessa", Brock vastasi rehellisesti.

* * *

Suuntasin ulko-ovelta vasemmalle Seineä kohden, poispäin Hippopotamuksen terassista, jolla Raymondin miehet ja loput georgialaisista istuivat. Hermoni alkoivat vähitellen laueta ja samassa tahdissa lisääntyi kipu vasemmassa kyljessäni. Tunnustelin kipukohtaa takin alta ja käteni osui johonkin lämpimän märkään. Ampumahaavani oli auennut! Tunsin veren valuvan reittäni pitkin ja kastelevan housuni. Onneksi minulla oli mustat vaatteet, joissa punainen väri ei herättänyt liikaa huomiota. Etsin kännykkääni vasemmasta housuntaskusta, mihin olin sen viimeksi laittanut, mutta tasku oli tyhjä. Lopulta löysin sen pikkutakin sivutaskusta ja tiesin, ettei kaikki ollut kohdallaan. Tarkistin puhelimen osoitekirjan ja siinä samassa tajusin Brockin sittenkin varastaneen laitteeni. Olin yhtäkkiä ilman tukiverkostoa, mutta eniten minua kauhistutti laitteen menettäminen CIA:lle.

Ajattelin ensin kävellä Mauricen ravintolaan, mutta jostain syystä se ajatus ei innostanut. Samassa muistin sopineeni Pekan ja Annelin kanssa, että he toimittaisivat Marien kanssa ostamani uudet vaatteet Shakespeare and Companyyn. Jos saisin haavan paikattua, voisin siellä vaihtaa puhtaat vaatteet veristen tilalle. Alkoi olla jo myöhä, mutta kirjakauppa oli onneksi myös myöhään auki. Lisa tai Sarah oli todennäköisesti paikalla ja tarvitsin jomman kumman apua.

Tulin Rue de l'Hôtel Colbert'n päähän Quai de Montebello'lle. Vasemman puoleinen kulmarakennus ulottui toisesta kerroksesta alkaen katoksena osittain Montebello'n jalkakäytävän päälle ja rakennelmaa kannatteli kivinen kulmikas pylväsrivi. Suuntasin talon kulman ja kulmassa olleen kivipylvään välistä kohti Shakespeare and Companyä. Yhtäkkiä pylvään takaa astui puolittain eteeni amerikkalaisen näköinen mies.

"Tervehdys Daniel", hän sanoi tuttavallisesti.

Otin vaistomaisesti häneen etäisyyttä ja pidin selän seinää vasten siltä varalta, että joku olisi yrittänyt yllättää minut takaapäin.

"Älä turhaan pelästy. Nimeni on John ja olen Brockin tiimistä. Voit nyt luovuttaa kansion minulle", mies sanoi rauhoittelevasti.

"Asia on niin, etten luovuta kansiota kenellekään muulle kuin Brockille itselleen", totesin päättäväisesti.

"Älä pakota minua ottamaan sitä väkisin", mies sanoi uhkaavaksi muuttuen.

Syvä rauhallisuus täytti mieleni ja katsoin miestä syvälle silmiin.

"Et varmaankaan halua herättää ranskalaisten viranomaisten huomiota. Takaan luovuttavani kansion Brockille koskemattomana, mutta yhtä lailla suojelen sitä ulkopuolisilta kaikin käytössäni olevin voimin", selitin provosoitumatta miehen agressiivisuudesta.

Kun hän näytti jäävän miettimään sanojani, päätin jatkaa matkaani hänen ohitseen kohti Shakespeare and Companyä. Hän ei yrittänyt estellä. Samassa tajusin, ettei CIA:n puhelimen käyttö voinut enää heikentää tilannettani, sillä he näyttivät seuraavan minua joka tapauksessa. Saattoi olla jopa hyvä pelata avoimin kortein, sillä tarkoitukseni oli vain palauttaa kansio Brockille. Näppäilin Mauricen numeron ja painoin soittonäppäintä.

"Maurice", tuttu ääni kuului toisesta päästä.

"Tervehdys vanha puukäsipelinrakentaja!" huudahdin

iloisena.

"Daniel! Missä olet? Onko kaikki kunnossa?" hän kysyi selvästi huolestuneena, vaikka äänensävyni oli kertonut jotain muuta.

"Kaikki alkaa järjestyä. Sinun ei tarvitse enää varoa mitään. Kerron kaiken paremmalla ajalla, mutta tarvitsisin juuri nyt hieman apuasi", selitin kiireisesti.

"Mitä tahansa, ystäväni", Maurice vastasi selvästi helpottuneena.

"Haavani repesi auki ja tarvitsisin uusia tikkejä. Luuletko ystävättäresi suostuvan paikkaamaan minut uudestaan?" kysyin huolettomuutta korostaen.

"Totta kai! Mihin pyydän häntä tulemaan? Onhan kaikki hyvin?" Maurice jatkoi huolestuneisuuden palatessa hänen ääneensä.

"Odotan häntä Shakespeare and Companyssä. Soita tähän numeroon, jos tulee esteitä. Kuten sanoin, voit jo hengittää vapaasti. Minun täytyy enää hoitaa yksi pikkuasia ja sen jälkeen minäkin voin jatkaa normaalia elämää. Otan sitten yhteyttä", sanoin rauhoitellen.

"Lääkäri tulee tuotapikaa. Kuulemisiin", Maurice sanoi.

Jotenkin minusta tuntui, ettei kumpikaan meistä uskonut viimeiseen pikkuasiaan.

* * *

Raymond tutki mietteliäänä Brockin kasvoja.

"Kuka tuo suomalainen oikein on ja onko hän tosiaan suomalainen agentti?" Raymond kysyi yllättäin.

"Hän on todellakin sivullinen mies, jonka te itse valitsitte uhriksenne. Joku taho käyttää häntä hyväkseen, mutta onko se suomalainen, siitä meillä ei ole tietoa.

Uskotteko te suomalaisten juonivan jotain?" Brock sanoi toistaen jo kerran esittämänsä kysymyksen.

"Sitä on vaikea uskoa, sillä en ole koskaan törmännyt suomalaisiin tiedusteluoperaatioihin. Heillä olisi kyllä aihetta kostoon mutta silti...", Raymond pohti.

"Se on meidänkin hypoteesimme tällä hetkellä. Minusta kuitenkin tuntuu, että koko tapahtumaketjulla on tarkoituksensa ja että suomalaisella on siinä tärkeä rooli", Brock totesi.

"Tiedättekö, että olen vuosikausia harjoituttanut kykyä projisoida pelkoa vastustajiini ja se on toiminut hämmästyttävän hyvin. Pelko lamaannuttaa ja saa vastustajat suorastaan kaipaamaan tappiota. Suomalainen ei reagoinut millään tavalla, eikä kyse ole vain rohkeudesta. Hänellä näyttäisi olevan henkisiä kykyjä, jotka eivät ole tavallisia", Raymond sanoi aidosti hämmentyneenä.

"Huomasin sen itsekin. Jos halusitte vaikuttaa häneen pelolla, niin sen sijaan hän näytti vaikuttaneen teihin jollain toisella tavalla", Brock totesi arvoituksellisesti.

Raymond tunsi sen itsekin. Hänen sisällään riehunut raivo oli sammumassa ja samalla hänen voimansa olivat hiipumassa. Oli tehtävä jotain. Oli keskityttävä, tunkeuduttava Brockin ajatuksiin ja keskeytettävä tämän ajatuskulku.

"Kättä päälle sopimuksellemme", Raymond sanoi ojentaen kätensä.

Brock ojensi kätensä, mutta huomasi yllätyksekseen sen tärisevän. Hän tunsi itsensä uskomattoman heikoksi. Jotain oli pielessä, muttei hän voinut peräytyäkään. Raymond katsoi keskittyneesti hänen silmiinsä ja ajatteli itseään hirviönä. Brockin aivoilta kesti sekunnin kymmenyksiä tajuta, mitä hänelle oli tapahtumassa ja sen jälkeen hän oli jo Raymondin vallassa. Heidän kätensä tarttuivat toisiinsa. Brock tunsi rinnassaan äkillistä kipua. Hengitys kävi vaikeaksi ja hänen mahansa alkoi kouristella. Samassa hän näki edessään lapsuutensa painajaisen: jättiläismäisen, ilkeän näköisen miehen, jonka silmät näyttivät hohtavan hämärtyvässä huoneistossa. Raymond pyrki hänen päänsä sisälle ja hän pinnisteli säilyttääkseen kontrollinsa. Kyse oli ajatusprojektiosta, jonka käytöstä CIA:ssa oli ollut puhetta. Brock ei vain ollut uskonut sen toimivan tai ainakaan tehoavan itseensä.

"Näette nyt itse, miten pelko toimii", Raymond totesi tuntien voimiensa palaavan.

Pienen tauon jälkeen hän jatkoi:

"Suostun ehdotukseenne, mutta sitä ennen haluan kertoa jotain."

Raymond alkoi kertoa tarinaa rauhallisella äänellä, eikä Brock kyennyt kuin kuuntelemaan aluksi edes tajuamatta, mistä tarinassa oli kyse. Vähitellen uskomaton kertomus alkoi saada selkeän juonen, muttei Brock edelleenkään ymmärtänyt, miten se millään tavalla liittyi tilanteeseen. Yhtäkkiä Raymond mainitsi muutaman nimen ja Brock hätkähti. Kertomus jatkui yhä soljuvana ja kaiken kesken Brock kuuli lauseen, joka sai hänet näkemään silmissään äkillisen kirkkaan välähdyksen. Tuo lause yhdisti siihen asti käsittämättömiltä kuulostaneet tarinan osaset selkeäksi kokonaisuudeksi, josta hän ei missään nimessä olisi halunnut tietää palaakaan. Hän tajusi joutuneensa houkutelluksi ansaan.

"Nyt tunnette kansion taustat", Raymond sanoi ilkeän voitonriemuisesti.

* * *

"Näyttää siltä, että suomalaisen suunnitelma toimii. Raymond vaikuttaa jotenkin alistuneelta ja suostuu varmaan tarjoukseemme, joka on muuten mielestäni aivan liian armollinen", DDO pohti seuratessaan monitorista Pariisin huoneiston tapahtumia.

"Entä jos hän ei suostukaan?" DCI kysyi empien.

"En tiedä vielä. Yritämme ehkä päästä sopimukseen venäläisten kanssa, että rankaisevat Raymondia riittävästi häntä kuitenkaan tappamatta. Sen jälkeen uudistamme ehdotuksemme. Siinä on kuitenkin liikaa riskitekijöitä, joten suunnitelman on parasta toimia", DDO vastasi itsekin huolestuen.

Samassa hänen kännykkänsä soi.

"Niin", hän vastasi häirinnästä ärtyneenä.

"Suomalainen noudattaa kirjaimellisesti suunnitelmaansa ja kieltäytyy luovuttamasta kansiota muille kuin Brockille henkilökohtaisesti. Hän ei kuitenkaan näytä huomanneen laitteensa vaihtamista, joten pystymme seuraamaan hänen kaikkea kommunikointiaan. Kaikki vaikuttaa turvalliselta", päivystävä upseeri selosti Danielin tarkkailun tuloksia.

"Älkää ottako mitään riskejä, vaan antakaa hänen toimia vapaasti. Huolehtikaa vain siitä, ettei kukaan ulkopuolinen pääse väliin", DDO ohjeisti.

DDO katkaisi puhelun ja jäi miettimään tilannetta suomalaisen kanssa.

"Kaikki hyvin?" DCI kysyi.

"Suomalaisen ja kansion osalta asiat ovat kunnossa", DDO vastasi keskittyen taas monitoriin.

Samassa molemmat valpastuivat. Raymond alkoi kertoa

tarinaa, joka herätti molempien mielenkiinnon. DCI meni saman tien paniikkiin.

"Miksei Brock keskeytä Raymondia?" DCI kysyi ääni väristen.

"Miten niin? En minäkään tajua tuosta mitään", DDO vastasi hämmentyneenä.

"Jumalauta! Soita heti Brockille, että poistuu paikalta", DCI karjaisi tajutessaan Raymondin juonen.

Samassa kaikki oli jo ohi.

"Tuota sinunkaan ei olisi pitänyt kuulla", DCI sanoi pahaenteisesti.

Syntyi hetken hiljaisuus, kunnes DCI jatkoi:

"Brockista pitää päästä eroon."

DDO katsoi esimiestään tyrmistyneenä.

"EDT-ryhmä ei ikinä suostuisi siihen ja sitä paitsi se olisi nykymaailmassa aivan liian riskaabelia", DDO totesi jyrkkänä.

"Järjestän itse asian", DCI sanoi jäätävästi.

* * *

On asioita, joista mahdollisen tutkinnan takia vain harvojen on syytä tietää mitään. DDO ei todellakaan kuulunut siihen joukkoon, eikä hänellä saanut olla edes aavistusta Arrowheadin olemassaolosta. DCI oli jo sanonut liikaa luvatessaan hoitaa asian, mutta toisaalta DDO oli juuri kuullut paljon vaarallisempaakin tietoa ja oli sen takia merkitty mies. Normaalisti edes DCI:lle ei raportoitu Arrowheadin operaatioista, mutta sillä kertaa hän oli itse tarvinnut sen apua. Sitäkään hän ei olisi voinut paljastaa, miten oli osannut lähettää Arrowheadin Pariisiin jo neljä vuorokautta aikaisemmin. Jos DDO olisi kuullut

Raymondin olleen DCI:n määräyksestä kaukonäkijöiden valvonnassa, jotka olivat ilmoittaneet kehittymässä olevasta tilanteesta, tämä olisi pitänyt esimiestään hulluna. Mutta DDO ei kuulunutkaan siihen sisäpiiriin, joka oli nähnyt oikeiden kaukonäkijöiden toimintakyvyn, vaan uskoi viralliseen versioon CIA:n 1995 lopettamasta psykovakoiluyksiköstä. DCI jätti myös mainitsematta, että hänen ranskalainen kollegansa oli soittanut ja onnitellut Raymondin hoitamisesta kaikkia osapuolia parhaiten palvelevalla tavalla. Ranskalaiset eivät puuttuisi asioihin, kunhan Ranskan kansalaisia ei asetettaisi vaaraan. Sen sijaan CIA:n omalla vastuulla oli olla herättämättä poliisiviranomaisten huomiota. Kiinnijääminen tietäisi poliittista konfliktia, jota Ranskan tiedustelupalvelu ei edes yrittäisi estää. Virallisesti koko puhelua ei oltu edes käyty. Arrowhead oli siis saanut myös ranskalaisten epävirallisen toimintaluvan.

20 UNDER FIRE

Henri Barbusse 1916

Arrowhead 5 oli ultrasalainen iskuryhmä, jota ei virallisesti ollut olemassakaan. Jos se kuitenkin jostain syystä olisi paljastunut, se olisi luokiteltu salaiseksi taktiseksi tiedusteluryhmäksi. Todellisuudessa ryhmä oli antiterrorismikoulutuksen saanut huippuryhmä, jota käytettiin panttivankien pelastamisen sijaan vahingollisten kohteiden eliminoimiseen. Arrowhead 5 oli yksi monista vastaavista ryhmistä ja sen erikoisaluetta olivat eurooppalaiset kohteet. Jokainen ryhmän jäsen puhui englannin lisäksi vähintään yhtä eurooppalaista kieltä äidinkielenään tai yhtä hyvin kuin omaa äidinkieltään. Taustaltaan kaikki olivat ex-Delta tai ex-SEAL sotilaita, mutta kukaan ei enää ollut valtion palveluksessa. Jokaiseen tehtävään he osallistuivat yksityishenkilöinä palkkiota vastaan ilman lain suojaa. Kiinni jäädessään he olisivat omillaan tietämättä tehtävän antajan todellista henkilöllisyyttä tai edes tiedusteluyhteisöä, jonka asialla olivat. Heillä oli vain usko siihen, että palvelivat maataan. Tekemänsä sopimuksen mukaan kukaan ei kuitenkaan jäisi kiinni elävänä ja sitä varten jokainen kantoi mukanaan pientä myrkkysyretteä. Lohduttavaa siinä kuitenkin oli se, että itsensä uhraavan etukäteen nimeämä henkilö saisi Sveitsiin avatun salaisen henkivakuutustilin oikeudet.

Arrowhead 5:n ryhmänjohtaja John Grace istui myöhäisellä aamiaisella Montanassa, kun hänen suojattu puhelimensa soi. Se tuli osoittautumaan ainoaksi normaaliksi asiaksi tulevassa toimeksiannossa.

"Grace, Patterson täällä. Kiinnostaisiko ryhmäänne tuplakorvaukset tavallisesta keikasta?"

"Haiskahtaa epäilyttävältä... Miksi haluaisitte maksaa extraa jostain tavallisesta?" Grace kysyi yrittämättä peittää epäluottamustaan yhteyshenkilöään kohtaan.

"Teillä ei ole aikaa suunnitella eikä harjoitella ennen kohteeseen lähtöä", Patterson vastasi odottamaansa kysymykseen.

"Tiedätkö, miten me olemme tähän asti onnistuneet pysyttelemään hengissä? Me suunnittelemme asiat huolellisesti, ja harjoittelemme, harjoittelemme ja taas harjoittelemme", Grace totesi valmiina kieltäytymään suoralta kädeltä.

"Älä huolestu. Aikaa on vähän, mutta saatte harjoitella paikan päällä juuri siinä tilassa, missä operaatio tapahtuu. Kyse on normaalista huoneistoon rynnäköimisestä mutta luonnollisesti ulkopuolisten huomiota herättämättä. Hoidamme kohteen sitten myöhemmin juuri siihen paikkaan", Patterson rauhoitteli.

"Missä tämä tapahtuu ja milloin?" Grace kysyi jo

selvästi rauhoittuneena.

"Pariisissa viiden päivän sisällä, muttei ennen sunnuntaita", Patterson vastasi.

"Ok, kuka on kohde?" Grace kysyi siitä huolimatta, ettei kohdetta yleensä paljastettu ennen H-hetkeä.

"Voisin jopa vastata tuohon, jos tietäisin. Meillä on lista mahdollisista kohteista ja tietopaketti valmiina jokaisesta. Kaikki tiedusteluaineisto luovutetaan eristyspaikassanne Pariisissa", Patterson selitti selvästi innostuen huomatessaan Gracen olevan tarttumassa tarjoukseen.

"Varusteet?" Grace kysyi automaattisesti miettien jo samalla suunnitelmaa.

"Steriilit standardivarusteet, jotka odottavat teitä eristyspaikassanne", Patterson vastasi.

"Siirtyminen kohteeseen?" Grace jatkoi standardikysymyksiään.

"Lennätte sotilaskoneella Englantiin, jossa saatte kukin puolison kainaloonne ja siirrytte pariskuntina junalla kanaalin ali Pariisiin. Passit ja luottokortit ovat valmiina", Patterson selosti jo varmana Gracen koukkuun iskemisestä.

"Selvä. Soitan ryhmän läpi. Päätös on joko yksimielinen tai emme lähde ollenkaan. Soitan pian takaisin", Grace totesi äänellä, josta ei voinut lukea mitään.

Patterson jäi odottamaan Gracen soittoa, joka tuli puolen tunnin kuluttua.

"Asia on selvä. Olemme kaikki valmiita tunnin sisällä. Anna kokoontumispaikka. Minulla on lisäksi lista tarvittavista erikoisvarusteista."

* * *

Huomasin kännykkäni kellosta, että aika oli lähestymässä jo yhtätoista illalla. Shakespeare and Company sulkee yhdeltätoista, joten alkoi olla kiire. Kiirehdin askeleitani ja ryntäsin kirjakauppaan sellaisella kiireellä, että kassan edessä seissyt Sarah oletti minun pakenevan jotain. Tilannetta ei parantanut se, että torjuin hänen halausyrityksensä näyttämällä verestä kastunutta paitaani.

"Onko sinua ammuttu?" Sarah kysyi kauhuissaan.

Ennen kuin ehdin vastata, ryntäsi Lisakin paikalle kuultuaan Sarahin kysymyksen.

"Lukitsen ulko-oven", Lisa sanoi pelästyneenä ja säntäsi ohitsemme.

"Ei, ei! Ymmärsitte väärin", huudahdin hämmentyneenä tajuten samassa väärinkäsityksen.

"Vanha haavani aukesi ja se vuotaa verta, eikä minua kukaan jahtaa", jatkoin rauhoitellen.

Katselin ympärilleni etsien mahdollisia kuulijoita ja kun ketään ei näkynyt lähietäisyydellä, sanoin hiljaisella äänellä:

"Tosin CIA:n miehet seuraavat liikkeitäni."

Naiset katsoivat toisiinsa tajuten samassa molempien olevan perillä edesottamuksistani.

"Mitä nyt tehdään?" Sarah kysyi.

"Olen tilannut tänne lääkärin sitomaan haavani. Minulle olisi pitänyt myös saapua pari kassillista vaatteita. Voisinko jäädä yläkertaan hoidattamaan haavani sulkemisajan jälkeenkin?" kysyin tietäen jo vastauksen.

"Hoida sinä Lisa sulkeminen, niin minä menen Danielin kanssa ylös. Odota lääkärin saapumista ja opasta hänet yläkertaan", Sarah sanoi äänenpainolla, joka ei jättänyt Lisalle paljon valinnanvaraa.

Sarah kertoi yläkerrassa olleille kahdelle asiakkaalle

sulkevansa liikkeen ja asiakkaiden poistuttua asetti minut
yläkerran sängylle makaamaan.

"Enhän minä haavoittunut ole", toppuuttelin häntä.

"Tiedätkö, että rukoilin sinun pelastumisesi puolesta ja
lupasin ottaa neuvostasi vaarin, jos vielä kävelet kaupan
ovesta sisään. En voinut millään mennä vain kotiin, vaan
palasin tänne odottamaan siltä varalta, että tulisit", Sarah
sanoi kostunein silmin.

"Mistä neuvostani?" kysyin ihmeissäni.

"Tämä työpaikka on minulle lahjus, vaikken sitä ole
alunperin tiennytkään. Shakespeare and Company on yhtä
syytön. Haluaisin kertoa omistajalle totuuden ja antaa
hänen valita, mutten voi sotkea häntä tähän. Vaaraa tai ei
mutta minun täytyy kantaa tästä itse vastuu. Vaikka tämä
onkin ollut unelmatyöpaikka, minun täytyy lopettaa tai
tulen jatkossakin olemaan altis kiristykselle. Tärkeintä on
kuitenkin tietää tekevänsä jotain, minkä on itse ansainnut."

* * *

Brock halusi päästä Raymondista mahdollisimman
nopeasti, sillä tämä oli arvaamaton ja saattoi keksiä jotain
yllätyksellistä. Ennen kaikkea häntä huolestutti oma
pelkonsa, jonka tiesi katoavan Raymondin lähdön myötä.
Hän soitti auton noutamaan Raymondia ja tämä soitti
itseään odottaville miehilleen käskien näiden lähteä omille
teilleen.

"Poistun turvallisuussyistä ulkomaille. On parempi,
ettette tiedä enempää", Raymond ilmoitti puhelimessa.

Auto saapui viivyttelemättä ja kaksi turvamiestä tuli
hakemaan Raymondin huoneistosta. Kummallekaan ei
tullut mieleenkään ojentaa kättään.

"Sydänkohtaus, auto-onnettomuus, hukkuminen, itsemurha... Niinhän heillä on tapana kuolla", Raymond totesi viimeisinä sanoinaan.

Brock oli ajatellut aivan samaa, eikä se häntä pahemmin huolestuttanut. Kyseessä oli hänen viimeinen keikkansa ja hän oli päättänyt kadota sen jälkeen Georgian osavaltion pohjoisosien vuoristoon. Tulkoon häntä sieltä hakemaan, ken haluaisi - hän olisi valmis.

Brock pohti, että enää oli tavattava suomalainen ja saatava häneltä kansio koskemattomana. Tapaaminen oli sovittu samaan huoneistoon, mutta ajankohta oli vielä auki. Brock oli pyytänyt suomalaisen puhelinnumeroa voidakseen ilmoittaa Raymondin poistumisesta, mutta siihen tämä ei ollut suostunut. Sen sijaan suomalainen oli halunnut hänen numeronsa ja luvannut itse soittaa. Loppujen lopuksi asia oli yksi ja sama, sillä hän tiesi hyvin suomalaisen taskuun sujauttamansa kännykän numeron. Nyt oli aika ottaa viimeinen askel ja näppäillä numero.

"Ha-loo", Daniel vastasi ähkäisten lääkärin juuri paikatessa haavaa.

"Onko jokin hätänä?" Brock kysyi.

"Tervehdys Bruce...Vanha haavani repesi Raymondin kanssa painiessa ja tuttu lääkäri paikkaa sitä juuri. Siitä tämä ähkyminen. Miten Raymondin kanssa meni?" Daniel sanoi.

"Kaikki meni täsmälleen suunnitelmasi mukaan! Miten nopeasti pääset tulemaan, jotta saamme hoidetuksi asian loppuun? Onhan kansio vielä turvassa?" Brock tivasi malttamattomana.

"Kansio on okei. Odota, niin kysyn ajasta lääkäriltä."

"Olen siellä puoli yhdeltä yöllä", Daniel sanoi kuultuaan lääkärin arvion.

* * *

Arrowhead 5 saapui Pariisiin Gare du Nord'n asemalle eri juniin jakautuneena perjantai-iltapäivän aikana ja jatkoi sieltä RER-D -linjalla Pariisin eteläpuolelle Malesherbes'iin. Juna-asemalta ryhmä ajettiin autolla eristystilaksi tarkoitettuun yksinäiseen omakotitaloon metsän keskelle. Sinne saapumisen jälkeen kaikki yhteydet ulkomaailmaan katkaistiin tehtävän suorittamiseen saakka ja myös mukana matkustaneet naiset jäivät eristystilaan. Ryhmällä oli 2-3 vuorokautta aikaa suunnitella ja harjoitella. Ongelmana oli vain se, ettei täsmällistä tehtävän määrittelyä ollut vielä siinä vaiheessa olemassakaan, mikä teki operaatiosta hyvin erikoisen. Oli vain joukko todennäköisiä kohteita ja tehtävänä joko eliminoida tai kidnapata kohde tai kohteet.

"Hyvät herrat, kerron hyvät asiat ensin", John Grace aloitti miesten kokoonnuttua olohuoneeseen.

John Grace ei suinkaan ollut ryhmänjohtajan oikea nimi, vaan hän oli saanut sen viehättävästä ulkonäöstään. Se tosin petti, mistä oli usein ollut hyötyä kohteiden harhauttamisessa. Todellisuudessa kauniin kuoren alle kätkeytyi kylmän laskelmoiva ihminen. Muut ryhmän seitsemän jäsentä olivat Wayne, Scrag, Nebula, JJ, Speedy, Boz ja Argus - kukin ominaisuuksiensa mukaan nimettyjä.

"Isku tapahtuu CIA:n turvatalossa, johon pääsemme tutustumaan ennen iskua", Grace aloitti.

"Samassa talossa on viikkovuokrauksessa oleva huoneisto. Sen olemassaolo on yksi syy CIA:n valitsemaan turvataloon, sillä talon asukkaat ovat tottuneet alati vaihtuviin vieraisiin kasvoihin talon portaissa. Se on etu myös meille, mutta suurin plussa on se, että olemme vuokranneet tuon vuokrahuoneiston 'laskeutumisalueeksemme' ja se sijaitsee juuri iskukohteemme yläpuolella", Grace jatkoi.

Kun edelleenkään ei noussut esiin kysymyksiä, hän jatkoi positiivisten asioiden luettelemista:

"Kohde ei myöskään osaa odottaa iskuamme. Ai niin ja mikä parasta, meillä on kuva- ja ääniyhteys huoneistoon."

"Jos kaiken pitää tapahtua äänettömästi, niin miten yllätämme kohteen?" JJ kysyi mietteliäänä.

"Käytämme valmiiksi asennettuja ja kaukolaukaistavia kaasupatruunoita sekä subliminaalisia äänentaajuuksia. Emme tosin itse saa asentaa huoneistoon mitään, vaan CIA tekee sen puolestamme. Emme myöskään saa kuva- ja ääniyhteyttä vasta kun juuri ennen iskua, sillä mikään huoneistossa tapahtuva ei kuulu meille", Grace vastasi.

"Parempi niin. En haluaisikaan tietää heidän touhuistaan", Boz kommentoi väliin.

"Eikö kaasu leviä ilmastointikanavien kautta muualle taloon ja aiheuta hälytystä?" Argus kysyi epäilevänä.

"Tämän takia olenkin vaatinut erikoisvarusteita. Käyttämämme kaasu on hajutonta, välittömästi tainnuttavaa ja toimii jopa ihon läpi, mutta toisaalta se neutralisoituu hapen vaikutuksesta parissakymmenessä sekunnissa. Sen takia patruunoita asennetaan huoneistossa joka puolelle, jotta kohde varmasti altistuisi. Ja jos joku aikoo kysyä subliminaalisista taajuuksista, niin siihen en voi vastata", Grace selosti.

"Entä työkalut?" Wayne kysyi.

"Mitä vähemmän varusteita meillä on, sitä huomaamattomammin pääsemme poistumaan. Kohteet eivät ole varusteissa ja heillä on enintään pieni käsiase", Grace perusteli valintojaan ja jatkoi:

"Jokaisella on vaimentimilla varustetut Browning HP:t ja lisäksi rynnäköijillä H&K MP5SD:t. Sisään tunkeutujat käyttävät vain muoviammuksia, jotta naapurit eivät vahingossa ottaisi osumia seinän läpi. Ikkunan edessä olevaan kohteeseen pitää osua, sillä en halua rikkoutuvia ikkunoita. Muoviammukset ovat läheltä tappavia, mutta kaiken varalta taustamiehillä on kovat piipussa", Grace selosti.

"Lienee turha mainitakaan, että kaikki välineet ovat steriilejä. Mikään ei viittaa mihinkään edes harhautusmielessä. Luultavimmin meidät yhdistetään ex-SAS palkkasotilaisiin, vaikkei siitäkään löydy mitään todisteita. Kukaan ei muuten sitten puhu englantia kohdetalon lähelläkään. Kukin puhuu vain toista kieltään, sillä jokainen vähintään ymmärtää kaikkia. Jos joudumme tekemisiin ranskalaisten kanssa, niin käytämme vain omaa vahvinta toista kieltämme ja esitämme kielitaidotonta. Vain ryhmän "ranskalaiset" voivat puhua ranskaa", Grace selitti.

"Entä rynnäkkövarusteet?" Wayne täydensi kysymystään.

"Huoneiston eteinen on kapea, joten jo kaksi tukkii väylän. Heillä on kuitenkin täydet varusteet varmuuden vuoksi. Koko ryhmällä on Kevlar-liivit ja rynnäköivillä lisäksi keraamiset komposiittipanssarit. Heillä on myös ballistiset kypärät ja CT-12 hengityssuojat. Varmuuden vuoksi settiin kuuluvat vielä tulenkestävä Arvex-asu, Pantotexit polvissa ja kyynärpäissä, sekä tulenkestävät hanskat ja alusasut. Muilla on vain Kevlar-liivit", Grace luetteli miettimiään varusteita.

"Ja kommunikaatiovälineenä meillä on suojattu lyhyen kantaman verkko, korvaluuhun kiinnitetyt värähtelykuulokkeet ja kurkkumikrofonit", Grace täydensi vielä luetteloa.

"Miten me voimme suunnitella kunnolla ilman tarkkaa tehtävänantoa?" Nebula kysyi oltuaan siihen asti hiljaa.

"Huolehdimme kaikista perusasoista. Ensinnäkin teemme suunnitelmasta mahdollisimman yksinkertaisen ja joustavan. Mietimme kaikki asiat, jotka voivat mennä pieleen ja niihin vastalääkkeet. Salaus on kaikki kaikessa. Kohde tai naapurit eivät saa saada ensimmäistäkään aihetta epäillä mitään. Sen jälkeen tutustumme paikkaan, kuvaamme kaiken ja teemme tänne mahdollisimman identtisen simulaatioradan. Lopuksi teemme vain toistoja toiston perään erilaisilla skenaarioilla", Grace vastasi kuin suoraan erikoisjoukkojen oppikirjasta.

"Muistakaa yllätys ja nopeus. Meidän toimintaikkunamme on todella lyhyt: ovi auki, ryhmä sisään sekä ammunnan aloittaminen ja samassa rytäkässä ovi kiinni äänten vaimentamiseksi. Kaiken täytyy olla ohi alle 30:ssa sekunnissa ja poistuminen paikalta kohde tai kohteet mukana ruumiskasseissa minuuttia myöhemmin", Grace painotti tulevan suunnitelman oleellisinta tavoitetta.

"Yllätyksen kannalta on aikamoinen etu, että meillä on avain oveen", Nebula totesi kompensoidakseen aikaisemman epäilyksensä.

* * *

Suomalaisen saapumiseen oli vielä melkein tunti aikaa ja se antoi Brockille mahdollisuuden miettiä rauhassa selviytymissuunnitelmaansa. Oli itsestään selvää, että ura agenttina oli ohi. Ajatus oli helpottava, sillä hän oli jo pitkään miettinyt sitä vaihtoehtoa. Pakon edessä ei enää tarvinnut miettiä. Eurooppa oli muutenkin hyvä paikka kadota, sillä hän tunsi sen kuin omat taskunsa ja hänellä oli luottohenkilöitä joka maassa. Katoamisen taidossa ei koko CIA:ssa löytynyt hänen vertaistaan. Rahakätköt riittäisivät elättämään isommankin perheen koko loppuelämän, eikä hän tuntenut mitään omantunnon tuskia niiden käyttöönotosta. Kukaan muu ei tiennyt kätköistä ja rahojen luovuttaminen vain asettaisi hänet itsensä uhan alle. Sitä paitsi rahat päätyisivät todennäköisesti kuitenkin epäluotettavien virkailijoiden omiin taskuihin tai pimeisiin operaatioihin. Hän viettäisi pari vuotta Euroopassa antaen pölyn laskeutua ja siirtyisi sitten kotikonnuilleen jollain toisella identiteetillä.

Katoaminen edellytti, että hän voisi hoitaa viimeisen tapaamisen suomalaisen kanssa ilman huoneiston valvontakameroita. Hän poistuisi valmiiksi tiedustelemansa ullakon kautta talon katolle ja sieltä kattoja pitkin ohi katua valvovan oman EDT-ryhmänsä. Jos kamerat lakkaisivat toimimasta, valvojat eivät todennäköisesti lähettäisi ketään sisään, vaan odottaisivat suomalaisen poistumista. Sen sijaan hän sitoisi suomalaisen aseella uhaten ja poistuisi itse saman tien. Se riittäisi etumatkaksi.

Kameroiden sammumisen pitäisi kuitenkin näyttää toimintahäiriöltä, jotta valvojat eivät epäilisi hänen juonivan jotain. Jokaista kameraa ei siis voinut rikkoa erikseen, vaan oli vahingoitettava ohjainyksikköä. Mutta miten sen voisi tehdä siten, että kamerasysteemi hajoaisi hänen seistessään viattoman näköisenä keskellä olohuonetta? Hän meni makuuhuoneeseen tarkistamaan monitorista, mitkä kohdat huoneistossa olivat kameroiden katveessa. Onneksi makuuhuoneen seinään, lähelle lattiaa kiinnitetty ohjainyksikkö oli kameran kuvan ulkopuolella ja sen luokse saattoi ryömiä kameran näkemättä. Hän mittaili metallikuorista koteloa silmillään ja meni sitten keittiöön. Kaapista löytyi leveä, sopivan korkuinen kynttilä ja sytytin. Pitäen selkänsä huolellisesti kameran näkökentän edessä hän työnsi kynttilän paitansa alle. Sen jälkeen hän käveli lähelle makuuhuoneen ovea, josta matalalla ollut katvealue alkoi. Hän kumartui ikään kuin solmimaan kengännauhojaan, mutta painautuikin aivan lattian rajaan alkaen saman tien ryömiä vauhdilla kohti ohjainyksikköä. Kynttilä oli täydellisesti mitoitettu kotelon alle jättäen liekille sopivasti tilaa ilman, että se nuolisi kuumentamaansa pintaa. Hän sytytti kynttilän, ryömi salamannopeasti takaisin lähtöpaikkaansa ja nousi ylös kuin mitään ei olisi tapahtunut. Samassa puhelin soi. Paljastuiko hän sittenkin?

"Spook", hän vastasi peittäen ärtyneisyydellä epävarmuutensa.

"Eipä ole aikoihin juteltu", DCI tervehti korostetun ystävällisellä äänellä.

"Mistä nyt puhaltaa?" Brock vastasi tunnistaen hyvin vanhan vihamiehensä äänen.

"Kuulimme juuri, että suomalainen on tulossa 0030. On tärkeää selvittää, mikä taho on toiminut hänen taustallaan. Koeta ystävystyä hänen kanssaan ja saada ainakin jokin vihje asiasta", DCI ohjeisti.

"Tämä on selvä. Kuulemiin", Brock vastasi lyhytsanaisesti.

"Odota, odota! Kamerat sammuivat juuri. Yritä selvittää, missä on vika", DCI sanoi hätääntyneenä.

"Kuitattu. Tutkin asiaa", Brock vastasi lopettaen puhelun leveä hymy kasvoillaan.

Brock aavisti, ettei kaikki täsmännyt ja että jotain oli tekeillä. DCI oli aivan liian korkeassa asemassa soittamaan kenttäagentille, vaikka kyseessä oli niinkin vakava asia kuin kyseinen kansio. Sitä paitsi juuri annettu tehtävä ei suoranaisesti edes liittynyt kansioon. Vaikutti siltä, että he halusivat pitkittää suomalaisen vierailua ja se taas tarkoitti, että he tarvitsivat aikaa johonkin. Monet kysymykset vilistivät hänen mielessään: mitä he suunnittelivat, miksei hänelle kerrottu syytä, miksi häneltä piti nimenomaan salata todellinen syy ja ennen kaikkea - miksi DCI oli halunnut antaa tehtävän henkilökohtaisesti?

* * *

Arrowhead oli käynyt lauantaina paikan päällä tutkimassa operaatioaluetta. Maanantaina puoliltapäivin tilanne alkoi kehittyä niin, että ryhmän neljä jäsentä siirtyivät pysyvästi yläkerran asuntoon. Suunnitelmasta muodostui yksinkertainen. Neljä jäsentä majoittui yläkerran huoneistoon ja he suorittaisivat rynnäkön. Kaksi täysissä rynnäkkövarusteissa olevaa menisi edellä ja kaksi varmistajaa huolehtisivat portaissa, ettei sivullisia sattuisi paikalle kriittisellä hetkellä. Sen jälkeen hekin painuisivat perässä ja sulkisivat oven. Kaikki tapahtuisi sekunneissa. Ennen rynnäkköä aloitettaisiin subliminaalinen äänentoisto ja kaasupatruunat laukaistaisiin 30 sekuntia ennen iskua. Loput neljä jäsentä olivat valmiina lähiseuduilla mutta samalla tarpeeksi kaukana ollakseen herättämättä epäilyksiä. Pakoauto oli parkkeerattuna sen verran lähellä, että se ehtisi paikalle juuri oikeaan aikaan. Juuri ennen H-hetkeä yksi miehistä siirtyisi vahtimaan ulko-ovea, yksi hoitaisi auton ja loput kaksi vahtisivat kadun eri päissä.

Kello 22 tuli ensimmäinen yllätys. Suljetun verkon yhteyspuhelin soi.

"Kohde on muuttunut", yhteyshenkilö sanoi Gracelle.

"Vihaan viime hetken muutoksia! Kuka on uusi kohde?" Grace kysyi ärtyneenä.

"Brock", yhteyshenkilö vastasi.

Syntyi hetken hiljaisuus, jonka Gracen jäätävä ääni rikkoi:

"Tajuatteko, että Brock on omia ja vielä kollega? Mitä te aiotte hänelle tehdä?"

"Siinäpä se. Te ette kidnappaa häntä, vaan eliminoitte hänet", yhteyshenkilö sanoi varovasti vastareaktiota odottaen.

"Jos nyt kusetatte, niin ehditte joku yö juuri tajuta, kun veitseni tunkeutuu kurkkuunne", Grace totesi hyytävästi.

"Emme itsekään osanneet edes aavistaa tätä ja asia vahvistui vasta juuri äsken. Meillä on vahvistus korkeimmalta taholta, että Brock on petturi. Hän on myös äärimmäinen uhka Yhdysvaltain turvallisuudelle. Ajatelkaa häntä sotilaana, jonka tehtävä on olla uhri isänmaansa hyväksi", yhteyshenkilö yritti lepytellä.

"Lopettakaa paskanjauhanta. Koska on H-hetki?" Grace kysyi raivosta kihisten.

"Maksimissaan muutaman tunnin päästä. Ilmoitamme tarkan hetken heti, kun tiedämme. Kaikki muu on ennallaan. Huoneistossa tulee olemaan myös alkuperäinen kohde eli se suomalainen, jota eliminoiminen koskee alkuperäisen suunnitelman mukaisesti. Hän on kuitenkin aseeton. Kumpikaan ei osaa odottaa iskua", yhdyshenkilö selosti.

"Tajuatteko, että nostitte juuri vaikeusastetta tuhannella

pykälällä? Brock osaa nämä hommat", Grace totesi katkaisten puhelun yhä raivosta kihisten.

Puolen tunnin päästä yhteyshenkilö soitti uudestaan. "Operaatio alkaa 0015, jolloin miehenne kadulla siirtyvät tarkkailuasemiin. H-hetki on +05 siitä, kun havaitsette suomalaisen tulevan rakennukseen. Tietojemme mukaan se on 0030. Me huolehdimme siitä, ettei hän yritä poistua liian aikaisin."

* * *

Sarah vaikutti huolestuneelta, kun kerroin palaavani huoneistoon viemään Brockille kansiota. Hän tarjoutui toimittamaan sen puolestani, mutten voinut siihen tietenkään suostua. Sitä paitsi varjostajani olisivat voineet hermostua. Heillä oli tarpeeksi ihmettelemistä jo siinä, että olin täysin uusissa vaatteissa.

Minua aikaisemmin puhutellut mies seisoi kirjakaupan edessä yrittämättäkään salata läsnäoloaan. Kävelin hänen luokseen ja pyysin huolehtimaan selustastani mahdollisten ryöstäjien varalta - olihan meillä yhteiset intressit. Koko matkan Shakespeare & Companystä Rue de l'Hôtel Colbert´lle seuranani oli useampia varjostajia, jotka saatoin nähdä vain vilaukselta. Kääntyessäni lopulta Rue de l'Hôtel Colbert´lle tajusin heidän kaikkien äkkiä hävinneen kuin käskyn saaneena. Oli oudon hiljaista.

Brock avasi huoneiston oven outo ilme kasvoillaan, ikään kuin hänellä olisi ollut jotain mielessään. Tervehdin häntä ystävällisesti ja hän viittasi minut peremmälle vastaamatta mitään. Samassa hänen taskussaan soi puhelin.

Soittoääni oli tuttu ja me katsoimme toisiamme sen näköisinä, että tiesin hänen vieneen laitteeni ja hän tiesi minun tietävän. Hän kohautti olkapäitään ja ojensi laitteen.

"Daniel", vastasin puhelimeen.

"Sinun piti huolehtia laitteesta! Me emme saaneet sinuun yhteyttä, koska se ei ollut sinulla. Me emme myöskään voineet tulla varoittamaan sinua henkilökohtaisesti, koska olit täysin CIA:n ympäröimä. Nyt on jo myöhäistä!" hätääntynyt naisen ääni sanoi toisessa päässä.

"Varoittamaan mistä?" kysyin ihmeissäni.

"Kahden minuutin päästä ovesta syöksyy teloitusryhmä teitä tappamaan!" nainen vastasi ääni vapisten.

Naisen sanoma oli niin järkyttävä, etteivät aivoni ensin suostuneet ottamaan sitä vastaan. Tuijotin vain eteeni.

"Heitä se puhelin pois läheltäsi. Siinä oleva itsetuhojärjestelmä laukeaa juuri nyt, vaikka mitä väliä sillä enää sinulle on", nainen totesi ja lopetti puhelun.

Puhelin alkoi polttaa kädessäni ja viskasin sen huoneen nurkkaan. Se ei savunnut, mutta siitä lähti kipinöitä. Samassa havahduin naisen sanoihin.

"Kuulemma reilun puolentoista minuutin kuluttua tuosta ovesta ryntää sisään teloitusryhmä", sanoin jäätävän rauhallisella äänellä, kuin jokin olisi ottanut minusta otteen.

"Sitä se oli – viivytystaktiikka!" Brock huudahti tajutessaan saamansa soiton tarkoituksen.

Hän tempaisi pistoolin käteensä ja alkoi etsiä suojaa.

"Tuo on täysin turhaa", sanoin yhä jäätävän rauhallisena, mikä sai hänet kuuntelemaan minua.

"Mitä jos rukoiltaisiin ja sitten yksinkertaisesti käveltäisiin ovesta ulos?" kuulin itseni kysyvän.

"Olet hullu!" Brock huudahti.

Syntyi hetken hiljaisuus, jonka aikana rauha levisi hänen kasvoilleen.

"Nuo olivat kuin isäni sanat. Hän oli suuri soturi. Anna minun opettaa esi-isieni tapa rukoilla", Brock sanoi kuin uudestisyntyneenä.

"Minuutti ja 15", totesin.

"Ajattele kirkkaana näkynä itsesi kävelemässä ovesta ulos, astumassa kadulle ja katoamassa kaupungille. Kiitä siitä ja pidä sitä jo tapahtuneena", Brock neuvoi ottaen samalla kädestäni kiinni ja vaipuen rukoukseensa.

Äkkiä olin varma, että kävelisimme ehjinä ulos.

"15 sekuntia", totesin ja lähdin edellä ovea kohti.

* * *

Grace kääntelehti levottomana tuolillaan. Se ei ollut lainkaan hänen tapaistaan, mutta sillä kertaa hän aisti kasaantuvan epäonnen paineena otsalohkossaan. Puoli tuntia edellisen puhelun jälkeen tuli seuraava yllätys.

"Varautukaa siihen, ettei kamerasysteemi toimikaan. Koko järjestelmään tuli jokin vika", yhteyshenkilö sanoi nolona.

"Seuraavaksi te kerrotte, että tämä olikin väärä talo", Grace totesi sarkastisesti.

"Olkaa valmiina", yhteyshenkilö muistutti ja sulki kiireesti puhelimen.

Grace vilkaisi kelloaan ja nojasi tuolillaan taaksepäin. Kaksi täysiin rynnäkkövarusteisiin sonnustautunutta taistelijaa istuivat kypärät polvillaan hänen vieressään ja hän kirosi, ettei ryhmänjohtajana voinut olla heidän asemassaan. Taistelun antamaan huumaavaan adrenaliiniryöppyyn tahtoi jäädä koukkuun. Ehkä loppujen lopuksi juuri siksi he kaikki olivat siinä ammatissa, vaikka juuri sillä hetkellä koko operaatio ja siinä ohessa ammattikin oli alkanut haiskahtaa mädänneelle.

"Kuuleeko Base 1?" Grace esitti kysymyksen, jonka vain automies kuuli.

"Kuitattu", automies vastasi.

"Kuuleeko Base 2?" Grace jatkoi tarkistaen vielä kerran yksitellen jokaisen yhteyden.

Kaikki tuntui olevan kunnossa.

* * *

Avasin asunnon oven ja astuin muitta mutkitta käytävään. Oli hiirenhiljaista. Hiljaisuus sai meidät hiipimään ja laskeuduimme portaita varpaisillamme. Brock ohitti minut juuri ennen ovea ja avasi sen täysin äänettömästi. Astuin edellä ulos ja hän sulki oven perässämme yhtä äänettömästi kuin oli avannutkin.

"Voi paska!" Brock sihisi.

"Mitä nyt?" kysyin pelästyneenä.

"Sinulla on CIA:n jäljitin", hän totesi lamaantuneena.

"Jätin sen tietenkin huoneistoon", vastasin huokaisten helpotuksesta.

"Piilotin sen lisäksi vaatteisiisi jäljitinnapin", hän sanoi yhtään rauhoittumatta.

"Siis koska?" kysyin ihmeissäni.

"Lähtiessäsi asunnosta", hän vastasi.

Katsoin häntä ihmeissäni.

"Miksi ihmeessä olisit tehnyt sen?" kysyin suu auki.

"Jottei kansio karkaisi", hän vastasi.

"Siis äskeisessä paniikissa ajattelit kansiota?" kysyin tajuten samalla, että hän puhuikin aikaisemmasta kerrasta.

"Etkö huomaa, että olen vaihtanut vaatteita?" jatkoin helpottuneena.

"Olet kyllä uskomaton soturi! Mikset koskaan ryhtynyt tiedustelualalle, vai oletko onnistunut harhauttamaan siinäkin", hän kysyi jääden suu auki tuijottamaan.

Yllättävä ajatus tuntui siinä samassa täysin loogiselta. Olisin todellakin saattanut olla täydellinen vakooja.

"Se tästä vielä puuttuisi", totesin ja kaivoin taskustani kansion ojentaen sen hänelle.

"Niin vähän olen tiedusteluihminen, että haluan mahdollisimman nopeasti tästä eroon", sanoin.

Kaiken koetun jälkeen ajatuskin siitä aiheutti puistatuksia.

Katu oli yhtä hiljainen kuin saapuessanikin. Kävelimme kohti Hippopotamusta ja odotimme koko ajan jonkun astuvan jostain eteemme. Ketään ei kuitenkaan näkynyt.

"Tajuatko ollenkaan, mitä äsken tapahtui?" Brock kysyi yllättäin.

"Ehkä se oli väärä hälytys", totesin miettien todennäköisintä selitystä.

"Auttajasi ovat tähän saakka olleet äärimmäisen päteviä. Miksi he olisivat erehtyneet nyt niin totaalisesti?" hän kysyi mietteliäänä.

"Minustakin se on outoa. Varoitussoiton soittanut nainen kuulosti aidosti hätääntyneeltä", vastasin myötäillen.

"On muutakin. Sain oudon puhelun esimieheltäni, jossa minua käytännössä käskettiin viivyttelemään sinua. Siinä oli muutakin outoa ja tuleva isku huoneistoon selittäisi koko puhelun", hän jatkoi pohdintaansa.

"Jos sinun piti viivyttää minua, niin ehkä hätäinen poistumisemme sittenkin säästi henkemme", totesin kiihdyttäen vaistomaisesti askeleitani.

"Sano mitä sanot, mutta uskon kaiken johtuneen rukouksistamme", hän totesi päättäväisesti.

"Mitä sanoisit kylmästä oluesta?" kysyin hymyillen omalle kysymykselleni, joka tuntui kornilta kaiken tapahtuneen jälkeen.

"Luulin sinun olevan viini-ihmisiä."

"Kuinka niin?"

"Muistatko sen viinipullon, jonka joit perjantai-iltana?" hän kysyi arvoituksellisesti.

"Kuinka sen voisi unohtaa?" totesin yhä enemmän ihmetellen.

"Se oli uniikki kappale, jota oli säästetty lahjaksi esimiehelleni. Sen tuhoaminen aiheutti huomattavan paljon närää ja varsinkin, koska pulloa olisi pitänyt kypsyttää vielä vuosikausia. Luulen sinun saaneen sen takia aika monta vihamiestä", hän selitti pilke silmäkulmassa.

"Oliko se kalliskin?"

"Miten olisi 10 000 Euroa pullo?"

Luulin ensin hänen vitsailevan, mutta hän pysyi vakavana.

"Hyvää se oli. Olkoon sen juominen suomipojan kosto tästä kaikesta. Juuri nyt sopisi kuitenkin olut viiniä paremmin", totesin naurahtaen.

"Jos sinä tarjoat", hän sanoi.

* * *

Gracen yhteyspuhelin soi jälleen kerran ja sillä kerralla aivan liian lähellä H-hetkeä. Jos vielä tulisi muutoksia, hän peruuttaisi koko operaation.

"Miten kävi?" yhteysmies kysyi innokkaana.

"Miten niin miten kävi?" Grace kysyi ihmeissään.

"Oletteko jo autossa?" yhteysmies täsmensi kysymystään.

"Mitä vittua höpiset?" Grace kysyi tuskastuneena.

Syntyi hetken hiljaisuus, ennen kuin yhteysmies kysyi paniikin vallassa:

"Suomalainen saapui jo puolisen tuntia sitten. Ettekö tosiaan havainneet häntä?"

"Sanoit asemiin siirtymisen alkavan 0015. Kello on 0000", Grace totesi alkaen aavistella pahinta.

"Olette tunnin jäljessä, hölmöt!" yhteysmies huusi suoraa huutoa.

"Ei saatana, te ette siirtäneet kellojanne sunnuntaina aamuyöstä kesäaikaan", hän jatkoi.

"Kesäaikaanhan siirryttiin jo pari viikkoa sitten!" Grace huusi raivoissaan.

"Ei Euroopassa! Te olitte eristyksessä ilman kännyköitä, ettekä tienneet ulkomaailmasta mitään. Yritetään selittää asia sillä. Aloittakaa hyökkäys heti! Brockin piti viivyttää suomalaista, joten he ovat todennäköisesti vielä huoneistossa."

21 A GHOST AT NOON

Alberto Moravia 1954

Heräsin terävään kilahtavaan ääneen, joka syntyi kahvikupin osuessa liian lujaa lautaseen. Hetkeen en tajunnut paikasta ja ajasta mitään, mutta vähitellen muistini alkoi palata pala palalta. Olimme kävelleet yöllä toista tuntia ja Brock oli väittänyt tietävänsä koko yön auki olevasta paikasta, johon olin kuvitellut meidän suunnistaneen oluelle. Matka ei ollut häirinnyt minua ollenkaan, sillä jokainen askel oli vienyt meitä poispäin CIA:n porukoista. Hän oli kysellyt koko matkan ajan erilaisia asioita edeltäneiden päivien tapahtumista ja aikaisemmasta elämästäni, kunnes oli viimein todennut varmistuneensa viattomuudestani. Kohteenamme ollut paikka ei ollutkaan osoittautunut baariksi tai yöklubiksi, vaan olikin ollut ilotalo. Hän oli pyytänyt minua vahtimaan ulko-ovella sillä aikaa, kun oli itse käynyt sisällä. Lopulta hän oli tullut ulos tyylikkään ranskattaren kanssa, joka oli ajanut meidät pienellä Peugeotillaan kotiinsa.

"Saitko nukuttua siinä sohvalla, vaikka se on sinulle hieman liian pieni?" Brock huudahti pienen pöydän äärestä olohuoneen nurkasta.

"Olen ollut kuin koomassa. En tainnut nukkua edellisenä yönä juuri lainkaan ja eilinen vei viimeisetkin voimani", vastasin vääntäytyen samalla istuma-asentoon.

"Hyvää huomenta!" aamutakissaan hänen vieressään istunut ranskatar toivotti.

"Ota kylmä suihku ja tule sitten kanssamme aamiaiselle", Brock kehotti.

Kylpyhuone vaikutti juuri remontoidulta. Vasemmalla oli puukantinen WC-istuin, edessä marmoritasoon upotettu pieni lavuaari ja oikealla pyöreä, liukuovella varustettu suihkukaappi. Marmoritason alla oli hyllykkö, johon oli laskostettu huolellisesti valkoisia pyyhkeitä. Tason päällä oli toinen avohyllykkö, jonka mittava parfyymikokoelma ei voinut jättää epäselväksi asukkaan sukupuolta.

Joku oli juuri käynyt suihkussa, sillä ilma oli kuuman kostea ja lavuaarin peilikaappi yhä huurussa. Pyyhin oikean käteni kannalla peiliä nähdäkseni jotain ja pelästyin peilistä katsovia vieraita kasvoja. Silmäni näyttivät elottomilta ja kasvoni kuin äkisti vanhentuneilta. Oloni oli pelottavan tyhjä. En tuntenut mitään. Kaikki pelkokin oli tiessään, enkä uskonut tuntevani pelkoa enää koskaan. Tilalla ei kuitenkaan ollut rohkeus vaan ahdistus. Olin kuin syvyyteen vajonnut ja yhteys kaikkeen oli kadonnut. En ollut koskaan tuntenut oloani yhtä yksinäiseksi. Silti hämmentävä tyyneys leijui ahdistuksenkin yllä, mutta kaikki oli yhdentekevää ja tyhjää. Kaikki tuntui liukuvan ulottuviltani. Riisuin alushousuni, astuin suihkukaappiin ja käänsin kylmävesihanaa.

"Olet kuin aaveen nähnyt", Brock totesi saapuessani aamiaispöytään.

En sanonut mitään, jolloin hän jatkoi heti perään:

"Olet tainnut katsoa tyhjyyteen. Minä tiedän, miltä se tuntuu."

Katselin häntä kysyvän näköisenä ikään kuin apua pyytäen.

"Tyhjyys ei ole pahasta, vaan se on kasvun ja kehittymisen mahdollisuus. Tyhjyys täyttyy aina ja sinä voit vaikuttaa siihen, millä se täyttyy. Itse en ole ollut siinä kovin hyvä, mutta nyt edessäni on uusi elämä. Oikeastaan odotan tyhjyyden tunnetta, vaikka se onkin ahdistavaa", hän selosti kuin kokenutkin psykologi.

"Juuri nyt on vaikea ajatella mitään", sain juuri ja juuri sanotuksi.

"Kahvia ja croicant?" ranskatar kysyi.

Aamiaisesta tuli harvinaisen hiljainen. Lopulta Brock katkaisi hiljaisuuden.

"Olen sinulle ikuisesti velkaa henkeni pelastamisesta."

"Eiköhän tuo ole hieman liioiteltua", vastasin.

"Olen velkaa muustakin. Sinun ansiostasi olen löytänyt uudelleen isäni arvot", hän jatkoi vakavana.

"Mitä tuohon sitten voisi sanoa?" kysyin hämilläni.

"Älä sano mitään. Tilanteesi on aika hyvä: kansio ei ole sinulla, etkä tunne sen sisältöä. Lisäksi he ovat sinulle kiitollisia Raymondin hoitamisesta. Varmuuden vuoksi olen tehnyt pari turvallisuusjärjestelyä. Olen ilmoittanut kanavieni kautta esimiehelleni poistuvani kuvioista ja pitäväni kansion henkivakuutuksenani. Samalla ilmoitin sen koskevan myös sinua ja että tulen seuraamaan edesottamuksiasi. Aion myös kertoa Suomen suojelupoliisissa olevalle kontaktilleni, että katsovat CIA:n suuntaan, mikäli sinulle käy jotain. Kerroin myös tämän esimiehilleni, joten tuskin he ottavat poliittisen riskin vain kostaakseen sinulle", hän selitti suunnitelmaansa.

"Tapaammeko vielä joskus?" kysyin turhalta tuntuneen kysymyksen.

"Jos tarvitset pienimmässäkin määrin apuani, niin olen aina käytettävissäsi. Kun saan asiani järjestykseen, ilmoitan sinulle keinon saada minuun yhteys", hän vastasi vastoin odotuksiani.

"Luuletko minun tosiaan voivan liikkua vapaasti?" kysyin yhä epävarmana tilanteen laukeamisesta.

"Olen siitä ehdottoman varma. He todennäköisesti ottavat sinuun yhteyttä, mutta sinun ei tarvitse sanoa mitään. Et varmaankaan pannut merkille tätä osoitetta ja hyvä niin. Sinun lienee parempi poistua täältä painamatta mieleesi tarkkaa sijaintia, vaikkei tiedostasi olisi varsinaista vaaraakaan. Häivyn nimittäin itsekin heti jälkeesi", hän selosti viimeisiä ohjeitaan.

"Taidan harhailla hetken aikaa kaduilla ja ottaa sitten taksin", totesin alkaen tehdä lähtöä.

Aamuyöstä oli satanut ja sain pikkukengissäni väistellä laajoja lätäköitä. Kostean viileä ilma tunki pikkutakin sisään ja liimasi paidan ihoa vasten. Nostin kaulukset pystyyn ja vedin olkapäitäni eteenpäin yrittäen siten sulkea takin paremmin, mutta jo valmiiksi kylmettynyt kehoni olisi tarvinnut lämmetäkseen vähintään talvitakin. Lopulta lakkasin välittämästä ja pakotin kylmästä jännittyneet lihakseni rentoutumaan. Oloni ei ollut hyvä, mutta lakkasin palelemasta. Kylpyhuoneessa kokemani tyhjyys oli yhä läsnä ja minusta tuntui, kuin en olisi kuulunut koko Pariisiin. Katu tuoksui kuin paahdetuilta kastanjoilta, enkä ollut koskaan maistanut sellaisia.

En tiennyt, mihin olisin mennyt. Asuntoni oli siinä vaiheessa jo turvallinen, mutta ajatus yksinäisyydestä ahdisti minua. Kaipasin epätoivoisesti seuraa, mutta Brockin sanat tyhjyyden täyttämisen antamasta mahdollisuudesta saivat minut epäröimään. Lohtua hakemalla olisin voinut menettää minulle suodun mahdollisuuden. Tiesin kaipaavani pysyvää pohjaa ja se oli puuttunut ehkä jo ennen edeltäneiden päivien tapahtumiakin. Olin useita kuukausia yrittänyt kirjoittaa kirjaa totuuden olemuksesta, mutta saanut aikaiseksi ainoastaan sivutolkulla irrallisia ajatuksia. Elämä Pariisissa oli täyttänyt kaikki aistini, mutta sisimpäni oli palanut säästöliekillä. Viimeisimmät päivät olivat polttaneet kaiken polttoaineeni kerralla ja liekkini oli sammunut.

Näin kauempana edessäni taksin pysähtyvän kadun viereen ja ryhmän japanilaisen näköisiä liikemiehiä astuvan autosta. Kiihdytin vaistomaisesti askeleitani ja kun taksi näytti yhä seisovan paikallaan, aloin juosta täyttä vauhtia sitä kohti. Taksinkuljettaja näytti huomanneen minut, sillä hän oli valmiiksi kääntyneenä avatessani takaoven. Ennen kuin ehdin edes ajatella, sanoin osoitteeksi Shakespeare and Companyn.

Kassalla oli nuori mies, jonka olin tavannut useita kertoja aikaisemminkin.

"Onko Sarah tai Lisa paikalla?" kysyin huolestuneena.

"Molemmat ovat tänään vapaalla. Sarah pyysi teitä kuitenkin soittamaan, jos satutte ilmestymään paikalle", hän vastasi tunnistaen minut heti.

"Minulla ei valitettavasti ole puhelinta. Voisinkohan soittaa täältä?" kysyin nolona.

"Voitte lainata minun kännykkääni. Siinä on Sarahin numero valmiina", hän vastasi ystävällisesti ja otti Sarahin numeron valmiiksi esiin.

"Sehän on ystävällistä. Haittaako se, jos soitan ulkona?" kysyin vielä varmuuden vuoksi.

"Soittakaa vain rauhassa. Sarah vannotti minua, että pyydän teitä soittamaan", hän vastasi hymyillen.

Astuin kaupasta ulos, mutten uskaltanut heti painaa soittonappia. Mietin, mitä olin tekemässä. Sarah herätti minussa tunteita, joita en toivonut olevan ja tiesin hänen ajattelevan samoin. Minun täytyi kuitenkin soittaa ilmoittaakseni olevani kunnossa. Tunsinko sittenkin pelkoa?

"Sarah", kuului pehmeä ääni puhelimessa.

"Julkinen agentti ilmoittaa tehtävän suoritetuksi", sanoin liioitellun virallisesti.

"Daniel, olet kunnossa!" hän huusi puhelimeen.

"Kaikki on hyvin ja ohitse", totesin iloisesti.

"Haluatko kertoa, mitä tapahtui?" hän kysyi varovasti.

"Oikeastaan en. Haluan lähinnä unohtaa kaiken ja juuri nyt on täydellisen tyhjä olo", vastasin toivoen, ettei hän kyselisi enempää.

"Ymmärrän hyvin. Haluan itsekin unohtaa koko episodin. Eilen kertomani päätökseni pitää ja olen päättänyt toteuttaa oikean unelmani", hän totesi.

"Mikä se on?" kysyin helpottuneella äänellä.

"Olen päättänyt alkaa opiskella journalistiikkaa kirjallisuustieteen ohella", hän vastasi iloisesti.

"Upeaa! Olen sinusta ylpeä", vastasin yhtään liioittelematta.

"Siinä on vain yksi huono puoli: olen lähdössä jo huomenna Yhdysvaltoihin järjestelemään asioita. En ole enää tulossa takaisin", hän sanoi surullisen kuuloisena.

"En tiedä, mitä sanoisin", totesin hämilläni.

"Haluatko tavata minut ennen lähtöäni?" hän kysyi yllättäin.

Syntyi hiljaisuus, kun tulevaisuuden vaihtoehdot pyörivät filminä mielessäni.

"Se voisi olla liian tuskallista", vastasin järjen pakottamana.

"En tiedä, pitäisikö minun sanoa tämä, mutta toivoin sinun vastaavan noin", hän sanoi jo itkua äänessään.

"Sittenhän kaikki on hyvin", totesin.

"Kiitos Daniel kaikesta - sinä pelastit minut", hän vaikersi.

Samassa kyyneleet ryöpsähtivät silmistäni ja tunsin menettäväni itsehillintäni, jota olin yrittänyt kaikkeni varjella.

"Jomman kumman pitää lopettaa puhelu", sanoin hiljaa yrittäen peittää tunteeni.

Kuulin hänen hengityksensä ja yhtäkkiä tuli hiljaisuus. Hän oli katkaissut puhelun.

Pyyhin silmäni, mutten ilmeisesti onnistunut peittämään itkuni jälkiä, sillä miesmyyjä katsoi minua ymmärtävästi palauttaessani kännykän.

"T.S. Eliot kirjoitti, että huhtikuu on kuukausista julmin", hän sanoi kuin lohduttaakseen.

Minusta tuntui, että hän halusi kertoa jotain muutakin.

"Ai niin! Lisa pyysi ilmoittamaan, että hän pesee tänne jättämäsi vaatteet ja että voit noutaa ne täältä parin päivän päästä", hän sanoi minun jo käännyttyä lähteäkseni.

"Kiitos tiedosta", totesin helpottuneena ajatusteni kääntyessä Lisaan.

Avasin kirjakaupan oven ja aistin viileän ilman kasvoillani. Juuri sillä hetkellä tunsin tyhjyyteni alkavan täyttyä. Mieleeni tuli mietelause, jonka olin nuorena ja rakastuneena kirjoittanut:

"Tahdon elää ja kokea vapauden, mutta vapaus on yksinäisyydessä, enkä tahdo olla yksin. Jos et voi suoda vapautta, niin vie tämä vapaudenkaipuu."

En tiennyt, mitä oli tapahtumassa, mutta tiesin asioiden järjestyvän. Taivas näytti roikkuvan matalalla ja pimeys tiheni, vaikka oli vasta iltapäivä. Sade oli yllättänyt minut samassa paikassa viisi päivää aikaisemmin, enkä halunnut sen toistuvan. Kiihdytin askeleeni juoksuksi ja suunnistin jälleen kerran Vivianin puiston läpi. Mieleni teki hyppiä kuin villiori – mieleni, joka oli äkkiä muuttunut keveäksi.

Astuin juuri ovesta sisään, kun kuulin humahduksen takanani miljoonien sadepisaroiden syöksyessä yhtäaikaisesti asfalttiin. Helpotuksesta huokaisu ei tullut mieleenikään, sillä mieleni teki hihkua riemusta – ei siksi, että pelastuin sateelta vaan silkasta riemusta. Vakiopaikkani nojatuolissa rintamasuunta Vivianin puistoon oli onnekseni vapaana ja istuin siihen katsoen samalla kutsuvasti tarjoilijaan. Tämän saapuessa paikalle tilasin kahvin ja armanjakin. Samassa tajusin, mitä minun piti tehdä: kirjoittaisin romaanin kuluneista viidestä päivästä. Kukaan ei kuitenkaan uskoisi sitä todeksi, mutta se oli surutyö, joka minun piti tehdä itselleni ja se antaisi minulle uuden elämän.

"Eräs nainen on jättänyt teille kirjeen", tarjoilija sanoi laskien valkoisen kuoren pöydälle kahvini viereen.

Katsoin häntä kysyvästi osaamatta sanoa mitään.

"Hän oli täällä kanssanne muutama päivä sitten, tavattoman kaunis nainen", hän selitti huomattuaan ihmetykseni.

"Onko hän vielä täällä? Tai lähtikö hän vasta äsken", kysyin hätääntyneenä.

"Ei, ei! Hän kävi myöhään eilen illalla", hän vastasi pahoillaan ja totesi lopuksi:

"Miellyttäviä lukuhetkiä."

Tunsin käteni vapisevan tunnustellessani kirjettä. Kuoressa luki kauniilla naisen käsialalla "Daniel". Siemaisin armanjakkini kerralla ja tuijotin nimeni muodostamia koukeroita. Ei kai tässä ole hävittävääkään, ajattelin ja avasin kirjeen kahvilusikan varrella.

"*Mon chéri,*

"*Sanoit, että on kärsittävä pystyäkseen kirjoittamaan ja valittelit onnellisuuttasi. Nyt olen pudonnut unelmani sirpaleille ja tuskissani pystyin vain tarttumaan kynään. Tämän kirjoitin sinulle:*

Jälkesi ovat kuin elämäsi, jonka voit nähdä vain takanasi. Edessäsi voit aistia ainoastaan arvoituksen, mutta takanasi näet mielivaltaiselta vaikuttavan poukkoilusi päiväkirjan sivulta toiselle: kuivuneen kuulakärkikynän jälki paperilla, syviä naarmuja ja jälkiä suttupaperilla.

310

JÄLJET

Askeleesi jättävät jälkensä, etkä voi viedä jälkiäsi mukanasi. Silti käännyt ympäri varmistaaksesi, että jälkesi ovat perässäsi. Harhailet jäljissäsi – jäljistäsi jälkiisi. Astuitpa mihin hyvänsä – aina jälkiisi. Jälkesi tarttuvat saappaittesi pohjiin ja jäljelle jäävät vain ääriviivat. Pysähdyt ja yrität olla rikkomatta jälkiesi kuviota nostaen saappaasi varovasti jäljistään. Ihmiset katsovat jälkeesi.

Olet jäljessäsi ja minä tulen jälkeesi. Jätät jälkesi ja minä olen jäljilläsi. Tuhat sitkeää vainukoiraa etsivät jälkiäsi tallatulta tieltä, jäljittävät tuoksuasi poluilta, mutta jälkesi jättäytyvät jälkeen, eivätkä jatku ensimmäistä pidempään. Polkusi poikkeaa polulta ja aikasi ajautuu harhaan. Suuntasi katsoo kompassia ja varjosi eksyy pimeään. Tiedän, tiedän, että olet jäljessäsi ja siksi olen jäljilläsi.

Olet saattanut kuulla minusta jäljestäpäin, mutta ennen kuin huomaatkaan, näet minut edessäsi.

Marie

Laskin kirjeen käsistäni tuntien täyttyväni rakkaudella ja syyllisyyden tunteella. Olimme kuvitelleet voivamme unohtaa toisemme, vannoneet yrittävämme. Kirje oli vastoin sopimustamme ja olin siitä ikionnellinen.

Taittelin kirjeen huolellisesti ja työnsin sen povitaskuuni. Viittasin tarjoilijan tilatakseni laskun, mutta samalla hetkellä viereeni istahti nuorehko nainen lupaa pyytämättä.

"Anna minun tarjota seuraava drinkki", hän sanoi pehmeällä äänellä englanniksi.

Katsoin häntä hämmentyneenä.

"Olin kyllä juuri lähdössä."

"Uskokaa minua - teidän kannattaa kuunnella sanottavani", hän vastasi tuijottaen silmiini.

Mieleni teki kieltäytyä, mutta kohautin vain hartioitani.

Samassa tarjoilija seisoi jo vieressämme.

"Olut?" nainen kysyi kuin lukien ajatukseni ja vastasin nyökäten kuin alistuen tilanteeseen.

"Iso lasi olutta ja Campari tuoremehulla, olkaa hyvä", nainen tilasi sujuvalla ranskankielellä.

Tarjoilijan poistuttua hän kääntyi minuun päin ja hymyili ystävällisesti.

"Näytit hyvin rakastuneelta lukiessasi kirjettä", hän totesi tuttavallisesti.

"Miten sellainen muka näkyisi?" vastasin vailla suurempaa kiinnostusta keskusteluun.

"Uskotko sen voivan olla kestävää?" hän kysyi yllättäin.

"Kirjeestäkö halusit puhua?" vastasin melkein suuttuen.

"Suo anteeksi, en tarkoittanut mitään pahaa!"

Olimme hetken hiljaa ja katselin naisen ohi ikkunasta näkyvää liikennettä.

"Olit kiinnostunut tästä kirjasta", hän totesi nostaen laukustaan Heideggerin "Basic Writings"-kirjan.

Sydäntäni kylmäsi.

"Kuka oikein olet ja mitä haluat minusta?" kysyin hämmentyneenä.

"Miksi oikein olet kiinnostunut totuudesta? Sain lukea sen osan kirjasta moneen otteeseen, ennen kuin aloin intuitiivisesti ymmärtää Heideggerin ajatuksia. Haluatko kuulla?"

"Sitäkö varten pyysit minua jäämään?"

"Se on vähän niin kuin johdanto ja minulle ammatillisesti kiinnostavaa."

En käsittänyt ollenkaan, mistä oli kysymys, mutta

minulla oli pahat aavistukseni. Nainen vain hymyili kuin ylpeänä saavutuksestaan ja antoi minun odottaa. Sitten hän alkoi selostaa:

"Perinteisesti ajattelcmine totuudeksi sen, mikä on oikea tai virheetön ja totta. Mutta kun väitämme jotain todeksi, pakotammekin totuuden omaan muottiimme sellaiseksi, kuin uskomme sen olevan. Me voimme tutkiakin totuutta, kuten tiede tekee, mutta suljemme pois sen mahdollisuuden, että taustalla on olemassa jotain sellaista juuri siihen totuuteen liittyvää, josta emme tiedä mitään. Heidegger puhuu mysteeristä – ei mistään tietystä mysteeristä – vaan "sen salaamisesta mikä on salattu". Totuuteen liittyykin oleellisesti se, että annamme asioiden olla sellaisia kuin ne ovat – että katsomme asioita avoimina. Totuuden ydin onkin vapaus! Heidegger itsekin myöntää, että se saattaa kuulostaa oudolta väitteeltä, mutta hän ei tarkoitakaan vapaudella ihmisen oikkuja ja mielijohteita. Totuus säilyykin ainoastaan, jos hyväksymme mysteerin; ettemme loppujen lopuksi tiedä totuutta, eikä se tarkoita välinpitämättömyyttä. Me voimme tietää jotain, muttemme koskaan koko totuutta."

Hän katsoi minua tutkivasti ja odotti reaktiotani, mutta minä vain tuijotin häntä miettien, mistä oikein oli kysymys.

"No, mitä pidit analyysistäni?" hän kysyi kuin pieni lapsi suorituksestaan kiitosta odottaen.

"En nyt oikein ole filosofisella tuulella", totesin alkaen pitää häntä höynähtäneenä.

Silti kyseisen kirjan valinta keskustelun aiheeksi oli vähintäänkin huolestuttavaa.

"Totuus ei aina ole mukavaa, eihän?" hän kysyi arvoituksellisesti.

Samassa hänen silmänsä muuttuivat pelottavan kylmiksi

ja hän vakavoitui.

"Me saatamme joskus tarvita apuasi ja toivoisimme yhteistyöhalukkuuttasi. Olimme suuresti vaikuttuneita kyvyistäsi ja olemme valmiita maksamaan palveluksistasi sen mukaisesti", hän ehdotti mitään varoittamatta.

"Ketkä me?" kysyin tietäen jo vastauksen.

"CIA ja muut tiedusteluvirastomme", hän vastasi ääntään madaltaen.

"Unohtakaa koko juttu", vastasin spontaanisti.

"Emme tietenkään vaadi toimimista Suomea vastaan", hän intti.

"En missään nimessä halua sekaantua tiedustelumaailmaan", totesin vihastuen.

"Itsehän pakotit minut tähän", nainen totesi arvoituksellisesti ja kaivoi käsilaukustaan paksun kirjekuoren työntäen sen käteeni.

"Mikä tämä on?" kysyin avaamatta kuorta peläten, että siinä olisi lahjusrahaa.

"Siinä on huippulaatuisia valokuvia sinusta ja kolmesta eri naisesta. Meillä on lisäksi laadukkaita filmejä samoista tilanteista. Olisi ikävää, jos ne päätyisivät vääriin käsiin", hän sanoi ylimielisesti.

Ojensin kuoren takaisin vilkaisemattakaan sen sisältöä.

"Sinuna tekisin päätöksen nopeasti miettien kaikkia mahdollisia seurauksia."

"Olin jo päättänyt kertoa kaikesta vaimolleni tapahtui mitä tapahtui."

"Materiaali voi aina päätyä Internettiinkin tai ties minne", hän totesi jäätävästi.

"Olen myös päättänyt kirjoittaa tapahtuneesta kirjan. Sellainen materiaali edistäisi varmasti kirjani myyntiä ja voisin hyvin kertoa tarinan totena kiristyksineen kaikkineen."

Tunsin, kuinka naisen pasmat olivat täysin sekaisin ja kuinka hän yritti koota itseään kasaamalla agressiivisuutta. Hän oli juuri tiuskaisemassa jotain, kun äkkiä rauhoittuikin ja hänen silmissään syttyi oivalluksen hehku. Hän hymyili hetken itsekseen ja vakavoitui sitten aloittaessaan kertomuksensa. En osannut aavistaakaan, kuinka musertava se olisi.

"Ajattele, miltä lapsistasi tuntuisi kuultuaan seikkailuistasi siinä valossa, mitä on tapahtunut. Ennen kuin sanot mitään vastaan, kuuntele, mitä on tapahtunut tietämättäsi samaan aikaan seikkailujesi kanssa."

Tuntematon pelko täytti sydämeni ja kasvoi kasvamistaan, kunnes tunsin olevani kuin ison, mustan kuplan sisällä. Sisimmässäni tiesin murskautuvani epätoivoon.

"Perheesi on yrittänyt saada sinuun yhteyttä jo monta päivää. Sinun olisi pitänyt olla kotona, sillä vaimosi sairastui erittäin agressiiviseen leukemiaan kolme vuorokautta sitten ja kuoli kolmantena päivänä, aikaisin tänä aamuna."

EPILOGI

Shakespeare and Company oli tupaten täynnä
kutsuvieraita. Kirjani oli julkaistu Suomessa ja
siitä oli otettu melkein heti englanninkielinen
käännös. Olin käynyt esittelemässä käännöstä Shakespeare
and Companyssä ja he olivat halunneet pitää
englanninkielisen version julkistamistilaisuuden omissa
tiloissaan. Epäilemättä he ansaitsivat sen. Minua jännitti,
vaikka tunsin Sannan hengen seisovan vierelläni. Ainakin
niin halusin uskoa, vaikken sitä ansainnutkaan.

Haastattelijana toimi nuori ja kaunis Sylvia Whitman,
joka on kuuluisan George Whitmanin tytär, amerikkalaisen
miehen, joka avasi Shakespeare and Companyn sodan
jälkeen uudelleen vuonna 1951. Sylvia paneutui toiveitteni
mukaan pääasiassa kirjan teemoihin ja niiden taustoihin
kysymättä suoraan omasta roolistani kirjan taustalla. Sitten
tuli yleisökysymysten vuoro. Kysymyksiä sateli laidasta
laitaan ja lopulta joku uskalsi kysyä tarinan
totuudenperäisyydestä.

"Vieläkö Amy työskentelee täällä?" nuori ranskalainen toimittajanainen kysyi.

Vedin syvään henkeä ja vastasin:

"Kirja on tietenkin fiktiota. Ei täällä ole ollut töissä ketään Amy-nimistä tai edes ketään häntä muistuttavaa", vastasin rauhallisella äänellä.

"Jokainen vakioasiakas tuntee työntekijämme pitkältä ajalta ja tietää, ettei täällä ole ollut töissä ketään ranskalaisenglantilaista Amyä tai amerikkalaista Joycea, eikä heitä muistuttaviakaan", Sylvia Whitman säesti.

Ranskalaistoimittaja kirjoitti jotain lehtiöönsä ja nosti hetken päästä kätensä uudelleen pystyyn uuden kysymyksen merkiksi.

"Niin", sanoin ystävällisesti.

"Haluaisin lainata kirjanne sanoja, että kaikki kirjat jättävät jäljen. Tiesittekö, että ranskalainen fyysikkonainen Marie Allègre on juuri julkaissut ranskaksi novellikokoelman? Sen nimi on Epäjatkuvuuskohta", toimittaja kysyi kuin tutkiva journalisti.

"En tosiaan tiennyt", sanoin yllättyneenä.

"Sen novelleja ovat mm. Tiikerin sylissä, Ajatuksen aikamatka, Intohimon vaatteissa ja Obeliski."

KIRJAILIJA

Alexander Jalo, DI, luopui menestyksekkäästä bisnesurasta 47-vuotiaana vuonna 2008 ja päätti toteuttaa elinikäisen unelmansa kirjailijaksi ryhtymisestä.

Jäljet on ensimmäinen osa trilogiasta, jonka jatko-osat ovat Siirrot ja Valo.